BASTEI
LÜBBE
TASCHENBUCH

Weitere Perry-Rhodan-Romane:

Andreas Eschbach und Verena Themsen: Die falsche Welt

Über die Autoren:

Oliver Fröhlich wurde 1967 in Hof geboren. Nach dem Abitur absolvierte er eine Ausbildung zum Diplomfinanzwirt. 2008 erhielt Fröhlich das Angebot, einen Roman für die Bastei-Serie PROFESSOR ZAMORRA beizusteuern. In der Folge schrieb er regelmäßig für verschiedene Serien. Sein Roman TAUCHER IM LAVASTROM, der 2010 im Taschenbuchformat erschien, war sein erster Beitrag für das Perryversum. Seit Sommer 2014 gehört er fest zum Team der PERRY-RHODAN-Serie.

Christian Montillon, geboren 1974 in Rockenhausen, studierte Germanistik, Buchwissenschaft sowie Allgemeine und Vergleichende Literaturwissenschaft in Mainz. Er steuerte Romane zu verschiedenen Serien des Bastei-Verlages bei, bevor er 2004 erstmals für PERRY RHODAN schrieb. Heute konzipiert Montillon zusammen mit Wim Vandemaan die Exposés für die Serie, womit er die Richtung von PERRY RHODAN maßgeblich mitgestaltet. Er lebt mit seiner Frau und seinen drei Kindern in der Pfalz.

Oliver Fröhlich & Christian Montillon

Perry Rhodan

TRIVID
DIE KLON-VERSCHWÖRUNG

Roman

BASTEI
LÜBBE
TASCHENBUCH

BASTEI LÜBBE TASCHENBUCH
Band 20 906

MIX
Papier aus verantwortungsvollen Quellen
FSC www.fsc.org
FSC® C083411

Vollständige Taschenbuchausgabe

Titelillustration: Arndt Drechsler, Regensburg
Umschlaggestaltung: Guter Punkt, München | www.guter-punkt.de
Satz: Urban SatzKonzept, Düsseldorf
Gesetzt aus der Garamond
Druck und Verarbeitung: CPI books GmbH, Leck – Germany
Printed in Germany
ISBN 978-3-404-20906-4

5 4 3 2 1

Sie finden uns im Internet unter www.luebbe.de
Bitte beachten Sie auch: www.lesejury.de

Prolog

»Sitzt du bequem?«

Der Mann mit der verschorften Wunde auf der Stirn zurrte die Gurte fester. Ein Ächzen drang durch den Knebel der gefesselten Frau, was dem Mann ein Lächeln entlockte.

Dummer Fehler! Sofort pochte ein stechender Schmerz in seiner Schläfe. Er glaubte, ein Knacken zu hören, wie von Eiswürfeln, die man mit Wasser übergoss. Wie immer, wenn er bestimmte Gesichtsmuskeln anspannte. Tränen schossen ihm in die Augen und verschleierten seinen Blick.

Rasch wandte er sich von der Frau ab. Keinesfalls wollte er ihr seine Schwäche zeigen.

Er wartete, bis der Schmerz nachließ, richtete sich auf, atmete tief durch und kontrollierte ein letztes Mal die Aufnahmeoptik. Die augengroße Kamera schwebte um die Gefesselte und übertrug ihr Bild auf ein Holo: die zerzausten Haare, den schweißnassen Nacken, das hektische Heben und Senken des Brustkorbs. Sehr schön. Der kurze Schwenk über den umgerüsteten ehemaligen Medoroboter, gerade lange genug, um bedrohlich zu wirken, der rotierende Bohraufsatz auf einem seiner Tentakel, schließlich ein Zoom zu den panisch aufgerissenen Augen. Perfekt.

Bis auf eine Kleinigkeit.

Der Mann trat zur Außenwand der verlassenen Lagerhalle, seiner Bühne für das kommende Spektakel. Während der Kamerafahrt war in dem Holo für einen winzigen Augenblick das Fenster zu sehen gewesen – samt der Bauten dahinter. Er aktivierte eine Steuerung und ließ eine Lamellenjalousie herabgleiten, die den Blick nach draußen vollständig versperrte.

Er kniete vor der Gefesselten nieder und stützte sich auf ihren Beinen ab. Diesmal lächelte er nicht. »Wir wollen es dem guten Perry Rhodan doch nicht zu einfach machen, nicht wahr?« Er tätschelte ihr den Oberschenkel. »Die Vorstellung kann beginnen. Ich glaube jedoch nicht, dass sie ihm gefallen wird. Vor allem dann nicht, wenn er dich schreien hört.«

Lian Taupin war unterwegs zum wohl bedeutendsten Mann der Menschheitsgeschichte – und hatte nicht die leiseste Ahnung, warum. Sie hauchte gegen die Seitenscheibe ihres Gleiters, zeichnete mit dem Finger ein Fragezeichen in den feinen Film aus Atemtröpfchen, betrachtete es ein paar Sekunden lang und wischte es weg.

Sie wandte den Blick nach vorn. Eine stilisierte Karte von Terrania lag als durchscheinende Projektion über der Frontscheibe. Darin blinkte ein grüner Punkt, neben dem der Autopilot die Zieladresse anzeigte. *746 Upper West Garnaru Road.* Schicke Gegend, aber kreuzlangweilig. Keine Kultur, keine Bars. Wieso wohnte jemand wie Perry Rhodan ausgerechnet dort?

Falsche Frage, dachte sie. *Weil unbedeutend. Die wichtigere lautet: Weshalb bestellt jemand wie Perry Rhodan ausgerechnet mich zu sich? Er kennt mich doch überhaupt nicht, um Himmels willen!*

Der Gleiter schwebte über die Stadt, in der Geschwindigkeit und Höhe, die das Verkehrsleitsystem vorgab. Links und rechts, oben und unten huschten andere Transportmittel vorbei. Manche beförderten Lasten, in den meisten jedoch saßen Menschen – oder vergleichbare Lebewesen.

Wesen, die an dürre, tentakelumrankte Stangen erinnerten, umgeben von einer schlierigen, gelblichen Atmosphäre in einer fast völlig durchsichtigen Kapsel. Reptiloide hinter der

Sichtscheibe eines pfeilförmigen Flitzers. Irgendwelche Energiewesen, die in dem grauen Nebel innerhalb einer transparenten Kugel nur zu erahnen waren, weil gelegentlich Blitze aufzuckten.

Touristen. Ganz Terrania wird noch zum Paradies für Alien-Touristen. Als gäbe es nicht schon genug Einwohner.

Das Häusermeer, das unter ihr dahinraste, bescherte ihr einen unangenehmen Schauer. Die Stadt erstreckte sich von Horizont zu Horizont, eine Mixtur schlichter Gebäude, hoch aufragender Türme, im Sonnenlicht funkelnder, gläsern wirkender Spindeln, imposanter Brücken und ausgedehnter Seen und Grünanlagen. Hundert Millionen Menschen und Angehörige anderer Sternenvölker wohnten im Großraum der wichtigsten Metropole auf der Erde.

Ein wahrer Moloch, der Lian das Gefühl gab, darin zu ersticken. Darum blieb sie am liebsten zu Hause. Ganz für sich allein in der schier endlosen Freiheit fiktiver Szenarien.

Dennoch verdankte sie Terranias Einwohnern eine gewisse Popularität, zumindest in bestimmten Kreisen. Fast neunhunderttausend zahlende Kunden sahen ihr regelmäßig zu, wenn sie in die Hauptrollen interaktiver Trivid-Serien schlüpfte.

Als Abenteurerin erforschte sie auf fremden Planeten unterirdische Katakomben, als Pilotin rettete sie ein havariertes Raumschiff, als unerschrockene Ärztin bekämpfte sie die Ausbreitung einer Seuche, und als Sportlerin trat sie in den unterschiedlichsten Disziplinen gegen die besten Athleten an.

Lian, die Heldin. Zumindest für manche Kunden.

894 387 zahlende Kunden, um genau zu sein. Und viele davon dürften im Augenblick maßlos enttäuscht sein, weil sie vergeblich auf die siebte Folge von »Die Galaxis der Rebellen« warteten.

Lian war gerade dabei gewesen, die Aufzeichnung für die Veröffentlichung vorzubereiten, als sich der Servo ihrer Wohnung gemeldet hatte. »Ein Anruf für dich. Perry Rhodan will dich sprechen.«

»Ja, klar. Wer sonst?«

»Ich habe die Verbindung und das Authentifizierungszertifikat geprüft. Es handelt sich tatsächlich um Rhodan.«

Im ersten Augenblick hielt sie es trotz der Versicherung des Servos für einen nicht besonders gelungenen Streich. Vielleicht von einem Kunden, der sie damit beeindrucken wollte, dass er ihre Identität herausgefunden hatte, obwohl sie in den Trivid-Serien stets maskiert und unter anderem Namen auftrat. Doch ein Blick auf das besorgte Gesicht im Kom-Holo belehrte sie eines Besseren.

»Mein Anruf muss überraschend für dich kommen«, sagte der Mann, dessen Gesicht sie in zahllosen Trivid-Aufzeichnungen gesehen hatte.

Überraschend? Das trifft es genauso, als würdest du sagen, nach Andromeda wäre man zu Fuß verhältnismäßig lange unterwegs.

Ein bizarrer Gedanke formte sich: War er ein heimlicher Fan von ihr? Wer wusste, was ein Unsterblicher in der Freizeit trieb? Und wenn jemand über die Möglichkeiten verfügte, sie aufzuspüren, dann war es Perry Rhodan. Aber dazu passte seine Miene nicht. Da war nicht der Optimismus eines Mannes zu sehen, der die Menschheit zu den Sternen geführt hatte, sondern Sorge.

»Was willst du?« Sie merkte selbst, wie barsch sie in diesem Augenblick klang. Nicht gerade die freundlichste Art, mit einer lebenden Legende zu sprechen. Ob sie an ihren Umgangsformen arbeiten sollte? Ach, warum?

»Ich ...« Er zögerte. »Ich brauche deine Hilfe. Und leider läuft mir die Zeit davon. Bitte komm zu mir nach Hause, dort erfährst du alles Weitere.«

»Wann?« Sie versuchte, so professionell wie möglich zu

sein. *Nicht von einem Mann abschrecken lassen, der so uralt ist!*

»Sofort!«

Anschließend hatte Lian versucht, ihm wenigstens ein paar Details zu entlocken, aber es war ihr nicht gelungen. Und so flog sie nun zu ihm, mit einem Berg von Fragen, so groß, dass er den Gleiter zu sprengen drohte.

Sie schaute noch einmal auf das Holo-Dossier, das sie kurz vor ihrem Aufbruch zusammengestellt hatte. In rascher Folge wechselten sich dreidimensionale, zum Teil bewegte Bilder und schlichte Texte vor ihren Augen ab: Fetzen aus Nachrichtensendungen, Dokumentationen, Artikeln. Sie wollte nicht unvorbereitet vor Rhodan stehen.

Immerhin war er »der Terraner«, wie ihn manche Medien mit einer gewissen Ehrfurcht nannten, als wäre das ein besonderer Titel. Während sie die Schnipsel betrachtete, kam sie sich vor wie im Geschichtsunterricht: gut 3000 Jahre Menschheitsgeschichte im Schnelldurchlauf, geprägt eben von diesem einen Menschen Perry Rhodan. Sie merkte sich jede noch so winzige Einzelheit seiner verrückten Biografie.

In einem weiten Bogen senkte sich ihr Gleiter hinab.

Was für eine kitschige Gegend: vergleichsweise schmale Straßen, an denen sich überwiegend altmodische Gebäude aneinanderreihten, meist zwei bis drei Stockwerke hoch. Mächtige Bäume spendeten Schatten, auf Büschen prangten Blüten in Dunkelrot und Dunkelblau, als ob sich ein Trivid-Künstler mit der Farbpalette ausgetobt hätte. Ein Trivid-Künstler mit nicht annähernd so viel Talent wie Lian, verstand sich.

Hier also wohnte er. Ausgerechnet in einem ehemaligen Diplomatenviertel. Wie das Dossier verriet, waren seine Nachbarn vor allem Pensionäre der Raumflotte und ausgemusterte Diplomaten, dazu einige halb vergessene Schauspieler, deren beste Zeiten Jahrzehnte zurücklagen.

Kurz bevor sie aufsetzte, sendete ihr Gleiter einen Impuls an den Gebäudeservo. Sie stieg aus, und nur eine Sekunde später öffnete sich die Haustür. Perry Rhodan trat heraus; sie erkannte ihn sofort: ein wenig größer als sie, schlank und sportlich, gekleidet in eine Kombination aus Hose und grauem Oberteil, die ihn wie einen Raumfahrer vergangener Zeiten wirken ließ, dunkelblonde Haare, ein offenes Gesicht.

Irrte sie sich, oder sah er sich tatsächlich gehetzt um?

Er trat auf sie zu und gab ihr die Hand; kräftig, aber nicht übertrieben fest. »Schön, dass du es so kurzfristig möglich machen konntest. Es freut mich, dich kennenzulernen. Wenn nur die Umstände erfreulicher wären.« Er lächelte schwach.

Ihr Blick suchte die kleine Narbe auf seinem Nasenflügel, die in jeder Dokumentation erwähnt wurde; sie war kaum sichtbar.

»Welche Umstände?« Kaum war die Frage draußen, überlegte sie sich, ob sie ihn nicht auch erst einmal hätte begrüßen sollen. Egal.

»Komm mit ins Haus. Ich muss dir etwas zeigen.«

Sie folgte ihm durch den Garten ins Gebäudeinnere. Sehr gediegen. Sehr aufgeräumt. Zu aufgeräumt für ihren Geschmack. Er führte sie in ein großes Wohnzimmer …

… wo Lian wie angewurzelt stehen blieb.

»Was ist das?«, fragte sie mit Blick auf das Standbild, das die Trivid-Projektoren als Holo in den Raum warfen.

»Das ist der Grund, warum ich dich hergebeten habe. Ich weiß noch nicht, worum es dabei geht, aber du scheinst der Schlüssel dazu zu sein.«

Zuvor

Perry Rhodan saß mit geschlossenen Augen im gemütlichsten Sessel seines Hauses und erfreute sich der Ruhe. Im Trivid sendete ein Entspannungskanal rund um die Uhr sphärische Klänge; an manchen Tagen benötigte er ruhige Musik.

Von den begleitenden Licht- und Farbspielen nahm Rhodan durch die Lider lediglich helle und dunkle Schattierungen wahr. Ein Genuss, den er sich viel zu selten gönnte. Ständig sah er sich mit interstellaren Krisen konfrontiert, die ein unbeschwertes Privatleben nahezu unmöglich machten. Immerhin war es seit acht Jahren einigermaßen ruhig geblieben. Doch was bedeutete diese Zeitspanne in einem über dreitausendjährigen Leben, in dem man sich an all die Katastrophen erinnerte, aber den Großteil der bedeutungslosen und daher umso glücklicheren Momente vergaß?

Acht Jahre. Eine kleine Woge im Ozean der Zeit.

Die Sphärenklänge brachen ab. Stattdessen sagte eine Männerstimme: »Ich grüße dich.«

Rhodan riss die Augen auf und fuhr aus dem Sessel hoch. Statt der Farbspiele zeigte das Trivid eine auf einen einfachen Holzstuhl gefesselte Frau, die ihm den Rücken zuwandte.

»Was …?«, stieß er hervor. »Servo, schalte zurück auf *Sphero-Tranquil.«*

»Der Kanal läuft bereits«, antwortete die Hauspositronik.

Tut er nicht, wollte Rhodan widersprechen, verkniff es sich aber. »Umschalten auf *Augenklar.«* Nichts geschah. Weiterhin saß die Frau mitten im Holo, dreidimensional und gefesselt. »Ich sagte: Umschalten.«

»Das habe ich getan.«

»Warum sehe ich trotzdem keine Nachrichten?«

»Das weiß ich nicht. Ich kann keine Störung feststellen.«

Ehe er der Sache weiter auf den Grund gehen konnte, erklang erneut die Männerstimme: »Ah! Du versuchst umzuschalten. Das bedeutet, du bist zu Hause und empfängst meine Sondersendung nur für dich. Sehr schön. Es gibt zwei Möglichkeiten, Perry Rhodan. Entweder bemühst du dich herauszufinden, wie es mir gelang, mich in dein Trivid-Signal einzuschleusen, was eigentlich unmöglich sein sollte. Ich weiß, ich weiß.« Ein kurzes, nicht unfreundliches Lachen schloss sich an, gefolgt von einem Ächzen wie unter Schmerzen; der Sprecher kam die ganze Zeit über nicht ins Bild. »Oder du hörst mir ein paar Minuten zu und rettest damit vielleicht sogar ein Menschenleben. Das Leben – wie du dir zweifellos denken kannst – dieser armen Frau.«

Die Gefesselte zerrte an den Riemen, die sie auf den Stuhl schnürten, kam aber nicht frei. Sie stieß dumpfe, verzweifelt klingende Laute aus. Wahrscheinlich war sie geknebelt.

»Ich möchte dir eine Aufgabe stellen«, fuhr die Stimme im Plauderton fort.

Plötzlich verschwand die Frau aus dem Holo, stattdessen erschienen zwei deckenhohe, sich spiralförmig umkreisende Stränge, zwischen denen Verbindungen wie die Sprossen einer Leiter verliefen. Um das Bild schwebten zahlreiche Buchstabenkolonnen. TACCCTGACAAGGT. Immer wieder die gleichen vier Buchstaben in unterschiedlichsten Kombinationen. Sie tanzten durch Perry Rhodans Wohnzimmer, projiziert vom Trivid-System.

»Ein gebildeter Mensch wie du weiß gewiss, was er da betrachtet.« Die Stimme klang weiterhin locker. »Ich sage es dir trotzdem: Vor dir siehst du einen genetischen Kode. Ich habe ihn bewusst in die etwas vereinfachte Darstellung gebracht, wie ihr Terraner sie gerne benutzt, obwohl es weitaus bessere Modelle gibt. Deine Aufgabe ist, herauszufinden, was es damit auf sich hat.«

Die stilisierte Erbgutdarstellung erlosch und machte erneut der gefesselten Frau Platz. Von ihrer Umgebung war mit Ausnahme einer hellen Wand nichts zu erkennen.

»Dir bleiben vierundzwanzig Stunden, dieses kleine Rätsel zu lösen. Dann werde ich mich melden und dir weitere Anweisungen erteilen. Oh, ich weiß, du lässt dir nicht gerne Befehle geben. Erst recht nicht, wenn du ihren Sinn nicht begreifst. Aber ich halte dich für einen Mann mit hohen moralischen Werten. Deshalb will ich für die nötige Motivation sorgen: Solltest du die Aufgabe nicht bewältigen, wird die Gefangene sterben. Solltest du dich an die Polizei, sonstige Ordnungskräfte oder deine Freunde mit den ... besonderen Kräften wenden, wird sie sterben. Sollte ich auch nur die Spur eines Verdachts bekommen, dass du nicht kooperierst, wird sie ... nun, du weißt schon.«

»Was soll das?«, fragte Rhodan und trat näher an das Holo heran. Auch wenn er nichts tun konnte, wollte er nicht im Sitzen zuhören. »Was bezweckst du mit diesem kranken Spielchen?«

»Du kennst mich nicht«, fuhr der Mann fort, ohne auf die Frage einzugehen. Konnte er Rhodan überhaupt hören? »Also kannst du nicht einschätzen, wie ernst es mir ist. Lass dir sagen: Es ist mir todernst. Ich werde nicht davor zurückschrecken, meinem Gast etwas anzutun. Eine kleine Kostprobe?«

Die Kameraperspektive veränderte sich ruckartig. Die zerzausten Haare rückten näher. Die Aufnahmeoptik fing den schweißnassen Nacken der Frau ein, flog um sie herum, zeigte ihr schweres Atmen. Kurz kam ein Medoroboter ins Bild. Auf einem seiner Behandlungsarme saß ein Bohraufsatz, der just in diesem Augenblick zu rotieren begann.

»Nein!«, rief Rhodan. »Tu das nicht!«

Aber der andere hörte ihn nicht. Oder wollte ihn nicht hören.

Der Bohrer näherte sich der gefesselten Hand. Finger verkrampften sich in die Stuhllehne, ein Zeichen von Angst. Der Bildausschnitt glitt nach oben. Zoomte auf die Augen der Gefangenen, die sich in Schmerz und Panik weiteten. Ein Schrei ertönte, vom Knebel gedämpft; dennoch war die Qual überdeutlich.

Rhodan wich einen Schritt zurück, als könne er so dem Entsetzen und der Fassungslosigkeit entkommen.

Plötzlich brach Chaos aus.

Riesig kam der Robot ins Bild, als wäre es der Frau gelungen, ihn von sich zu treten, und er hätte nicht schnell genug gegengesteuert. Er stieß an die Kamera. Der Raum flog förmlich an Rhodan vorbei. Für den Bruchteil einer Sekunde sah er eine weitläufige Halle, dann eine Lamellenjalousie. Der Medoroboter fiel gegen die Lamellen, schwebte aber sofort wieder auf sein Opfer zu. Der Bildausschnitt raste nach unten zu einem glatten Fußboden. Erneut ertönte der gedämpfte Schrei der Frau.

Die Szenen aus der Lagerhalle und der Schrei brachen ab, und zum zweiten Mal erschienen der Kode und das Meer aus Buchstaben im Holo.

»Denk dran«, sagte die Stimme. »Dir bleiben vierundzwanzig Stunden.«

Es wurde still. Die Übertragung endete. Wie eine Mahnung stand das letzte Bild davon im Raum. Etwas abseits der Kombinationen aus C, G, A und T, direkt neben einer Windung der Doppelhelix, bemerkte Rhodan einen Begriff, der zusätzliche Buchstaben enthielt. *TRIVID 0.*

»Trivid null?«, las er laut.

Was mochte das bedeuten? Eine Textbotschaft? Ein Hinweis, dass es die erste Nachricht des Entführers an Perry Rhodan war? Aber warum dann nicht TRIVID 1?

Lian starrte den Schriftzug an.

Erst Sekunden nachdem Rhodan die Aufzeichnung stoppte, löste sie sich aus der Erstarrung und sah den Unsterblichen an. »Das ist … entsetzlich. Wieso hast du die Sendung aufgezeichnet?«

»Das musste ich gar nicht. Der Absender hat es mit einem

Signal an die Positronik so gesteuert. Was einleuchtet – schließlich soll ich herausfinden, was es mit diesem Kode auf sich hat. Das ist schwer möglich, wenn ich ihn nur einmal kurz sehe.«

»Ich verstehe trotzdem nicht, wie ich dir helfen könnte. Warum denkst du, ich sei der Schlüssel zu dem Rätsel?« In Wirklichkeit war ihr längst ein Verdacht gekommen; sie wollte, dass Rhodan es aussprach.

Was er auch tat. »Der Kode ... es ist deiner.«

»Woher weißt du das? Sind solche Daten nicht vertraulich?«

Rhodan lächelte. »Selbstverständlich. Mit einem guten Namen, einer hohen Sicherheitseinstufung und reichlich Beziehungen habe ich es trotzdem herausgefunden. In den medizinischen Datenbanken tauchst du nicht auf, was ungewöhnlich genug ist. Aber vor drei Jahren warst du in eine Rauferei verwickelt, bei der ...«

Lian hob die Arme. »Themenwechsel!«

Damals war sie nach dem Abschluss einer interaktiven Trivid-Serie in eine altmodische Bar gegangen, eine von denen, in denen menschliche Bedienungen die Getränke in echten Gläsern ausschenkten. Sie wollte ein wenig feiern, mit den wenigen Bekannten, die sie hatte.

Der Alkohol in den Getränken war auch echt gewesen, ebenso die arrogante Frau, mit der sie in Streit geraten war. Diese hatte ihrem Partner – einem von Lians Kunden, wie sie schnell heraushörte – aus Eifersucht eine Szene gemacht. Sie hatte behauptet, »dieses maskierte Flittchen« müsse betrügen, weil sie so traumwandlerisch sicher die einzelnen Herausforderungen meistere. »Außerdem stehst du nur auf ihren knackigen Arsch«, hatte sie weitergeschimpft.

Eine handfeste Auseinandersetzung war gefolgt, mit zu viel Alkohol im Blut und mit zu vielen Händen in fremden Gesichtern. Noch Tage danach hatte Lians Kopf gebrummt. Seitdem blieb sie lieber zu Hause, vertiefte sich lieber in ihre Trivid-Welten.

Eine Episode ihres Lebens, an die sie nicht erinnert werden wollte. Und von Perry Rhodan schon gar nicht.

»Wie dem auch sei«, sagte er. »Mir ist egal, was du damals getan hast. Ich bin selbst kein Heiliger, weißt du.«

»So?«

Er grinste. Irgendwie gefiel er ihr.

»Die Polizei hat damals deine Daten erfasst«, fuhr er fort, »und so bin ich nach einigem Suchen darauf gestoßen.«

»Ich verstehe es trotzdem nicht.« Oder? Wieder kam ihr der Gedanke, es könnte einer ihrer Zuschauer sein. Befand sich unter den 900 000 ein Geisteskranker, der sie ausfindig gemacht hatte und ihre Aufmerksamkeit erringen wollte, indem er Perry Rhodan vor seinen Karren spannte? Nein, diese Idee war zu weit hergeholt. »Ich kenne den Typen nicht. Zumindest habe ich seine Stimme nicht erkannt.«

»Aber vielleicht kennst du die Frau, die er entführt hat.«

Sie hatte das Bild ignoriert. Es war zu verstörend. »Findest du? Wieso sollte ich?«

»Ich zeig es dir noch mal.«

»Nein, lass das, ich ...«

»Positronik, Bildelement 3486«, sagte er ungerührt.

Na klasse. »Du scheinst die Botschaft schon auswendig zu kennen.«

Er ging nicht darauf ein. Und das Trivid-Bild zeigte das Gesicht der Entführten in Großaufnahme, aus dem Moment, ehe der Bohraufsatz des Roboters auftauchte.

»Hier sind die Gesichtszüge deutlicher zu sehen als später, als sie ...« Er brach kurz ab. »Als sie schreit.«

Der Knebel verbarg die Mundpartie, aber das Kinn, die Nase, die Augen, die Farbe der zerzausten Haare ... es war überdeutlich.

Perry Rhodan schaute Lian auffordernd an. Der verdammt wichtigste Mann der Menschheitsgeschichte schaute *sie* an und wartete auf ihre Reaktion. Na gut, warum sollte sie ihm den Gefallen nicht tun? »Sie ähnelt mir. So könnte ich in zwanzig oder dreißig Jahren aussehen.«

»Deine Mutter?«

Lian schüttelte den Kopf. »Ist tot.«

»Die Ähnlichkeit ist überdeutlich. Das kann kein Zufall sein. Schon gar nicht, wenn in der Botschaft ausgerechnet dieser Kode auftaucht.«

»Mutter ist tot«, wiederholte sie.

»Sieht aus, als würde sie noch leben. Was weißt du über ihren ...«

»Ich war ein kleines Kind. Und, Perry, sie *ist* tot. Das ist meine älteste Erinnerung. Ich habe sie gefunden, und ... können wir das Thema wechseln?«

»Gern. Von den vierundzwanzig Stunden, die mir der Unbekannte zugestanden hat, bleiben vierzehn. Zeit, die wir nutzen sollten. Darf ich eine DNS-Probe von dir nehmen?«

»Warum?«

»Um den Eintrag in der polizeilichen Datenbank zu überprüfen. Etwas ist daran seltsam.«

»Was?«

»Zum Beispiel die Tatsache, dass dein Genom nicht nach deiner Geburt in den Medosystemen abgelegt worden ist.« Er winkte ab. »Es steht dir frei, ob du der Entnahme zustimmst.«

Sie musste nicht lange nachdenken. »Das Ganze hat mit mir zu tun, das ist für mich Grund genug. Ich bin einverstanden, aber nur, wenn ich dazu nicht zu einem Arzt muss.«

»Nicht nötig. Wir können das gleich hier erledigen.«

»Klar. Du bist Perry Rhodan und so.«

»Gut beobachtet.« Er lächelte.

»Und du hast bestimmt alles vorbereitet, weil du wusstest, dass ich zustimme.«

Er verschwand aus dem Zimmer und kehrte nach Sekunden zurück, mit einem roten Gerät, flach wie eine Scheibe und gerade so groß wie ein Handteller. Eine Stelle an der Unterseite schimmerte grün. »Darf ich?«

»Was brauchst du?«

»Deinen Arm, deinen Nacken – was dir lieber ist.«

»Wird's wehtun?«

»Du spürst es kaum.«

Sie hielt ihm die rechte Hand hin. Er fuhr mit dem grünen Bereich des Geräts über ihren Daumen; es ziepte leicht. »Das war's. Meine Servosysteme analysieren das schnell; dauert trotzdem ein wenig.«

Lian winkte ab. »Ich möchte die Aufzeichnung noch einmal sehen. Mir ist etwas aufgefallen.«

»Hier!«

Lian saß auf der Couch, die Beine im Schneidersitz auf der Sitzfläche abgelegt. Rhodan betrachtete sie nachdenklich: schwarze Haare, leicht asymmetrischer Schnitt, akzentuierte Augenbrauen, insgesamt ein sehr selbstbewusster Blick. Lian sah aus, als trainiere sie regelmäßig; ein trägerloses Hemd ohne auffallende Farbmuster, wie sie derzeit Mode waren, und eine schwarze Hose betonten die Figur.

Spätestens bei diesem Wort wusste Perry Rhodan, dass die junge Frau über eine erstaunliche Beobachtungsgabe verfügte. Sie stoppte das Bild der aufgezeichneten Trivid-Botschaft an einer Stelle, der er keine besondere Beachtung geschenkt hatte.

Ein Fehler!

Der Medoroboter war offenbar von der Gefangenen weggestoßen worden und fiel gegen die Jalousie. Der ausgestreckte

Tentakelarm mit dem Bohraufsatz schlug durch die Lamellen, krachte an das Fenster. Es dauerte nur eine Zehntelsekunde, bis die Maschine den Arm zurückzog und sich der Sichtschutz wieder schloss.

Höchstens eine Zehntelsekunde lang zeigte ein kleiner Bildausschnitt, was *hinter* der Scheibe lag.

»Ist es dir nicht aufgefallen?«, fragte Lian.

»Nein«, gab Rhodan zu. »Du bist gut. Aber die Positronik hatte mich bereits darauf gestoßen. Die Vergleichsdaten müssten jeden Moment eintreffen.«

Lian trat in das Trivid-Bild und berührte den Ausschnitt des Fensters. »Positronik, zoome diesen Bereich größer.«

Die Darstellung änderte sich, der Medoroboter wuchs ins Riesenhafte, und Lian erschien mit einem Mal winzig. »Spektralanalyse und Bildvergleich!«, forderte sie. »Was sehen wir hier?«

Rhodan ging durch die Holo-Wiedergabe des Tentakelarms. »Du machst das nicht zum ersten Mal. Wer bist du? Die Gensequenz brachte mir deinen Namen und die Adresse, aber sonst nichts.«

»Ich bin Künstlerin«, sagte sie.

»Welches Gebiet? Malen? Schreiben?«

»Gedächtnis- und Trivid-Künstlerin.«

»Trivid-Künstlerin«, wiederholte er. »In einem Entführungsfall, in dem mir via Trivid eine Botschaft überbracht wird, die zu allem Überfluss mit ›TRIVID 0‹ signiert ist?«

»Ganz genau. Und das wird kaum Zufall sein. Wir können später über meinen Job plaudern, wenn wir das hier geklärt haben. Positronik, wo bleibt die Spektralanalyse des Lichts hinter dem …?«

»Die Landschaft liegt mit einer Wahrscheinlichkeit von 93,7 Prozent auf dem Mars«, unterbrach der Hausrechner. »Das Maß der Helligkeit und das Spektrallinienmuster eines Quarzes, der aus dem Boden ragt, sprechen dafür.«

Lian fluchte, sagte »Mars« und fluchte erneut.

»Was stört dich daran?«

»Ich bin erst seit vier Jahren auf der Erde. Meine Familie stammt …«

»… vom Mars?«

»Ich bin in der Siedlung Valerysion geboren.«

Rhodan deutete auf den Fensterausschnitt. *»Dort?«*

»Keine Ahnung. Man sieht viel zu wenig. Außerdem kann ich mich sowieso nicht mehr an die Umgebung erinnern. Ich war drei, als meine Mutter starb und ich wegging. Erst mal zum Jupitermond Europa.«

»Mit deinem Vater?«

»Den kannte ich nie. Ist eines Abends gegangen, um Zigaretten zu holen. Muss eine recht seltene Marke sein, denn er ist noch nicht zurückgekehrt.« Sie zuckte mit den Achseln. »Und nun bloß kein Mitleid! Ich habe mich durchgeschlagen, bis ich vor vier Jahren nach Terra kam und meine Karriere begann. Ich war eine Waise. Na und? Das waren viele, mein Gott!«

Rhodan suchte ihren Blick. »Du kannst gern Perry zu mir sagen.«

»Was?« Sie schaute ihn verwirrt an. Und lachte. »Du bist gut. Die meisten machen irgendwelche peinlichen Sprüche, wenn sie von meiner traurigen Kindheit erfahren. Positronik, stammt diese Aufnahme aus der Mars-Siedlung Valerysion? Zieh alles vergleichende Bildmaterial in die Analyse mit ein.«

Rhodan wandte sich an Lian. »Notfalls greife ich auf aktuelle Bilder zu. Wir werden es bald wissen.«

»Die Vermutung ist korrekt«, informierte der Hausrechner. »Der Blick geht aus einem Gebäude am nördlichen Rand von Valerysion in Richtung des großen Raumhafens Marsport VII. Die Siedlung liegt im Oudeman-Krater.«

Lian drehte sich um, ging einige Schritte und ließ sich auf

Rhodans Couch fallen. Sie massierte sich die Schläfen. »Wie schnell können wir aufbrechen?«

»Gar nicht.«

»Wieso? Es gibt eine Spur, und jetzt gehen wir los und befreien diese Frau, die angeblich meine Mutter sein soll. Es bleiben ... dreizehn Stunden und siebenunddreißig Minuten? Genug, um rasch zum Mars zu reisen oder uns von einem Transmitter dorthin versetzen zu lassen. Wir zeigen diesem Entführer, dass wir uns von ihm nicht ...«

»Nicht *wir*, Lian«, fiel ihr Rhodan ins Wort. »Das ist gefährlich. Dir fehlt jegliche Erfahrung in solchen Dingen – nehme ich an. Ganz im Unterschied zu mir. Du magst eine großartige Trivid-Künstlerin sein, und wie du die Spur gefunden hast, das war phantastisch. Den Rest erledige ich.«

»Ach ja? Diese Frau kann nicht meine Mutter sein, aber es hat etwas mit mir zu tun, und ich will wissen, was! Wie kommt der Kerl an meine Gensequenz?«

»Ich halte dich auf dem Laufenden. Und ich danke dir für deine Unterstützung.« Rhodan deutete zur Tür. »Jetzt dürfen wir keine Zeit mehr verschwenden.«

Lian erhob sich und folgte der Aufforderung. »Ich bin einverstanden. Ich verschwinde. Doch eins muss dir klar sein. Ich bin nicht nur eine großartige Trivid-Künstlerin, sondern auch eine *erfolgreiche* Trivid-Künstlerin. Ich habe Geld. Und wenn du mich nicht mitnimmst, kaufe ich mir eine Transmitterverbindung und gehe auf eigene Faust zum Mars.«

»Das darfst du nicht.«

»Halt mich davon ab.«

»Ich könnte dich ...«

»Vergiss es.«

Rhodan zögerte keine Sekunde länger. »Komm mit. Wir benutzen meine private NEREIDE-Space-Jet. Der Mars liegt ja nur einen Katzensprung entfernt. Aber eine Frage hätte ich noch.«

»Ja?«

»Kannst du mit einem Kampfanzug umgehen?«

Lian ärgerte sich über sich selbst.

Es war ihre eigene Schuld. Sie hatte darauf gedrängt, mitzukommen. Sie musste wissen, was das alles sollte. Wer sie da in was auch immer hineinziehen wollte – und wieso. Warum das Opfer aussah, als wäre es ihre Mutter. Und ungefähr tausend andere Dinge.

Dennoch *hasste* sie es, Weltraumflüge zu unternehmen. Sie hatte die Erde nie mehr verlassen wollen, zumindest nicht außerhalb von Trivid-Szenarien. Die Menschheit hatte im All nichts verloren, ihrer Meinung nach – obwohl sie damit der allgemeinen Auffassung widersprach.

Garantiert hätten sich Millionen von Leuten darum gerissen, sich von Perry Rhodan höchstpersönlich in dessen Space-Jet zum Mars fliegen zu lassen … ihr gefiel es trotzdem nicht! Auch nicht ausgestattet mit einem SERUN, einem Schutz- und Kampfanzug mit neuester Technologie. Sie kannte sich damit einigermaßen aus, weil sie einmal die Rolle eines Raumlandespezialisten gespielt hatte – in ihrer Privatversion einer actionreichen Trivid-Serie. Dennoch fühlte es sich fremdartig an.

Du bist darin bestens geschützt, wenn wir den Raum stürmen, hatte Rhodan gesagt.

»Du siehst nachdenklich aus«, stellte er fest; er schaute sie vom Pilotensitz aus an. Rhodan steuerte selbst; natürlich tat er das. Er hatte schon ganz andere Raumschiffe bis in die entferntesten Winkel des Universums gesteuert.

»Du etwa nicht? Du hast eben doch etwas durchdacht.«

Er lachte. »Ich habe mich gefragt, wie der Entführer es geschafft hat, sich in mein Trivid-System einzuhacken. Das ist schlicht unmöglich! Die Sicherungen sind zu groß, und meine

Servos sind so programmiert, dass sie auf jeden Manipulationsversuch sofort mit einer völligen Abschaltung des Trivids reagieren. Außerdem frage ich mich ungefähr tausend weitere Dinge.«

»Geht mir genauso«, sagte Lian.

»Offenbar sind wir ein perfektes Team. Wenngleich du mich erpresst hast, um ins Team zu kommen.«

»Eine gute Erpressung sieht anders aus.«

In der Sichtscheibe der Space-Jet näherte sich der Rote Planet. Ein imposanter Anblick, das musste Lian zugeben.

Ganz so rot wie in den historischen Aufzeichnungen war der Mars nicht mehr, dreitausend Jahre menschlicher Besiedelung und eine Reihe von komplizierten Veränderungen hatten dazu beigetragen. Lian hatte sich um diese Details nie gekümmert. Für sie war wichtig, dass der Mars eine atembare Sauerstoffatmosphäre und jede Menge Wasser aufwies.

»Warum hast du keinen deiner Freunde mit ihren ... legendären Spezialfähigkeiten mitgenommen?«, fragte Lian.

»Mit jeder Person steigt die Gefahr, dass der Entführer aufmerksam wird. Was, wenn er meine Freunde überwachen lässt? Dass wir beide unterwegs sind, ist etwas anderes – wir gehören offenbar zum Spiel.«

Rhodan steuerte den Planeten an, ließ sich vom Leitsystem erfassen und steuerte dann seinen eigenen Kurs. Sie jagten durch eine Wolkendecke, inmitten von Weiß und Grau und prasselndem Regen, und blickten nur noch auf einen winzigen Ausschnitt dieser Welt: auf den Oudeman-Krater mit der Siedlung Valerysion, einer Kleinstadt mit gerade mal 30 000 Einwohnern. Vielleicht inzwischen auch 40 000 Leute. Ein Fliegenschiss im Vergleich zu den fast anderthalb Milliarden Marsbewohnern.

Valerysion war nicht mal schön, sondern bestand aus grässlichen fünf- oder sechsstöckigen Gebäuden, die sich allzu geplant um vier Parks reihten. Rhodans Hausrechner hatte das genaue Haus bestimmt, in dem die Entführte festgehalten wurde; die Halle einer stillgelegten Kleinfabrik.

Ein Piepsen ertönte; Rhodan schaute beiläufig auf sein Armbandkommunikationsgerät. Offenbar war gerade eine Nachricht eingegangen. Er las sie.

»Oh«, hörte Lian.

»Was ist?«, fragte sie.

»Nichts Wichtiges«, meinte er.

»Du lügst«, sagte sie ihm ins Gesicht.

»Stimmt«, gab er zu. »Ich sag es dir später. Ich muss landen.«

Als ob die Routinelandung auf einem ausreichend großen Landefeld am Rand eines der Parks die volle Konzentration des wohl besten Piloten der Menschheit gefordert hätte. Na gut, das war vielleicht etwas übertrieben. Außerdem reichte es mit der Verehrung allmählich.

Sie verließen die Space-Jet, und zum ersten Mal seit neunzehn Jahren atmete Lian wieder die Luft des Mars. Sie schmeckte genauso wie auf der Erde. Nur dass sie dort *echt* war, während man auf diesem Planeten irgendwann einen künstlichen Prozess angestoßen hatte, um eine Atmosphäre zu erschaffen.

Inmitten des Parks glitzerte ein See in der Sonne. Vögel kreisten darüber und krächzten ihre Rufe. Einige klangen wie das Jammern eines Kindes; die Erinnerung traf Lian fast schmerzhaft intensiv. Daran entsann sie sich nach den neunzehn Jahren genau, und mochte sie damals noch so klein gewesen sein.

Der Gelbschnabel-Sturmtaucher und sein Ruf ... diese Vogelart war vor Generationen auf dem Mars angesiedelt worden und hatte sich dort massenhaft verbreitet, während sie auf Terra ausstarb. Verrückt, wie die Erinnerung wiederkam, als sie die Rufe hörte.

Ein paar Familien spazierten um den See, aber viel war nicht los, ebenso wenig in den Straßen, die zu dem Gebäude führten. Ihre SERUNS waren in den sogenannten Mimikry-Modus geschaltet; sie sahen beide aus, als würden sie normale Freizeitkleidung tragen. Rhodans Gesicht erschien darüber hinaus verwandelt; etwas älter, mit einem Zehn-Tage-Bart und schwarzem Haar samt buschigen Augenbrauen.

Niemand beachtete sie, als sie vor ihrem Ziel standen.

Das Haus war flacher als die Nachbargebäude; nur zwei Stockwerke, breit wie eine Halle. Auf dem silbrigen Dach spiegelten sich Lichtreflexe.

Rhodan schaute auf sein Multifunktionsarmband. Es diente unter anderem als Ortungs- und Tastgerät. »Es scheint keiner im Gebäude zu sein. Alles ist energetisch unauffällig.«

»Aber wir sind richtig?«

»Garantiert.«

»Und jetzt?«

»Ortungen können täuschen. Schauen wir nach.«

»Der hehre Mister Rhodan will einen Einbruch begehen.«

»Ich bin schon öfter irgendwo eingebrochen, als du zu Mittag gegessen hast.«

Sie gingen um das Haus, in einen schmalen Durchgang zwischen dem Nachbargebäude. Dort wuchs Moos auf den Wänden, und auf dem Boden lag allerlei Unrat. Sie gingen an einem Berg aus Flaschen vorbei, der Gestank nach vergorener Milch drehte Lian den Magen um. Dahinter lag eine Tür.

»Voilà!«, meinte Rhodan.

»Was soll das heißen?«

»Eine uralte terranische Sprache«, erklärte er. »Das bedeutet, dass das unser Weg nach drinnen ist.«

»Lass mich!«, forderte Lian. Es kostete nur zwei Sekunden und den Einsatz eines Energiestrahlers, das Schloss zu zerstören. Die Tür schwang leise quietschend auf.

Mit einem Mal überkam sie ein merkwürdiges Gefühl. Es ging zu einfach. Viel zu einfach. Sie dachte an all die Trivid-Szenarien, die sie durchgespielt hatte. Und daran, was ein so unkomplizierter Zugang meist bedeutete: eine Falle.

Im Haus war es dunkel.

Still.

Und leer.

Mithilfe des Nachtsichtmodus ihres SERUNS erkannte Lian, dass sich in diesem Raum tatsächlich niemand aufhielt. Die Halle füllte die gesamte Grundfläche des Gebäudes aus.

Rhodan schaltete seine Helmlampe an. Der Lichtstrahl schuf düsteres Zwielicht und riss die Silhouette eines Stuhls aus der Dunkelheit.

Des Stuhls aus der Trivid-Botschaft. Auch die Lamellenjalousie vor dem Fenster ganz in der Nähe sah Lian.

»Zu spät«, stellte er das Offensichtliche fest.

Lian ballte vor Enttäuschung die Hände zu Fäusten. Aber immerhin hatte sich ihre Befürchtung einer Falle nicht bestätigt. Besser als nichts. »Dann beantworte mir wenigstens eine der vielen offenen Fragen.«

»Gern, wenn ich kann.«

»Oh, du kannst. Welche Botschaft hast du erhalten, ehe wir gelandet sind? Hat sich der Entführer gemeldet?«

Rhodan zögerte kurz. »Nein. Mein Servosystem.«

»Was sagt es?«

Ein tiefes Durchatmen. »Deine Genanalyse ist beendet.«

»Und? Stimmt es etwa nicht mit der Gensequenz überein, die du er ...«

»Doch.«

»Aber?«

»Die Analyse war exakter. Ich habe dich sozusagen gründlich durchgecheckt.«

»Und was erfahren?«, fragte Lian wütend. »Nun sag schon!«

»Etwas stimmt mit dir nicht.«

»Bin ich krank?«

»Nein.« Rhodan ging zum Fenster, hob einige Lamellen und schaute nach draußen. »Wie alt bist du?«

»Zweiundzwanzig. Aber was tut das jetzt zur Sache?«

»Weil es laut der genetischen Analyse nicht stimmt.«

»Ach ja?«

Nun sah er sie doch an. Er kam sogar näher, legte ihr die Hand auf den Arm. »Du bist vier, höchstens fünf Jahre alt«, sagte Rhodan.

In diesem Augenblick explodierte die Wand vor ihnen, und ein Kampfroboter brach hindurch.

Kapitel 1:
Tod einer Trivid-Heldin

Eben stand der Stuhl noch da, völlig harmlos, am selben Platz wie seit Stunden; einen Atemzug später verging er in einem Feuersturm.

Lian Taupin wollte schreien, als der Tod auf sie zuraste – doch es blieb keine Zeit. Wie hätte sie einem Energiestrahl ausweichen sollen? Das ging nicht mal in schlechten Trivid-Serien. Nur in *ganz* schlechten.

Wie seltsam, dass ich überhaupt noch darüber nachdenken kann, schoss es ihr durch den Kopf. *Oder bin ich längst tot? Fühlt es sich so an? Ist das hier der …*

Etwas rammte sie und riss sie mit sich. Genauer gesagt, jemand: Perry Rhodan.

Zu zweit krachten sie gegen die Seitenwand der Halle. Lian spürte es kaum. Natürlich nicht. Der Schutzschirm des SERUN-Kampfanzugs bewahrte sie davor. Sie kam sich wie gelähmt vor und fragte sich, wieso. Schließlich hatte sie dieses Szenario schon tausendmal durchgespielt, hineingeschlüpft in interaktive Trivid-Rollen: der Angriff der Kampfroboter. Ein Klassiker, bekannt in Hunderten Variationen. Nur, dass es diesmal echt war.

Na und?

Sie trug einen SERUN und einen Energiestrahler, und sie konnte mit beidem umgehen. Sie hob den Arm, feuerte. Die ersten Schüsse der Salve schmetterten in den Schutzschirm des mechanischen Angreifers, den sie dahinter wie in einem Stroboskop sah, mal umflossen von greller Helligkeit, mal selbst leuchtendes Metall inmitten dunkler Wolken.

Der zentrale Leib des Roboters bestand aus einer vollkommen glatten Kugel, bewehrt mit einem Waffenarm, dessen Spitze aufleuchtete, wenn die Maschine feuerte. Auch aus dem einzigen Gelenk, dem *Ellbogen*, ragte ein Abstrahldorn, über den energetische Blitze züngelten.

Lians Angriff ließ den Schutzschirm der Kampfmaschine flackern, bis er zusammenbrach. Ein Energiestrahl jagte genau in die Mündung des Waffenarms, die explodierte. Der Arm riss ab, überschlug sich in der Luft. Die Zentralkugel glühte, die Hülle platzte und spuckte mechanische Eingeweide aus, die auf den Boden prasselten.

Lian schrie. Endlich kam der Laut heraus, aber nun jubelnd vor Begeisterung. Sie war ganz in ihrem Element, fühlte sich lebendig wie sonst nur in fiktiven Trivid-Szenarien.

War da nicht noch ein zweiter Angreifer?

Sie entdeckte ihn – und einen dritten, vierten, fünften. Sie strömten durch die geborstene Wand dieser Lagerhalle, in der Lian mit Perry Rhodan ein Rätsel hatte lösen wollen und stattdessen in eine Falle geraten war.

Hatte ich nicht genau das erwartet, als wir allzu leicht eindringen konnten? Das roch nach einem Hinterhalt! Das echte Leben war also doch nicht mehr als die Abwandlung einer guten Show. Es funktionierte nach denselben Gesetzen.

Davon abgesehen, dass man starb, wenn es schiefging. *Aber nicht heute!* Sie feuerte weiter gegen das Heer der Angreifer. Es schien kein Ende zu nehmen. So war das eben, wenn man den nächsten Handlungsabschnitt erreichen wollte und zuvor die Horden des Gegners …

»Lian!«, hörte sie im Helmfunk. »Was tust du? Wir müssen hier weg!«

»Die schaffe ich noch«, schrie sie zurück. Vor ihr explodierte der Boden. Splitter sirrten in ihren Schutzschirm und verglühten. Andere durchschlugen die Lamellenjalousie und das Fenster. Draußen schien die Sonne, irgendwie unwirklich, wie in einem fremden Universum.

Das ist die echte Sonne! Ich bin tatsächlich auf dem Mars! Mit dem verdammt wichtigsten Mann der Menschheitsgeschichte. Volltreffer! Was für eine Show! Ihr Herz hämmerte, Adrenalin pulste durch die Adern. Die Fingerspitzen kribbelten.

Ihr Schirm flackerte. Die Welt verschwand hinter einem Vorhang aus Feuer. Sie glaubte, das Prasseln auf ihrer Haut zu spüren. Kam es von außen, oder hörte sie es über die Funkverbindung?

Es knackte in ihren Ohren. Sie fühlte leichten Schwindel. Ging es nun zu Ende?

Aber doch nicht jetzt, wo so viele Fragen aufgetaucht sind!

Sie wollte Antworten. Darauf, wie die Entführung, die sie erst zu Perry Rhodan und anschließend zum Mars geführt hatte, mit ihr zusammenhing. Wieso das Opfer wie ihre tote Mutter aussah. Und vor allem, wie ihre Genanalyse das lächerliche Ergebnis bringen konnte, dass sie vier, höchstens fünf Jahre alt sein sollte.

Albern!

Sie war zweiundzwanzig!

»Ich bin Lian Taupin!«, schrie sie. In diesem Augenblick, umgeben von den Feuerlohen der energetischen Entladungen, fühlte sie sich eingekesselt wie manchmal in ihren Nächten: einsam, bedrückt, bedrängt von Albträumen über Hilflosigkeit, Verzweiflung und unbeschreibliche Enge.

Mit dem nächsten Atemzug brach ihr Schutzschirm zusammen. Die Luft schmeckte anders. Die Glut der brennenden Halle verkohlte ihre Nasenhärchen und versengte ihre Haut. Ihre Lungen entflammten.

Lian schloss die Augen, aber die Hitze fraß sich durch die Lider. *Wenn ich jetzt weine, verwandeln sich meine Tränen in Dampf*, dachte sie und hätte fast gelacht. *Stattdessen sterbe ich.*

Perry Rhodan fluchte.

Wie hatte er sich nur von Lian überreden lassen können, sie mitzunehmen? Sie verfügte über keinerlei Einsatzerfahrung, und das bewies sie in diesen Sekunden überdeutlich. Sie stürzte sich auf naive, selbstmörderische Weise in einen Kampf, den sie nicht gewinnen konnte. So, als wäre es ein Spiel. Oder eine ihrer Trivid-Shows, in die sie sich interaktiv einbrachte. Nur, dass auch noch so versierte Trivid-Kunst nichts mit dem wahren Leben zu tun hatte …

Er wollte mit ihr fliehen, doch es schien, als höre sie nicht, was er ihr über Funk zurief. Störte etwas die Verbindung? Der SERUN gab an, dass Lian die Nachricht empfing.

Er rief sie erneut an. Wieder keine Reaktion.

Sie feuerte aus einem völlig zerstörten Bereich der Halle. Der Boden vor ihr war eingebrochen. Brennende Trümmer prasselten ins Kellergeschoss wie Fackeln, die in die Finsternis eines Brunnenschachtes fielen. Flammen umgaben Lian; ihr Schutzschirm irrlichterte blau und grün inmitten des lodernden Rots und der schwarzen Wolken.

Rhodan musste sie dort herausholen.

Ja – er hatte sie mit auf den Mars genommen in der Hoffnung, das Entführungsopfer befreien zu können … aber nicht, ohne heimlich Vorbereitungen zu treffen: Der Schutzanzug, den er Lian gegeben hatte, war so präpariert, dass er ihn im Notfall übernehmen und fernsteuern konnte. In einem Notfall wie diesem. Wenn sie nicht freiwillig mit ihm aus dieser Hölle floh, zwang er sie eben.

Doch ehe Rhodan dazu kam, die Parallelschaltung der SERUNS zu initiieren, brach Lians Schutzschirm zusammen.

Sie stand mitten im Chaos, völlig ungedeckt, von loderndem Feuer umgeben. Der nächste Schuss musste sie töten. Rhodan raste los. Er wollte sie unter seinen Schirm nehmen. Aber er würde zu spät kommen; den Robotern konnte diese Chance nicht entgehen.

Die Kampfmaschinen schossen nicht.

Stattdessen jagte ein Roboter näher und löschte einen Teil der Flammen, die Lian umgaben.

Was sollte das bedeuten? Rhodan musste sich täuschen! Er schoss auf die Maschine, trieb sie zurück und wurde selbst unter Feuer genommen. Er stockte, gab seinem SERUN den Befehl, auf Lians Schutzanzug zuzugreifen, dessen Flugfunktion zu aktivieren und sie zu ihm zu bringen.

Ihr Kampfanzug sprach nicht an. Offenbar war er zu stark beschädigt. Lian sah sich hektisch um, suchte nach einem Ausweg. Ein Riss platzte in der Decke über ihr auf. Er verästelte, verbreiterte sich. Farbe rieselte wie Staub herab und wirbelte in den Hitzelohen erneut auf.

Es knarrte, das ganze Gebäude schien zu ächzen, sich zu winden. Die Wände verschoben sich. Rund um das Loch im Boden brach ein größerer Teil weg. Lian sprang zur Seite und fiel hin. Ein Roboter stürzte in die Tiefe, umgeben von Trümmern, und schwebte eine Sekunde später zurück.

Es blieb keine Zeit! Jeder weitere Schuss, jede neue Beschädigung konnte alles zum Einsturz bringen. Sie mussten hier raus, ehe tonnenschwerer Schutt sie unter sich begrub.

Als hätten die Kampfroboter dieselbe Schlussfolgerung gezogen, dämpften sie die Wucht ihres Angriffs. Sie feuerten nicht mehr. Aber – wieso? Rhodan sah plötzlich wieder vor sich, wie die Maschine die Flammen um Lian löschte. Offenbar wollten sie zumindest die junge Frau nicht töten, sondern …

»Anbindung des SERUNS nun möglich«, riss ihn die künstliche Stimme seiner Anzugpositronik aus den Gedanken. »Aktuelle Gefahrenanalyse ergibt ...«

»Steuere Lian zu mir und nimm sie unter meinen Schutz!« Rhodan blieb völlig ruhig, versuchte das Chaos zu überschauen.

Die Roboter. Das Feuer. Die tödlichen Energiestrahlen. Die Tatsache, dass die Maschinen Lian schonten. Die Einstürze. Die beschädigte Decke.

Er setzte alles zueinander in Bezug und entdeckte den Weg hinaus. Sie hatten das Gebäude von außen gesehen – es gab nur zwei Stockwerke und einen Kellerbereich, und sie hielten sich ebenerdig auf. Eine einzige Etage über ihnen.

Lian schrie, als ihr SERUN sie in die Höhe katapultierte. Rhodan prallte in der Luft gegen sie. Sein Energieschirm schloss sich flirrend um sie beide, während sie nach oben jagten.

Rhodan feuerte auf den Riss – die Decke explodierte einen Lidschlag bevor sie mit der Wucht eines Geschosses hindurchbrachen. Im Schutzschirm flirrte und glühte es, als Materie darin verdampfte. Er konnte den beißenden Gestank riechen. Etwas wäre fast durchgeschlagen. Ein Alarm schrillte im Helm, während der SERUN die Gewalten so gut wie möglich von ihnen fernhielt und versuchte, ihren Flug zu stabilisieren.

»Was tust du?« Lians Augen waren weit aufgerissen, aber weniger vor Entsetzen als vielmehr vor Verwirrung. »Wie komme ich hierher?«

Ihm blieb keine Zeit, sie zu beruhigen. Die Decke über dem Obergeschoss, zugleich das flache Dach des Gebäudes, raste näher. Er schoss, zweimal, dreimal, dann brachen sie hindurch, in einem Gewitter aus Trümmern, Blitzen und Schreien.

Es war Lian, die schrie, und Rhodan hörte es gerne. Das hieß, sie lebte noch. Gemeinsam jagten sie weiter. Der SERUN trug sie in den Himmel des Mars.

Der Mann mit der verschorften Wunde auf der Stirn stand mit hängenden Schultern zwischen den Holos, deren Bilder ihm die Kampfroboter vom Mars übertrugen.

»Sie ist geflohen. Das war so ... nicht vorgesehen.« Er klang müde, fassungslos und resigniert. Er schämte sich dafür, dass er seine Gefühle nicht besser zu verbergen verstand. Früher wäre es ihm vielleicht gelungen. Damals, bevor ... Er schob die Gedanken beiseite, ehe sie sich seiner bemächtigen konnten. Es brachte nichts ein, in *Was-wäre-Wenns* zu existieren.

Schluss mit dem Selbstmitleid, an das er einen viel zu großen Teil des Lebens verschwendet hatte! Schluss mit der sich ständig im Kreis drehenden Frage, warum sich das Schicksal ausgerechnet ihn für seine kranken Spielchen ausgesucht hatte.

Er musste mit dem arbeiten, was ihm zur Verfügung stand. Sich auf veränderte Gegebenheiten einstellen, Pläne anpassen. Und die Chance ergreifen, die sich ihm so überraschend bot. Nicht ganz einfach, wenn einen unentwegt Schmerzen plagten. Selbst in seine Albträume verfolgten sie ihn. Immerhin wusste er nun, was sie bedeuteten und wo ihre Ursachen lagen.

Hinter den Holos bewegte sich eine schattenhafte Gestalt. »Du hast gesagt, sie wird sich im Kampf aufreiben, bis die Roboter sie nur noch aufzusammeln und mitzunehmen brauchen.« Die Stimme klang sanft und ohne jeden Anflug von Vorwurf. Dennoch machte sie ihm Angst. »Da hast du dich wohl geirrt.«

Energisch schüttelte der Mann den Kopf. Oder besser: Er versuchte es, bis ihn die Schmerzen und das Geräusch von berstendem Eis im Schädel daran hinderten. »Das glaube ich nicht. Dazu verstehe ich zu gut, was in ihr vorgeht. Sie hat sich von Rhodan nicht abbringen lassen, ihn zum Mars zu begleiten.

Sie hat sich trotz der Übermacht in den Kampf gestürzt. Alles kam genau so, wie ich es vorhergesehen hatte.«

»Und doch ist sie geflohen«, beharrte sein Gegenüber wie ein geduldiger Vater, der seinem begriffsstutzigen Sprössling denselben Sachverhalt mehrfach erklären musste.

Der Mann hasste diesen Tonfall fast so sehr, wie er den Besucher verabscheute. Für das, was er getan hatte, für das, was er *war.* Aber er brauchte ihn.

Wieder und wieder ließ er die Szenen vom Mars in den Holos ablaufen. »Ich interpretiere die Ereignisse anders«, sagte er schließlich. »Sie ist nicht geflohen. Rhodan hat sie verschleppt, wahrscheinlich sogar ferngesteuert. Damit konnte ich nicht rechnen.«

»Wirklich nicht? Wie dem auch sei, der Plan ist gescheitert. Rhodan wird sich dir an die Fersen heften und deine Identität herausfinden.«

Meine Identität? Was für ein Witz. »Wie sollte er das schaffen? Weder er noch seine ... neue Freundin kennen mich, haben mich je gesehen. Unser erster Plan ist gescheitert, ja! Denken wir uns einen neuen aus.«

Kapitel 2:
Choreografie und Weltenbau

»Lian?«

Ihre Augen standen weit offen, wie in Schockstarre. Rhodan hörte sie atmen, und das viel zu hektisch und abgehackt.

»Bleib ruhig«, sagte er. »Du hyperventilierst.«

Ein Atemzug, laut durch die Nase. »Toller Tipp.« Lian öffnete den Mund. Die Lippen bebten. »Hast du ... mehr ... davon auf Lager?«

Sie flogen noch immer, in etwa zwanzig Metern Höhe, weg von der Siedlung Valerysion, am Rand des Oudeman-Kraters entlang. Bäume überwucherten den Abhang dicht an dicht und üppig grün. Vereinzelt glänzten rote Früchte an den Ästen. Am gegenüberliegenden Ende des Kessels glitzerte ein See grünlich in der Sonne. Ein Stückchen Land ragte wie ein überdimensionaler Finger ins Wasser; anstelle des Nagels lag an der Spitze ein sandiger Strand, den Rhodan ansteuerte.

»Wir sind draußen«, sagte er. »Die Kampfroboter verfolgen uns nicht. Es gibt keine Gefahr mehr, Lian. Beruhig dich.«

»Dazu könntest du beitragen ...« Wieder atmete sie mehrfach hektisch durch die Nase. »... indem du tiefer gehst und landest.«

»Oh.«

Sie grinste gequält. »Nicht jeder fliegt so gern wie du, großer Meister. Mir ist übel.«

»Schließ die Augen. Wir sind gleich da. Ich geb auf dich acht.«

Lian folgte der Aufforderung, aber ihre Lider flatterten, als könne sie sich von dem Anblick nicht losreißen. Rhodan machte sich klar, dass es nicht für alle so selbstverständlich wie für ihn war, nur mit einem SERUN – eben scheinbar völlig ungeschützt – über einer Planetenoberfläche entlangzurasen. Er steuerte tiefer. Lians Schutzanzug zog automatisch mit und blieb dicht an seiner Seite; so nah, dass sie sich berühren konnten. Er legte ihr die Hand auf den Oberarm.

Der See zog unter ihnen hinweg, still und unberührt. Von den Kraterwänden hallte Vogelgeschrei wider. In den Bäumen turnten große Tiere, Affen vielleicht. Einmal übertönte ein dumpfes Brüllen das Vogelkreischen.

In der Nähe des Strands trieben Algen im See. Rhodan und Lian spiegelten sich im klaren Wasser, ehe er landete.

Sie öffnete die Augen und sah erleichtert aus, festen Boden unter den Füßen zu spüren. »Du bist sicher, dass sie uns nicht verfolgen?«

»Völlig sicher. Die SERUNS orten unablässig und werden Alarm geben, sollten sie etwas entdecken.«

»Fliegen wir noch einmal hin?«

Rhodan betrachtete sie. Einige Strähnen ihres kurzen, schwarzen Haares klebten an den schweißfeuchten Wangen. Die akzentuierten Brauen hatte sie leicht nach oben gezogen. Eine Mischung aus Sorge und Trotz. »In die Lagerhalle?«

Sie nickte. »Vielleicht finden wir nützliche Hinweise, wenn die Kampfroboter abgezogen sind.«

»Das bezweifle ich. Außerdem wimmelt es dort inzwischen bestimmt von Polizeirobotern und Sonden. Der Entführer hat gedroht, dass er die Gefangene tötet, wenn ich Kontakt zur Polizei aufnehme.«

Lian setzte sich, packte eine Hand voll Sand und ließ sie ins Wasser rieseln. »Kennst du den Mars von früher?«

»Was meinst du?«

»So wie er von Anfang an war. Vor dem ganzen Terraforming.«

Rhodan grinste. »Mir gefällt es hier. Ist doch traumhaft.«

»Wie auf einem idyllischen Fleckchen der Erde«, sagte sie. »Aber eben nicht wie auf dem Mars.«

»Willst du jetzt ernsthaft über Nutzen und Gefahren von Terraforming sprechen?«

»Hey, ich will gar nichts. Nur irgendwas sagen, meine Sachen packen und in mein Leben zurückkehren. Du weißt schon, wo Kampfroboter nur als Holos in Trivid-Sendungen auftauchen.« Eine neue Hand voll Sand landete im Wasser.

Sie schwiegen.

»Wirklich?«, fragte Rhodan irgendwann.

»Nein«, gab sie zu. »Ich hatte bis heute Morgen keine Probleme mit meinem Alltag. Alles bestens. Dann rufst du mich an, zeigst mir eine Erpresserbotschaft, und mein Leben kippt aus den Fugen.« Sie kaute auf ihrer Unterlippe. »Nun brauche ich Antworten. Das ist Mausbiberkacke, kennst du das?«

»Die Substanz?« Rhodan lächelte sie an. Er war wohl nicht auf dem Laufenden über die neuesten Auswüchse der Jugendsprache. Dann wurde er wieder ernst. »Oder meinst du das Gefühl, Antworten zu brauchen? Auch das verstehe ich. Nur zu gut.«

Sie blinzelte. »Und dass ...«

»Dass alles Mausbiberkacke ist?« Er sah zum Kraterrand. Weit weg turnte ein großer orangegelber Affe in den Wipfeln. »Klar.«

Über den Sand hüpfte ein möwenartiger Vogel auf sie zu. Er schien sie misstrauisch zu beäugen und flatterte mit den Schwingen, allerdings ohne abzuheben. Wahrscheinlich hoffte er auf ein Picknick der Strandgäste, bei dem die eine oder andere Leckerei für ihn abfiel. *Da muss ich dich enttäuschen, alter Junge*, dachte Rhodan, *obwohl ich auch nichts dagegen hätte.* Sein Magen knurrte. Zeit zum Essen war ihm nicht geblieben, seit diese verrückte Sache ihren Anfang genommen hatte.

»Ich bin genauso überrascht und überrollt worden wie du«, sagte er. »Fassen wir zusammen: Ein geheimnisvoller Fremder meldet sich bei mir, indem er sich in mein privates Trivid-Gerät einhackt und eine Sendung abspielt, die nur bei mir ankommt. Was völlig unmöglich sein sollte.«

»Dazu später«, murmelte Lian beiläufig.

»Er zeigt mir eine entführte Frau, die er foltert – und präsentiert mir danach das Abbild eines Genoms, das mit TRIVID NULL beschriftet ist. Ich forsche nach, finde heraus, dass es sich dabei um dein Genom handelt ... und dass du so aussiehst, als könntest du die Tochter des Opfers sein. Doch du weißt, dass deine Mutter tot ist und es keine weiteren Verwandten gibt. Und zu allem Überfluss bist du Trivid-Künstlerin und hast ...«

»Eine gute Trivid-Künstlerin«, ergänzte sie, noch immer beiläufig, aber merklich enthusiastischer.

»... eine spezielle Karriere hinter dir. Du interagierst mit bekannten Serien, genauer gesagt schlüpfst du in die Rolle der jeweiligen Hauptfigur und spielst die einzelnen Folgen nach.«

»Es ist mehr als *nachspielen*«, sagte Lian. »Ich bin in den Geschichten drin, ein Teil davon, handle wie die Figur. Das Programm errechnet aus jeder meiner Aktionen andere Abläufe, stellt mich vor neue Gefahren, die ich meistern muss. Im Weltall, als historische Piratin, beim Bergsteigen, als Geheimagentin oder was du dir sonst so vorstellen kannst.«

»Da gibt's eine ganze Menge«, versicherte Rhodan. »Jedenfalls meldet sich der Schurke bei mir, beschriftet dein Genom mit TRIVID NULL – und du entpuppst dich als Trivid-Spezialistin. Seltsamer Zufall.«

»Falsch.«

»Aha?«

»Kein Zufall. Unmöglich.«

Rhodan nickte. »Hab ich was vergessen?«

»Das Wichtigste. Du konntest mich finden, weil mein Genom wegen dieses … dämlichen Zwischenfalls in der Kneipe damals polizeilich gespeichert ist. Aber etwas daran ist seltsam, hast du mir gesagt. Ich gebe dir darum eine aktuelle Zellprobe. Du untersuchst sie. Und stellst fest, dass ich ungefähr fünf Jahre alt bin.« Ihr Lächeln misslang völlig. »Seh ich so aus?«

»Nein. Aber du könntest unter einer Krankheit leiden, die dich schneller altern lässt. Oder Strahlung mit dieser Wirkung ausgesetzt gewesen sein. Oder …«

»Ach komm schon! Das ist Blödsinn. Nach meiner Geburt lebte ich drei Jahre auf dem Mars, habe dann fünfzehn Jahre auf dem Jupitermond Europa verbracht und bin vor vier Jahren nach Terrania gekommen. Strammes Programm für eine Fünfjährige.« Sie hob beide Hände. »Finde den Fehler, Meister Rhodan.«

»Eins jedenfalls ist klar«, sagte er. Die »Möwe« hopste näher und krächzte. »Die Kampfroboter haben nicht versucht, dich zu töten. Mich vielleicht – aber dich wollten sie lebend.«

»Was? Wie kommst du darauf?«

»Ist es dir nicht aufgefallen?«

»Ich war … irgendwie nicht richtig bei mir.«

»Du hast uns in verdammte Schwierigkeiten gebracht mit deinem Verhalten!«, herrschte er sie an – bewusst in scharfem Tonfall, um ihr den Ernst der Situation vor Augen zu führen. »Ob es mir gelungen wäre, dich zu retten, wenn die Roboter dich hätten töten wollen oder wenn ich deinen Anzug nicht hätte steuern können? Das war kein Spiel, Lian! Keine deiner Trivid-Shows, wo du dir nach einer Niederlage den virtuellen Staub aus der Kleidung klopfst und von vorne beginnst!«

»Das … das war ich nicht da drin. Also, natürlich war ich's, aber mein Denken war wie blockiert. Total lächerlich, ich weiß. Ich konnte nicht anders. Es war …« Diesmal schleuderte sie eine Hand voll Sand weit in den See und rang nicht länger um Worte. »Entschuldige.«

»Wir haben's hinter uns«, sagte er versöhnlich. »Ohne Schutzschirm hätten sie dich erschießen können. Mehr noch, du wärst in den Flammen verbrannt. Aber einer der Roboter hat das Feuer vor dir gelöscht. Sie wollten dich lebend. Was mich zu einer Schlussfolgerung bringt, die mir ganz und gar nicht gefällt.«

»Und die wäre?«

»Was denkst du, Lian? Was würde in einer Trivid-Serie hinter dieser Abfolge von Ereignissen stecken?« Er sah sie herausfordernd an.

Egal, wie sie sich in der Halle verhalten haben mochte, vorher hatte sie in seiner Wohnung bewiesen, dass sie einen scharfen, geradezu brillanten Verstand besaß und durchaus in der Lage war, Szenarien genau zu durchdenken. In der Aufzeichnung war ihr der Hinweis, der sie zum Mars geführt hatte, aufgefallen – ein winziger Moment im Ablauf der Bilder, der ohne die Hilfe der Positronik selbst Rhodans Aufmerksamkeit entgangen wäre.

»Eine Falle«, sagte Lian gedehnt. »Und zwar nicht erst in der Halle, sondern von Anfang an. Unser Gegner wollte, dass du mich findest. Er hat die Spur zum Mars ganz bewusst eingebaut – jenen Augenblick, in dem der Roboterarm die Lamelle scheinbar unabsichtlich zur Seite schiebt und den Blick nach draußen für einen Lidschlag lang freigibt. Er wollte, dass du es siehst. Und dass wir beide hierherkommen. Damit die Roboter mich entführen können.«

Rhodan nickte. »Es ging um dich, Lian. Von Anfang an ging es nur um dich.«

Ein Wort echote ihr ohne Unterlass durch das Bewusstsein: *Warum?*

Hatte sie den Flug zum Mars noch verabscheut – wie jeden

Ausflug ins All –, so bekam sie vom Rückflug kaum etwas mit. Zu sehr war sie in ihrem Gedankengestrüpp gefangen.

Von Anfang an ging es nur um dich.

Sie konnte Perrys Vermutung nicht von der Hand weisen, schließlich hatte der Unbekannte ihm *ihr* Genom über Trivid geschickt.

Aber warum?

Erneut dachte sie über die Theorie eines geisteskranken Fans ihrer Trivid-Shows nach, der Rhodan vor den Karren spannte, um sie ausfindig zu machen. Er lockte sie auf den Mars, versuchte sie zu entführen und …

Ja, was und?

Warum sollte jemand so etwas tun? Und wie war es möglich, dass dieser Jemand einerseits keinen anderen Weg kannte, um an sie heranzukommen, andererseits aber eine Datei mit ihrem Genkode besaß? Und wie bei allen Trivid-Helden der Menschheitsgeschichte hatte er ihn sich beschafft? Wenn es stimmte, dass ihr Genom nach der Geburt nicht erfasst worden war – und warum sollte Rhodan sie deshalb belügen? –, hatte sie nur ein einziges Mal eine Genprobe abgegeben. Bei der Polizei nach der Schlägerei in einer Bar.

Niemals würde sie vergessen, wie sie sich mit Händen und Füßen dagegen gewehrt hatte, weil eine plötzliche Panikwoge sie mitgerissen hatte. Noch so ein *Warum.* Drei Jahre lag das inzwischen zurück, und bis zum gegenwärtigen Augenblick konnte sie sich nicht erklären, was damals über sie gekommen war.

Das schlimmste und unerklärlichste aller *Warums* jedoch war …

»Da muss ein Fehler vorliegen«, sagte sie.

Rhodan wandte sich im Pilotensessel zu ihr um und schaute sie an. Ihr fiel die kleine Narbe auf dem rechten Nasenflügel auf. Welche Geschichte aus seinem Jahrtausende währenden Leben hatte sie wohl zu erzählen? Was mochten diese ernsten, graublauen Augen in all der Zeit gesehen haben? »Du meinst die Analyse deines Genoms?«

»Was sonst?«, fragte sie lauter als beabsichtigt. »Auch eine Positronik ist nicht unfehlbar. Vielleicht war die Probe verunreinigt. Oder der Rechner hat zwei Proben vertauscht. Lass mir ein bisschen Zeit, und mir fällt noch etwas anderes ein, denn ...« Lian unterbrach sich. Sie wusste selbst, wie unwahrscheinlich, ja: lächerlich ihre Erklärungsversuche klangen.

»Wir können die Entnahme gerne wiederholen.«

Sie verzog das Gesicht. Allzu deutlich verstand sie die nicht ausgesprochene Haltung, die sich in diesem Angebot verbarg: *Ich glaube aber nicht, dass ein zweiter Test ein anderes Ergebnis liefert.*

Das wird nicht nötig sein.« Sie beschloss, vorerst nicht weiter darüber nachzudenken. Eine der zahlreichen Lektionen interaktiver Trivid-Shows lautete: *Vergeude keine Zeit und Energie darauf, Lösungen für Rätsel zu suchen, solange du nicht über genügend Informationen verfügst.* »Vielleicht geht es dem Kerl, der dir den Genkode geschickt hat, genau darum. Erinnere dich an den Wortlaut seiner Forderung! *Deine Aufgabe ist, herauszufinden, was es damit auf sich hat.*«

»Wie passt das dazu, dass er versucht hat, dich zu entführen?«

»Weil er die Antwort selbst finden will und denkt, dass er deshalb mich und nicht nur meinen Genkode braucht. Wenn ich mir nur erklären könnte, wie er an die Datei gekommen ist.«

Rhodan dachte kurz darüber nach. »Womöglich hat er Beziehungen zur Polizei oder arbeitet dort.«

»Dann hätte er meinen Namen und meine Kontaktdaten herausfinden können ... genau wie du. Nein, es muss eine andere Lösung geben.«

»In drei Stunden endet seine Frist«, sagte Rhodan mit einem Blick auf die Uhr. »Danach hat er eine neue Botschaft angekündigt. Vielleicht gelingt es uns, ihm mehr Informationen zu entlocken.«

»Falls er sich überhaupt noch einmal meldet.«

»Warum sollte er nicht? Er will an dich herankommen, und das ist ihm bisher nicht gelungen.«

Lian zuckte zusammen, als ihr ein erschreckender Gedanke kam. Was würde sie tun, wenn der Entführer von ihr verlangte, sich ihm auszuliefern, und damit drohte, andernfalls seine Geisel zu töten? Eine Frau, die sie nicht kannte, die ihr aber so ähnlich sah, dass sie ihre Mutter hätte sein können. Oder besser gesagt, ihre Mutter sein musste.

Nein! Sie ist tot! Tot, tot, tot! Sie lag in ihrem eigenen Blut, den Blick starr zur Decke gerichtet, die Bettlaken rot getränkt von ...

Die Erinnerung nahm ihr den Atem. Niemals würde sie den Anblick vergessen, obwohl sie gerade einmal drei Jahre alt gewesen war, als sie die Tote gefunden hatte. Die grauenhafte Szenerie hatte sich so sehr in ihr Gedächtnis eingebrannt, dass sie selbst neunzehn Jahre später noch jedes Detail ...

Du bist vier, höchstens fünf Jahre alt, glaubte sie plötzlich erneut Rhodans Stimme zu hören. Wenn er recht behielt – was nicht sein konnte, weil es nicht sein *durfte* –, lag die Folgerung auf der Hand. Es war unmöglich, dass sie sich an etwas erinnerte, das länger zurücklag. Und doch tat sie es.

Sie ermahnte sich zur Ruhe. Ein gepflegter Verzweiflungsanfall brachte sie nicht weiter. Wie oft hatte sie in Trivid-Shows in schier ausweglosen Situationen gesteckt, vor scheinbar unlösbaren Rätseln gestanden. Aber es gab immer eine Lösung. Und die fand man, indem man klar und strukturiert nachdachte.

Der Terraner hatte recht. Falls sich der Entführer über Trivid meldete, gelang es ihnen womöglich, Details aus ihm herauszu...

»Oh!«, sagte sie.

Rhodan sah erneut zu ihr. »Oh?«

»Ich glaube, ich habe bei der ersten Nachricht etwas übersehen! Dabei liegt es so nah.«

»Verrätst du mir auch, was?«

»Es ist besser, wenn ich es dir zeige. Warte, bis wir bei dir zu Hause eintreffen.«

»Das wird mir schwerfallen.«

Es fiel ihm schwer. Dennoch bemühte sich Rhodan, ruhig zu bleiben. Er wollte Lian nicht unter größeren Druck setzen, als sie ohnehin verspüren musste. Also saß er eine halbe Stunde später auf dem Sofa im Wohnzimmer seines Hauses in der 746 Upper West Garnaru Road in Terrania und beobachtete die junge Frau, wie sie Holos im Trivid-Bereich der Wohnung verschob.

Aktuell zeigte das Hauptholo ein Standbild: die Lamellenjalousie in der Lagerhalle auf dem Mars und den winzigen Spalt darin – den ebenso sorgfältig wie raffiniert choreografierten Augenblick, der sie zur Siedlung Valerysion gelockt hatte. Vermutlich hatte der Entführer sogar absichtlich Lians Geburtsort gewählt, um einen zusätzlichen Anreiz zu schaffen. Nur: Woher wusste er davon?

»Willst du wirklich nichts essen?«, fragte Rhodan.

Lian warf ihm einen missbilligenden Blick zu: *Stör mich nicht, ich habe zu tun.*

Er ließ sich eine Scheibe Goszul-Schinken schmecken und spülte sie mit einem Schluck Stagnoliensaft hinunter. Der zweite Teller und das Glas, die für Lian auf dem Tischchen bereitstanden, blieben unberührt. Dabei hätte er wetten können, dass sie ebenfalls hungrig war. Aber wenn sie sich in eine Aufgabe vertiefte, gab es für sie offenbar nichts anderes mehr.

Rhodan stockte in seinen Gedanken, als ihm etwas auffiel. Er setzte sich aufrecht hin. »Ich wollte dich nicht zum Mars mitnehmen!«

»Ja und?«, fragte sie, ohne ihn anzusehen. »Bereust du es? Ich weiß, ich hätte in der Lagerhalle professioneller ...«

»Das meine ich nicht«, unterbrach er sie. »Wenn es von Anfang an nur darum ging, dich auf dem Umweg über mich auf den Mars zu locken, wie konnte der Entführer vorher wissen, dass du mich begleitest?«

Lian lächelte. »Ich habe dir keine andere Wahl gelassen.«

»Eben. Und der Kerl, der mir die Nachricht geschickt hat, wusste, dass du so reagieren würdest. Immerhin hat er seinen Plan darauf aufgebaut. Wie ist das möglich?«

Sie schaute ihn lange an, ohne zu antworten.

Rhodan stand auf und trat zu ihr. »Dir ist klar, was das bedeutet, oder? Der Entführer kennt dich. Gibt es in deinem Leben jemanden, dem du das zutraust? Einen Exfreund, einen Konkurrenten im Trivid-Gewerbe, einen missgünstigen Verwandten?«

»Ich ...« Verunsichert sah sie zu Boden. »Ich kenne niemanden.«

»Denk nach! Irgendwen muss es geben, der ...«

Sie schaute auf. Ein roter Schimmer lag auf ihren Wangen. »Du verstehst nicht! Ich *kenne* niemanden! Ich bevorzuge die Abgeschiedenheit meiner Wohnung. Die Welt der Trivids ist alles, was ich brauche. Ich habe exakt null Komma null Freunde und nur wenige Bekannte. Da ist keiner dabei, der so etwas tun würde.« Sie legte die Hände zusammen und rieb sich mit den Zeigefingern über den Nasenrücken. »Andererseits: *Mich* kennen viele Personen, nämlich die Fans meiner Shows. Bisher erschien mir der Gedanke zu abwegig, dass einer von ihnen an mich heranzukommen versucht. Aber sie wüssten am ehesten, wie ich in bestimmten Situationen reagiere. Sie haben es oft genug in der virtuellen Welt miterlebt.«

Auch Rhodan kam diese Theorie fragwürdig vor. Doch einen besseren Ansatz gab es momentan nicht. »Wie viele Leute beobachten dich im Trivid?«

»894.387«, antwortete sie ohne die Spur eines Zögerns. »Wenn nach der Verzögerung der letzten Show niemand gekündigt hat.«

Er verzog das Gesicht. »Das schränkt die Zahl der Verdächtigen nicht gerade ein. Trotzdem: Lass mir eine Datei mit ihren Daten zukommen. Die Positronik soll ihre Hintergründe auf bestimmte Schlagwörter prüfen. Vielleicht stoßen wir auf einen, der über die Möglichkeit verfügt, etwas eigentlich Unmögliches zu vollbringen, und zwar vom Mars aus eine Sendung in mein Trivid-System zu schicken.«

»Das ist es, was ich dir demonstrieren wollte.« Sie wandte sich den Holos zu. »Du irrst dich gleich zweimal. – Positronik, zeig uns eine Detailvergrößerung des markierten Bereichs.«

Der Bildausschnitt zoomte heran, sodass nur noch die Gegend jenseits der Lamellenjalousie zu sehen war. Die Ecke des Hauses auf der anderen Straßenseite der Lagerhalle, ein weißes Gebäude, über dessen Wand verschlungene Rohrstrukturen verliefen. Davor die borkigen Stämme zweier Bäume, von denen vereinzelte Äste und Zweige abgingen. Die belaubten Kronen lagen oberhalb des Ausschnitts. Am äußersten linken Bildrand war am Horizont die Verwerfung des Oudeman-Kraters zu erkennen – zumindest, wenn man wusste, worum es sich handelte.

Rhodan verschränkte die Arme und betrachtete die Darstellung. Ihm fiel nichts auf, was er nicht bereits zuvor gesehen hatte. »Worauf willst du hinaus?«

Lian zog ein zweites Holo heran und vergrößerte es. »Und nun zeig uns eine Simulation, wie dieser Bildausschnitt zu dem Zeitpunkt hätte aussehen müssen, als die Sendung des Entführers einging.«

Einen Sekundenbruchteil später erschien ein Duplikat des ersten Holos. Dasselbe weiße Gebäude, die gleichen Rohrstrukturen, die ...

Da sah er es. »Die Schatten! Sie verlaufen in eine andere Richtung.«

»Die Sonne stand während der Nachricht nicht an der Stelle am Himmel, an der sie zu erwarten gewesen wäre. Und das bedeutet ...«

»Er hat nicht live gesendet, sondern nur eine Aufzeichnung geschickt«, beendete Rhodan ihren Satz.

»Zu Beginn sprach dich der Entführer darauf an, dass du versuchst, den Sender zu wechseln, also offenbar zu Hause bist. So erweckte er den Eindruck, dass alles erst in dem Augenblick geschah, als du es sahst. Auch der Roboter, der versehentlich gegen die Lamellen stieß, deutete auf eine Live-Übertragung hin. Denn eine Aufzeichnung hätte unser Gegner schlicht wiederholen können, um diesen Fehler auszumerzen. Wenn es denn ein Fehler gewesen wäre. Er hatte es ja ohnehin choreografiert. – Positronik, ermittle aus den Unterschieden im Schattenverlauf, wie viel Zeit zwischen beiden Bildern liegt.«

»Sechs Stunden und neun Minuten«, antwortete der Hausrechner.

Lian nickte und zog die Augenbrauen zusammen. Rhodan fiel auf, wie hübsch sie war, wenn sie nachdachte. Und nicht nur dann.

»Er hat die Nachricht also in regelmäßigen Abständen geschickt, ohne dich zu erreichen«, sagte sie. »Erst mit deinem Versuch, den Sender zu wechseln, wurde der Rest der Aufzeichnung initialisiert.«

»Und die Frist, die er mir gesetzt hat? Woher weiß er, wann sie verstreicht? Er kann ja schlecht von vierundzwanzig Stunden ab dem Moment ausgehen, als er die Nachricht aufgenommen hat. Dann wäre sie mittlerweile längst abgelaufen.« Er winkte ab, als er den Denkfehler erkannte. »Er weiß natürlich, zu welchem Zeitpunkt ich die Botschaft vollständig gesehen habe.«

»Falls er jemals vorhatte, dir eine weitere Trivid-Sendung zukommen zu lassen, muss es wohl so sein.« Lian ließ sich auf die Couch fallen, legte die Beine hoch und verschränkte die Hände hinter dem Kopf. »Was ich aber nicht glaube. Er wollte, dass wir zum Mars fliegen. In dem Moment endete sein Plan.«

Rhodan schaute auf die Uhr. »In wenig mehr als einer Stunde werden wir es wissen. Wenn er sich wieder meldet. Oder auch nicht. – Du sprachst von zwei Irrtümern. Der erste war, dass der Entführer nicht live gesendet hat. Bei welchem Punkt habe ich mich noch getäuscht?«

Lian lächelte. »Bei dem, dass es unmöglich ist, etwas in ein Trivid-Signal einzuschmuggeln, das nur für einen einzigen Empfänger bestimmt ist. Du hast recht, vom Mars aus wäre das tatsächlich nicht machbar. Wenn unser Freund aber an der Quelle des Signals sitzt, also in einer der Trivid-Stationen ...« Sie ließ den Satz unvollendet verhallen.

Rhodan ging wieder zum Tischchen und nahm einen Schluck Stagnoliensaft. Während er trank, überlegte er, was er über die Trivid-Technologie wusste. Zu seiner Überraschung musste er sich eingestehen, dass es nicht allzu viel war. Wie eigentlich bei jeder Technik, die man im Alltag benutzte, ohne sich Gedanken über ihre Funktionsweise zu machen. Aber wozu saß eine Spezialistin auf seiner Couch?

»Na schön«, sagte er. »Wie hat er es angestellt?«

»Das weiß ich nicht. Ich bin keine Hellseherin, weißt du?« Sie berührte mit dem ausgestreckten Zeigefinger ihre Schläfe, verdrehte die Augen und grinste. »Ich kann dir nur verraten, wie ich es angegangen wäre. Wenn ich über die entsprechenden Zugangsmöglichkeiten verfügen würde. Und über die finanziellen Mittel. Zunächst einmal solltest du wissen, dass ein Trivid-

Sender vom Prinzip her nichts anderes ist als eine Hyperfunkanlage, die ihre Signale ungerichtet mit Überlichtgeschwindigkeit abstrahlt. Jeder, der einen Empfänger besitzt, kann die Sendung abgreifen und darstellen.«

Sie zeigte auf die Holos, die noch immer im Raum schwebten. »Der Urheber deiner Nachricht musste eine Reihe von Hürden überwinden. Erstens brauchte er Zugang zu einer Trivid-Station, genauer gesagt zu den Sendeeinheiten. Denn nur von dort aus ist es überhaupt möglich, ein Fremdsignal einzuspeisen.«

»Nicht dass ich schon mal dort war«, sagte Rhodan, »aber ich glaube kaum, dass man in eine Trivid-Station so ohne Weiteres hineinkommt.«

Lian lachte auf. »Völlig richtig. Solche Anlagen sind besser gesichert als manche militärische Einrichtung.«

Er legte den Kopf schief und sah Lian lange an. »Woher weißt du das so genau?«

»Versprichst du, es nicht gegen mich zu verwenden?«

»Versprochen.«

»Trivid-Künstler wie ich ...« Sie überlegte kurz. »Na ja, jemanden wie mich gibt es nicht noch mal. Aber Trivid-Künstler im Allgemeinen sind arrogante, selbstverliebte Wesen. Wir halten das, was wir tun, für so bemerkenswert, dass wir uns gelegentlich einbilden, nicht nur unsere Kunden, sondern die ganze Milchstraße müsste von unseren Heldentaten erfahren. Vor ungefähr zwei Jahren dachte ich darüber nach, meine Abenteuer ... na ja, illegal ins gesamte Netz einzuspeisen, damit sie auch ja niemandem vorenthalten bleiben.«

Abwehrend hob sie die Hände. »Keine Sorge, ich hab's nicht getan. Ein paar Nachforschungen konnte ich mir allerdings nicht verkneifen. Sie haben ergeben, dass es für einen Außenstehenden so gut wie unmöglich ist, an die Sendeanlage zu kommen – und absolut unmöglich, unbemerkt ein Fremdsignal einzuschmuggeln.«

Rhodan überlegte. »Das bedeutet entweder, dass der Entführer unter dem Wort *unmöglich* etwas anderes versteht als du, oder er hat einen Insider gezwungen, für ihn zu arbeiten. Jemandem, der Frauen entführt, misshandelt und damit droht, sie zu töten, ist das durchaus zuzutrauen.« Nach einer kurzen Pause fügte er hinzu: »Oder er hat einen Verbündeten. Möglicherweise ist er auch selbst ein Insider. Was erklären würde, warum er ausgerechnet das Trivid genutzt hat, um mich zu kontaktieren.«

»Wenn er Zugang hat«, sagte Lian, »steht er vor dem Problem, ein Signal einzuspeisen, ohne dass die Positroniken es als Fremddaten erkennen. Das ist kniffliger, als es klingt. Mit dem entsprechenden Wissen und den nötigen Sicherheitsfreigaben – oder jemandem, der beides zur Verfügung stellt – ist es allerdings machbar. Ich traue mir durchaus zu, so ein Gerät zu konstruieren. Bei mir würde es nur an den finanziellen Mitteln fehlen, denn das Equipment ist nicht gerade billig.«

»Geld scheint für unseren geheimnisvollen Gegner keine Rolle zu spielen«, sagte Rhodan. »Immerhin hat er sich einige Kampfroboter besorgt, die es auch nicht zum Schnäppchenpreis gibt.«

»Sein nächstes Problem besteht darin, das Signal zielgerichtet genau dir zu senden. Um es kurz zu machen: Das ist meines Wissens technisch tatsächlich unmöglich. Aber es gibt eine Behelfslösung. Jeder Trivid-Empfänger ist mit einer individuellen Kennung versehen, die das Gerät an die Sendestation überträgt, sobald es eingeschaltet ist. Damit sehen die Programmmacher, welche Sendungen wie gut ankommen.«

»Ich muss die Frage von vorhin wiederholen: Woher weißt du das?«

Lian stand auf, ging zum Sofatischchen und schnappte sich endlich eine Scheibe Schinken. »Das ist das tägliche Brot eines Trivid-Künstlers. Du kennst dich wahrscheinlich gut mit

Raumschiffsantrieben und so einem Kram aus – oder? Und ich will wissen, wie gut den Kunden meine Aktionen gefallen. Wie dem auch sei: Der Entführer hat seine Nachricht garantiert mit deiner Kennung versehen, sodass nur dein Empfänger sie in Bild und Ton umsetzt. Dazu braucht er wiederum Zugriff auf die Verzeichnisse der Sendeanlage. Außerdem ist in der Datei eine Routine enthalten, die deiner Positronik vorgaukelt, das ursprüngliche Programm zu sehen.«

Rhodan seufzte. »Wir suchen also einen reichen Kriminellen mit dem nötigen Wissen und Zugang zu einer Trivid-Station. Können wir anhand der ersten Botschaft herausfinden, von welcher Station sie gesendet wurde?«

»Leider nicht. Selbstverständlich ist beispielsweise bekannt, über welche Anlagen *Augenklar* seine Sendungen ausstrahlt, aber wir sprechen hier von einer Nachricht, die mit jedem nur denkbaren Programm huckepack unterwegs sein könnte. Da gibt es eine große Auswahl an …« Sie unterbrach sich, schnappte sich weiteren Schinken … aß … aß noch mal … und sagte immer noch kauend: »Es gäbe eine Möglichkeit, falls er sich ein zweites Mal meldet. Wie viel Zeit bleibt uns, bis die Frist abläuft?«

Kapitel 3: Lagrange

Lian kaute. Der Schinken schmeckte gut. Ihr war trotzdem schlecht. Sie war es nicht gewohnt, solche Mengen Fleisch zu sich zu nehmen; üblicherweise aß sie Kekse, wenn sie nachdachte – irgend so ein energiereiches, aber kalorienarmes Zeug, das die Verdauung und den Verstand ankurbelte. Mistkram. Noch ein Schinken, und: »Wie viel Zeit bleibt mir?«

Rhodan musste nicht erst auf die Uhr schauen. »Vierzehn Minuten, falls er sich genau an die Frist hält. Wirst du es ...«

»Klar werd ich's schaffen. Muss ich ja.«

»Wie kann ich dir helfen?«

»Bring mehr von dem Schinken.« Sie drehte sich nicht um, sondern vertiefte sich weiter in ihr Programm, das sie in Zusammenarbeit mit Rhodans Hauspositronik schrieb. Sie sah die Fortschritte vor sich in einem Holo, nutzte, um schneller voranzukommen, gleichzeitig die Spracheingabe und ein berührungssensitives Display. Trotzdem – es blieben also nur vierzehn Minuten. Nicht viel Zeit.

Konnte ihr das gelingen? Zweifel kamen in Lian hoch. Dann fiel ihr ein, dass es nur exakt zwei Personen gab, die sich bisher überhaupt mit diesem Problem beschäftigt hatten ... und nicht etwa Perry Rhodan hatte die rettende Idee entwickelt. Wäre dies eine Trivid-Serie, würden sich die Zuschauer beschweren. Musste nicht Rhodan derjenige sein, der die wichtigen Hinweise entdeckte und außerdem stets das tat, was noch niemand vor ihm getan hatte?

Die Rolle des Helden übernahm in der aktuellen Inszenierung wohl sie.

Halt – keine Inszenierung. Das war Ernst. Es ging um ein Menschenleben. Um zwei, wenn sie ihr eigenes mitzählte. Und das sollte sie wohl, denn schließlich stand ihre gesamte Vergangenheit auf dem Spiel.

»Woher hast du meinen Genkode, du Arsch?«, flüsterte sie, und genau im selben Moment kam ihr der entscheidende Gedanke. Die Inspiration. Das, was sie befähigte, die kniffligsten Trivid-Szenarien zu durchlaufen und am Ende als Siegerin dazustehen. Sie musste nur den Holoempfänger von Rhodans Trivid mit einer Spiegelschaltung täuschen, sodass ...

»Zugriff verweigert«, meldete die Positronik.

Lian fluchte. »Nicht jetzt! Ich muss ...«

»Zugriff verweigert«, wiederholte die seelenlose Stimme, als hätte sie es gar nicht gehört.

»Perry!« Verdammt, wo war er denn? Ach ja, Schinken holen. Ihr Leben stand auf dem Spiel, und der große Terraner ging Schinken holen. Warum hatte er keinen Servoroboter damit beauftragt? Fiel es ihm wirklich so schwer, mal für ein paar Minuten nichts zu tun zu haben?

Er kam zurück, ein Tablett in der Hand. »Was ...«

»Du musst mir helfen, sofort! Sag deiner Positronik, dass ich die Zugriffsrechte für Stufe-zwei-Programmierungen brauche.«

»Was hast du vor?«

»Vertraust du mir?«

»Sicher.«

»Keine Zeit für Erklärungen. Wenn ich drin bin, kann ich es in zehn Minuten schaffen. Falls ich Glück habe – und heute scheint nicht gerade der Tag zu sein, an dem mir die Sonne besonders freundlich zuwinkt.« Sie schaute ihn an. *Na los!*

»Positronik, gib Lian die Zugriffsrechte, die sie fordert.«

»Ich möchte dich davor warnen«, sagte die Stimme des Rechners. »Du hast Daten abgespeichert, die ...«

Zicke, dachte Lian.

»Keine Diskussion«, sagte Rhodan. »Lian erhält die Rechte!«

Im Display sah sie sofort, dass ihr neue Wege offenstanden. Allerdings verwirrte sie die Vielfalt der gespeicherten Datenverbindungen und lenkte sie einen Moment lang ab. Hier die private Kontaktfrequenz von Gucky, dort die Kennung von Icho Tolots Schiff. Ganz zu schweigen von der Datei *Solare Premier Cai Cheung*. Wie wunderbar könnte man all das nutzen, um ein Trivid-Abenteuer ...

Stopp!

Sie widmete sich dem, was zählte. Ihrem Spiegelprogramm beim Holoempfänger. Wenn eine Nachricht einging, musste es sich sofort auf die Sendung aufsetzen und ein kompliziertes Geflecht an Daten auslesen. Sie flüsterte unablässig Befehle, und ihre Finger verschoben und programmierten wie von selbst.

»Das war's«, sagte sie irgendwann. Ihr Nacken war verspannt. Eine Haarsträhne hing ihr vor den Augen. Sie pustete sie weg. »Uhrzeit?«

»Es bleiben acht Minuten«, antwortete Rhodan.

»Was?«

Er grinste. »Du warst schnell.«

»Ich nehm das mal als Kompliment.« Lian schloss die Verbindungen und schob das Display weg. Es versenkte sich automatisch in der Wand. Gleichzeitig schaltete sie das Trivid ein, auf irgendeinem wahllosen Sender. Er brachte Aufnahmen eines Sternennebels aus Andromeda. »Wenn er sich tatsächlich meldet, finden wir den Ursprung des Signals. Wahrscheinlich. Hoffentlich.«

»Gute Arbeit«, sagte er.

»Du weißt gar nicht, was ich getan habe.«

»Ich vertraue dir.«

»Einfach so?«

»Nicht einfach so. Sondern wegen der letzten Stunden, seit wir uns kennen.«

»Auf dem Mars habe ich mich wie eine Idiotin verhalten.«

Er zuckte nur mit den Achseln.

Sie versuchte zu lächeln. »Hast du früher wohl auch hin und wieder, was?«

»Nein«, sagte er trocken.

»Ganz schön arrogant. Du warst früher nicht fehlerlos.«

»Ich meinte – nein, nicht *früher.* Ich verhalte mich immer noch manchmal wie ein Idiot. Zum Glück. Ich bin ein Mensch, weißt du. Aber … Lian?«

»Ja?«

»Ich war nicht untätig, während du die Fangschaltung programmiert hast. Ich bin da auf etwas gestoßen und habe eine Frage. Es geht um deinen Lebenslauf.«

»Was willst du wissen?«

»Deine Mutter. Du hast sie tot gefunden. Tut mir leid, wenn ich frage, aber …«

Sie presste die Lippen zusammen – und entschied sich. Perry vertraute ihr. Zeit, etwas davon zurückzugeben. »Sie hat Selbstmord begangen. Vielleicht weil sie sich nicht damit abfinden konnte, dass mein Vater sie verlassen hat. Oder weil sie mit mir nicht zurechtkam.«

»Du trägst nicht die Schuld daran«, sagte Rhodan.

»Ach ja? Woher willst du das wissen?«

»Du warst drei Jahre alt.«

Verdammter Mist, was sollten die Tränen? Sie blinzelte. »Ist ja noch nicht lange her, wenn man der Genanalyse glaubt. Zwei Jahre, was ist das schon?« Ihr Lächeln misslang. Zumindest fühlte es sich scheußlich an. Wie der Gedanke, dass mit ihren Genen etwas nicht stimmte. Und mit ihrem Leben.

»Wie hieß sie?«

»Kamren Taupin.«

»Geschwister?«

Lian schüttelte den Kopf. Sie kam sich vor wie in einem Verhör, auch wenn das gewiss nicht Rhodans Absicht war.

»Wie ging es damals weiter?«, fragte er. »Nach dem Tod deiner Mutter kamst du zum Jupitermond Europa, hast du gesagt?«

»In ein Pflegeheim.«

»Erzähl mir davon.«

»Warum?«

»Vertrau mir einfach«, forderte er das zurück, was er ihr entgegengebracht hatte.

Genau das hab ich mir eben vorgenommen. Aber du ahnst nicht einmal, wie schwer mir das fällt. Mir, die grundsätzlich niemandem vertraut. »Ich spreche sonst nicht darüber. Es war nicht gerade idyllisch dort. Aber ich habe überlebt.«

»Wie hieß es?«

»*Hainu.* Es gehört zur a-Hainu-Stiftung. So wie Tatcher a Hainu, der berühmte Marsianer, du weißt schon.«

»Sicher. Ich kannte ihn.«

»Oh. Klar. Darum kam ich ja überhaupt zum Jupitermond. Eigentlich wäre ich im Haupthaus auf dem Mars geblieben, aber dort gab es keinen freien Platz für ein kleines Kind wie mich, deshalb hat man mich zur Zweigstelle geschickt, die gerade eröffnete.« Lian schaute auf die Uhr. Es blieben drei Minuten, ungefähr. »Was willst du noch wissen?«

»Erzähl mir einfach, woran du dich erinnerst.«

»Unterschiedliche Dinge. Jeden zweiten Freitag bekamen wir Apfelkuchen. Viel zu süß. Drei-D-Antigrav-Hockey in der Sporthalle. Der Schweißgeruch, der dort trotz Klimatisierung ständig in der Luft hing. Der Unterricht bei der alten Gretta Shomani. *Zeitgenössische Literatur des Solsystems.* Sterbenslangweilig. Es gab einen Reinigungsroboter, der wie ein Cheborparner aussah. Mit Hörnern und so. War wohl ein billiges

Modell, das jemand der Stiftung geschenkt hat. Er war darauf programmiert, freundlich zu den Kindern zu sein. Wenn ich einen Freund im Kinderheim hatte, dann ihn. Oh, und natürlich Stunden vor dem Trivid. Ich liebte Abenteuerserien. Egal, wie haarsträubend die Erlebnisse der Helden gewesen sein mögen, ich stellte mir immer vor, wie toll es wäre, an ihrer Stelle zu stehen. Besser jedenfalls als im Pflegeheim bei Apfelkuchen und zeitgenössischer Literatur. Ich malte mir aus, wie ich kritische Situationen anders bewältigte als die Serienfiguren, Schwierigkeiten klüger löste. Manchmal hätte ich sie am liebsten angeschrien: *Geh nicht in diesen Keller!* oder *Flirte nicht ausgerechnet mit diesem Typen, er ist der Feind!* Wahrscheinlich liegen dort die Wurzeln für meinen weiteren Lebensweg.«

Das Trivid-Bild stockte, ruckte und erstarrte endgültig. Im nächsten Moment wechselte es.

Du bist überpünktlich, dachte Lian.

Das Trivid-Holo zeigte Schwärze.

Sonst nichts.

Der Anblick erleichterte Perry Rhodan – halb hatte er damit gerechnet, das Entführungsopfer schlimm zugerichtet sehen zu müssen. Oder gar die Leiche der Frau.

»Ich will dir nichts vormachen«, sagte eine Stimme, die er sofort wiedererkannte. »Und vor allem halte ich dich nicht für dumm. Das sind wir beide nicht, wie dir inzwischen sicher aufgefallen ist. Es ist auf dem Mars weder für dich noch für mich so gelaufen, wie wir es gerne gehabt hätten. Das ist wohl ... Schicksal.«

Ihr geheimnisvoller Gegner legte eine Pause ein. Rhodan schwieg dazu – der andere konnte ihn ohnehin nicht hören.

»Du weißt, worum es mir geht. Deine Begleiterin – sie soll sich mir ausliefern. Ich töte sie nicht. Ich will ihr nichts Böses.

Vermutlich glaubst du mir nicht. Ich kann es dir nicht einmal verübeln. Im Grunde genommen bin ich ein netter Kerl. Trotzdem: Wenn sie sich weigert, wird die Geisel sterben. Ich nehme an, dass nicht nur du mich hörst, Rhodan. Darum ein paar Worte an diejenige, die du für mich ausfindig gemacht hast, wofür ich mich herzlich bei dir bedanke. Also – ich werde dich weder töten noch dir wehtun. Denk nach! Willst du zulassen, dass deine Mutter stirbt? *Kannst* du das?«

Die Schwärze wich abrupt einem Bild, und mit einem Schlag trafen Rhodans schlimmste Befürchtungen zu.

Das Entführungsopfer – *Lians Mutter, hat er gesagt* – stand in einem offenbar würfelförmigen, engen Raum mit einer Kantenlänge von etwa zwei Metern. Die Holokamera, die das dreidimensionale, allzu realistische Bild übertrug, nahm von schräg oben auf, aus einer Ecke der Gefängniszelle. Die Hände der Frau blieben nicht sichtbar hinter dem Rücken, waren wahrscheinlich gefesselt. Über ihrem Kopf blieb nicht viel Platz. Die Wände bestanden aus grauem Metall und waren rundum geschlossen. Und der Boden war mit Wasser bedeckt.

Es reichte der Frau bis zu den Knien. Sie sah sich panisch um, rührte sich aber nicht vom Fleck. Wohin hätte sie auch gehen sollen?

»Ich kann das Wasser steigen lassen«, sagte die Stimme des Unbekannten. »Momentan habe ich den Zulauf gestoppt … weil ich nachdenken muss. Noch so eine Aktion wie auf dem Mars, und sie stirbt. Schön langsam. Ihr hört von mir. In weiteren vierundzwanzig Stunden.«

Das Bild wechselte – und zeigte wieder die Aufnahmen aus dem Sternennebel in der Andromeda-Galaxis.

Lian zögerte keine Sekunde, sondern griff auf die Aufzeichnung ihres Spezialprogramms zu. »Ich hab's! Das Signal, ich hab seinen Ursprung!«

»Wo?«

»Trivid Sieben! Die offiziellen Stationen im Solsystem tragen nicht gerade sehr inspirierte Namen«, ergänzte sie. »Sie sind einfach durchnummeriert.«

»Sieben«, wiederholte Rhodan. »Wo liegt sie?«

»Bei einem Asteroiden auf der Erdumlaufbahn um Sol. Ich habe die Koordinaten! Gehen wir.«

»Das Gespräch kommt mir bekannt vor«, sagte er. »Darum versuche ich erst gar nicht, dich aufzuhalten. Du kennst den Weg zu meiner Space-Jet. – Positronik, überspiel die Daten auf mein Kommunikationsarmband.«

Sofort signalisierte ein leises *Ping* den Eingang. Rhodan warf einen beiläufigen Blick darauf und erkannte die Position – ihr Ziel lag etwa 150 Millionen Kilometer von der Erde entfernt, und zwar genau dort, wo sich die Gravitationskräfte von Terra und Sol und die Zentrifugalkraft der auf der Erdumlaufbahn vorauseilenden Station gegenseitig aufhoben.

»Die Anlage treibt in einem Lagrange-Punkt«, erklärte er Lian, während sie das Wohnzimmer verließen. »Wir können …«

»Lagrange?«

»Das war ein Mathematiker und Astronom.«

»Kanntest du den auch?«, fragte sie.

Rhodan grinste trotz der ernsten Situation. »Lagrange?«

»Klar. Du lebst doch schon ewig dank deines Zellaktivators.«

»War vor meiner Zeit.«

»Ah.«

Genauer gesagt lag Trivid Sieben beim L4-Punkt in der Nähe des Asteroiden 2010 TK7, eines sogenannten Trojaners. Inzwischen nannte man ihn *Eulers Wandersmann* nach dem Mathematiker und Physiker Leonhard Euler, weil sich der Asteroid in Zyklen vom Lagrange-Punkt entfernte und wieder zurückkehrte. Von Trivid-Technik mochte Rhodan wenig verstehen, doch mit solchen Dingen kannte er sich aus. Aber damit quälte er Lian nicht. Sonst kam sie noch auf die Idee, ihn zu fragen, ob er in seiner Jugend mit Euler durch die Kneipen des antiken Rom gezogen oder bei der Schlacht um Troja dabei gewesen war.

Als sie in die Space-Jet stiegen, dachte er über etwas ganz anderes nach. Die neue Botschaft endete nicht mit der Kennung »TRIVID 1« – warum also war die vorherige Nachricht beim Bild von Lians Genom mit »TRIVID 0« signiert gewesen? Offenbar handelte es sich nicht um eine bizarre *Unterschrift* des Entführers, der so seine Sendungen zählte, die er an Perry Rhodan schickte. Wobei es ohnehin seltsam wäre, die erste nicht mit Eins, sondern mit Null zu kennzeichnen.

Nun, es gab wichtigere Fragen.

Und vor allem gab es die Trivid-Station beim L4-Punkt.

Kapitel 4:
Besuch im Heiligtum

Das Ziel lag zu nahe, als dass ein Sprung in den Linearraum nötig gewesen wäre. So bestand die erste Hälfte des Flugs aus stetiger Beschleunigung, die zweite aus der Bremsphase. Das Umgebungsholo stellte die funkelnden Sterne der Milchstraße dar und erinnerte Lian allzu deutlich daran, wo sie sich aufhielt.

Schon wieder im Weltraum.

Na prima.

Sie verstand selbst nicht, warum sie die Vorstellung, die Erde zu verlassen, mit solchem Unbehagen erfüllte. In ihren Trivid-Shows turnte sie ständig auf den exotischsten Fremdwelten oder an Bord von Raumschiffen herum, die im Nichts gestrandet waren. Sie hatte den Großteil ihres Lebens fernab von Terra verbracht. Außerdem hatte sie keine schlimmen oder gar traumatischen Erinnerungen an den Raumflug vom Mars zum Jupitermond Europa und Jahre später den von dort zur Erde. Allerdings beschränkte sich ihre bisherige Erfahrung auf diese beiden Reisen.

Doch nun? Gleich zwei Trips ins All innerhalb kürzester Zeit. Es fühlte sich an, als wäre sie mit einem elastischen Gummiband an den blauen Planeten gefesselt, und mit jeder Lichtsekunde mehr, mit jeder weiteren Dehnung zog es sie kräftiger zurück.

Eigentlich lächerlich. Nicht nachvollziehbar. Würde sie Ärzten nicht zutiefst misstrauen, wäre ein Besuch beim Psychologen die sinnvollste Lösung. In einer Trivid-Welt würde sie es so entscheiden.

Lian versuchte, sich mit dem Gedanken abzulenken, dass sie zu einem Ort flogen, den sie schon immer einmal sehen wollte. Zum Heiligtum, das einem Normalsterblichen den Zugang üblicherweise verwehrte. Sich selbst auf diese Weise zu überlisten funktionierte nur unzureichend.

Ständig musste sie an die Frau im Wassertank denken. Ihre Mutter? Unmöglich. Und dennoch behauptete dieser Widerling genau das! Sprach er die Wahrheit? Oder log er, um ihr, Lian, die Selbstauslieferung schmackhafter zu machen? Sollte sie darauf eingehen, wenn die zweite Frist endete? Sie wusste es nicht, konnte sich nicht entscheiden.

Das muss ich auch nicht, weil wir den Dreckskerl erwischen, bevor es so weit ist!

Rhodan schien ihr Unwohlsein zu spüren. Er drehte sich auf dem Pilotensessel um und fragte: »Alles gut bei dir?«

Sie mühte sich ein falsches Lächeln ins Gesicht und hielt ihm die hochgereckten Daumen entgegen. »Klar, warum sollte es nicht?«

Er schmunzelte, als wollte er sagen: *Hey, du hast es dir ja nicht ausreden lassen, mitzukommen. Also beschwer dich nicht.*

Ihr – wie es sich anfühlte: schiefes – Grinsen antwortete: *Tu ich doch gar nicht.*

»Was glaubst du«, fragte sie, »weshalb er uns noch eine zweite Frist eingeräumt hat? Genauso gut hätte er meine Auslieferung sofort verlangen können.«

»Sein erster Plan war sorgfältig vorbereitet«, sagte Rhodan. »Die Frau entführen, die Botschaft aufnehmen, den Ort auswählen, die Kampfroboter anschaffen. All das hat sicherlich einige Zeit in Anspruch genommen. Ich nehme an, dass er auch sein weiteres Vorgehen gut planen will.« Er schaute zur Borduhr. »Dreißig Minuten noch. Wir sollten uns anmelden.«

Über Hyperkom nahm er Kontakt mit der Raumstation auf und bat um die Genehmigung, einzuschleusen. Im Holo erschien das Logo des Absenders – eine Sieben, deren Querbalken das Wort TRIVID bildete, umgeben von stilisierten Funkwellen.

»Ein Anflug ohne Autorisierungskode ist nicht gestattet«, antwortete die geschlechtslose Stimme einer Positronik.

»Es handelt sich um einen Ausnahmefall. Verbinde mich mit dem Stationsleiter!«

»Ich bin entscheidungsbefugt. Sämtliche An- und Abflüge …«

Rhodan unterbrach und ratterte irgendwelche Dienstvorschriften, Sonderregeln und Überrangkodes herunter, die Lian nichts sagten.

»Die angeforderte Verbindung wird hergestellt. Einen Augenblick bitte.«

Wenige Sekunden vergingen. »Ein Einschleusen in Trivid Sieben ist Unbefugten nicht gestattet«, erklang eine unfreundliche Männerstimme. »Da kann auch ich als Stationsleiter keine Ausnahme machen, selbst wenn du Perry Rhodan persönlich wärst.«

»Ich *bin* Perry Rhodan persönlich.«

Kurze Stille. Das Holo zeigte eine kurze Meldung, dass die Station die Signatur der Space-Jet abfragte, um diese kühne Behauptung zu prüfen.

Plötzlich erlosch das Logo, und ein fülliges, grün pigmentiertes Gesicht erschien überlebensgroß im Holo. Das glänzende, schwarze Haar lag glatt am Schädel. Buschige Augenbrauen verliehen dem Mann ein grimmiges Aussehen.

Seine Augen weiteten sich. »Oh! Ich wusste nicht … Es tut mir leid, dass …«

Rhodan winkte ab. »Geschenkt. Wie heißt du?«

»Templon Kook. Ist dein Besuch angekündigt? Denn wie die Positronik schon sagte, ohne Autorisierungskode kann ich dich nicht …«

»Kook? Bist du verwandt mit Uturan Kook?«

»Ich … äh … er war mein Großvater.«

»Chefwissenschaftler auf der JULES VERNE. Ein exzellenter Hyperphysiker. Er genoss mein vollstes Vertrauen und das der Schiffsführung. Und ich genoss seines. Vertraust auch du mir?«

»Nun, ja, sicherlich. Doch das ändert nichts an …«

»Meine Begleiterin und ich stecken ein wenig in der Klemme.«

Ein wenig?, dachte Lian. Wie sahen für jemanden wie Rhodan denn ernsthafte Schwierigkeiten aus?

»Was ich dir nun sage«, fuhr er fort, »unterliegt strengster Geheimhaltung. Aber wenn du nach deinem Großvater kommst, weiß ich, dass ich mich auf deine Diskretion verlassen kann. Wir suchen einen Mann. Aus gewissen Gründen scheiden die üblichen Wege leider aus. Deshalb sind wir auf deine Mitarbeit angewiesen.«

»Aha. Nun, äh, das ehrt mich. Allerdings muss ich mich an die Vorschriften …«

»Außerdem liegt es in deinem eigenen Interesse, uns zu helfen.«

Der Stationsleiter zog die Augenbrauen zusammen. »Inwiefern?«

»Allem Anschein nach wurde Trivid Sieben missbraucht, um ein Verbrechen zu begehen. Ich muss dir nicht erklären, was es für deine Station bedeutet, falls wir den offiziellen Weg gehen. Vielleicht – ich betone: *vielleicht* – bleibt uns das erspart, wenn du uns einschleusen lässt.«

»Ich … darf …« Kook verstummte für einige Sekunden. Rhodan tat ihm nicht den Gefallen, das peinliche Schweigen zu brechen. »Also gut. Hangar zwei. Ich schicke euch einen Leitstrahl, sobald ihr in Reichweite seid.«

Rhodan bedankte sich, trennte die Verbindung und sah Lian

an. Sie applaudierte. Mit einem Lächeln deutete er eine Verbeugung an und widmete sich wieder der Steuerung der Space-Jet.

»Wow!«, sagte Lian.

Auch Rhodan war beeindruckt. Er hatte eine kleine, unscheinbare Anlage erwartet, vermutlich weil er sich wie die meisten Menschen der Existenz von Trivid-Stationen zwar bewusst war, aber nie genauer darüber nachgedacht hatte.

Tatsächlich erwies sich Trivid Sieben als radförmige Raumstation mit zwei Kilometer Durchmesser. Davon entfielen im Zentrum dreihundert Meter auf die zylindrische Nabe, von der acht Speichen abzweigten. Die Felge, die das Konstrukt umfasste, verlief nur zwischen jedem zweiten Speichenpaar. Sie bestand aus dem gleichen silbern schimmernden Material wie der Rest der Station. Die felgenlosen Lücken füllten blau gleißende Energiestränge.

Erneut machte sich Rhodan bewusst, dass ihm dieser Ort völlig fremd war, obwohl er in unmittelbarer Nachbarschaft der Erde lag.

»Ein sagenhafter Schauplatz für eine actiongeladene Trivid-Show«, meinte Lian. Sie riss die Augen auf, als wäre sie über sich selbst erschrocken. »Entschuldige. Unangemessen, schon klar. Ich vergesse keineswegs, dass wir nicht zum Spaß hier sind.«

Ein Signal in den Steuerungsholos zeigte an, dass ein Leitstrahl die Space-Jet erfasste. Rhodan autorisierte den Fremdzugriff.

Zwei Minuten später setzten sie im Hangar in einem der materiellen Felgenabschnitte auf. Die Schleuse hinter ihnen glitt zu.

Sie stiegen aus und fanden sich in einer geräumigen, gebogenen Halle wieder, mehr als fünfzig Meter hoch und etliche Hundert Meter lang. Offenbar nahm der Hangar den größten

Teil des Felgensegments ein. Die wenigen Space-Jets waren in so großen Abständen geparkt, dass sie sich beinahe in der Weite des kahlen Raums verloren. Im Boden verliefen zwei parallele, aber gegenläufige Transportbänder von einem Ende der Halle zum anderen.

»Bitte folgt der Markierung zu Port C«, erklang eine körperlose Stimme.

Eines der Bänder leuchtete auf. Sie stellten sich darauf und fuhren zum Schott auf der linken Seite.

Rhodan kontrollierte noch einmal den Mimikry-Modus ihrer SERUNS, der einem Beobachter normale Geschäftskleidung vorgaukelte. Ein System aus Holos machte das möglich. Er hoffte zwar, dass sie die Kampfanzüge nicht brauchten, aber man konnte nicht vorsichtig genug sein.

Das Tor öffnete sich. Dahinter kamen zwei Kampfroboter zum Vorschein.

Instinktiv zuckte Rhodan zusammen. Erst als er zwischen den Kolossen eine schwebende, kopfgroße gläserne Kugel bemerkte, entspannte er sich. In ihrem Inneren befand sich ein kleiner Sessel, auf dem ein etwa elf Zentimeter messender Mann mit lindgrüner Haut saß. Templon Kook.

Falls Lian überrascht war, dass es sich bei dem Stationsleiter um einen Siganesen handelte, dessen Gesicht, das beim Funkkontakt noch übergroß gewirkt hatte, gerade mal die Fläche eines Fingernagels einnahm, zeigte sie es nicht.

»Herzlich willkommen in Trivid Sieben«, drang seine verstärkte Stimme aus dem Fluggerät. »Ich ... freue mich, euch hier begrüßen zu dürfen.«

Allzu groß konnte die Freude nicht sein, sonst wäre er nicht in Begleitung von Robotern erschienen, dachte Rhodan, sprach es aber nicht aus. »Vielen Dank, dass du uns empfängst. Das hilft uns bei der Suche bestimmt weiter.« Er deutete auf seine Begleiterin. »Darf ich dir Lian Taupin vorstellen?«

Kook warf ihr einen raschen Blick zu, nickte huldvoll und wandte sich wieder an Rhodan. »Entschuldige, wenn ich allzu misstrauisch erscheine, aber zunächst muss ich mich vergewissern, dass ... nun ja ...«

»Du hast doch bereits die Signatur der Space-Jet überprüft.«

»Du könntest sie gestohlen haben. Und mit einer geschickten Maske und einem Stimmmodulator ... äh ... du weißt schon. Es ist mir wirklich peinlich, aber Sicherheit geht vor.«

»Ich verstehe. Also gut.« Rhodan lächelte. »Wie es der Zufall will, habe ich ein Gerät zum Auslesen von Genproben dabei. Ich schlage vor, du entnimmst mir eine. Ich werde die Stationspositronik ermächtigen, auf die Medo-Datenbanken von Terrania zuzugreifen und die Probe mit meinen Daten zu vergleichen.« *Wie passend*, dachte er.

»Einverstanden. Ein Schnelltest sollte ausreichen.«

Dennoch vergingen fünf Minuten, in denen zwar keine Worte, aber dafür umso mehr Blicke getauscht wurden. Als das Ergebnis endlich eintraf, sagte Kook: »Du bist Perry Rhodan.«

»Ich weiß.«

»Du hast ein Verbrechen in meiner Station erwähnt. Worum handelt es sich?«

»Aus Gründen der Geheimhaltung kann ich dir kaum Details nennen, das verstehst du sicherlich. Nur so viel: Trivid Sieben wurde benutzt, um über das allgemeine Signal eine Erpressernachricht an jemanden zu schicken.«

Der Siganese beugte sich in seinem Sessel vor. »Das ist völlig unmöglich.«

»Ist es nicht«, sagte Lian.

»Ist es sehr wohl, junge Dame. Wie sollte ein Unbefugter an die Anlage herankomm... oh!«

Rhodan lächelte. »Ich sehe, du verstehst, warum wir dich um Hilfe bitten.«

»Einer meiner Leute? Ausgeschlossen.«

»Leider die einzige sinnvolle Erklärung.«

»Woher wisst ihr überhaupt, dass die Nachricht von meiner Station stammt?«

Lian durchfuhr ein erkennbarer Ruck. War ihre Aktion zur Rückverfolgung des Signals etwa illegal gewesen?

»Uns stehen da einige Möglichkeiten zur Verfügung«, sagte Rhodan, »über die wir nicht sprechen dürfen.«

Templon Kook lehnte sich zurück und legte ein Bein über das andere. »Also gut, gehen wir der ... äh ... Sache nach. Ich bin zwar überzeugt, dass ihr euch irrt, aber vielleicht kann ich dazu beitragen, den Irrtum aufzuklären.«

»Wäre schön, wenn es so ausgeht.« *Zumindest für dich. Für uns jedoch ... nun ja, wir stünden wieder am Anfang.* »Wir brauchen eine Aufstellung aller Personen, die gestern Dienst hatten.« Rhodan nannte ihm die genaue Uhrzeit, zu der die Nachricht bei ihm eingegangen war. »Vorher würden wir uns aber gerne die Anlage ansehen, wo der Erpresser die Botschaft eingespeist hat.«

»Den Hauptemitter und die Arbeitsstationen direkt davor«, ergänzte Lian.

»Du bist vom ... Fach?«, fragte Kook.

»Ich kenne mich ein bisschen aus, ja.«

»Folgt mir.«

Ein weiteres Transportband beförderte sie durch einen schneeweißen, etwa siebenhundert Meter langen Gang. Kooks Schwebekugel flog voran, die Kampfroboter postierten sich *dezent* hinter ihnen. So viel zum Thema Vertrauen.

In regelmäßigen Abständen von fünfzig oder sechzig Metern passierten sie schmucklose Türen. Daneben lagen Fenster, die die Hälfte der Strecke bis zur jeweils nächsten Tür ausfüllten. Kleine Holobeschriftungen zeigten an, welchem Zweck die Räume dienten. *Technik A, Technik B, Technik C, Programm-*

leitung, Sendeplan, Distributionskontrolle, Senderkommunikation, Archiv, Hyperfrequenzverteilung und etliches mehr. Augenscheinlich füllte diese Speiche der Raumstation in erster Linie die Verwaltung aus.

Die meisten Angestellten warfen durch die Fenster einen kurzen Blick auf die Besucher und widmeten sich wieder ihrer Arbeit. Andere sahen ihnen mit großen Augen nach, vermutlich, weil sie *den* Perry Rhodan erkannten.

Er glaubte fast, ihre Gedanken lesen zu können. *Was tut der Unsterbliche hier? Ist er es wirklich? Oder nur jemand, der ihm ähnlich sieht?* Im Raum mit der Bezeichnung *RMK-Organisation* starrte ihn jemand sogar mit offen stehendem Mund an und ließ sich in einen Formsessel fallen.

Sie erreichten die Radnabe der Raumstation, die sich als geschlossener weißwandiger Zylinder von zweihundertneunzig Meter Durchmesser erwies, den ein kreisförmiger Gang umrundete. Boden und Decke bestanden aus Metallgittern, die einen Blick in die darüber- und darunterliegende Etage erlaubten. Menschliche und robotische Wächter patrouillierten auf allen Stockwerken.

»Hinter dieser Wand liegt das ... äh ... Herz der Anlage«, sagte Kook. »Die Energieversorgung.«

»Faszinierend.« Lians Stimme klang ehrfürchtig.

Der Siganese umrundete den Zylinder zu einem Viertel und passierte zwei transparente Zugänge zu benachbarten Speichen, hinter denen ähnliche Gänge lagen wie der, durch den er sie hergeführt hatte. Vor der dritten Tür verharrte er schließlich. Im Gegensatz zu den anderen bestand sie nicht aus durchsichtigem Material, sondern aus bläulich schimmerndem Arkonstahl. Davor waren zwei weitere Kampfroboter postiert.

»Das ist unser Ziel«, erklang es aus Kooks Transportkugel. »Der Hauptemitter. Ihr werdet verstehen, dass ihr dort drinnen nicht allein herumlaufen dürft.«

Die Tür glitt auf. Rhodan, Lian, drei Roboter und der Stationsleiter traten ein.

Vor ihnen erstreckte sich eine siebenhundert Meter lange und hundert Meter hohe Röhre. Kein Gang, keine Büros, sondern ein scheinbares Chaos aus durch die Luft treibenden Arbeitskonsolen, Energiesträngen, Metallbrücken, aufflammenden und verlöschenden Holos mit Ausschnitten aus den gesendeten Programmen, Wartungsrobotern und einer schier unüberschaubaren Anzahl von Beschäftigten – Rhodan entdeckte hauptsächlich Terraner, aber auch Jülziish, vereinzelte Oxtorner und einen Ertruser. Es herrschte die Geschäftigkeit eines Ameisenstaats.

Im Zentrum des Durcheinanders rotierte träge ein gewaltiges Knäuel aus schwarz glänzenden Kunststoffrohren, gläsern wirkenden Leitungen, durch die eine gelbliche Flüssigkeit strömte, und gleißenden Energiesträngen.

»Der Emitter«, hauchte Lian. Wahrscheinlich fühlte sie sich wie im Paradies.

»Hat jeder, der in der Station arbeitet, Zugang zu diesem Bereich?«, fragte Rhodan.

»Grundsätzlich ja«, antwortete Templon Kook. »Jedoch nur innerhalb seiner Schichtzeiten.«

»Bitte ergänz die Personalliste auch um diese Information.«

»Mit Vergnügen«, gab er in einem Tonfall zurück, der das Gegenteil ausdrückte. »Was wollt ihr euch hier ansehen? Ich dränge nur ungern, aber mir steht nicht unbegrenzt Zeit zur Verfügung.«

Zwischenspiel

Unmöglich! Völlig unmöglich! Perry Rhodan kann *nicht hier sein!*

Trotzdem hatte er ihn gesehen. Im Verwaltungstrakt, angeführt von Templon Kook, diesem mickrigen Wichtigtuer. Doch nicht nur der Stationsleiter begleitete ihn, sondern auch diese Frau, die der Unsterbliche dankenswerterweise aufgespürt hatte.

Das ist meine Chance. Ich schnappe sie mir in einem günstigen Moment und bringe sie zu …

Sein Lächeln erlosch, ehe er den Gedanken zu Ende brachte. Erstens weil die plötzlich einsetzenden Kopfschmerzen ihn dazu zwangen, und zweitens wegen der Aussichtslosigkeit dieses Plans. Rhodan und sein Schützling waren waffenstarrenden Kampfrobotern entkommen. Wie sollte er allein schaffen, was den Maschinen nicht gelungen war?

Schlagartig wurde ihm bewusst, was der überraschende Besuch bedeutete. Er hatte sich geirrt. Rhodan hatte seine Identität doch herausgefunden. Aber wie? Hatte er den Terraner unterschätzt?

Er zwang sich zur Ruhe. Tief und langsam durchatmen, ein, aus, ein, aus, ein und aus. Allmählich klangen die Kopfschmerzen ab, und er konnte klarer denken.

Nicht Rhodan war es, den er unterschätzt hatte, sondern dessen Begleiterin. Wie dumm von ihm. Er wusste doch, wie sie dachte, wie sie reagierte, was sie antrieb. Er hätte voraussehen müssen, dass sie eine Möglichkeit fand, der Spur der Nachricht zu folgen.

Er schüttelte vor Ärger hastig den Kopf. Sofort flammte der Schmerz wieder auf. Er nahm ihn als Strafe für seine Nachlässigkeit hin.

Was sollte er tun? Sitzen bleiben und abwarten, bis Kook sie zu ihm führte? Ausgeschlossen.

Augenblick! Der Stationsleiter *hatte* sie bereits hergeführt. Aber sie waren an seinem Büro mit nicht mehr als einem flüchtigen Blick vorbeigegangen. Das bedeutete, dass sie seine Identität keineswegs kannten.

Noch nicht.

Allerdings war es nur eine Frage der Zeit, bis sie mit ein wenig Recherche seinen Namen herausfanden. Auf die gespeicherten Personaldaten zugriffen. Und feststellten, dass …

Nein! Das durfte nicht geschehen. Sie würden Zusammenhänge aufdecken, die zu viel offenbarten.

Ihm blieb keine andere Wahl: Mit Rhodans Auftauchen war die Trivid-Station für ihn ohnehin verloren, also konnte er alle Brücken an diesen Ort abbrechen. Er musste fliehen. Doch erst, nachdem er seine Existenz aus der Datenbank gelöscht hatte. Glücklicherweise verfügte er über einige Fertigkeiten, von denen er niemandem erzählt hatte. Dadurch war es ihm im Laufe der Jahre gelungen, sich Zugang zu so manchen Teilen des Systems zu verschaffen.

Es gab nur zwei Probleme. Erstens ging eine Entfernung sämtlicher persönlicher Daten mit dem Verlust aller Zugriffsrechte einher. Logisch, wenn er für das System nicht mehr existierte. Das bedeutete, er konnte keinen Transmitter und keine Space-Jet mehr benutzen, wenn er sich gelöscht hatte. Nicht einmal die Tür seines Büros würde sich noch für ihn öffnen. Diese Schwierigkeit ließ sich überwinden, indem er eine entsprechende Kopplung programmierte, mit der die Löschung erst eine Sekunde nach der Transmitterbenutzung stattfand.

Das zweite Problem wog schwerer. Der Zugang zum System ermöglichte ihm, unbemerkt auf die wichtigsten Daten zuzugreifen. Jede *Änderung* der Datenbank, wie allein das Einfügen der Kopplungsroutine eine darstellte, löste jedoch unweigerlich einen Alarm aus. Keinen, der die Station automatisch versiegelte, aber wenn Kook etwas davon mitbekam, bedurfte es eines winzigen Befehls, und die Chance auf eine Flucht war vertan.

Das durfte er nicht riskieren. Doch wie sollte er es verhindern?

Er brauchte eine Ablenkung. Eine *große* Ablenkung.

Wer hätte gedacht, dass es sich jemals als nützlich erweisen würde, dass er die Lagerplätze sämtlicher Chemikalien für Wartung, Reinigung und ähnliche Zwecke in der Station kannte? Und dass er durchaus wusste, wie bestimmte Mischungsverhältnisse wirkten. Mit dem einen oder anderen Gerät aus dem Ersatzteillager ließ sich daraus eine fabelhafte Ablenkung konstruieren.

Kapitel 5:
Tod im Wunderland

Zwei Stunden hatten sie beim Hauptemitter verbracht. Zwei Stunden voller Staunen, Faszination – und Enttäuschung. Viele der Beschäftigen – darunter womöglich sogar der Erpresser, wer wusste das schon? – hatten sie befragt, ob ihnen etwas aufgefallen war. Ohne Ergebnis. Auch eine Spurensuche an den Einspeisepunkten war fruchtlos verlaufen. Dennoch sah Lian ihre Bemühungen nicht als verlorene Zeit an. Wie auch, nach einem Aufenthalt am faszinierendsten aller Orte?

Sie hatte es bedauert, als sie die Emitteranlage verlassen mussten und Kook sie in den Verwaltungstrakt zurückbegleitete.

»Es scheint dir zu gefallen.«

Die Stimme riss Lian aus den Gedanken. Eben noch war sie weit weg gewesen, ein kleines Kind im Wunderland. »Klar«, sagte sie, so unbeteiligt wie möglich. »Dir nicht?«

»Schon. Aber ich habe ...«

»... größere Wunder gesehen?«, beendete sie seinen Satz. »Kann ich mir vorstellen. Was begeistert dich, Perry? Also ich meine, was begeistert dich wirklich? Und komm mir jetzt nicht mit so was Abstraktem und Klischeehaftem wie *Friede in der Milchstraße.*«

»Du hast mich erwischt«, sagte er.

»Wobei?«

»Friede in der Milchstraße. Das hätte ich gesagt.«

»Ich brauche etwas Handfesteres. Wofür brennst du? Sag das Erste, das dir in den Sinn kommt.«

»Footprints in Andromeda.«

Lian stutzte. »Was?«

»Eine Musikgruppe. Machen Stilllieder. Wirklich gute Stilllieder. Sie sind viel zu unbekannt. Die Arrangements ...« Er verstummte, als Lian laut lachte. Dann sagte er lächelnd: »Das und tefrodische Ringnudeln. Mehr braucht man nicht für den perfekten Abend.«

In diesem Moment glaubte sie, ihn zum ersten Mal richtig verstehen zu können. Er war also doch ein Mensch und nicht nur ein ... Mythos, der irgendwie zu Fleisch und Blut geronnen war. »Und ich brauche nur das hier. Diese Station. Von hier kommen die ganzen ...«

»Träume?«

»Wenn du so willst, ja. Für mich ist es mehr. Mein Leben. Und diese Station schafft die Grundlagen.«

Auf Bitten des Stationsleiters Templon Kook – Lian fragte sich, ob der Kerl unter Paranoia litt mit den beiden Kampfrobotern, die ihn in seiner schwebenden Glaskugel begleiteten – hatten sie sich in einen Besprechungsraum zurückgezogen. Der sah genauso langweilig aus wie in den zahllosen Serien, in denen solche Zimmer vorkamen. Ein Tisch, meistens rund, darum Stühle und sonstige exotische Sitzgelegenheiten für Fremdwesen, an den Wänden irgendwelche zweitklassigen Bilder – in diesem Fall von den Trivid-Stationen eins bis sechs des Solsystems.

Absolut unspektakulär.

Und wunderbar!

Sie war tatsächlich in einer Trivid-Station!

Ein winziger Schweberoboter kam in den Raum und brachte einen Speicherkristall. Der daumennagelgroße Kristall war für den Roboter, was für einen Terraner ein ordentlicher Felsbrocken gewesen wäre. »Mit besten Grüßen von Templon Kook. Er bittet um Verständnis, dass diese sensiblen Daten nur in physischer Form überbracht werden können. Er vertraut auf eure Diskretion.« Beim Sprechen bewegte sich ein stilisierter Mund in der Kopfsektion der grob menschenförmigen – oder wohl besser siganesenförmigen – Maschine.

»Richte ihm unseren Dank aus«, erwiderte Rhodan. »Er kann sich auf uns verlassen.«

Der Roboter schwebte aus dem Besprechungsraum.

»Und jetzt?«, fragte Lian. »Gibt es hier ein Lesegerät?«

»Wählen wir den einfachen Weg«, sagte Rhodan. »Man mag es uns wegen des Mimikrymodus ja nicht ansehen, aber vergiss nicht, dass wir SERUNS tragen.« Er legte den Speicherkristall auf das Multifunktionsarmband am linken Handgelenk. »Positronik, überspiel die Daten und zeig sie in einem Holo an.«

Das funktionierte reibungslos, doch genau wie Lian erwartete, standen sie wenige Sekunden später vor einem ganz anderen Problem.

Dank Templon Kook kannten sie nun die Unterlagen über alle Mitarbeiter, die zu beiden Zeitpunkten, als die Nachrichten Rhodan erreichten, im Dienst gewesen waren. Einer von ihnen konnte ihr Gegner sein.

Einer von diesen *verflixt vielen* Leuten.

Die Aufstellung von Namen, die die Positronik des SERUNS in einem Holo aufführte, schien kein Ende zu nehmen.

»Klasse«, meinte Lian. »Da werden wir weitere Hinweise brauchen, um die Liste auszusieben.«

»Durchaus«, sagte Rhodan. »Aber das wäre sonst ein wenig zu einfach gewesen.«

»Hätte mich nicht gestört.«

»Mich auch nicht«, gab er zu.

Sie lasen Namen, die Lian sofort wieder vergaß, warfen einen Blick auf knappe, vermutlich auf die wichtigsten Daten reduzierte Lebensläufe und Holofotos. Jedes einzelne ein Gesicht in der Menge, das sie – nun ja – sofort wieder vergaß.

»Halt!«, sagte Rhodan plötzlich, als ein weiterer Mitarbeiter im Holo auftauchte. Ein Mann mit leichtem Silberblick und sorgfältig gescheitelten blonden Haaren. »Den habe ich vorhin in seinem Büro gesehen. Er hat auf meinen Anblick erstaunlich heftig reagiert. Bran Lindholm«, las er den Namen vor. »Beschäftigt in der RMK-Organisation. Was immer das bedeuten mag.«

»Rückmeldungskode«, riet Lian, obwohl sie sich keineswegs sicher war. »So bezeichnet man die individuellen Kennungen der Trivid-Empfänger, von denen ich dir erzählt habe. Wenn jemand Zugriff auf den Kode deines Geräts hat, dann er.« Sie spürte ihr Herz schneller schlagen. »Meinst du, wir haben ihn gefunden?«

»Möglich. Aber wir sollten nichts überstürzen. Wir dürfen uns nicht auf einen vielleicht falschen Verdächtigen versteifen und dadurch den wahren Täter übersehen.«

Über das Internkom des Besprechungsraums nahm er Kontakt mit Kook auf. Der reagierte erkennbar genervt auf die neuerliche Störung. Rhodan achtete nicht darauf und ließ sich bestätigen, dass sich Bran Lindholm noch auf der Station befand.

»Lindholm?«, fragte der Stationsleiter. »Das ist nicht dein Ernst, oder? Er ist ein herzensguter, großzügiger, hilfsbereiter Mensch. Niemand, der ein Verbrechen begeht.«

»Trotzdem! Sorg bitte dafür, dass er die Raumstation nicht verlassen kann, bis wir uns sicher sind.«

Widerwillig stimmte Kook zu.

Anschließend machten sie sich an die Sichtung der restlichen Mitarbeiter, überflogen Lebensläufe, betrachteten Gesichter.

Irgendwann verließen sie den Raum und spazierten einen Korridor entlang, um auf andere Gedanken zu kommen. Manchmal kam ihnen jemand entgegen, beachtete sie aber nicht.

An einer Abzweigung blieb Lian stehen und legte die Hand auf ein kugelförmiges Aggregat, das gerade groß genug war, dass man bequem darauf hätte sitzen können. Es fühlte sich ein wenig warm an, und unter der Oberfläche vibrierte es.

Rhodan tat es ihr gleich. Er sah nicht aus, als könnte er auch nur ansatzweise dasselbe fühlen wie sie.

»Vielleicht bringt es in diesem Augenblick einen der Träume zur Welt, die du vorhin erwähnt hast«, sagte Lian.

»Entstehen sie nicht in den Köpfen von irgendwelchen Drehbuchautoren?«, fragte Rhodan.

»Schon. Aber *geboren* und dann in die Wahrnehmung aller Zuschauer weitergeleitet werden sie genau hier. Wir sind ganz in der Nähe der zentralen Sendeanlage, weißt du?« Lian trat einen Schritt zurück, legte den Kopf in den Nacken, dass die Haare über den Rücken fielen, und schloss die Augen. »Als Kind hab ich mir tausendmal gewünscht, ich könnte an einem Ort wie diesem sein.«

Sie lächelte.

Seit diese verrückte Sache lief, hatte sie sich nicht mehr so wohlgefühlt. Sie vergaß sogar die Fragen, die ihr ganzes Leben auf den Kopf stellten.

»Perry, es ist wunderbar, hier zu sein, auch wenn ...« Etwas riss ihr die Worte von den Lippen. Sie schloss geblendet die Augen und öffnete sie wieder.

Wo war Rhodan? Wo das Aggregat? Sie sah nichts mehr außer ...

... Feuer?

Da erst spürte sie die Hitze. Hörte das Donnern.

Ich stehe nicht auf meinen Füßen, dachte sie verwirrt, als würde es ihr eine zweite Lian aus einer fremden Welt zurufen. Sie schlug auf, schlitterte auf dem Boden weiter, krachte mit der Schulter gegen eine Wand.

Ein anderer Winkel, und ich hätte mir das Genick gebrochen. Der Gedanke kam zuerst, dann brach die Decke über ihr ein.

Enge.

Bedrückende Enge.

Etwas sirrte um sie, tausend und mehr kleine Lichter zündeten. Die Luft brannte vor ihr, doch diesmal spürte sie gar nichts. Keine Hitze, wenn diese winzigen Sonnen entstanden und verpufften.

Staub, dachte Lian. *Es ist der Staub, der herabrieselt und im Schutzschirm meines SERUNS verglüht.*

Dann fraßen die Beklemmung und das Gefühl, eingesperrt zu sein, jeden klaren Gedanken. Sie war nur noch ein Tier in der Falle, in einem engen Käfig.

Wieder einmal.

Wieder?, fragte sie sich. Sie war nie zuvor gefangen gewesen. Der Einwurf erstickte, ehe sie ihn richtig zu fassen bekam.

Erstickte.

So wie sie selbst ersticken würde, wenn sie nichts tat. Es rumpelte und krachte noch immer. Der Staub war nicht gefährlich, wohl aber die Trümmer der einstürzenden Decke. Konnte der SERUN sie auch davor schützen?

Sie wusste es nicht.

Sie wusste nichts.

Sie war gefangen in einer Hülle nicht aus Staub, sondern aus Glas und ...

Glas? Wo sollte Glas herkommen?

Aber was spielte das für eine Rolle, wenn sie erstickte? Zerquetscht wurde?

Nur dass sie nicht sterben würde. *Nicht hier und nicht heute!* Sie war kein dummes Tier, das sich damit abfinden musste, in der Falle zu sitzen. »Ich bin Lian Taupin«, flüsterte sie. »Trivid-Künstlerin und ...«

»Lage stabilisiert«, hörte sie eine Stimme, dicht an ihrem Ohr. Die Positronik des SERUNS. »Ich projiziere ein genaues Orterbild in deine Sichtscheibe.«

Da erst fiel ihr auf, dass sich der Helm längst automatisch geschlossen hatte. Wahrscheinlich sofort nach der Detonation, wie sich auch der Schutzschirm selbsttätig aktiviert haben musste.

Natürlich. Sonst hätte ich nicht ein bisschen Hitze gespürt, sondern wäre gegrillt worden, und der Aufprall hätte mir sämtliche Knochen gebrochen. Ich muss dem Zentrum der Explosion nah gewesen sein, wenn sie die Decke über mir zerfetzt hat.

Der Gedanke zog automatisch einen weiteren nach sich: *Und Perry? Er stand direkt neben mir.* Aber diese Sorge schob sie beiseite. Er war der unsterbliche Rhodan. Er hatte schon eine Menge Detonationen überstanden, obwohl irgendeine seine letzte sein konnte.

Lian konzentrierte sich auf das Bild, das der SERUN in die Innenseite des Helms projizierte. Sie fand sich mit der ungewohnten Optik und Perspektive sofort zurecht – dank all der Trivid-Helden, in deren Rolle sie im Laufe ihrer Karriere geschlüpft war.

Sie lag unter einem Trümmerhaufen begraben. Der Schutzschirm, in den nach wie vor Staub rieselte und verpuffte, stabilisierte ihre sichere Blase. Ohne ihn wäre sie wenig mehr als ein zerquetschter Haufen Fleisch und Knochen.

Also gut. Ich trage einen Kampfanzug. Ich kann mir den Weg freischießen. Ich muss nur aufpassen, dass ich das Geröll nicht so stark zerstrahle, dass ich gleich noch die ganze Umgebung mit pulverisiere.

Ehe sie dazu kam, über die passende Intensität der Strahler nachzudenken, hörte sie eine weitere Stimme.

»Lian? Lian!«

Das war Perry Rhodan, und er klang besorgt. Irgendwie gefiel ihr das. Als ob sie keine anderen Probleme hätte.

»Alles in Ordnung«, sagte sie. »Na ja, vielleicht nicht *alles*, aber …«

Er seufzte erleichtert. »Gut. Tu gar nichts. Ich hol dich hier raus.«

»Das würde dir so passen!« Ein wenig half sie schon mit.

Perry Rhodan ignorierte die eingehende Nachricht seiner Hauspositronik so lange, bis er Lian aus dem Geröllberg ziehen konnte. Dann erst warf er einen flüchtigen Blick darauf – die Botschaft war mit einer dringenden Stufe kodiert. Egal. Es musste warten, bis er sich einen Überblick verschafft hatte, ob sonst noch jemand unmittelbare Hilfe benötigte. Wahrscheinlich hatte die Positronik die Antwort auf seine Fragen zu Lians Lebenslauf ermittelt; wichtig, aber nicht so entscheidend wie das Chaos, in das sich dieser Bereich der Trivid-Station verwandelt hatte.

Lian zeigte sich erstaunlich unerschrocken und versuchte Ruhe zu bewahren.

»Geht es dir gut?«, fragte er.

Sie suchte seinen Blick und nickte. »Sorg dich nicht um mich. Erledigen wir unsere Pflicht.«

Es gab keinen Zweifel, was sie darunter verstand – und sei es nur, weil sie es aus den Heldenrollen wusste, die sie in den Trivid-Serien gespielt hatte. Sie mussten nach Verletzten suchen.

Bald verlor er sie aus den Augen. Die Explosion hatte ein Loch in die Decke über ihnen gerissen und auch die Seitenwand zerfetzt. Wie Lian war Rhodan zunächst von der Druckwelle weggeschleudert worden – und genau wie sie wäre er ohne Schutzanzug nun wohl tot. Ein Riss hatte die Decke gespalten und sie auf einer Länge von mehreren Metern einstürzen lassen. An einer Stelle war der Boden eingerissen. Von der tieferen Ebene drang Stöhnen.

Rhodan ging vorsichtig an den Rand des Lochs und schwebte im Flugmodus des SERUNS nach unten. Er fand zwei Männer, die nicht so viel Glück gehabt hatten wie er. Einem konnte niemand mehr helfen. Ein Trümmerstück hatte den Brustkorb zerquetscht. Der Zweite starrte totenbleich auf den Tisch, an dem er vor wenigen Minuten vielleicht noch gearbeitet hatte. Das Möbelstück war durch den Raum geschleudert worden und lag mit der Platte nach unten auf dem Boden.

Mit der *schweren* Platte ... unter der der Arm des Mannes verschwand. Ab dem Ellenbogen musste er zermalmt worden sein.

Rhodan drehte sich der Magen um. Er eilte zu dem Verletzten, kniete neben ihm nieder. »Bleib ruhig. Ich helfe dir.«

»Meine Hand.« Die Augen waren weit aufgerissen. Schweiß perlte auf der Stirn.

»Ich weiß. Ich befreie dich. Es wird gut.«

»Hand«, ächzte der andere. Sein Mund blieb halb offen. Mehr Schweiß rann ihm übers Gesicht. Er stand unter Schock.

Rhodan wusste, dass der Verletzte gleich das Bewusstsein verlieren würde und sein Kreislauf dringend stabilisiert werden musste. »Ich kümmere mich um dich«, sagte er.

Die Augen des Mannes verdrehten sich, die Pupillen verschwanden, dass nur noch das Weiße zu sehen war. Er erschlaffte, was zweifellos das Beste für ihn war. Rhodan hob den Tisch weg, und es sah übel aus. Er band den Oberarm ab, um die Blutung zu reduzieren.

Endlich kam ein Medoroboter, und Rhodan wusste den Verletzten nun in guter Obhut. Die Maschine übernahm die Versorgung, er kehrte nach oben zurück. Weitere Medoroboter waren vor Ort, kümmerten sich um Opfer. Er atmete auf, suchte Lian. Sie war nirgends zu sehen.

Dafür meldete der SERUN erneut den Eingang einer Nachricht von der Hauspositronik in der Upper West Garnaru Road. Diesmal noch dringender. Er schaute darauf und sah sofort, dass es nicht um die Fakten aus Lians Lebenslauf ging. Stattdessen hatte die Positronik eine weitere Botschaft ihres Gegners empfangen, aufgezeichnet und automatisch weitergeleitet; Rhodan hatte vorsorglich das Trivid laufen gelassen.

»Abspielen!«, verlangte Rhodan und hörte im Helm die nur allzu bekannte Stimme.

»Ich hoffe, du bist schlau genug, Vorkehrungen getroffen zu haben, dass dich meine Nachrichten auch unterwegs erreichen.«

War ich. Und du warst schlau genug, mir das zuzutrauen.

»Es wird eine Bombe hochgehen – oder vielleicht ist das schon geschehen, bis du das hier hörst. Ihr hättet nicht in die Station gehen sollen. Ganz großer Fehler, Perry Rhodan. Hör auf, nachzuforschen, sonst wird es sehr böse und mit einer Menge Toter enden. Die erste Bombe ist im Vergleich mit der zweiten nur ein Spielzeug. Und mach dir klar: Ich wollte das nicht tun. Du hast mich dazu gezwungen.«

Dieser Wahnsinnige!

»Auch die zweite ist an Bord der Station, und sie ist bereits scharf. Sie wird hochgehen, wann immer ich es will – und ich werde sie zünden, wenn jemand sich abzusetzen versucht. Denk nicht mal daran, die Mannschaft zu evakuieren. Ein einziges Beiboot, das ablegt, ein einziger aktivierter Transmitter, und ... nun, es wird nicht viel übrig bleiben von Trivid Sieben. Halt dich zurück, Perry Rhodan. Keine Nachforschungen mehr!«

Die Botschaft endete, und so schrecklich sie sein mochte, so sehr bewies sie doch eins: Sie waren auf der richtigen Spur. Und offenbar befand sich ihr Gegner mit ihnen in der Station. So wie Bran Lindholm, aber auch etliche andere. Rhodan gab der Positronik des SERUNS den Befehl, die Liste der Mitarbeiter, die sie von Templon Kook erhalten hatten, mit der aktuellen Schicht zu vergleichen. So fielen zweifellos einige Namen durch das Raster.

Hatte ihr Feind diese erste Bombe einfach *irgendwo* gezündet? Oder hatte er Spuren verwischt, vielleicht an seinem Arbeitsplatz, weil er wusste, dass Rhodan und Lian ihm nahe kamen? Immerhin befanden sie sich in der Nähe der zentralen Sendeanlage, auf die ihr Gegner während seiner Arbeit Zugriff haben musste. Es war nur ein Verdacht, aber es würde die Liste ganz gehörig schrumpfen lassen. Wenn er zutraf, schied Lindholm als Täter aus, denn sein Büro lag weiter vorne in der Radspeiche.

Rhodan instruierte die Positronik und meldete sich bei Templon Kook.

»Rhodan«, sagte der Stationsleiter. Seine buschigen Augenbrauen zogen sich zusammen, sodass er noch grimmiger aussah. »Kaum bist du hier, explodiert eine Bombe! Ich hätte dich nicht ...«

»Gleich«, unterbrach er den Siganesen. »Du musst ein absolutes Abflugverbot über die ganze Station verhängen. Sofort!«

»Damit der Attentäter nicht fliehen kann?«

Wenn es nur das wäre, dachte Rhodan und erklärte Kook die Situation.

»Eine ... äh ... zweite Bombe«, murmelte der Stationsleiter. »Eine noch viel schlimmere zweite Bombe.«

»Die hochgehen wird, falls irgendjemand die Station verlässt.«

»Aber warum?«

»Weil unser Gegner mich beschäftigt halten will. Mit der Suche nach der Bombe.«

»Und was tust du?«

»Was wohl? Die Bombe suchen«, sagte Rhodan trocken. Doch zuerst suchte er Lian.

Sie arbeitete sich durch aufgewirbelten Staub, stieg über Trümmerteile, passierte Risse in der Wandverkleidung und half Verletzten hoch. Die meisten waren glücklicherweise mit leichteren Blessuren davongekommen. Prellungen, Schnittwunden, vielleicht einmal ein Knochenbruch. Medoroboter schwebten auf sie zu und huschten weiter, als sie erkannten, dass es ihr gut ging.

An einer Abzweigung in der Nähe der Nabe blieb sie stehen und schaute sich um. Was für ein Chaos! Warum hatte dieser Dreckskerl das getan? Was versprach er sich davon? Wollte er sie einschüchtern? Dann kannte er sie aber schlecht.

Sie drehte sich um – und lief gegen einen Mann, der aus der Abzweigung hervorgestürzt kam.

»Entschuldige«, sagte er. »Ich habe dich nicht gesehen.«

»Schon gut.«

Ihn hatte es weniger schlimm erwischt als die anderen. Bis auf eine blutende Kopfwunde entdeckte sie keine Verletzung an ihm. Dennoch bot er ein Bild des Elends. Sein Blick war gequält, das Gesicht leicht verschoben. Die linke Schulter hielt er hochgezogen, als versuche er Schmerzen durch eine ausgleichende Körperhaltung zu verringern.

»Alles in Ordnung mit dir?«, fragte sie.

»Einigermaßen.« Er versuchte sich an einem tapferen Lächeln, das ihm jedoch missriet. »Die Explosion hat mich gegen eine Wand geschleudert. In ein, zwei Jahren tut es bestimmt nicht mehr weh.«

Lian schmunzelte. Der Mann gefiel ihr. Nicht äußerlich, dazu müsste sie ihn sehen, wenn er nicht gerade erst einer Detonation entkommen war. Aber seine Ausstrahlung sprach sie an. »Ich heiße Lian.«

»Dano«, stellte er sich vor. »Weißt du, was passiert ist? Geht es dir gut? Bist du verletzt?«

Sie überlegte, wie viel sie ihm anvertrauen durfte. Am besten gar nichts. Und schließlich wusste sie selbst nicht so genau, was sich eben abgespielt hatte. »Nein. Ja. Nur ein bisschen. In dieser Reihenfolge.«

»Ich habe dich hier noch nie gesehen.« Er lachte auf, zuckte aber gleich darauf zusammen und hielt sich die Schulter. »Entschuldige. Das klang jetzt, als wollte ich mit dir flirten. War nicht so gemeint.«

Trotz der ernsten Situation, der Zerstörung, der Verletzten und vielleicht sogar Toten musste sie lachen. »Keine Sorge. Es gäbe Schlimmeres.« Hatte sie das gerade wirklich gesagt? »Ich ... bin eine Besucherin. Mein Begleiter und ich ...«

»Seit wann werden in einer Trivid-Station Besucher zugelassen?«

»Werden sie nicht. Ich meine, ich bin zwar Trivid-Künstlerin, aber ...«

»Tatsächlich? Faszinierend. Ehrlich.« Er schaute sich nach allen Richtungen um. »Das mag in Anbetracht der Lage sonderbar klingen, aber darüber würde ich gerne mehr hören. Warum ...« Er zögerte, als überlegte er, wie weit er sich vorwagen durfte. »Warum gehst du nicht mit mir zur Krankenstation und erzählst mir unterwegs von dir?«

»Das wäre ... Oh, da kommt mein Begleiter.«

»Schade.« Ohne sich nach Rhodan umzudrehen, humpelte er davon.

»Vielleicht sehen wir uns ja später noch einmal«, rief sie ihm nach.

»Das hoffe ich doch sehr.«

Endlich entdeckte Rhodan die Trivid-Künstlerin; sie sprach mit jemanden, der aus der Ferne so aussah, als hätte er bei der Explosion einiges abbekommen. Der andere verabschiedete sich gerade, als Rhodan näher kam.

»Lian«, sagte er und fand zum ersten Mal seit der Bombenexplosion die Ruhe, sie genauer anzusehen.

Ein winziger Teil der Gewalt der Detonation war offenbar zu ihr durchgeschlagen, ehe sich der Schutzschirm geschlossen hatte. Ihre Haare standen wirr, waren in Höhe der rechten

Schläfe versengt. Das Weiß ihrer Augen war blutunterlaufen. Und vor allem sah sie müde aus. Unendlich müde.

Kein Wunder. Seit sie vor über dreißig Stunden in diesen ganzen Wahnsinn hineingezogen worden war – *seit ich sie hineingezogen habe, weil der Entführer es so wollte*, korrigierte er sich –, war sie von einer psychischen Extremsituation in die nächste gestolpert. Rhodan würde selbst zu gerne verstehen, was all das bedeutete. Wie Lians Genom beweisen konnte, dass diese Frau etwa *fünf Jahre alt* war. Was ihr Gegner von ihr wollte.

»Wenn das hier vorbei ist«, begrüßte sie ihn, »schlafe ich vierundzwanzig Stunden am Stück.«

»Ich empfehle dir sechsunddreißig«, meinte er, »und ich persönlich beschütze dich währenddessen. Aber noch, Lian, ist es nicht so weit. Die Situation ist übler, als du denkst.«

»Oh, ich denke, dass es ganz schön übel ist.«

Er stellte sich dicht neben sie, sah ihr in die Augen. »Unser Gegner droht damit, die gesamte Station zu sprengen.«

»Was?«

Er erzählte ihr von der neuen Botschaft.

»Das bedeutet also, dass wir ihm auf den Fersen sind«, schlussfolgerte Lian ruhig. »Mehr noch, dass er sich mit uns hier aufhält. Ganz in der Nähe.«

Erst als sie es aussprach, erkannte er den Denkfehler, dem er bislang aufgesessen war. Genau das hatte er auch vermutet – aber etwas daran stimmte nicht. »Falsch! Wäre er in der Station, würde er sich mit dem Evakuierungsverbot ins eigene Fleisch schneiden. Denn er könnte nun ebenfalls nicht mehr fliehen. Wir müssen herausfinden, wer von der aktuellen Schicht bereits gegangen ist. Oder war er heute überhaupt nicht hier? Hat er schon die erste Bombe ferngezündet?«

Etwas stimmte nicht.

Rhodan hatte das Gefühl, es greifen zu können, aber es gelang ihm nicht. Er konnte ihren Gegner nicht einschätzen, weil er dessen wahre Ziele nicht kannte und nicht begriff, was er wirklich beabsichtigte!

»Perry«, sagte Lian. »Diese zweite Bombe, mit der er die ganze Station zu zerstören droht – ich glaube nicht daran.«

»Warum?«

»Meinetwegen.«

Plötzlich verstand Rhodan. Natürlich durfte ihr Gegner nicht die gesamte Trivid-Station zerstören. Vielleicht würde er den Tod all dieser Menschen in Kauf nehmen ... aber nicht Lians Ende. Nicht das der Frau, die er mit solcher Vehemenz in seine Gewalt zu bringen versuchte.

Es konnte die zweite Bombe nicht geben.

Ein Bluff.

Es musste ein Bluff sein!

In diesem Augenblick explodierte die zweite Bombe.

Zwischenspiel

Er war erschüttert und erleichtert in einem.

Als er das Datensystem geändert hatte, war zwar ein Alarm ausgelöst worden. Doch der war im Chaos der Explosion untergegangen, wie er es geplant hatte. Gar nicht geplant war jedoch gewesen, dass sich Lian in unmittelbarer Nähe der Bombe aufhielt, als sie hochging. Dabei hatte er zuvor noch beobachtet, wie sie mit Rhodan den Konferenzraum betreten hatte.

Egal. Er durfte sich nicht mit Dingen belasten, die *beinahe* schiefgegangen wären.

Lian lebte.

Das war alles, was zählte.

Kapitel 6:
Lebensläufe

Die neue Detonation zerstörte nicht die gesamte Trivid-Station; Perry Rhodan hörte sie nur als fernes Echo durch die Korridore hallen.

Die Explosion konnte höchstens eine Wirkung wie die erste Bombe entfacht haben. Schlimm genug – und dennoch atmete er erleichtert auf. Er nahm Kontakt mit Templon Kook auf. »Wo?«, fragte er nur, und: »Gibt es Tote?«

Der Siganese sah im Kommunikationsholo aus, als müsse er jeden Augenblick kollabieren. »Gab es nicht«, antwortete er, »aber ...«

»Ja?«

»Hinter wem auch immer du her bist – er ist geflohen. Die Explosion hat ...«

»Sag es nicht«, unterbrach Rhodan. »Sie hat einen Transmitter zerstört und alle Spuren verwischt, weil sich vorher jemand abgestrahlt hat. Richtig?«

»Mit unbekanntem Ziel«, sagte der Stationsleiter. »Ganz genau.«

Rhodan fluchte. Die zweite, angeblich viel stärkere Bombe hatte ihren Zweck erfüllt, obwohl sie auf diese Weise nie existiert hatte – sie hatte ihn verwirrt und abgelenkt und ihrem Gegner damit die Flucht ermöglicht.

»Das ist leider nicht alles«, fügte Kook an.

»Was noch?«

»Kurz nach der ersten Explosion sandte mir die Positronik eine Nachricht über einen Schreibzugriff in der Personaldatenbank. In all dem Chaos ist sie mir erst jetzt aufgefallen. Ich fürchte, der, den ihr sucht, hat sich selbst aus dem System gelöscht.«

»Wir müssen trotzdem seinen Namen herausfinden!« Rhodan überlegte. »Er hat mir nach der Detonation eine weitere Botschaft über mein heimisches Trivid zukommen lassen. Ich brauche eine Liste der Personen, die nach unserer Ankunft die Emitteranlage betreten haben.« Der Gedanke, dass der Entführer diese Nachricht eingespeist haben könnte, während sie sich selbst dort aufgehalten hatten, machte ihn krank.

»Das dürfte nicht nötig sein«, sagte Kook. »Gib mir ein paar Minuten. Ich werde feststellen, wer noch an Bord ist – und wer fehlt.«

»Wir warten im Konferenzraum auf das Ergebnis.«

Lian war froh, dass sie bereits saß, als sich Kook wieder meldete. »Es hat nur einer die Station verlassen. Alle anderen sind noch anwesend. Sein Name lautet Dano Zherkora.«

»Nein!«

Rhodan sah sie an. »Was ist?«

»Der Mann, mit dem ich gesprochen habe. Das war er! Das war Dano! Er ... er wollte, dass ich ihn zur Krankenstation begleite. Wäre ich mitgegangen, hätte er bestimmt versucht ...« Sie befahl dem SERUN, aus den Aufzeichnungen der letzten Stunde ein Standbild in den Raum zu projizieren.

Eine Gänsehaut bildete sich auf ihren Armen, als sie ihn wieder sah. Lebensgroß, dreidimensional. Das freundliche Lächeln. Die warmen braunen Augen, die schwarzen Haare. Eine Wunde auf der Stirn, die Lian für eine Folge der Explosion gehalten hatte. Genauso wie die Schwellungen unter den Augen und den leicht verschobenen Unterkiefer. Was war geschehen, dass er so aussah? Hatte er die Kraft seiner Bombe unterschätzt?

Rhodan legte seine Hand auf ihre.

»Weißt du, was das Schlimmste ist?«, fragte sie. »Ich mochte ihn! Er war mir sympathisch. Dieser … dieser …« Sie konnte den Anblick nicht länger ertragen und beendete die Projektion.

»Ich brauche sämtliche verfügbaren Daten zu diesem Mann!«, sagte Rhodan über Interkom zu Kook. »Irgendetwas muss doch übrig geblieben sein.«

»Leider nicht. Er hat seine Spuren so gründlich aus unserem System entfernt, als hätte es ihn nie gegeben. Kein Wohnort, kein Lebenslauf, nichts. Alles, was noch existiert, ist das, was ich euch vor der Löschung auf den Speicherkristall überspielt habe.«

Lian fühlte sich wie betäubt. Wie durch einen Schleier beobachtete sie, wie Rhodan die vertraute Liste im Holo öffnete und zu Dano Zherkora blätterte. Ein ernstes Gesicht, aber durchaus liebenswert. Und ganz ohne Wunden und Schwellungen. Seine Biografie verriet nur, dass er 22 Jahre alt und seit dreieinhalb Jahren auf Trivid sieben beschäftigt war.

»Ich wollte das nicht«, sagte eine leise Stimme von der Tür her.

Träge wandte Lian den Blick auf den Mann, der dort stand. Ihr erster – und falscher – Verdächtiger. Bran Lindholm. Er schaute zu Boden, und er sah alles andere als glücklich aus.

»Ich … er hat gesagt …«, stammelte er. »Es sollte doch nur ein Streich sein. Ein kleiner, unbedeutender Protest.«

»Wovon sprichst du?«, fragte Rhodan.

Lindholm trat näher und ließ sich auf einen Stuhl fallen. Noch immer wich er Rhodans Blick aus. »Dano. Er hat mich angelogen. Ich wollte ihn zur Rede stellen, aber … aber … Er war doch mein Freund!« Den letzten Satz spie er förmlich aus.

»Beruhig dich. Und erzähl der Reihe nach.«

Der verschüchterte Mann zögerte, dann straffte sich seine Gestalt, und er sagte: »Wir haben uns von Anfang an gut verstanden, Dano und ich. Über unsere Liebe zu Trivid-Shows hatten wir viel gemeinsam. Vor drei oder vier Wochen gestand er mir, dass er ein Gerät entwickelt hat, mit dem er eigene Signale an die Programmdateien anheften konnte. Ich war entsetzt, aber er spielte es herunter. Angeblich schickte er hin und wieder veränderte Szenen an zufällige Zuschauer. Er wollte den Leuten zeigen, wie eine gute Trivid-Show seiner Meinung nach aussehen musste. Ich versuchte, es ihm auszureden. Schließlich versprach er mir, damit aufzuhören. Eine letzte Aktion noch, dann sollte Schluss sein. Dafür wählte er einen besonderen Empfänger aus. Einen Drehbuchautor, behauptete er. Er bat mich um Zugang zum RMK-System, um die Kennung des Mannes herauszufinden.«

Endlich sah er auf. »Weißt du, jedes Trivid-Gerät ist mit einem individuellen Kode versehen, der ...«

Rhodan winkte ab. »Ist mir bekannt. Erzähl weiter.«

»Ich gestattete ihm den Zugang, weil ich hoffte, dass er anschließend wirklich aufhört. Doch am nächsten Tag fand ich heraus, welche Kennung er sich besorgt hat. Nicht die eines Drehbuchautors, sondern ...«

»Meine.«

Lindholm nickte. »Als ich dich vorhin an meinem Büro vorbeigehen sah, begriff ich, dass er aufgeflogen war. Und ich mit ihm. Ich ... es tut mir leid. Ich wollte das nicht.«

Es fiel Lian schwer, ihre Gedanken zu sammeln. Selten hatte sie sich so müde gefühlt.

»Was kannst du uns über Dano sagen?«, fragte Rhodan. »Was weißt du von seiner Vergangenheit?«

»So gut wie nichts. Wir haben uns meistens über Trivid-Shows unterhalten.« Er holte aus einer Tasche eine runde Kristallscheibe hervor und legte sie auf den Tisch. Darüber baute sich ein Holo auf, das eine Collage berühmter Filmszenen zeigte. »Das hat er mir geschenkt. Er nannte es ein *Trividarium.* Inzwischen glaube ich, er wollte mich damit nur auf seine Seite ziehen und mir die Freundschaft vorgaukeln. Er brauchte mich nur, um sich deine Kennung zu besorgen.«

»Und er hat nie etwas von sich erzählt?«

»Nein.« Da hellte sich Lindholms Miene auf. »Doch! Ein einziges Mal. Warte, ich habe es sogar aufgezeichnet.« Er fummelte an einem Armband herum, über dem plötzlich eine kopfgroße Holokugel entstand. In ihrem Inneren saßen sich Lindholm und Dano an einem Tisch gegenüber. »Wir spielten Zitate-Raten. Einer sagte einen eingängigen Satz aus einer Trivid-Show, der andere sollte herausfinden, aus welcher. Ich habe das aufgenommen, um später zu sehen, wer sich besser ... Egal.« Er steuerte die Stelle an, um die es ihm ging. »Das ist es.«

»Beeindruckend«, sagte der Holo-Lindholm. »Wie kann man nur so viel wissen? Du musst ja die ganze Jugend vor dem Trivid verbracht haben. Ich bin sicher, deine Mutter war nicht so begeistert davon.«

»Meine Mutter ist tot«, antwortete der Dano in der Holokugel.

Lian horchte auf.

»Oh, das wusste ich nicht. Tut mir leid. Was ist denn passiert?«

»Selbstmord. Ich hab sie gefunden, mit gerade einmal drei Jahren.«

Lian zuckte zusammen.

»Das ist ja schrecklich. Wie ging es für dich weiter?«

»Ich kam in ein Pflegeheim auf dem Jupitermond Europa. Ins *Hainu.*«

Sie spürte, wie ihr Mund trocken wurde.

»Ein Pflegeheim? Das war bestimmt nicht einfach.«

»Es ging. Jeden zweiten Freitag bekamen wir Apfelkuchen. Viel zu süß. Ich erinnere mich an das Drei-D-Antigrav-Hockey in der Sporthalle. An den Schweißgeruch, der dort trotz Klimatisierung ständig in der Luft hing.«

Lians Hand zitterte. Die Welt um sie drehte sich, taumelte, pulsierte. Das konnte nicht sein! Was – was redete er da?

»Oder der Unterricht bei der alten Gretta Shomani. *Zeitgenössische Literatur des Solsystems.* Sterbenslangweilig. Es gab einen Reinigungsroboter, der wie ein Cheborparner aussah. Mit Hörnern und so. War wohl ein billiges Modell, das jemand der Stiftung geschenkt hat. Er war darauf programmiert, freundlich zu den Kindern zu sein. Wenn ich einen Freund im Kinderheim hatte, dann ihn.«

Sie träumte. Sie *musste* träumen! Wie sonst wäre erklärbar, was sie da hörte? Ihr Leben aus seinem Mund. Mit genau den gleichen Worten, die sie gewählt hatte!

»Oh, und natürlich Stunden vor dem Trivid. Ich liebte Abenteuerserien. Egal, wie haarsträubend die Erlebnisse der Helden gewesen sein mögen, ich stellte mir immer vor, wie toll es wäre, an ihrer Stelle zu stehen. Besser jedenfalls als im Pflegeheim bei Apfelkuchen und zeitgenössischer Literatur. Ich malte mir aus, wie ich kritische Situationen anders bewältigte als die Serienfiguren, Schwierigkeiten klüger löste. Manchmal hätte ich sie am liebsten angeschrien: *Geh nicht in diesen Keller!* oder *Flirte nicht ausgerechnet mit diesem Typen, er ist der Feind!* Wahrscheinlich liegen dort die Wurzeln für meinen weiteren Lebensweg.«

Mit einem Mal wurde Lian klar, warum sie Dano als so sympathisch empfunden hatte. Weil er das Leben gelebt hatte, an das sie sich erinnerte.

Weil er wie sie war.

Genau wie sie.

Oder sie wie er.

Dennoch ergab nichts davon Sinn.

Hitze stieg in ihr auf. Die Welt drehte sich schneller und schneller. Bis sie abrupt abbremste und Lian in die Ohnmacht schleuderte.

Kapitel 7:
In Trümmern

Sie trieb in einem Meer aus Enge. Die Augen öffnete sie so gut wie nie. Warum auch? Schließlich gab es nichts zu sehen außer verzerrten Lichtreflexen und verschwommenen Farben. Gelegentlich füllte ein nicht minder verzerrtes Gesicht ihr gesamtes Universum aus, eine allumfassende, bedrohlich wirkende Präsenz, die ein religiöser Mensch als Gott interpretieren mochte.

Ein absurder Gedanke.

Sie glaubte nicht an Gott.

Sie glaubte an gar nichts. Nicht einmal an sich selbst. Sie war ein Niemand, ohne Vergangenheit oder Zukunft, bestenfalls ein Es, das lediglich im Augenblick existierte. Oder vor sich hin vegetierte.

Es gab nur die Enge und sie.

Und die Stimmen.

Manchmal.

Doch handelte es sich überhaupt um Stimmen? Sie hatte nie zuvor welche gehört, woher sollte sie es also wissen? Gedämpft drangen sie zu ihr, als kämpften sich die Wörter durch eine dicke Schicht aus Melasse und büßten auf dem Weg jegliche Bedeutung ein. Dennoch glaubte sie zu erkennen, worüber sie sprachen: über Schöpfung und Verdammnis, Schicksal und Selbstbestimmung. Über Schlaf und Erwachen.

Ihren Schlaf.

Und *ihr* Erwachen.

Sie hielt es nicht länger aus. Aber was sollte sie anderes tun, als ihre Existenz still leidend zu ertragen? Es führte kein Weg aus der Beengtheit des Seins. Sie war zu ewiger Bewegungslosigkeit verdammt, gefangen, eingeschnürt von den Fesseln der sie umgebenden Welt.

Sie wollte schreien, doch sie blieb stumm.

Sie wollte strampeln, doch sie regte sich nicht.

Sie wollte sterben, doch die allumfassende Präsenz ihres Universums erlaubte es nicht.

Ein Hauch von Erleichterung überkam sie jedes Mal, wenn sie entschlummerte, die Lichtreflexe, Farben und Gesichter verwehten und die Stimmen verebbten. Das Wissen jedoch, dass sie bald zurückkehrten, ließ sie erschaudern und …

»Lian?«

Da! Es begann von vorne. Ein weiteres sinnloses Wort, das in ihre Welt der Einsamkeit sickerte.

»Lian!«

Endlich – *endlich!* – wachte sie auf.

Sie öffnete die Augen und sah über sich das Gesicht eines Mannes. Glücklicherweise nicht verzerrt wie das, das sie beinahe jede Nacht heimsuchte.

»Hallo, Perry.« Sie versuchte sich an einem Lächeln, das ihr leidlich gut gelang.

»Entschuldige, dass ich dich geweckt habe«, sagte Rhodan. »Aber ich dachte, drei Stunden Schlaf sollten ausreichen.«

Lian fuhr hoch und bemerkte erst in diesem Augenblick, dass sie auf einer Behandlungspritsche lag. Daneben schwebte ein Holo, das ihre Vitalwerte anzeigte. Alles im normalen Bereich, soweit sie das beurteilen konnte. »Drei Stunden? Wo bin ich? Was ist passiert?«

Ein Medoroboter tauchte an ihrer Seite auf, ließ einen Kegel aus bläulichem Licht über ihren Körper gleiten und verkündete: »Keine gesundheitliche Einschränkung feststellbar.« Ob er denselben neutralen und emotionslosen Ton auch verwendete, wenn er bei einem Patienten eine unheilbare tödliche Krankheit diagnostizierte?

»Du genießt die Gastfreundschaft der Medostation von Trivid sieben«, sagte Rhodan. »Während wir uns im Konferenzraum die Aufzeichnung des Gesprächs zwischen Dano Zherkora und Bran Lindholm angesehen haben, bist du umgekippt. Erinnerst du dich?«

Sie nickte. Nach und nach tauchten vor ihrem geistigen Auge die Bilder auf, die sie in die Ohnmacht begleitet hatten: eine Holoaufnahme zweier plaudernder Männer. Normalerweise nicht gerade das, was einen auf die Bretter schickte, wenn nicht …

Lian setzte sich auf und ließ die Beine von der Pritsche hängen. Sie sah mindestens zehn weitere Liegen mit Verletzten. Opfer der Explosionen, die Dano als Ablenkungsmanöver für seine Flucht inszeniert hatte. Manche von ihnen waren an Behandlungsgeräte angeschlossen – mit Kabeln, Luftschläuchen, Sonden oder Fäden aus reiner Energie. Es piepste, summte, blinkte in Holos. Der scharfe, bedrohliche Geruch nach Desinfektionsmitteln lag in der Luft.

Eine Übelkeit stieg in Lian hoch, die nichts mit ihrer Bewusstlosigkeit zu tun hatte. Sie wollte nur noch raus. So schnell wie möglich. Weg von Ärzten, Medorobotern und Instrumenten, die ihr Innerstes nach außen kehrten und jedes private Detail ihres Körpers der Öffentlichkeit enthüllten.

Sie versuchte aufzustehen, doch Rhodan hielt sie zurück. »Nicht so hastig. Komm erst mal wieder zu dir. Also, was ist im Konferenzraum mit dir geschehen?«

Widerwillig blieb sie sitzen. Mit misstrauischen Blicken beobachtete sie, wie ein Roboter eine Kanüle in die Armbeuge eines Patienten einführte. »Es war wohl etwas zu viel für mich, Danos Erzählung aus seiner Vergangenheit zu lauschen.« Sie schluckte trocken. Ihr Hals schmerzte. »Ist es dir nicht aufgefallen?«

»Dass er exakt die gleichen Szenen schilderte wie du zuvor mir? Selbstverständlich ist mir das aufgefallen.«

»Nicht nur das. Er hat sie sogar genau so formuliert wie ich. Wie ist das möglich? Wie kann er sich an meine Jugend erinnern und sie für seine eigene halten? Oder umgekehrt? Wir müssen …« *Der Sache auf den Grund gehen.* Doch wollte sie das wirklich? Stand nicht zu befürchten, dass das, was sie herausfanden, ihr gesamtes Leben auf den Kopf stellte, ach was: es in Trümmer schlug? Vielleicht sollte sie besser nicht an Dinge rühren, die sie, erst einmal ans Tageslicht gezerrt, nie mehr loswerden konnte. Es wäre wesentlich vernünftiger, sich stattdessen einzureden, dass alles in bester Ordnung war.

Nur dass eben nichts in bester Ordnung war.

Und Dano würde ihr das immer wieder vor Augen führen. Er hatte Lians Mutter entführt – oder eine Frau, von der er das behauptete, denn Lians Erinnerungen zufolge hatte ihre Mutter vor neunzehn Jahren Selbstmord begangen. Er versuchte, sie zu erpressen, ihrer habhaft zu werden, um … ja, wozu? Sie wusste es nicht. Doch es wäre allzu blauäugig, darauf zu hoffen, dass er sie künftig in Ruhe ließ. Nein, ihr blieb keine andere Wahl. Egal, wie schmerzhaft und zerstörerisch die Erkenntnisse ausfielen, sie *musste* herausfinden, worum es bei Danos grausamem Spiel ging.

Darum setzte sie nach einer kurzen Pause den Satz fort, wie sie es ursprünglich geplant hatte: »Wir müssen der Sache auf den Grund gehen. Warum hast du mich nicht eher geweckt?«

»Ich dachte, ein bisschen Ruhe tut dir gut. Der Medoroboter versicherte mir, dass du von einer Ohnmacht in normalen erholsamen Schlaf geglitten bist. Abgesehen von irgendwelchen Albträumen, die dein Unterbewusstsein wohl als sehr bedrückend empfunden hat.«

Sie lachte auf. Es klang verbitterter als beabsichtigt. »Das können diese Maschinen feststellen?«

Rhodan schaute sie fragend an. »Klar. Gehirnwellenmuster und so.«

»Kein Wunder, dass ich von diesen künstlichen Medikern und ihren Kollegen aus Fleisch und Blut nichts halte. Die Albträume waren kein kleiner Makel während eines sanften Schlummers! Weißt du, wann ich zum letzten Mal etwas wie *normalen erholsamen* Schlaf genießen durfte?«

Sie sah zu Boden und rieb sich mit beiden Zeigefingern über die Nasenwurzel. »Natürlich weißt du es nicht. Woher auch? Ich kann mich ja selbst kaum daran erinnern.«

»Was genau meinst du damit? Die Träume?«

Lian blickte auf und entdeckte aufrichtige Besorgtheit in Rhodans Miene. »Die Träume! Nacht für Nacht kehren sie wieder. Manchmal würde ich am liebsten gar nicht zu Bett gehen. Dann halte ich mich mit Aufputschmitteln so lange künstlich wach, bis der Körper irgendwann schließlich doch sein Recht verlangt.«

»Hast du dich von einem Mediker untersuchen lassen?«

Sie winkte ab. »Hör mir auf mit Ärzten! Wie ich gerade sagte: Ich kann sie nicht ausstehen.«

Er nickte, als habe sie etwas außerordentlich Kluges gesagt. »Erzähl mir von diesen Träumen.«

»Lieber nicht. Können wir endlich gehen?«

»Nein!« Seine Stimme klang bestimmt, und zum ersten Mal sah Lian in ihm den anderen Perry Rhodan, die unsterbliche Legende, den unbeugsamen Terraner, der seinen Weg ging und sich jedem entgegenstellte, der ihn davon abbringen wollte. »Ich will ehrlich zu dir sein.«

»Ein Satz, der meistens eine Lüge einleitet«, fiel sie ihm ins Wort.

Er blieb ernst. »Dann stelle ich eben eine Ausnahme dar. Ich war während deiner Ohnmacht nicht untätig. Ich habe recherchiert und einige Dinge herausgefunden.«

»Soll das heißen, du hast nicht an meinem Bettchen gesessen und über mich gewacht? Da bin ich aber enttäuscht.« Sie grinste, allerdings wurde ihr im selben Augenblick klar, dass sie mit ihrem albernen Einwurf auf Zeit spielte. Sie hatte Angst vor dem, was sie hören würde, und wollte den Moment so lange wie möglich hinauszögern.

»Ich werde dir detailliert davon berichten«, fuhr er fort. »Aber nur, wenn du mir deine Träume schilderst. Sie könnten eine wichtige Rolle spielen.«

Lian schaute ihn ungläubig an. »Wie das denn? Es sind nur Träume!«

»Lass uns das anschließend beurteilen.«

Sie seufzte und zuckte mit den Achseln. »Na schön, wenn du dich unbedingt langweilen willst. So viel gibt es da ohnehin nicht zu erzählen. Also keine Handlung oder dergleichen. Eher ein ... bedrückendes Gefühl von Enge und Einsamkeit. Ein riesiges, weltenumspannendes Gesicht, das mich beobachtet. Stimmen.« Sie winkte ab und versuchte dabei, so lässig wie möglich zu wirken. Rhodans besorgte Miene deutete an, dass es ihr nicht sehr gut gelang, und sie fragte sich, ob er vielleicht mehr verstand als sie selbst. »Verrückter Kram. Schwer nachzuvollziehen für jemanden, der es nicht erlebt hat. Träume eben.«

»Oder auch nicht.« Er reichte ihr die Hand und half ihr von der Pritsche. »Lass uns in den Konferenzraum gehen. Dort erfährst du alles, was ich herausgefunden habe. Aber ich fürchte, es wird dir nicht gefallen.«

Auf dem Weg zum Konferenzraum kamen sie an der Sektion der Raumstation vorbei, die Dano mit seinen – vermutlich improvisierten – Bomben beschädigt hatte. Aus dem Augenwinkel bemerkte Rhodan, wie Lian zusammenzuckte, als sie erneut das Ausmaß der Zerstörung sah: zu bizarren Formen verschmolzene Elemente der Wandverkleidung, Risse, klaffende Löcher. Auch die Luftumwälzungsanlage arbeitete in diesem Bereich nur eingeschränkt, weshalb immer noch ein verkohlter, brenzliger Gestank die Luft erfüllte. Immerhin hatten Reparaturroboter inzwischen die meisten Trümmer weggeräumt, sodass die Szenerie nicht mehr gar so sehr an ein Schlachtfeld erinnerte.

Ein Uniformierter beugte sich über das, was vor der Explosion wohl ein Tisch gewesen war. Offenbar waren inzwischen Einsatzkräfte der Polizei eingetroffen.

»Ich verstehe es nicht«, sagte Lian.

»Was?«

»Dano Zherkoras Motivation. Einerseits ist er kaltblütig genug, den Tod von Menschen in Kauf zu nehmen, um ungehindert aus der Station verschwinden zu können, andererseits lässt er jemanden wie Bran Lindholm – seinen Komplizen und Mitwisser – am Leben.«

Rhodan konnte sich ein Schmunzeln nicht verkneifen. »Du scheinst mir noch ein wenig unter der Ohnmacht zu leiden, sonst würdest du Lindholms Rolle zutreffender einschätzen. Zherkora hat sein Vertrauen missbraucht, um an meine Trivid-Kennung zu kommen, das war es aber auch schon. Mit der Entführung und der Erpressung hat er nichts zu tun. Dass er vor zwei oder drei Jahren ihre Unterhaltung aufzeichnete, wusste Zherkora wahrscheinlich nicht einmal. Oder er hatte es vergessen.«

»Dennoch erscheint mir sein Verhalten unschlüssig. Ihm musste doch klar sein, dass wir über einen Datenvergleich seinen Namen herausfinden. Verstehst du? Er hat es auf mich abgesehen, konnte mich aber offenbar nicht selbst aufstöbern. Deshalb hat er dich für diese Aufgabe benutzt, weil du dank deiner Verbindungen auf die unterschiedlichsten vertraulichen Daten zugreifen kannst. Was nützte es ihm also, sich aus den Datenbanken der Raumstation zu löschen, wenn er weiß, dass du in Melderegistern und ähnlichen Verzeichnissen alles über ihn ausgräbst, was es auszugraben gibt?«

Rhodan zögerte einen Augenblick. »Das wollte ich dir eigentlich erst später erzählen, aber da du es bereits jetzt ansprichst: Dein Gedankengang ist durchaus vernünftig. Leider fußt er auf einer falschen Annahme.«

»Nämlich?«

»Dass es etwas auszugraben gibt.«

»Was soll das heißen?«

»Alles, was ich über ihn gefunden habe, ist ... wie soll ich sagen? ... hohl.«

»Und du denkst, diese Aussage hilft mir weiter?«

Rhodan wollte zu einer ausführlicheren Erklärung ansetzen, da hallte eine künstlich verstärkte Stimme durch den Gang. »Ihr seid noch hier? Ich dachte, ihr ... äh ... seid bereits nach Hause zurückgekehrt.«

Eine transparente Schwebekugel kam ihnen auf Augenhöhe entgegen. Im Inneren saß Templon Kook, der Leiter der Sendestation, ein nur wenige Zentimeter großer Siganese. Die buschigen Augenbrauen hatte er so weit zusammengezogen, dass sie sich über der Nasenwurzel beinahe berührten, was ihm ein noch grimmigeres Aussehen verlieh als sonst. Da Kook zweifellos wusste, dass Rhodans Space-Jet weiterhin im Hangar parkte, erkannte dieser die offensichtliche Lüge als das, was sie war: eine unbeholfene Aufforderung, Trivid Sieben endlich zu verlassen.

»Ich wollte Lian im Konferenzraum auf den aktuellen Stand der Ermittlungen bringen«, sagte Rhodan.

»Oh!«, gab Kook zurück. »Nun, äh, ich muss gestehen, das kommt mir nicht gerade entgegen.«

»Du schmeißt uns raus?«, fragte Lian.

»So würde ich es nicht bezeichnen. Aber ihr seid auf meine Station gekommen, um nach einem Kriminellen zu suchen.

Gegen jede Vorschrift habe ich euch die Genehmigung erteilt. Und der Lohn für die Großzügigkeit? Zwei Explosionen, mehrere Verletzte, ein Toter, die Flucht des Mannes, den ihr eigentlich fassen wolltet, eine Menge Polizisten, die alles durcheinanderbringen, weil sie *Untersuchungen vornehmen* und *Ermittlungen anstellen* wollen!«

Er sagte das, als wäre es etwas völlig Absonderliches. »Ganz zu schweigen vom Nervenzusammenbruch eines Mitarbeiters.«

Lian sah Rhodan fragend an.

»Lindholm«, raunte er ihr zu. »Er ist weinend zusammengesackt, als ich ihm gegenüber andeutete, welchem Verbrechen er Vorschub geleistet hat. Bis dorthin hielt er die Detonationen für einen Unfall.«

»Und zu allem Überfluss«, fuhr Kook fort, »eine Minute – eine unglaubliche Minute – Sendeausfall! Wisst ihr, wann es das zuletzt gab?«

Lian schaute ihn an. »Nie«, sagte sie trocken.

»Eben! Darum finde ich ... nun ja, das alles reicht wohl für einen einzigen Besuch.«

»Du schmeißt uns raus!«, wiederholte Lian fassungslos, diesmal nicht als Frage.

»Ja.«

»Das geht nicht! Es gibt noch so viel, was ich mir ansehen und woraus ich lernen möchte. Den Signalfeldverstärker, die Transponderkonfiguration, den Parallelmodulator. Ich könnte für meine Tätigkeit als Trivid-Künstlerin ...«

»Ich ... äh ... bewundere deine Sachkenntnis. Doch leider, junge Dame, ist dies hier kein Museum mit regelmäßigen Führungen. Die Station steht nicht für Besichtigungen offen. Wir müssen arbeiten – und das umso mehr, seit einige ... nun ... unerwartete Reparaturen anstehen. Um es in aller Deutlichkeit zu sagen: Allein eure Anwesenheit stört den geregelten Ablauf erheblich.«

»Nenn mich nicht junge Dame«, sagte Lian. »Ich bin ...« Sie stockte, vermutlich weil ihr das eigentlich unmögliche Ergebnis ihrer Erbgutanalyse einfiel, wonach sie gerade einmal höchstens fünf Jahre alt war.

Rhodan legte ihr die Hand auf die Schulter. »Lass gut sein. Er hat recht. Es gibt hier nichts mehr für uns zu tun.«

Sie verabschiedeten sich knapp von dem Siganesen.

»Ich weiß auch nicht«, sagte Lian, als nur noch Rhodan sie hören konnte, »warum ich so darauf gepocht habe, mehr von der Station sehen zu wollen. Ich ... entschuldige, ich ... also, viel wichtiger ist, was du herausgefunden hast.«

»Ich hätte dich gerne vorher darauf vorbereitet, wo unser nächstes Ziel liegt. Aber ich kann es dir genauso gut auf dem Weg dorthin erzählen.«

»Wohin?«

»Zu einer ehemaligen Forschungsanlage auf dem Mars.«

Kapitel 8:
Ein vielversprechendes Projekt

Vor dreizehn Jahren

Wie oft in seinem mehr als dreitausendjährigen Leben war Perry Rhodan zu öffentlichen Terminen eingeladen worden aus keinem anderen Grund als dem, dass er »der unsterbliche Terraner« war? Nur, weil sich der Veranstalter mit einem prominenten Gesicht brüsten wollte und sich davon eine größere Aufmerksamkeit erwartete? Empfänge, bei denen er nichts anderes zu tun hatte, als Präsenz zu zeigen, Hände zu schütteln, freundlich zu lächeln, hin und wieder einige klug klingende, aber eigentlich nichtssagende Phrasen von sich zu geben und ansonsten einfach nur er selbst zu sein?

Wie oft?

Er konnte sich nicht erinnern. Auf jeden Fall zu oft für seinen Geschmack. Er würde sich nie daran gewöhnen, egal wie viele Jahrtausende er sich noch darin übte.

Insofern unterschied sich der Empfang, der ihn an diesem Abend erwartete, in nichts von all den anderen, die er im Laufe seines Lebens über sich hatte ergehen lassen. Dennoch sah er ihm mit einer gewissen Neugier und privatem Interesse entgegen.

Rhodan stieg aus dem Gleitertaxi, das ihn vom Raumhafen nach New Pounder City gebracht hatte. In dessen Süden lag der gewaltige neu errichtete wissenschaftliche Komplex. Selbstverständlich wirkte die Hauptstadt des Mars im Vergleich zu Terrania zierlich, beinahe lauschig. Für Marsverhältnisse stellte sie mit ihrem Durchmesser von über fünfzig Kilometern und den annähernd elf Millionen Einwohnern jedoch *die* Metropole dar.

Vor ihm erhoben sich die Gebäude der TRAFO in der Boris-Siankow-Road: zwei viertelkugelförmige Kolosse aus Metall und Glas, zwischen denen in etwa hundert Meter Höhe eine kurze Verbindungsröhre verlief. Über die gewölbten bläulichen Außenflächen zuckte ein Feuerwerk aus grellweißen Lichtern, die dem Gebilde die Anmutung eines halb aus dem Boden ragenden stilisierten Gehirns mit reger Synapsentätigkeit verliehen.

Gewiss eine beabsichtigte Assoziation, denn bei der Bezeichnung TRAFO handelte es sich um ein Akronym für »Analyse, Forschung und Optimierung der Telencephalon-Raffination«. Eine schicke Abkürzung – und vor allem viel besser zu behalten als der komplizierte Vollname, der sich bestenfalls Medizinern auf Anhieb vollständig erschloss. Rhodan jedenfalls hatte erst nachschlagen müssen, um herauszufinden, dass der griechische Begriff Telencephalon nichts anderes als Endhirn oder Großhirn bedeutete.

Vor dem Hauptportal in der linken Hirnhälfte tummelten sich Dutzende Besucher, darunter mit Sicherheit etliche Reporter. Ein Servoroboter löste sich aus der Menge, schwebte auf Rhodan zu, begrüßte ihn und geleitete ihn in eine Empfangshalle.

Aufnahmeoptiken huschten über den Köpfen der rund fünfhundert Anwesenden hin und her. Die Gäste standen in verschieden großen Gruppen zusammen, in den Händen ein Getränk, auf den Gesichtern ein Lächeln. Sie plauschten, scherzten und lachten miteinander. Die meisten trugen formelle, dem Anlass angemessene Abendkleidung. Bei der Mehrzahl der Besucher handelte es sich um Terraner, allerdings ragten auch einige Aras aus der Menge hervor, die anhand ihrer Körpergröße von über zwei Metern und der bleichen, kahlen, konischen Schädel leicht auszumachen waren.

Aras – Galaktische Mediziner, wie Angehörige dieses Sternenvolkes gern genannt wurden, als gingen sie ausschließlich diesem Beruf nach. Nun, für die an diesem Tag anwesenden Aras traf das zweifellos zu. Rhodan hätte sich gewundert, nicht zumindest eine Hand voll von ihnen anzutreffen. Unter der kuppelförmigen Decke rotierte in einem Holo die zwanzig Meter große Darstellung eines menschlichen Gehirns.

»Perry! Schön, dass du es geschafft hast.«

Rhodan drehte sich zu der Stimme um und sah sich einem kleinen, gedrungen wirkenden Mann mit schütterem Haar gegenüber. Ein Netz aus feinen Äderchen spannte sich über seine Knollennase. Die Anzugjacke schien ihm eine Nummer zu eng zu sein. Er strahlte Rhodan mit der Helligkeit einer Supernova an. Doktor Herman Lugauer, der Vorsitzende des Projekts – und derjenige, der den Unsterblichen als Schirmherr dafür gewonnen hatte.

Schirmherr, dachte Rhodan. *Was für eine hochtrabende Bezeichnung für jemanden, der aus privatem Interesse seinen Namen für Publicity-Zwecke hergibt, letztlich aber nichts damit zu tun hat.*

»Es freut mich, hier sein zu dürfen.« Er reichte Lugauer die Hand und bemühte sich, unter dem festen Griff des anderen nicht zusammenzuzucken. »Wie ich sehe, stößt der Empfang auf regen Zuspruch.«

»In der Tat, in der Tat.« Lugauer grinste zufrieden. »Wir haben Vertreter der unterschiedlichsten Universitäten und Akademien zu Gast, Reporter von etlichen wissenschaftlichen Trivid-Sendern, oh, und natürlich einige potenzielle Geldgeber, die ich hoffentlich dazu bewegen kann, sich dem Sponsorenkonsortium anzuschließen.«

Lugauer deutete mit dem Kinn zu einer siebenköpfigen Personengruppe, die neben einem künstlichen Wasserfall stand und die Besucher beobachtete. Fünf Terraner, zwei Aras.

»Dort drüben«, sagte der Vorsitzende, »siehst du unsere bisherigen Sponsoren. Ohne sie wäre diese Unternehmung nicht möglich. Sie unterstützen uns mit beachtlichen Summen. Verständlich, dass sie als Gegenleistung Sitze in der Projektleitung gefordert haben. Nur zu verständlich. Die Aras heißen Khar Baraly und Tratsek Vrach. Außerdem haben wir da noch Willem Rensey, Alessandra Valto, Pieter Hake, Basilius Tannstetter und Kirsten Guarin.«

Die Namen rauschten an Rhodan vorbei. »Ah ja«, sagte er unverbindlich.

»Ich weiß, ich weiß.« Lugauer lachte. »Zu viel Information auf einmal. Darf ich dir etwas zu trinken bringen lassen? Ich könnte dir einen vorzüglichen venusischen Stahlbeerwein mit einer leicht nussigen Note im Abgang anbieten. Ein ausgezeichneter Tropfen. Ganz ausgezeichnet. Wobei du natürlich gerne mehr genießen darfst als nur einen Tropfen.«

Ehe Rhodan antworten konnte, winkte Lugauer ab. »Andererseits bist du ein erwachsener Mann mit genug Lebenserfahrung. Wende dich einfach an einen der Ordonnanzroboter. – Nun denn, da du dich zu uns gesellt hast, will ich die Veranstaltung offiziell eröffnen. Entschuldige mich.«

Sprach's, wandte sich ab und bahnte sich einen Weg durch die Menge. Er trat hinter ein Rednerpult, das gleich darauf mitsamt der runden Plattform, auf der es stand, drei Meter in die Höhe schwebte. Nach und nach verebbte das Stimmengewirr der Besucher.

»Herzlich willkommen bei TRAFO.« Akustikfelder fingen Lugauers Stimme auf und übertrugen sie bis in den hintersten Winkel der Empfangshalle. »Ich freue mich, dass ihr so zahlreich erschienen seid, um den Beginn eines Projekts mitzuerleben, das die Menschheit verändern wird. Damit beweist ihr bereits heute eure Intelligenz. Eine Intelligenz, die ich in wenigen Jahren noch zu steigern gedenke.«

Einige Gäste lachten. Lugauer nutzte die kurze Unterbrechung, um einen Schluck Wasser zu trinken. Er stellte das Glas ab und deutete auf das Holo unter der Decke.

»Das menschliche Gehirn. Ein Computer, der selbst leistungsfähige Positroniken in den Schatten stellen könnte, würden wir nur endlich lernen, ihn in vollem Umfang zu nutzen. Wieso halten wir uns so sehr zurück beim Einsatz der biologischen Prozessoren, die in unseren Köpfen wachsen? Niemand würde sich einen schnittigen Sportgleiter kaufen und fortwährend nur mit einem Bruchteil der möglichen Geschwindigkeit durch die Gegend schleichen. Weshalb also tun wir das mit unserem Gehirn?«

Er hob abwehrend die Hände. »Keine Sorge, ich möchte keineswegs Zweifel an meiner Kompetenz säen, indem ich den längst widerlegten Zehn-Prozent-Mythos aufleben lasse. Ich finde nur den Vergleich so anschaulich, dass ich ihn mir nicht verkneifen konnte. Und ich will das Bild noch ein wenig weiter bemühen. Stellt euch vor, euer Nachbar schafft sich exakt den gleichen Gleiter an – nur dass seiner aus unerfindlichen Gründen mehr Leistung bringt als eurer. Ich weiß nicht, wie es euch geht, aber mich würde das ärgern. Und ich würde wissen wollen: Woran liegt das? Warum also verfügen manche Menschen über ein fotografisches Gedächtnis, während sich andere kaum an den Namen ihres Lebenspartners erinnern?«

Erneutes Gelächter. Auch Rhodan lächelte.

»Diesen und vielen anderen Fragen werden wir uns in den kommenden Jahren widmen. Die wichtigste aber wird sein: Wie können wir das menschliche Erinnerungsvermögen signifikant erweitern? Deshalb trägt das Unternehmen die inoffizielle Bezeichnung *Projekt zur Verbesserung der Großhirnkapazität.* Doch was wären wir für Wissenschaftler, wenn wir uns mit allgemeinverständlichen Begriffen zufriedengeben würden, nicht wahr? Glücklicherweise fiel uns nach langen Diskussionen ein angemessen gewichtig klingender Name ein: Telencephalon-Raffination. Ein herzlicher Dank geht an die Mitarbeiter aus der Abteilung für Öffentlichkeitsarbeit.«

Wieder erscholl Gelächter. Rhodan musste zugeben, dass er Lugauer nach ihren bisherigen Gesprächen falsch eingeschätzt hatte. Offenbar verwandelte sich der verhuscht und unkonzentriert wirkende Wissenschaftler auf der Bühne in einen Mann, der die Leute für sich einzunehmen verstand.

»Warum Raffination?«, fuhr Lugauer fort. »Nun, allen, die es nicht wissen und die gerade keinen Positronikzugang zur Hand haben, um nachzuforschen, darf ich verraten, dass der Begriff für die Verbesserung oder Veredelung von Rohstoffen steht. Und welchen großartigeren, veredelungswürdigeren Rohstoff kann es geben als das menschliche Gehirn?«

Applaus brandete auf.

Lugauer lächelte. Nachdem wieder Ruhe eingekehrt war, sagte er: »Bevor ich nun ins Detail gehe und euch die Mitarbeiter des Projekts vorstelle, möchte ich einen Mann auf die Bühne bitten, der sich bereit erklärt hat, die Schirmherrschaft über unser ehrgeiziges Vorhaben zu übernehmen. Begrüßt mit mir ... ach was, ich brauche ihn nicht vorzustellen. So schlecht kann selbst ohne unsere Forschung kein Gedächtnis sein, dass ihr ihn nicht alle kennt.«

Rhodan zwang eine freundliche Miene auf sein Gesicht und wünschte sich, Lugauer hätte ihm davon erzählt, dass er ihn aufs Podium holen wollte. Er ging durch die Menge, nickte dem einen oder anderen lächelnd zu, betrat die zu Boden gesunkene Plattform und schwebte unter tosendem Applaus in die Höhe.

»Vielen Dank für die nette Begrüßung.« Rhodan ließ den Blick über die versammelten Besucher schweifen. »Leider hat mir Doktor Lugauer vorher nicht mitgeteilt, dass ich auch einige Worte sagen soll. Vermutlich hat er es vergessen.«

Die Gäste lachten. Na also.

»Vielleicht wollte er mir auch nur nicht die Gelegenheit geben, eine allzu lange Rede vorzubereiten.« Er sah zu Lugauer, der schräg unter der Plattform stand. »Sollte das dein Plan gewesen sein, darf ich dir gratulieren. Er ist aufgegangen.«

Rhodan trat um das Rednerpult herum und stellte sich davor.

»Auf dem Weg hierher habe ich mich gefragt, wie viele Empfänge ich bisher das Vergnügen hatte, besuchen zu dürfen. Ich konnte mich nicht daran erinnern. Und ich darf euch versichern, dass ich in meinem langen Leben deutlich mehr vergessen habe als nur die Zahl und Anlässe öffentlicher Auftritte. Vorhin hat mir Doktor Lugauer beispielsweise die Namen der Mitglieder des Sponsorenkonsortiums genannt. Zu meiner Schande muss ich gestehen, dass ich nur noch einen, höchstens zwei davon weiß – und sogar bei ihnen bin ich mir nicht sicher, ob ich sie mir richtig gemerkt habe.«

Er sah zu den fünf Terranern und zwei Aras hinüber, die milde lächelten. »Nichts für ungut.«

Rhodan sprach einige Minuten lang weiter, betonte die Wichtigkeit des Projekts und unterstrich, dass man selbst in der hoch entwickelten, technisierten Zeit, in der sie lebten, nie vergessen durfte, worum es wirklich ging: den Menschen.

»Ihr seht also, warum es mir ein Anliegen ist, diese Forschungen zu unterstützen«, schloss er die improvisierte Rede. »Vielleicht gelingt es mir in tausend Jahren, mich dank Doktor Lugauer und seinem Team in allen Einzelheiten an diesen Abend zu erinnern. An den Abend, an dem das Leistungsvermögen des Gehirns auf eine neue Stufe gehoben wurde.«

Die Schwebeplattform sank zu Boden, wo der Vorsitzende des Projekts auf Rhodan zutrat, seine Hand packte und sie heftig schüttelte. »Famos, famos. Vielen Dank für die inspirierenden Worte. Bevor ich die Leute gleich mit einigen wissenschaftlichen Details langweile, möchte ich dir jemanden vorstellen.«

Da erst nahm Rhodan die Frau wahr, die zwei Schritte neben Lugauer stand. Mindestens einen Kopf kleiner als Rhodan, tiefbraune Augen, Stupsnase und ein außerordentlich bezauberndes Lächeln. Das sündhaft teuer aussehende Abendkleid verlieh ihr eine beinahe greifbare Erhabenheit. Es schimmerte golden, und die eingewebten mobilen Fäden vereinten sich zu immer neuen, glänzenden Mustern. Im schwarzen Haar trug sie ein diamantenbesetztes Netz.

»Neyla Abiola«, stellte sie sich mit einem scheuen Blick vor, den Rhodan jedoch für durchaus kalkuliert hielt.

»Freut mich sehr.«

»Neyla ist unsere wichtigste Probandin«, erläuterte Lugauer. »Sie verfügt über ein fotografisches Gedächtnis und erlaubt uns, ihre Gehirnstruktur näher zu untersuchen. Wir alle sind begeistert, sie im Team zu wissen.«

Und das gewiss nicht nur aus wissenschaftlichen Gründen, dachte Rhodan. »Vielen Dank, dass du dich für das Allgemeinwohl zur Verfügung stellst.«

In diesem Augenblick sprach ihn ein Reporter von hinten an und bat um ein Interview. Rhodan drehte sich von Neyla Abiola weg und lehnte das Ansinnen des Mannes freundlich, aber bestimmt ab. Als er sich erneut der Probandin zuwenden wollte, war sie bereits in der Gästeschar untergetaucht.

Er sah sie nie wieder und vergaß wenige Wochen darauf ihre flüchtige Begegnung.

Bis zu einem Tag dreizehn Jahre später.

Kapitel 9:
So etwas wie Verwandte

Lian spürte einen Schauder über den Rücken perlen, als Rhodan den letzten Satz aussprach. Daran änderte auch der SERUN nichts, den sie nach wie vor trug, genau wie Rhodan. Wahrscheinlich würde sie diesen Schutzanzug erst wieder ausziehen, wenn diese ganze Sache überstanden war. Also vielleicht niemals.

Sie betrachtete das Umgebungsholo in der Space-Jet und starrte auf die zahllosen Lichtpunkte weit entfernter Sterne. Dumme Idee. Der Anblick verstärkte ihr Unbehagen nur. Sie hasste Raumflüge. Immer noch. Und so schnell würde sich das auch nicht ändern.

»Bis zu einem Tag dreizehn Jahre später?«, fragte sie. »Meinst du damit das, was ich denke, was du meinst?«

»Das hängt davon ab, was du denkst, dass ich es meine. Aber ich denke schon.« Er lächelte sie an. Ein vergeblicher Versuch, ihr aufgewühltes Inneres zu beruhigen. Sofort wurde er wieder ernst. »Wie ich dir sagte, brachte die Suche nach Dano Zherkora in den Datenbanken keine brauchbaren Ergebnisse.«

»Du hast sie als hohl bezeichnet.«

»Richtig.«

»Was sollte das bedeuten?«

»Lass uns das für einen Augenblick zurückstellen. Kümmern wir uns um ein Thema nach dem anderen. Als sich die Spur des Entführers als Sackgasse erwies, beschloss ich, einen alternativen Weg zu gehen.«

Lian nickte. »Und bist der Spur der Entführten gefolgt.«

»Die Idee war nicht neu. Genau genommen kam sie mir sogar

sofort, nachdem ich Zherkoras ursprüngliche Botschaft erhalten hatte. Ich wollte herausfinden, wer sie ist; also bat ich die Positronik, in den Datenbanken der Polizei nach Vermisstenfällen der letzten Zeit zu stöbern.«

»Davon hast du mir noch gar nichts erzählt.« Sie ärgerte sich, wie vorwurfsvoll sie klang, entschuldigte sich jedoch nicht.

»Weil sich die Suche als Schlag ins Wasser erwies. Niemand, auf den die Beschreibung auch nur halbwegs passt, wird seit einigen Tagen oder Wochen vermisst. Dennoch ließ mir die Sache keine Ruhe. Bis mir auf Trivid Sieben mein Denkfehler auffiel. Da sich Zherkora vor anderthalb Tagen zum ersten Mal meldete, ging ich automatisch davon aus, dass er die Frau kurz zuvor entführt hatte. Eine vorschnelle Theorie.«

Plötzlich fühlte sich Lian wie in einer ihrer Shows, vielleicht wie in *Misty Catrell, die Cyber-Detektivin.* Sie spürte das Fieber des Rätsellösens in sich. »Also hast du mit deiner Hauspositronik Kontakt aufgenommen und den Zeitrahmen erweitert. Wie weit musstest du zurückgehen?«

»Deutlich weiter als erwartet. Als dann aber die Vermisstenakte auftauchte und ich den Namen und den Lebenslauf las, kehrte die Erinnerung zurück. Es gibt keinen Zweifel: Dano hat Neyla Abiola in seiner Gewalt, die Probandin von TRAFO, die ich so flüchtig kennengelernt habe, dass ich mich absolut nicht daran erinnern konnte. Ich hatte nicht mal das Gefühl, das man bei manchen Leuten hat – dass man sie irgendwoher kennt, du weißt schon, wie ein Déjà-vu. Nichts dergleichen.«

Rhodan öffnete eine Datei in einem der Holofelder, und das Gesicht einer jungen Frau erschien darin. Lian fröstelte. Sie glaubte, in einen Spiegel zu sehen – in einen, der ihr eine andere Frisur und etwas schmalere Wangen verpasste. Aber ansonsten gab es kaum einen Unterschied.

»Wie ...« Sie räusperte sich. »Wie alt ist diese Aufnahme?«

»Vierzehn Jahre. Sie entstand einige Monate vor ihrer Rekrutierung für das Projekt.«

Ein neuer Gedanke kam Lian. »Wenn sie wirklich meine Mutter ist, kann es sein, dass sie mich als Kind abgegeben hat? Vielleicht hat mich die Frau, an die ich mich erinnere, adoptiert und mir nie davon erzählt. Das wäre doch möglich, oder?«

Langsam schüttelte Rhodan den Kopf. »Du vergisst, dass du erst fünf Jahre alt bist.«

»Das vergesse ich keineswegs!« Tränen des Zorns und der Verzweiflung schossen ihr in die Augen. »Aber das ist doch Unfug! – Also ... also hat Dano diese ... wie hieß sie doch gleich?«

»Neyla Abiola.«

»Also hat Dano sie schon vor längerer Zeit entführt?«

»Ausgeschlossen.«

»Warum?«

Rhodan ließ das Bild erlöschen. »Das Projekt Telencephalon-Raffination erwies sich als Fehlschlag. Nach vier Jahren wurde es eingestellt. Kurz darauf verschwand Neyla Abiola. Ihr Ehemann meldete sie als vermisst, aber man fand nie eine Spur von ihr. Was denkst du: Wie alt ist Dano Zherkora?«

Lian zuckte mit den Schultern. »Den Daten nach ist er zweiundzwanzig Jahre alt.« Sie stockte. »Ich verstehe, was du meinst. Er wäre zum Zeitpunkt ihres Verschwindens also gerade dreizehn Jahre alt gewesen. Ziemlich jung für den Start einer Entführerkarriere.«

»So gesehen hast du recht.« Rhodan verzog das Gesicht. »Aber ganz so einfach ist es nicht. Übrigens stimmt zwar dein Vergleich – aber das Datum aus den Unterlagen stimmt nicht. Was ich sagen will: Er ist tatsächlich so alt wie du. Nämlich höchstens fünf Jahre. Er war damals nicht zu jung, er hat noch nicht einmal gelebt.«

Sie schwieg. Ihre Finger nestelten aneinander.

»Du erinnerst dich an das *Trividarium*, das er Bran Lindholm geschenkt hat? Darauf hat das Analysegerät, mit dem ich auch deine Genprobe getestet habe, genetisches Material von zwei Personen gefunden. Von Lindholm, logisch, und von jemand anderem. Selbstverständlich muss es nicht zwangsläufig von Zherkora stammen. Eine Untersuchung ergab jedoch, dass die Quelle etwa zwei oder drei Jahre alt ist. Wenn man die Zeit dazurechnet, die seit dem Geschenk vergangen ist, dann …«

»Na und? Vielleicht ist das Gerät defekt.«

»Ich habe auch Lindholms Probe analysiert. Das Ergebnis stimmt mit seinem tatsächlichen Alter überein. Das Gerät funktioniert einwandfrei, Lian.«

»Na schön, dann hat Lindholm eben einen dreijährigen Sohn, der das Trividarium in der Hand gehalten hat.«

Wieder schüttelte Rhodan den Kopf. Am liebsten hätte sie ihn geohrfeigt. »Das wäre eine Erklärung für das Alter der Genquelle, aber nicht dafür, dass die Probe fast vollständig mit deiner übereinstimmt.«

»Wie sollte das möglich sein? Falls es dir entgangen ist: Im Gegensatz zu mir ist Zherkora ein Mann.«

»Ich sagte, die Proben stimmen *fast* überein. Das Geschlecht ist einer der Unterschiede.« Rhodan wand sich ein bisschen. »Einer der sehr wenigen Unterschiede.«

Obwohl sie wusste, dass sie sich an Strohhalme klammerte, war sie noch immer nicht bereit, die schreckliche Konsequenz aus diesen Enthüllungen zu akzeptieren. »Das bedeutet, wir sind Geschwister? Zwillinge? Erinnert er sich deshalb an mein Leben oder ich mich an seines? Irgendein … ich weiß auch nicht … übersinnliches Zwillingsding? Kam er mir aus diesem Grund bei unserer Begegnung so sympathisch vor?«

Rhodan ergriff ihre Hand und drückte sie fest. »Lian, bitte hör auf, dir etwas vorzumachen. Ich habe Zherkoras Lebenslauf gecheckt, soweit wir ihn kennen. Du weißt, was das heißt.«

Sie nickte. Der Kopf kam ihr zentnerschwer vor. »Du hast gleichzeitig meinen überprüft.«

»Es existiert ein Eintrag im Geburtenregister des Mars. Eltern: Kamren und Wolter Zherkora.«

Seine Mutter trug den gleichen Vornamen wie die von Lian. Keine Überraschung. Dennoch überlief sie ein Frösteln.

»Allerdings«, fuhr Rhodan fort, »taucht keiner von beiden in den Melderegistern auf. Die Namen sind augenscheinlich falsch. Genauso in den Speichern des Pflegeheims auf Europa: Es gibt zwar einen Eintrag mit seinem und auch einen mit deinem Namen, die jedoch keinerlei nähere Informationen enthalten. Ich nahm Kontakt mit der Heimleitung auf, einer netten Dame, die sehr um das Wohlsein ihrer Schützlinge besorgt zu sein scheint. Niemand dort kennt euch. Auch alles andere, was er Lindholm erzählt hat, stimmt nicht. Es gab nie einen Reinigungsroboter mit dem Äußeren eines Cheborparners oder eine Lehrerin namens Gretta Shomani, von ihrem Unterrichtsfach *Zeitgenössische Literatur des Solsystems* ganz zu schweigen.«

Rhodan holte tief Luft. »Das meinte ich damit, als ich sagte, sein Lebenslauf sei hohl. Auf den ersten Blick wirkt er in sich schlüssig, doch sobald man auch nur eine Winzigkeit tiefer bohrt, fällt das Konstrukt in sich zusammen. Es tut mir leid, Lian, aber ihr beide erinnert euch an Dinge, die nie stattgefunden haben.«

Sie schloss die Augen und versuchte mit gleichmäßigem Atmen zur Ruhe zu finden. Etwas, das sie immer tat, wenn sie während einer Trivid-Show in der Rolle der Serienheldin ein schwieriges Problem lösen musste. Diesmal gelang es ihr ungleich schwerer.

»Mein gesamtes Leben ist eine Lüge«, flüsterte sie.

»Zumindest soweit es die Zeit vor deiner Ankunft in Terrania betrifft«, konkretisierte Rhodan.

»Wer …« Erfolglos kämpfte Lian gegen das Zittern in ihrer Stimme an. »Wer hat uns das … angetan? Und warum?«

Nach und nach spürte sie, wie sie sich von der realen Welt abschottete und die Heldin zahlreicher Serien das Steuer übernahm. Nun erst fiel ihr auf, dass die Rätsel mit dieser Enthüllung keineswegs weniger geworden waren.

»Wer hat die falschen Einträge in den Registern gespeichert? Was hat das alles mit Neyla Abiola zu tun? Wie ist sie in Danos Fänge gelangt? Was will er von mir? Und … oh!« Sie hielt inne.

»Was ist?«

»Es gibt einen entscheidenden Unterschied zwischen Zherkora und mir. Alles, was du mir gerade erzählt hast, muss er bereits früher herausgefunden haben, aber erst, nachdem er bei Trivid Sieben zu arbeiten begonnen hat. Er wusste, dass wir … dass du in den Registern auf der Erde und dem Mars nur auf leere Hülsen stoßen würdest. Programmiert von wem auch immer. Der Lebenslauf in den Datenbanken von Trivid Sieben beruhte jedoch auf seinen eigenen, falsch erinnerten Angaben. Und weil die sich mit meinen falschen Erinnerungen decken, hat er sie gelöscht, um diesen Zusammenhang vor uns zu verbergen.«

»Was ihm dank Bran Lindholms Aufzeichnung aber nicht gelungen ist.«

Lian presste die Finger gegen die Schläfen. »Was bedeutet das jetzt konkret? Dass uns ein wahnsinniger Wissenschaftler als Säuglinge geraubt hat, um ein … was weiß ich? … Schnellwachstumsmedikament an uns zu testen? Dass er uns mit künstlichen Erinnerungen ausgestattet hat, um sein Tun auch vor uns geheim zu halten? Wer ist Dano? Mein Zwillingsbruder?«

»Ich fürchte nicht. Er ist ein Klon.«

»Mein Klon?«

Rhodan schwieg. Sein Blick wirkte traurig.

Lian sah ihm an, dass er etwas vor ihr verbarg. »Nun sag schon! Oder glaubst du, es könnte noch schlimmer für mich kommen?«

»Das Ergebnis ist eindeutig: Ihr seid beide geklont – von demselben Original.«

Ihr Magen verkrampfte sich, und Übelkeit stieg in ihr auf. »Was ... das ... Ich bin kein Mensch?«

»Selbstverständlich bist du das! Du bist lediglich auf eine andere als die übliche Weise entstanden.«

»Behauptet wer?«, fuhr sie ihn an. »Im Ernst, das ist mir zu weit hergeholt. Was macht deine Klon-Theorie so viel wahrscheinlicher als meine von den Zwillingen und dem Wachstumspräparat?« *Als ob das einen Unterschied ausmacht!*

»Leider ist es mehr als bloße Theorie.« Rhodan atmete tief durch.

»Mit dem, was ich dir jetzt sage, kenne ich mich selbst nicht besonders aus. Etliches davon habe ich gerade erst gelernt. Sieh mir deshalb bitte nach, falls es inhaltlich ungenau ist. Also: Im Doppelstrang einer DNS liegen sich stets zwei Nukleobasen gegenüber, die zusammen ein Basenpaar bilden. Du kennst aus der stilisierten Darstellung deines Genoms die Schreibweise mit den Buchstaben A, T, G und C. Sie stehen für die vier Basen, die vorkommen können. Adenin, Thymin, Guanin und Cytosin. Grundsätzlich besteht ein Paar aus genau einer Purinbase, nämlich Guanin oder Adenin, und einer Pyrimidinbase, also einer der anderen beiden.«

»Ja und?«

»In deinem Genom hat die Positronik etwas gefunden, das dort nicht hingehört. Anstelle eines Basenpaars – oder zusätzlich, ich weiß es nicht – existiert ein zur Selbstreproduktion fähiges, aber künstliches Fremdmaterial, das den Leitersprossen zwischen den Doppelsträngen so sehr ähnelt, dass die Analyse erst jetzt darauf gestoßen ist. Bedenke: Wir sprechen von einem Baustein mit einer Größe von weniger als einem Nanometer, also einem millionstel Millimeter. Als wäre das nicht außergewöhnlich genug, hat die Positronik auf der Oberfläche des Materials noch etwas entdeckt.«

Erneut öffnete er eine Datei im Holofeld. »Hier siehst du eine mikroskopische Aufnahme.«

Zuerst bestand das Bild aus dem Doppelstrang der DNS, zoomte aber anschließend so schnell heran, dass Lian schwindlig wurde. Nicht einmal eine Sekunde später stoppte die Vergrößerung – und zeigte etwas, das Lians Schwindel noch verstärkte. »Ein Schriftzug?«

»Eingefräst in das Fremdmaterial.«

»TRIVID 36«, las sie vor. »Was soll das bedeuten?«

»Ich weiß es nicht. Wahrscheinlich eine Seriennummer oder etwas Vergleichbares.«

Eine Seriennummer. Wie am Fließband. Nur dass da keine Maschine rausgekommen ist, sondern ich. »Warum TRIVID?«, sagte sie, um irgendetwas zu sagen. Es war ja bizarr genug. TRIVID? Ausgerechnet ... TRIVID?

»Keine Ahnung«, gab Rhodan zu. »Aber ich gehe davon aus, dass es nichts mit deinen Trivid-Shows oder dem Medium an sich zu tun hat. Eine zufällige Namensgleichheit. Vermutlich ein Akronym aus Begriffen, die absichtlich so gewählt wurden, dass sich als Abkürzung ein einprägsames, bereits bestehendes Wort ergibt. Wie dem auch sei, dieser Fund hat mich veranlasst, in Danos Genmaterial ebenfalls danach zu suchen. Inzwischen wusste die Positronik ja, wo der Baustein versteckt war, sodass es bei ihm nicht annähernd so lang dauerte wie bei dir.«

Ein neues Bild im Holo ersetzte das vorherige. Nun stand dort zu lesen: TRIVID 35.

»Na prima«, sagte Lian mit einem Anflug von Sarkasmus. »Ich bin nicht nur ein Klon, sondern auch noch das Nachfolgemodell von Dano Zherkora.«

»Wer diesen Baustein in eure DNS eingefügt hat, musste befürchten, dass er bei einer medizinischen Untersuchung entdeckt wird. Ich nehme an, aus diesem Grund hat er euch neben den falschen Erinnerungen eine tiefe Abneigung gegen Ärzte implantiert. Vielleicht stammen daher auch deine Träume. Oder es handelt sich dabei um einen Nachhall der echten Erinnerungen.«

Alles in Lian wehrte sich dagegen, das zu akzeptieren. Die Welt um sie schwankte und pulsierte. »Warum TRIVID 35? Heißt das, dass noch mindestens vierunddreißig weitere von uns herumlaufen? Ist Neyla Abiola womöglich eines der Urmodelle? TRIVID 2 oder so?«

»Der Gedanke kam mir ebenfalls. Allerdings trifft er nicht zu. Die Wahrheit ist viel naheliegender. Ich habe mir ihr Genom aus dem Geburtenregister besorgt, das dort – im Gegensatz zu euren Eintragungen – gespeichert war. Die DNS stimmt beinahe zu hundert Prozent mit eurer überein. Es fehlt jedoch der künstliche Baustein.«

Lians Herz beschleunigte. »Dano hat gelogen. Sie ist nicht meine Mutter, sondern unser ...« Es war nicht einfach, das Wort auszusprechen: »Unser Original.«

Rhodan nickte.

»Sollte die DNS dann nicht vollständig übereinstimmen?« Die Antwort darauf fiel ihr ohne fremde Hilfe ein. »Unser ... Erschaffer hat Neyla als ... Ausgangsmodell genommen und versucht, es mit geringfügigen Veränderungen zu optimieren.« Endlich erkannte sie den vollen Zusammenhang mit dem, was Rhodan zuvor erzählt hatte. »TRAFO! Glaubst du, diese Menschliches-Gehirn-Verbesserer haben etwas damit zu tun?«

»Um das herauszufinden, fliegen wir zum Mars.«

Kapitel 10:
Ethische Vorbehalte

Soweit Rhodan erkannte, hatte sich der Gebäudekomplex von TRAFO im Laufe der letzten dreizehn Jahre nicht verändert. Während das Gleitertaxi stoppte und sie ausstiegen, überkam ihn ein Déjà-vu. Ein Gebäude wie die beiden Hälften eines Gehirns, mit einer Verbindungsröhre schwindelerregend hoch über ihnen.

»Ein wahres Zentrum für Denker«, meinte Lian trocken. »Ich habe neulich in einer historischen Krimiserie im Trivid gespielt, da nannten sie die Gelehrten immer Eierköpfe. Kennst du diesen alten Begriff noch aus ... oh, entschuldige.«

»Was?«, fragte Rhodan verwirrt.

»Das war bestimmt vor deiner Zeit. Das hatten wir doch schon, ich hab nicht nachgedacht und kann einfach spontan schlecht einschätzen, wie lange du bereits ...«

»Alles in Ordnung«, versicherte Rhodan. »Und ja, diese Bezeichnung habe ich in meiner Jugend noch selbst benutzt.« Er dachte an die Eierköpfe im Kontrollzentrum der Nevada Fields.

Der Autopilot des Gleitertaxis meldete sich mit der für derlei Positroniken typisch nüchternen Stimme: »Wir stehen vor dem gewünschten Ziel. Der Haupteingang in die Hirnforschungsklinik befindet sich direkt zu eurer rechten Seite. Wenn ihr so freundlich wärt ...«

»Alles klar«, fiel Lian dem Rechner ins Wort. »Wir gehen. Und, äh, danke.«

»Es war mir eine Freude«, versicherte die Positronik.

Kaum draußen, meinte Lian zu Rhodan: *»Es war mir eine*

Freude. So ein Quatsch! Wer programmiert diesen Müll? Ich meine, das Ding ist ein *Taxi!*«

Er grinste. Offenbar hatte sie sich von dem Schock, den er ihr versetzt hatte, einigermaßen erholt. Oder sie überspielte ihn mit betonter Lockerheit. »Und du hast dich vorher bei ihm bedankt.«

»Ich ... ich weiß auch nicht, wieso.«

»Ich habe eine Menge Reisen in eine Menge Galaxien unternommen und dabei viele kosmische Rätsel gelöst, aber die Frage, wie der Mensch mit sprechenden Maschinen umgehen sollte, ist mir ...«

Weiter kam er nicht. Plötzlich stand jemand vor ihm und reichte ihm die Hand. »Perry Rhodan! Freut mich sehr! Freut mich. Ich hätte nicht gedacht, dich noch einmal zu treffen.«

Er erkannte den Mann sofort. Damals Doktor Herman Lugauer, heutzutage mit einem Titel mehr versehen und damit Doktor Doktor Herman Lugauer – was perfekt zu seinem Spleen passte, manche Aussagen zu wiederholen. Der ehemalige Vorsitzende des Projekts TRAFO sah so aus wie vor einigen Jahren, als Rhodan ihn kennengelernt hatte. Wenn man davon absah, dass er ihn nicht so dicklich in Erinnerung hatte. Und war sein Haar nicht schütterer gewesen? Ob es sich bei der neuen Pracht um Implantate oder das Ergebnis einer dieser neumodischen Haarwurzelanregungstherapien handelte?

»Freut mich ebenfalls«, sagte Rhodan.

Lugauer wandte sich Lian zu, und seine Haltung straffte sich. Das Bäuchlein schien sich in Luft aufzulösen. Er wirkte ein wenig irritiert beim Anblick der jungen Frau. Sah er die Ähnlichkeit zu Neyla Abiola und wollte sie nur nicht erwähnen? »Willkommen. Herman Lugauer. Doktor Doktor Lugauer.«

»Lian Taupin, Trivid-Künstlerin.«

Ihre Lippen zuckten, und Rhodan sah ihr an, mit welcher

Mühe sie ein zweites *Trivid-Künstlerin* zurückhielt. Oder verbiss sie sich ein *Klon mit der Seriennummer TRIVID 36?*

Er fragte sich, wie sie sich fühlte. Ihr war der Boden unter den Füßen ihrer Wirklichkeit so radikal weggezogen worden, dass sie sich vorkommen musste wie im tiefen Fall. Klar, er hatte ihr gesagt, dass sie selbstverständlich trotzdem ein Mensch sei – und das stimmte wohl auch, aber wie würde er sich an ihrer Stelle fühlen? Er sollte mit ihr reden, und das bald, um herauszufinden, ob sie einfach so weitermachen konnte. Mit ihren Nachforschungen begaben sie sich zweifellos in gefährliches Gebiet. Er brauchte eine Lian an seiner Seite, die konzentriert bei der Sache blieb, keine junge Frau, die sich mühsam von bohrenden Fragen und nagendem Selbstzweifel ablenkte.

Doktor Doktor Lugauer war zu Fuß unterwegs – obwohl er eher aussah, als würde er sich wenig bewegen. Vielleicht betrachtete er es als eine Art spezielle Ehrerbietung seinem prominenten Gast gegenüber, persönlich und *aus eigener Kraft* zum Gleiterlandeplatz vor dem Haupteingang gekommen zu sein. Jedenfalls hatte er sich schon bei Rhodans Anruf äußerst aufgeregt gezeigt und betonte nun, dass er natürlich jederzeit eine Minischwebeplattform zur rascheren Fortbewegung rufen konnte.

»Jederzeit«, wiederholte er, ehe er seine Besucher fragend ansah.

»Nicht nötig«, versicherte Lian in einem ganz speziellen Tonfall, für den Rhodan unwillkürlich eine Beschreibung suchte. Huldvoll, fiel ihm ein. Ein ebenso seltsames wie passendes Wort. Und künstlich. Sie überspielte damit ihre wahren Gefühle.

»Ich habe zwar eine knappe Recherche betrieben«, sagte Rhodan, während Lugauer sie ins Innere führte, »aber es wäre gut, wenn du uns erzählst, wie es weiterging, als das ursprüngliche Projekt zur Erweiterung des Gedächtnisses eingestellt wurde.«

Der Korridor, der sie hinter dem Haupteingang empfing, bot

eine sonderbare Mixtur aus Sterilität und einer Ansammlung phantasievoller Bilder an den Wänden. Sie zeigten in schieren Farbexplosionen allerlei Abwandlungen von halb menschlichen, halb tierhaften Gestalten. Bizarre Gesichter mit einer Überfülle an Augen schienen Rhodan und seine beiden Begleiter zu mustern.

»Nach dem Ende von TRAFO, über das ich euch nachher einiges erzählen kann, stand dieser gesamte Bau leer. Oder hätte zumindest leer gestanden. Ressourcenverschwendung in Perfektionierung! Ich habe mich dafür eingesetzt, dass hier weitergearbeitet wird, obwohl das Forschungsprojekt auslief und die Sponsoren deswegen fernblieben. Aber es gab die ganzen Labore, die Spezialausrüstung – und wir machten das Beste daraus. Seit etlichen Jahren dient das Doppelgebäude als aktive Klinik für Hirnforschung.«

»Aktiv?«, fragte Lian.

»So nenne ich es für mich. Keine passive Forschung mehr – sondern eine Klinik, in der Patienten mit Hirnschäden tatsächlich behandelt werden. Dabei hat die Zweiteilung des Gebäudekomplexes zu einer doppelten Ausrichtung geführt. Rechts, also in diesem Teil, behandeln wir psychische Störungen, gegenüber rein körperliche Schäden, Verletzungen, Geburtsschäden, solche Dinge.«

»Kann man das so strikt trennen?«, fragte Rhodan.

»Natürlich nicht, das stimmt. Aber …« Lugauer lachte. »Ich könnte euch einen Vortrag von einigen Stunden halten, doch deshalb seid ihr nicht hier, richtig?«

Lian stand vor einem der Bilder und fixierte den schreiend bunten Kopf, aus dessen Stirn das Gehirn hervorbrach und sich spiralartig zu einem Geäst verbreiterte, auf dem wiederum Vögel nisteten.

Der Forscher gesellte sich zu ihr und sagte: »Gefällt es dir? Ich male in meiner Freizeit.«

»Diese Kunstwerke stammen alle von dir?«

Er nickte. »Mein Ausgleich zu der ganzen trockenen wissenschaftlichen Forscherei.«

»Sie sind ... phantasievoll.«

»Sie thematisieren auf die eine oder andere Art immer das Gehirn. Hier besonders deutlich. Ich denke, na ja, es ...« Er räusperte sich. »Egal. Ihr seid nicht gekommen, um über meine zweifelhaften künstlerischen Fähigkeiten zu diskutieren, auch wenn mir dein Interesse schmeichelt.«

»Ich kaufe eines für mein Wohnzimmer«, sagte Lian.

»Was?«

»Natürlich nur, falls du verkaufst.«

»Se-selbstverständlich, ich ... es hat nur noch nie jemand ...« Lugauer wurde rot, und das Adergeflecht auf seiner Knollennase schien zu leuchten wie weiland bei Rudolf, dem Rentier. »Es ist mir eine Ehre.«

»Was willst du dafür?«

»Ich schenke es dir.«

»Danke.« Lian lächelte. »Ich habe das Gefühl, Kunst jeglicher Art könnte mir helfen, meine Identität zu finden. Du musst wissen, dass sie mir irgendwie ...« Sie fixierte die Vögel auf dem Gehirngeäst. »... abhandengekommen ist.«

»Aber zuerst«, bat Rhodan, »erzähl uns, wieso das Projekt damals eingestellt worden ist.«

»Das«, sagte Lugauer, »seht ihr euch am besten selbst an.«

Er führte Rhodan und Lian in einen rautenförmigen Konferenzraum in der rechten Gehirnhälfte des Gebäudekomplexes. Die Wände waren mit einem dunklen Holz vertäfelt, in dessen Maserung Rhodan Holoprojektoren bemerkte.

Der ehemalige TRAFO-Vorsitzende deutete auf einen runden Tisch, der Platz für mindestens dreißig Personen bot. »Setzt euch, setzt euch.«

Rhodan ging wahllos zu einem der Stühle in Türnähe.

»Oh«, machte Lugauer. »Dort bitte nicht. Der Platz ist reserviert für Basilius Tannstetter.«

Der Name kam Rhodan entfernt bekannt vor. Ein Mitglied der früheren Projektleitung, den er nun wiedergelesen hatte, als er sich mit TRAFO beschäftigte? Möglich. Er umrundete den Tisch, konnte sich ein »Basilius ist aber nicht da, wenn ich mich nicht irre« nicht verkneifen, zog einen anderen Stuhl zu sich heran, wartete kurz auf Lugauers Protest und ließ sich, als der ausblieb, darauf nieder. Lian setzte sich neben ihn.

Der Klinikleiter nahm schräg links von ihnen Platz. »Sitzungsverzeichnis anzeigen«, sagte er. Vor ihm entstand ein Holo mit einer langen Liste aus Einzeleinträgen. Mit raschen Bewegungen wischte er durch die Aufstellung, bis er fand, wonach er suchte. »Da haben wir es ja. Projektsitzung TRAFO 4/10 abspielen.«

Die Liste fiel in sich zusammen, stattdessen erschienen auf acht der Stühle die holografischen Abbilder der damaligen Sitzungsteilnehmer.

Aha. Jetzt erst verstand Rhodan. Ein etwas jüngerer Herman Lugauer saß ihm schräg gegenüber, links und rechts fanden sich die restlichen sieben Mitglieder des Sponsorenkonsortiums ein. Die beiden Aras und eine der Frauen erkannte Rhodan von dem dreizehn Jahre zurückliegenden Empfang wieder, bei den anderen ließ ihn die Erinnerung im Stich. Glücklicherweise schwebten vor ihnen ihre Namen in Holobuchstaben.

Der Vergangenheits-Lugauer nickte in die Runde. »Hiermit eröffne ich die vermutlich letzte Sitzung des Leitungsgremiums der …«

»Ich protestiere gegen die Formulierung«, fiel ihm der Ara Khar Baraly ins Wort. Seine schmalen Lippen verliehen ihm das Aussehen eines Mannes, der sich in seinem Leben bereits zu oft geärgert hatte. »Sie klingt, als stünde das Ergebnis der Abstimmung längst fest.«

»Das Ergebnis *steht* fest. Wir haben uns oft genug außerhalb des offiziellen Gremiums darüber unterhalten. Heute geht es nur darum, dies alles in ein rechtlich verbindliches Gewand zu kleiden.«

Khar Baraly verschränkte die Arme vor der Brust. »Dennoch protestiere ich. Es ist durchaus denkbar, dass sich jemand bei einer formellen Abstimmung anders entscheidet, als ...«

»Na schön, na schön, von mir aus. Hiermit eröffne ich also die zehnte Sitzung der TRAFO in diesem Jahr, wie viele weitere ihr auch immer folgen mögen.«

Erneut öffnete Baraly den Mund, schloss ihn jedoch rasch wieder, als Lugauer ihn mit einem strengen Blick bedachte.

»Wir alle wissen, worum es geht. Für das Protokoll will ich die aktuelle Lage dennoch kurz zusammenfassen. Anfangs lieferten unsere Forschungen einige vielversprechende Erkenntnisse. Trotzdem ist es uns während der letzten vier Jahre nicht gelungen, der grauen Masse in unseren Schädeln all ihre Geheimnisse zu entreißen. Es gibt die eine oder andere Theorie, wie wir das Leistungsvermögen des Gehirns steigern können, doch leider lässt sich keine davon an einem lebenden Menschen erproben.«

»Und an einem toten schon gar nicht«, warf eine Frau mit flammend rotem Haar ein. *Alessandra Valto,* las Rhodan auf ihrem Namensholo.

»Das versteht sich von selbst, meine liebe Alessandra, aber vielen Dank für die Anmerkung. Die einzig technisch gangbare Lösung bestünde darin, Menschen mit leicht verändertem Genom zu züchten und die Auswirkung der Genmanipulation auf die Testobjekte zu untersuchen. Wir müssten also Klone erschaffen.«

Rhodan lief es kalt den Rücken hinunter, als er das hörte. Lian neben ihm klammerte sich an der Tischplatte fest.

»Ein solches Vorgehen widerspricht jedoch den ethischen Grundsätzen der terranischen Wissenschaft, sodass uns meines

Erachtens keine andere Wahl bleibt, als das Projekt einzustellen. Ich möchte betonen, wie schwer mir diese Entscheidung fällt. Aber sie scheint mir die einzig richtige zu sein. Wortmeldungen?«

»Ich bin dagegen!«, sagte Khar Baraly. »Vehement! Die ethischen Grundsätze der Terraner spielen für uns Aras keine Rolle. Wir dürfen das wissenschaftliche Ziel unserer Arbeit nicht aus den Augen verlieren.«

»Es handelt sich um ein terranisches Projekt«, erinnerte ihn ein Mann mit vollem weißem Haar und ungewöhnlich großen Ohren. Willem Rensey. »Es geht um die Gehirne von Menschen, nicht von Aras. Folglich sind terranische Grundsätze die einzigen, die zur Anwendung kommen können. Ich stimme für die Einstellung.«

»Und die Unsummen, die wir bereits investiert haben?«, fragte Baraly. »Sollen wir sie als verloren betrachten?«

»Vielleicht haben wir ja noch nicht alle ethisch verantwortbaren Möglichkeiten ausgeschöpft«, meldete sich Kirsten Guarin zu Wort. »Denn in der Tat teile ich zumindest in finanzieller Hinsicht die Meinung des Kollegen Baraly. Wir müssen im Rahmen des Vertretbaren weiterforschen und ...«

»Gutes Geld schlechtem hinterherwerfen?«, fragte Basilius Tannstetter, ein kleiner, dünner Kahlkopf mit eingefallenen Wangen und Bartschatten, der auf dem Stuhl saß, den Rhodan zuerst angesteuert hatte. Er hatte sich also nicht geirrt, was den Namen anging.

»Entschuldige, dass ich das so deutlich sage, Kirsten, aber du jagst Hirngespinsten nach. Wir sind uns einig, dass die Forschung eine Grenze erreicht hat. Ohne sie zu übertreten, werden wir keine neuen Ergebnisse erzielen. Doch wir können, wir *dürfen* sie nicht übertreten. Deshalb stimme ich ebenfalls für die Einstellung. Bedeutet das, dass wir uns mit einem Verlust statt der erhofften Rendite abfinden müssen? Ja! Und das bedauere ich sehr. Wie jedes Mal, wenn so etwas geschieht. Aber lasst uns ehrlich sein: Das ist das Risiko, das jeder eingeht, der in ein visionäres Projekt investiert. Uns allen ist es bereits oft genug passiert.«

»Eure wissenschaftsfeindliche Auffassung widert mich an«, ereiferte sich Baraly. »Bedenkt doch nur, was wir bei einem erfolgreichen Projektabschluss erreichen können. Wir ...«

»Ich stimme für eine Einstellung«, fiel ihm Pieter Hake ins Wort, vor dem unglaublicherweise ein Teller mit den Resten eines unithischen Insektenburgers stand, den er bis zu diesem Moment in aller Seelenruhe verspeist hatte.

»Warum lässt du mich nicht ausreden?«, fragte Baraly in aggressivem Ton.

»Weil du ohnehin dauernd das Gleiche sagst. Wir werden keine Menschen klonen. Punkt. Jede weitere Diskussion erübrigt sich. Und da mit meinem Votum vier Gremiumsmitglieder gegen eine Fortführung des Projekts sind, ist die Abstimmung entschieden, und ich kann meine Zeit mit wichtigeren Dingen füllen.«

»Der Kollege Hake hat recht«, ergriff Lugauer erneut das Wort. »Selbst bei einem Unentschieden gilt die Einstellung als beschlossen, weil in diesem Fall die Stimme des Vorsitzenden den Ausschlag gibt. Also meine. Ich erkläre die Debatte deshalb für beendet. Aus Gründen der Vollständigkeit bitte ich um die restlichen Stimmabgaben. Kirsten Guarin?«

»Also gut. Einstellung des Projekts.«

»Alessandra Valto?«

»Einstellung.«

»Khar Baraly?«

»Fortführung! Was sonst?«

»Tratsek Vrach?«

»Einstellung«, sagte der zweite Ara, der sich bisher aus der Diskussion herausgehalten hatte.

»Was?« Khar Baraly sprang auf. »Wie kannst du mir so in den Rücken fallen?«

»Das tu ich nicht.« Vrach klang müde. »Ich stimme dir in jedem Punkt vollständig zu. Doch was bringt es ein, für die Fortführung zu votieren? Das Ergebnis bliebe unverändert, und wir beide würden künftig als nicht teamfähige Querulanten gelten, die niemand mehr als Investoren bei späteren Projekten dabeihaben will.«

»Und so gelte nur ich als Querulant, wie?«

Vrach zuckte in allzu menschlicher Geste mit den Achseln. »Es war deine Entscheidung.«

»Das ... das ist eine ...«

Rhodan erfuhr nicht, ob der Ara seinen Satz abbrach oder ob er nur nicht vollständig aufgezeichnet war, denn Baraly wandte sich vom Tisch ab, eilte drei oder vier Schritte davon – und sein Holo erlosch.

»Er hat den Erfassungsbereich der Aufnahmeoptiken verlassen«, flüsterte ihnen der gegenwärtige Lugauer zu. »Aber von ein paar äußerst kreativen Beschimpfungen abgesehen, hat er ohnehin nichts allzu Hörenswertes mehr gesagt.«

Rhodan rechnete damit, dass gleich darauf auch die anderen Holos verschwinden würden, doch stattdessen tauchte wie aus dem Nichts die Darstellung eines ihm fremden Mannes auf. Er trug den für Wissenschaftler typischen weißen Kittel, unter dem sich ein durchtrainierter Oberkörper abzeichnete.

»Ihr habt es also getan!«, fuhr er die Versammelten an.

Aus dem Augenwinkel bemerkte Rhodan, wie sich Lian versteifte.

»Jeobald Tenglar«, sprach der Holo-Lugauer den Neuankömmling an. »Was erlaubst du dir, in eine Gremiumssitzung zu platzen?«

»Die Sitzung ist doch längst beendet. Andernfalls wäre Khar Baraly nicht aus dem Saal gestürmt, mit einem Gesicht, als wolle er jemanden niederschlagen. Wie konntet ihr nur so einen Fehler begehen? Dieses Projekt darf nicht sterben. Es kann noch so viel Gutes daraus ...«

»Die Sitzung ist beendet«, fiel ihm Lugauers Vergangenheitsversion ins Wort. »Aufzeichnung stoppen.«

Nun erlosch die Holoaufzeichnung tatsächlich.

»Entschuldigt bitte den unversöhnlichen Ausgang«, sagte der gegenwärtige Herman Lugauer. »Der Kollege Tenglar, so tüchtig er auch gewesen sein mochte, neigte seit jeher zur Impulsivi...«

»Das war er!«, brachte Lian hervor. Das Zittern in ihrer Stimme verriet, dass sie um Fassung rang.

Rhodan wandte sich ihr zu. »Wer war was?«

»Dieser Wissenschaftler. Tenglar. Er ist das Gesicht aus meinen Träumen. Er ist die allumfassende Präsenz meines Universums.«

Kapitel 11:
Die Farben des Zorns

Vor dreizehn Jahren

Herman Lugauer fühlte sich nicht wohl. Wie konnte es auch anders sein. Er mochte ruhig und besonnen gewirkt haben während der Sitzung, in der er sein geliebtes Projekt beerdigt hatte, aber er kam sich verloren vor.

Sein Arbeitszimmer sah aus wie immer – all die Arbeitskonsolen, ein Dutzend aktivierte Holos, in denen Datenkolonnen abliefen, ein Sammelsurium aus Speicherkristallen auf dem Schreibtisch und ansonsten das übliche Chaos aus Folien, Notizen und Pads. Doch es war zugleich leer. Hohl. Sinnlos.

»Ich habe das Richtige getan«, sagte er. »Genau. Genau.«

Welche Wahl war ihnen auch geblieben? Hätten sie die Forschung fortführen und Klone … herstellen sollen? Gott spielen? Nur so könnte man das Speicher- und Erinnerungsvermögen des menschlichen Gehirns optimieren! Und damit standen sie vor einer Grenze, die sie nicht übertreten durften.

Wissenschaft und Ethik.

Ein Spannungsfeld, so alt wie die Wissenschaft selbst; ja, in diesem Gegensatz hatte sie sich einst ihren Weg gebahnt. Das Problem war jahrtausendealt und hatte nie seine Brisanz eingebüßt. Kriege waren geführt worden, mal im Namen der Ethik – oder Religion, wenn's beliebt –, mal im Namen der Wissenschaft, die sich überlegen glaubte. Dabei war sie stets genauso barbarisch und genauso wertvoll.

Und ausgerechnet er, Herman Lugauer, wollte sich diesem Spannungsfeld nicht aussetzen, es nicht wiederbeleben. Im

Unterschied zu dem Ara Khar Baraly, dem es allerdings ganz allein um Geld ging. Oder zu Jeobald Tenglar, der ihm, das stand so fest wie die nächste Sonneneruption, noch einige Schwierigkeiten machen würde.

Tenglar mochte brillant sein, vielleicht ihr bester Forscher, aber er war ebenso ein Hitzkopf. Lugauer stellte sich vor, wie der Wissenschaftler ins Arbeitszimmer stürzte, mit vor Wut rotem Gesicht, und wie aus seinen Ohren der Dampf des rechtschaffenen Zorns strömte wie Qualm von einem Lagerfeuer aus feuchtem Holz.

Unwillkürlich begann er diese Szene zu kritzeln, mit einem der zwei Dutzend Bleistifte, die stets auf dem Schreibtisch lagen. Es beruhigte ihn zu malen, und als er das werdende Bild betrachtete, fand er, dass es gar nicht übel gelang, allerdings etwas Farbe vertragen könnte. Solche Wut benötigte Rot, oder ein dumpfes, düsteres Blau, das hinter den Augen kochte.

Als die Positronik einen Besucher meldete, überraschte es ihn nicht, dass es sich ausgerechnet um Jeobald Tenglar handelte. Er befahl der Systemsteuerung, die Tür freizugeben. Sie sprang knackend aus dem Schloss und schwang nach innen.

Tenglar hielt sich nicht lange mit Formalitäten auf, sondern baute seine imposante Gestalt vor dem Schreibtisch auf. Er beugte sich vor.

Lugauer roch den schlechten Atem des Wissenschaftlers, als hätte er eine riesige Zwiebel mit siganesischem Wurzellauch garniert und roh verspeist. »Ich hoffe, du wirst nicht deine Beschimpfungsorgie fortsetzen«, sagte er, ehe sein Gast mit ebendieser anfangen konnte.

»Beschimpfungsorgie. Aha.« Jeobald Tenglar zog sich zurück und ließ sich auf den Besucherstuhl fallen, der unter seinem Gewicht knarrte. »So bezeichnest du meine Bedenken also.«

»Etwas, nun, nennen wir es, weniger aufgeregt vorgebracht, hätten sie wohl mehr Gehör gefunden.«

»Das ändert nichts daran, dass sie *stimmen!*«

»Vielleicht doch. Nun gut. Betrachten wir die Fakten. Du stehst allein auf weiter Flur. Ich bedauere die Einstellung unserer Forschungen sehr – ich meine, ich war der Leiter des gesamten Projekts! Keiner hat so viel Zeit und Herzblut investiert wie ich. Möglicherweise, das gebe ich zu, abgesehen von dir. Aber bleiben wir bei den Tatsachen. Der Beschluss war nahezu einstimmig, jedenfalls hatte er die erforderliche Mehrheit. TRAFO ist Vergangenheit.«

»Nahezu einstimmig ... das ist ein Witz!«

»Nur Khar Baraly hat sich dagegen ausgesprochen.«

»Sein Kollege Tratsek Vrach hätte das auch getan, wenn er nicht zu feige wäre! Er windet sich vor Angst, in Zukunft als Querulant dazustehen. So hat er es doch selbst genannt. Und da ist er nicht der Einzige! Die Leute fürchten sich, nicht mehr! Für Alessandra Valto, die alte Jungfer, ist schlechte Presse schlimmer als ihre ärgsten Albträume! Basilius Tannstetter ging es nur darum, sein Gesicht zu wahren und ...«

»Darüber könnten wir trefflich spekulieren«, fiel Lugauer dem Wissenschaftler ins Wort. »Wahrscheinlich die ganze Nacht hindurch. Noch einmal – das ändert nichts an den Tatsachen.«

Tenglar schlug mit der Faust auf den Tisch. Die altmodischen Bleistifte hüpften. Einer rollte über die Kante und zerbrach am Boden.

»Jeobald! Mal im Ernst – was hätten wir tun sollen? Klonen und dabei das Ausgangsmaterial verändern?« Seltsam, wie leicht ihm die nüchterne Bezeichnung von den Lippen schwebte: *Ausgangsmaterial.* Es fühlte sich schal an. Und bitter.

»Das ist der Sinn, nicht wahr?«, fragte Tenglar, stand auf und ging einige Schritte durchs Büro. Er wischte mit der Hand in ein Datenholo. Zahlen und Symbole tanzten auf seinen Fingern. »Wir ziehen eine Kopie und perfektionieren sie, während sie entsteht. Wieso nicht? Was hält dich zurück?«

»Ich werde nicht Gott spielen«, sagte Lugauer.

»Gott«, wiederholte Tenglar abfällig. »Soll ich dir etwas sagen, Herman?« Er drehte sich um, dass das Holo nun auf seine Schläfe projiziert wurde. Eine Ader pochte dort, rasch und impulsiv. Wütend. »Wenn dein *Gott* nicht gut genug arbeitet und ich ihn verbessern kann, tue ich das!«

»Du weißt genau, dass ich nicht von Religion gesprochen habe! Es war ein Sprichwort. Die Evolution hat uns in Milliarden Jahren an diesen Punkt geführt, und wir sollen ...«

»Lass es!«, forderte Tenglar. »Du enttäuschst mich. Redest den Sponsoren nach dem Mund. Oder gleich diesem Rhodan. Hat er sich eingemischt, ja?«

Einen Augenblick lang war Lugauer völlig verwirrt, bis ihm die Schirmherrschaft des Terraners über das TRAFO-Projekt wieder einfiel. Was so viel bedeutete wie: Ab und zu landeten Beschreibungen der Projektfortschritte – oder besser: der Stagnation – auf Rhodans Schreibtisch. Ob er sie in den Jahren seit der feierlichen Eröffnung einmal angeschaut hatte? Lugauer bezweifelte es. So war das eben mit prominenten Schirmherren.

Ehe er etwas dazu sagen konnte, meldete die Positronik einen weiteren Besucher. Genauer gesagt, eine Besucherin.

Er bat ihre beste Probandin herein – Neyla Abiola, die Frau mit dem fotografischen Gedächtnis und nebenbei einem so guten Aussehen, dass sie einige Pressemitteilungen des Instituts geziert hatte. Bei aller gebotenen Sachlichkeit durfte man derlei allzu menschliche Details nie außer Acht lassen.

Neylas Blick wanderte von Lugauer zu Tenglar und zurück. »Oh, ich ... wollte euch nicht stören.«

»Du störst nicht«, versicherte Lugauer, und im Grunde nicht an sie, sondern an Tenglar gerichtet, ergänzte er: »Wir sind sowieso fertig.«

Tenglar zögerte und stierte Neyla an, als hätte er sie nie zuvor gesehen. Seine Aufmerksamkeit verharrte ein wenig zu lange auf ihr, als dass es bedeutungslos sein konnte. Endlich löste er sich, murmelte etwas vor sich hin, das Lugauer nicht verstand, und verließ den Raum.

Kapitel 12: Wie schmecken Schaltkreise?

»Ich habe danach nie wieder von Tenglar gehört«, sagte Doktor Doktor Herman Lugauer. »Er hat rasch alles Formale abgewickelt und ist dann weggezogen – offenbar wollte er mit mir nichts mehr zu tun haben. Oder mit dem gesamten Projekt, das ihn so enttäuscht hat. An dem Tag habe ich noch intensiv mit Neyla gesprochen und ...« Er stockte. »Neyla.« Sein Blick wanderte zu Lian.

»Es ist dir also endlich aufgefallen.« Sie hatte sich längst gefragt, wann ihm die verblüffende Ähnlichkeit ins Auge fallen würde. Wobei es ja nicht mehr sonderlich verblüffend war, seit sie wusste, was dahintersteckte. Ein Klon ähnelte nun mal dem Original.

»Du ... du ähnelst ihr geradezu verblüffend.«

Aha. »Das höre ich in letzter Zeit öfter.«

»Bist du Neylas Tochter?«

Lian lächelte. Mochte er es interpretieren, wie er es wollte.

»Du verstehst, dass wir dich über die Hintergründe nicht aufklären können«, mischte sich Perry Rhodan ein. Es klang so simpel, so selbstverständlich, wie er es sagte. So, als wäre es tatsächlich das Normalste der Welt.

Und genau so reagierte Lugauer auch. »Ja klar«, zeigte er sich einsichtig.

Wieso eigentlich? Lian hätte sich so leicht nicht abkanzeln lassen.

»Wir müssen mit diesem Jeobald Tenglar sprechen«, forderte Rhodan. »Wenn du ihn nie wieder gesehen hast, arbeitet er wohl nicht mehr hier?«

Lugauer schüttelte den Kopf. »Er hat noch am selben Tag gekündigt.« Er schaute Lian an. »Aber ... was meintest du damit, als du sagtest, er wäre die allmächtige Präsenz deines Universums?«

»Nicht allmächtig«, stellte sie klar. Ließ er sich also doch nicht so einfach vertrösten. »Allgegenwärtig. In meinen ... Träumen.«

Rhodan legte ihr die Hand auf den Arm. »Wir können nicht darüber reden. Es handelt sich um ...«

»Ja, ja, ich verstehe«, beeilte sich Lugauer zu versichern. »Verzeiht mir die Neugierde. Ist so eine wissenschaftliche Unsitte. Ihr versteht schon. Mehr Wissen anhäufen. Mehr Wissen.«

»Du hast ja alles Recht nachzuhaken, wenn wir unvermittelt auftauchen und dir Fragen stellen«, meinte Rhodan. »Gibt es irgendwelche Unterlagen über Tenglar hier in der Klinik? Kollegen, die vielleicht noch mit ihm in Kontakt stehen, weil sie damals mit ihm befreundet waren?«

»Er hatte keine Freunde«, sagte Lugauer. »Das klingt wohl etwas hart, aber er war nicht gerade beliebt, so verbissen in seine Arbeit und so ... impulsiv. Um es höflich auszudrücken.«

»Dann müssen wir ihn auf anderem Weg finden«, sagte Lian. »Das sollte doch möglich sein.«

Die Schlussfolgerung, wie es damals gelaufen war, lag nahe. Tenglar hatte sich nicht belehren lassen und weitergeforscht ... nicht offiziell, sondern im Geheimen. Weil Neyla Abiola eine Probandin gewesen war, hatte er auf Genproben zugreifen können, auf *Biomaterial*, mit dem er arbeiten, das er bebrüten konnte ... oder was immer ein Wissenschaftler damit tun mochte, um Klone zu erzeugen.

Und dafür hatte er offenbar lange gebraucht. Das Scheitern des Projekts lag neun Jahre zurück, und Lian war gerade mal fünf Jahre alt.

Ein Stich fuhr ihr durchs Herz, als sie begriff, dass sie diese verrückte Tatsache zum ersten Mal akzeptierte. Einfach so. Man gewöhnte sich wohl an alles.

Doch was war in den vier Jahren zuvor geschehen? Und wieso war Neyla Abiola jetzt entführt worden? Was hatte es mit ihrem ... Bruder, mit dem anderen Klon auf sich, der Neyla in seine Gewalt gebracht und die Trivid-Botschaft an Rhodan geschickt hatte? Die Botschaft, die er mit TRIVID NULL signiert hatte.

TRIVID NULL!

So wie meine Gene mit TRIVID 36 signiert sind, begriff Lian plötzlich. Und Neyla Abiola ist der Ursprung, nicht die Erste, sondern noch früher – das Ausgangsmaterial. Objekt null. Klar, aber weshalb TRIVID? Warum diese Bezeichnung, die so gut zu dem passte, was Lian tat?

Oh. Nein. Mit einem Mal wurde ihr der Denkfehler klar. Das Genom, das Rhodan via Trivid empfangen hatte, stammte von ihr, Lian, nicht von Neyla Abiola. Das von Neyla musste leicht abweichen. Warum also war *ihr* Genom mit TRIVID NULL gekennzeichnet?

Sie mochten einen Zipfel des Geheimnisses gelüftet haben, doch dadurch wurde alles noch verwirrender, je länger sie darüber nachdachte.

Wieso erinnerte sie sich an diesen Jeobald Tenglar?

Wieso erschien sein Gesicht in ihren Träumen?

Wieso ...

Ihre Gedanken schwirrten, und sie hörte ein gequältes Ächzen, irgendwo im Raum, wollte sich umdrehen, um zu sehen, von woher es kam.

Von mir.

Es stammt von mir.

Und da war dieses Bild: Tenglar. Ein verzerrtes Gesicht, aber verzerrt nicht vor Zorn oder sonstigen Emotionen, sondern eher – verschwommen. Wie unter Wasser. Als blicke sie in ein Schwimmbecken, in dem der Wissenschaftler untertauchte.

Sie saugte Luft ein, glaubte, nicht mehr atmen zu können. Wie damals. Denn natürlich war nicht Jeobald Tenglar unter Wasser gewesen. Sie hatte *aus einer Flüssigkeit heraus* auf ihn geschaut, aus …

Lian schloss die Augen.

Sie war eingesperrt. Es war so eng. Ihr wurde schwindlig.

»Ich muss mich setzen«, sagte sie, und ohne länger abwarten zu können, hockte sie sich einfach auf den Boden, lehnte sich mit dem Rücken gegen Rhodans Beine. Ihr Kopf fiel zurück, sie konnte ihn nicht mehr halten. Alles verschwamm. Wie damals. Diese Enge. Diese entsetzliche Enge.

»Was ist mit ihr?«, hörte sie Lugauer sagen.

Dann war da nur noch Rhodans Stimme, seine Hände an ihren Schultern, an ihrem Hinterkopf. Er legte sie ab. »Atme ruhig, Lian«, sagte er. »Du bist in Sicherheit.«

Ja, verdammt, das war sie. Und sie war zum zweiten Mal in so kurzer Zeit umgekippt wie ein … wie ein *Mädchen.*

Ein Mädchen, das sie niemals gewesen war.

Sie biss sich auf die Unterlippe. Der Schmerz war grell, und das Blut schmeckte metallisch. Wenigstens das. *Könnte schlimmer sein*, dachte sie sarkastisch. *Ich hätte ja auch kein Klon, sondern gleich ein Roboter sein können. Dann würde ich jetzt statt Blut ein paar Schaltkreise schmecken.*

Wie schmeckten Schaltkreise überhaupt?

Sie lachte.

Nun muss Rhodan mich endgültig für verrückt halten. Vielleicht überlegt Lugauer gerade, ob er nicht irgendwo einen Behandlungsplatz frei hat im Psycho-Teil seiner Klinik.

Sie drehte sich zur Seite, stemmte sich mit wackligen Ellenbogen auf und setzte sich. »Geht wieder«, behauptete sie. »War wohl ein kleiner Schwächeanfall. Hab zu wenig gegessen, schätze ich.«

Damit brachte sie Lugauer völlig aus der Fassung. »Soll ich dir etwas bringen lassen? Suppe oder … Moment, ich hole dir erst mal ein Wasser.« Er eilte zu seinem Schreibtisch, öffnete ein hohes Schubfach und zog eine Flasche heraus.

Lian nahm sie und trank, obwohl sie sich nicht durstig fühlte. »Mir ist so einiges klar geworden«, sagte sie zu Perry Rhodan. »Wir müssen uns unterhalten. Unter vier Augen. Dringend.«

»Das sehe ich genauso«, meinte Rhodan. »Lass mich ganz kurz etwas bereden.« Er ging zu Herman Lugauer, flüsterte ihm einige Worte zu. Der Wissenschaftler presste kurz die Lippen aufeinander, nickte dann. »Hast du einen Raum«, fragte Rhodan schließlich laut, »in dem Lian und ich ungestört reden können?«

»Besser als nichts«, meinte Rhodan, als er sich in dem superengen Aufenthaltsraum für Ärzte in der Nachtschicht auf einen der beiden Stühle setzte. Auf dem anderen nahm Lian Platz. Immerhin stand auf dem Tischchen eine Kanne mit Kaffee. Er goss sich etwas ein, nippte daran. Heiß und aromatisch. »Sei vorsichtig«, warnte er. »Das Zeug ist stark! So voll Koffein, dass ich ohne meinen Zellaktivator wahrscheinlich wie ein …«

»Das ist nicht dein Ernst«, unterbrach sie ihn. »Wir reden jetzt nicht über *Kaffee!*«

»Ich wusste nur nicht, wie wir das Gespräch beginnen sollen.«

»Du bist um Worte verlegen?«, fragte sie. »Ausgerechnet du?«

Er hob die Schultern. »Also, fang an.«

»Wie beurteilst du die Sache mit Jeobald Tenglar?«

»Er hat das Ende des Projekts nicht akzeptiert und heimlich

weitergeforscht. Mit Bioproben von Neyla Abiola. Es sind Klone entstanden, wohl nach einigen Jahren weiterer Forschungsarbeit. Nämlich Dano Zherkora und du. Aus welchem Grund auch immer hat Dano nun die Probandin entführt und uns beide vor seinen Karren gespannt. Ich habe keine Ahnung, wie das damit zusammenpasst, dass Neyla bereits kurz nach Einstellung der Forschung verschwunden ist. Doch eines nach dem anderen.«

Rhodan beobachtete Lians Reaktion – sie schien weder überrascht noch verblüfft. Natürlich nicht. Sie hatte genau dieselben Schlussfolgerungen gezogen. Diese Kette der Ereignisse lag auf der Hand, obwohl das alles selbstverständlich überprüft werden musste.

»Wir kennen jetzt zwei Namen. Spuren, denen wir nachgehen können! Jeobald Tenglar und Neyla Abiola. Aber deshalb hast du mich nicht ungestört sprechen wollen. Also?«

»Ich erinnere mich an Tenglar. An sein Gesicht. Zuerst dachte ich, ich sehe ihn unter Wasser.« Sie griff ungeniert nach seiner Kaffeetasse und trank, fluchte und wischte sich über die Lippen. »Heiß!«

Er schaute beiläufig auf seinen Armbandkommunikator und hoffte, dass sich Herman Lugauer bald meldete. »Ich ahne, was du mir sagen willst.«

»Nicht er war unter Wasser. Sondern ich.«

»Ich verstehe.« Rhodan sah die Verzweiflung in den Augen der jungen Frau, und der Anblick legte sich wie eine Klammer um sein Herz. »Du hast ihn aus einem … Medotank heraus gesehen.«

Er wusste, wie diese Optik wirkte – er hatte es selbst nach schweren Verletzungen erfahren. Ein meistens durchsichtiger Glastank, mit Heilflüssigkeit gefüllt, in den der gesamte Körper getaucht wurde. Die Atmung konnte auf mehrere Arten sichergestellt werden – das unterschied sich je nach der bevorzugten

Technologie des Volkes, das die Tanks herstellte. Aras gingen üblicherweise anders vor als Tefroder oder Arkoniden. Fast immer befand sich der Patient im Tiefschlaf, aber Rhodan hatte es auch im Wachzustand erlebt.

»Medotank«, sagte sie. »Schöner Ausdruck. Wie wär's mit Wachstumskammer? Schnellbrüter? Du hast gesagt, ich bin körperlich etwa fünf Jahre alt. Seitdem wohne ich in Terrania. Vorher ... gab es mich nicht. Meine Kindheit, an die ich mich erinnere, ist falsch. Sie wurde mir eingeimpft, und zwar genauso wie Dano, der sich an exakt dieselben Dinge erinnert. Weil sie nicht echt sind! Jemand hat sie uns ins Gehirn gespielt! Aber ich bin nicht als Erwachsene in einem Labor zusammengebastelt worden wie Frankensteins Monster, nein, dieser Tenglar hat mich in einer Wachstumskammer geklont. Ich reifte rasend schnell, vielleicht ein paar Wochen oder Monate, was weiß ich. Zeit, in der ich ...«

Sie schnappte nach Luft, als würde sie die alte Enge wieder spüren.

»... eingesperrt war. In der ich in einem Glaskasten trieb und in der mich Jeobald Tenglar begaffte und zuschaute, wie ich gereift bin. Wahrscheinlich hat er ...«

Wieder dieses Luftschnappen.

»... sich an meinem Anblick aufgegeilt, als er mich endlich aus dem Kasten holen konnte.«

Der Armbandkommunikator vibrierte. Eine Nachricht ging ein. Rhodan ignorierte es, gönnte sich nicht einmal einen kleinen Blick darauf. »Ob du dort geboren wurdest oder auf dem üblichen Weg, ändert nichts daran, dass du ein Mensch bist«, sagte er.

»Falsch. Ich wurde nicht geboren.«

»Lian, du ...«

»Ich wurde *erschaffen!* Jemand hat mich gezüchtet. Angebaut wie ...«

»Du hast ein Bewusstsein. Du bist einzigartig! Tenglar mag deinen Körper geklont haben, aber das, was ihn lebensfähig, was ihn zu einem Menschen macht, ist nicht sein Werk. Seine Seele, dein Bewusstsein, deine ÜBSEF-Konstante, nenn es, wie du willst – sie sind zweifellos nicht sein Produkt.«

»Woher soll meine Seele denn kommen, Perry?« Sie blinzelte, ein wenig zu schnell.

»Es gibt viele Fragen, die ich dir nicht beantworten kann«, gab Rhodan zu. »Doch diese schon. Ich weiß, woher deine Seele gekommen ist, Lian.«

»Und?« Sie lachte, kurz und mit tiefem, schnappendem Atem.

Er beugte sich vor, ergriff ihre Hand. »Genau von daher, woher meine Seele auch stammt. Ohne dass ich dir erklären könnte, was diese Quelle ist.«

Sie blinzelte immer noch, und ihre Wimpern verklebten. »Ich möchte dich um etwas bitten, Perry.«

»Ja?«

»Wenn wir Tenglar finden ... halt mich davon ab, ihn umzubringen.«

»Versprochen.«

Sie lächelte. Ihr Gesicht war blass. »Was wolltest du von Lugauer? Du hast ihm vorhin etwas zugewispert.«

Nun schaute er doch auf den Armbandkommunikator. »Er sollte in seinen Unterlagen nach Tenglars aktuellem Wohnsitz suchen. Er hat sich bereits gemeldet.«

»Und?«

Rhodan las die Nachricht. »Das ... ist interessant.«

»Ich höre.«

»Es wird nicht mehr nötig sein, dass ich dich daran hindere, Tenglar umzubringen.«

»Wie meinst du das?«

»Er ist schon tot.«

Kapitel 13:
13-Fq-32

Vergangenheit

Säugetierabkömmlinge! Sie sind so schwach. Ihre Gefühle hindern sie an wahrer Effektivität.

Eine Binsenweisheit, ich weiß. Das hat mir 13-Fq-1 schon beigebracht, kaum dass ich aus dem Ei gekrochen bin. Seitdem erlebe ich es immer wieder. Immerhin sind manche von ihnen schlau genug zu wissen, an wen sie sich wenden müssen, wenn sie effektive Hilfe brauchen.

Dafür gibt's ja solche wie mich. Ich habe meine Werbeanzeige exakt auf sie zugeschnitten, und es funktioniert wunderbar. Ich zeige potenziellen Kunden genau das, was sie in ihrer Verzweiflung sehen wollen.

Darum weiß ich, was in Shoreks Kopf vor sich ging, als er die Anzeige gesehen hat. Er war am Ende, hatte aufgegeben, verfluchte seine Gefühle, derer er nicht mehr Herr wurde. Da kam ihm der insektoide Privatdetektiv-Schrägstrich-Söldner gerade recht.

Das Bild zeigt mich in meiner natürlichen Panzerung, mit einem kleinen Waffengurt, an dem vier handliche Strahler hängen. Drei meiner Hände weisen offen dem Betrachter entgegen, mit zweien wische ich über interaktive Displays, die letzte hält etwas, das in der Aufnahme bewusst so unscharf gestellt ist, dass man es nicht erkennen kann. Es ist das Rätselhafte, das zählt.

Die Idee stammt von der Holo-Designerin. Ich muss sagen, sie war ihr Geld wert.

In Abschlussfragebögen haben bislang vierunddreißig Kunden angegeben, dass sie mich genau deswegen engagierten. Darunter waren achtundzwanzig Mordfälle und sechs schwere Vergewaltigungen. Also die besten Fälle – alle von mir geklärt. Auch wenn ich mich im wahren Leben nicht mit meinem körpereigenen Chitinpanzer begnüge und keinen offenen Waffengurt trage.

Wie fast jeder hat Shorek gestutzt, als ich ihm meinen Namen nannte, den ich in der Anzeige verschwieg. *Zu fremdartig für normale Menschen, die wenig mit Insektoiden interagieren, was immer noch auf über 73 Prozent der Normalbevölkerung zutrifft*, hat mir die Designerin ihre Gründe dafür erklärt. Sie war ihr Geld wert, sagte ich das schon?

»13-Fq-32«, habe ich mich vorgestellt. »Dreizehn steht für den Gelegeort auf meinem Heimatplaneten, Fq für die Jahreszeit der Eiablage, 32 für die Reihenfolge des Schlüpfens. 31 waren schneller als ich.«

»Äh«, hat er gesagt, eine typische verlegene Stammelei von Säugetierabkömmlingen. »Shorek Abiola.«

»Worum geht es?«

»Meine Frau ist verschwunden.«

Ich war nahe daran, ihn wegzuschicken, weil ich Terraner lange genug kenne, um einschätzen zu können, dass er genau der Typ Mensch ist, dem Frauen früher oder später eben davonlaufen. Gefühle und die daraus resultierenden Schwächen – aber das erwähnte ich ja bereits.

Doch in diesem Moment hat er Argumente auf den Tisch gelegt, die mich überzeugten, mir seine Geschichte anzuhören. 10 000 Argumente, und jedes einzelne von ihnen hieß Galax, die meistverbreitete und effektivste Währung in diesem Bereich der Milchstraße. Also beschloss ich, ihm exakt 10 000 Sekunden Aufmerksamkeit zu widmen. Das sagte ich ihm auch.

»Es kann sein«, meinte Shorek verunsichert, »dass ich länger brauche, um zu erklären, was es mit Neylas Verschwinden auf sich hat.«

Typisch. Sie sind so uneffektiv. Können mit Zahlen einfach nicht umgehen. »10 000 Sekunden entsprechen fast drei Stunden«, erklärte ich ihm, und es tat weh, es so ungenau anzugeben. »Das sollte genügen.«

»Oh«, machte er. Er sah dabei interessant aus. Da das Bild wie jeder Augenblick meines Lebens vom internen Speicher meiner positronischen Cyborg-Verknüpfung aufgezeichnet wurde, spielte ich es später 13-Fq-26 vor. Er fand es aufschlussreich für seine Gefühlsstudien exotischer Völker. »Das reicht aus, ja.«

»Es sind allerdings mittlerweile 38 Sekunden verstrichen«, sagte ich.

Also erzählte er mir von seiner Ehefrau Neyla Abiola. Einer Frau mit hohen Ansprüchen und fotografischem Gedächtnis. Interessant und weitaus effektiver als sonst bei Terranern üblich. Von fast insektoider Brillanz, möchte ich hinzufügen, wenngleich es bei unsereinem völlig anders läuft.

Neyla war Probandin eines wissenschaftlichen Projekts gewesen, das den Namen TRAFO trug. Eine alberne, vielleicht witzig gemeinte Abkürzung. Wer versteht schon den Humor von Terranern?

Die Forschungsstelle war aufgelöst worden. Keine große Sache für Neyla, obwohl sie es bedauerte, wie Shorek mir versicherte. Drei Tage nach Beendigung des Projekts verschwand Neyla.

Es kostete sechs Fragen, bis mein potenzieller Mandant zugab, dass sie sich vor diesem Verschwinden gestritten hatten. Natürlich ging es dabei um Geld, denn für ihre Tätigkeit bei TRAFO fiel *ein nettes Sümmchen* ab, wie er sich ausdrückte. Und obwohl sie nicht gerade arm waren, konnte noch mehr Geld ja nicht schaden, meinte er. So sind sie, die Humanoiden.

»Neyla hat dich verlassen«, zog ich den naheliegenden Schluss und ergänzte etwas, das ich auswendig gelernt hatte, weil eine extra zu diesem Zweck engagierte Kosmopsychologin es mir für den Umgang mit humanoiden Kunden geraten hatte: »Nimm mir die Offenheit nicht übel, das tun wir Insektoide so.«

»Sie hat mich nicht verlassen«, beharrte er.

»Beweise?«, fragte ich.

Hatte er keine. Natürlich nicht. Weder er noch die Polizei, die er selbstverständlich eingeschaltet hatte. Es hatte ein paar Untersuchungen gegeben und für einige Wochen, ja Monate diverse Nachspiele, denn er ließ nicht locker. Bis der Tag kam, an dem die Polizei ihm unmissverständlich klarmachte, dass die Akte ab sofort geschlossen blieb, weil es kein Indiz für ein Verbrechen gab.

Shorek kaute auf der Lippe, den Blick gesenkt und die Fäuste zitternd auf seinen Schoß gelegt.

»Ich kann nichts für dich tun«, erklärte ich.

Er blickte auf die Uhr. »Du hast mir 10 000 Sekunden versprochen! Davon sind ... wie viel übrig?«

»Genug«, sagte ich. »Ein sehr logischer Einwand. Überzeug mich.«

Er deutete auf das Geldbündel auf dem Tisch. »Da, wo die herkommen, gibt es noch mehr.«

Also übernahm ich seinen Fall.

Nur, dass mein Bemühen ergebnislos blieb.

Ich nahm mir die Fakten vor. Nichts. Ich hätte gern die Wohnung von Shorek und Neyla Abiola nach Spuren untersucht, aber ihr Verschwinden lag zu lange zurück. »Wärst du früher zu mir gekommen«, sagte ich.

Der Fall ruhte, doch im Gegensatz zur Polizei schloss ich die Akte nie. Warum nicht? Die Argumente, die pünktlich zu jedem Monatsbeginn auf meinem Tisch landeten, waren sehr überzeugend.

Im Lauf der Jahre hatte ich jede nur denkbare Spur verfolgt, jeden noch so absurden möglichen Ablauf des damaligen Geschehens in Betracht gezogen. Ja, ich wandte geradezu insektoide Gründlichkeit an, wie Shorek es nannte. Das stimmte zwar irgendwie, ging aber zugleich lichtjahreweit an der Wirklichkeit vorbei.

Insektoide Gründlichkeit war ein gern gepflegtes Vorurteil von Säugetierabkömmlingen. In diesem Fall traf eher *Den Kunden bei Laune halten, um weiterhin Geld kassieren zu können* zu. Natürlich würde ich es nie laut so nennen.

Selbstverständlich behielt ich alle ehemals wichtigen Mitglieder des Projekts TRAFO im Auge. Immerhin war das die letzte Arbeitsstelle der verschwundenen Neyla Abiola gewesen. Da kamen viele Leute zusammen; der Vorsitzende Herman Lugauer, damals Doktor, nun Doktor Doktor; ein Sponsorenkonsortium aus zwei Aras und fünf Terranern; einige führende Wissenschaftler. Weil es sich um hochrangige Persönlichkeiten handelte – sei es aufgrund ihrer Fähigkeiten oder wegen der Tatsache, dass sie reich waren –, gingen sie einer Fülle von neuen Aufgaben nach. Es verschlug sie in die gesamte Galaxis. Im Fall von Basilius Tannstetter führte die Spur sogar bis in die Nachbargalaxis Andromeda.

Aber all das war nichts als Facettenaugenputzerei, die ich für Shorek betrieb. Und für die dicken Galax-Bündel, die auf meinem Schreibtisch landeten.

Monatelang.

Jahrelang.

Bis ich aus dem noch dickeren Bündel aus Routinemeldungen eine herauszog, die meine Aufmerksamkeit weckte. Weil Shorek kurz danach einen seiner monatlichen Besuche bei mir abstatten würde (nebenbei gesagt der einzige Grund, warum ich diese Meldungen durchforstete), ging ich diesem Hinweis nach und speicherte ihn gesondert ab.

Sicher ein Zufall, möglicherweise auch ein Fehler, aber … interessant.

Ich wartete und schlürfte etwas Raupenmehl. Es befreite die Sinne. Die Luft schien meine Fühler zu kitzeln. Ich hörte Shorek, lange bevor er eintrat.

»Du hast nichts vorzuweisen, nehme ich an«, begrüßte er mich. »Ich gebe trotzdem nicht auf. Für Neyla.« Er hatte noch weiter abgenommen. Der Kummer fraß an ihm. Gefühle eben.

»Es gibt eine Spur«, sagte ich.

Sein Kopf ruckte hoch. Da war dieses alte Feuer in seinen Augen, das ich lange nicht mehr gesehen hatte. Seit Jahren.

»Erwarte nicht zu viel davon«, dämpfte ich die Begeisterung. »Es ist mit einer Wahrscheinlichkeit von 92,78 Prozent nichtssagend.«

»Das ist ein um 7,22 Prozent besseres Ergebnis als erwartet!« Er grinste. »Na, war das nicht geradezu insektoid präzise?«

Erwähnte ich bereits die Vorurteile? »Sieh es dir an. Aber behalte die Menge an sinnlosen Spuren im Gedächtnis, die im Nichts verlaufen sind.«

»Nun zeig schon!«

Ich folgte der Aufforderung und erklärte ihm die Situation, indem ich mit dem markanten Detail begann. »Biologische Nährflüssigkeit.«

Er schaute mich an und wusste immer noch nicht, welches meiner Augenpaare er zu solchen Gelegenheiten fixieren sollte. »Was?«

»Biologische Nährflüssigkeit«, wiederholte ich. »Aber fangen wir vorne an. Jeobald Tenglar war einer der Wissenschaftler bei TRAFO.«

»Ich erinnere mich an ihn.«

»Er lebt seit der Beendigung des Projekts in einer Kuppelstadt in den äquatorialen Bereichen des Saturn. Dort ist er in einem privaten Forschungsinstitut angestellt und mäßig erfolgreich.«

»Weiter.«

»Hetz mich nicht«, forderte ich, obwohl es mir völlig gleichgültig war. Noch so ein Hinweis der Kosmopsychologin für den Umgang mit Nicht-Insektoiden. »Sein Lebensmittelpunkt ist der Saturn. Es gibt keine Verbindung zum Merkur.«

Ich aktivierte das Holo, das nur einige Zahlen und wenige Wörter zeigte: stumme Zeugnisse einer Transaktion, die Jeobald Tenglar getätigt, verworfen und dann unter falschem Namen erneut vorgenommen hatte.

Zehn Sekunden ließ ich das Bild wirken und gönnte Shorek den Triumph, die Schlussfolgerung selbst zu ziehen. »Tenglar lebt und arbeitet auf dem Saturn, aber er hat eine große Menge biologischer Nährflüssigkeit auf den Merkur bestellt. Genauer gesagt in ein winziges Büro in der Kuppelstadt Merkur III. Eine Bestellung, die er sofort wieder storniert hat, als wäre es ein Fehler gewesen.«

»Seltsam, nicht wahr?«

»Aber – die zweite Transaktion, ich verstehe nicht ...«

»Er hat exakt dieselbe Menge Bioflüssigkeit erneut an diesen Ort bestellt. Unter anderem Namen. Was verdächtig ist.«

Shorek schloss die Augen. »Gehen wir dorthin.«

»Sicher.« Es würde sinnlos sein, aber was sollte es.

»Wir brauchen Waffen.«

Ich wollte widersprechen, überlegte es mir jedoch anders. Was schadete es, wenn es ihm ein gutes Gefühl verlieh? Also rüstete ich mich und ihn aus, weil wir einer wenig Erfolg versprechenden Spur nachgingen, die aus biologischer Nährflüssigkeit bestand.

Kapitel 14:
Die Regel des Weltraumdetektivs

»Ich möchte dir noch einmal danken«, sagte Rhodan.

Sonra Lireg antwortete mit einem Redeschwall; sie sprach offenbar gern und viel.

Rhodan nutzte die Gelegenheit, als sie Luft holen musste. »Vor allem, dass du uns so unbürokratisch hilfst.«

»Ich bitte dich – du bist Perry Rhodan.«

»Trotzdem.« Er lächelte sie an.

Sie strahlte.

»Nun, ehrlich gesagt hätte ich dir bei einem aktuellen Fall nicht helfen können, ohne tausend Dienstvorschriften zu verletzen«, erklärte Sonra. »Weil diese Sache, nach der du gefragt hast, so lange zurückliegt, sind es nur hundert.«

»Wenn du Probleme bekommen solltest …«

»He, vergiss es. Meine Entscheidung.«

Nach Herman Lugauers Nachricht in der Gehirnforschungsklinik war alles sehr schnell gegangen. Es war kein Geheimnis, dass Jeobald Tenglar mittlerweile tot war – Lugauer hatte es schlicht nicht gewusst, weil er nie nach dem Verbleib des ehemaligen Kollegen gefragt hatte. Eine einfache Recherche brachte zutage, dass Tenglar vor vier Jahren gestorben war, und das auf dem Merkur – weitab von dem Ort auf dem Saturn, an dem er eigentlich gelebt hatte. Die Öffentlichkeit wusste lediglich, dass es einen *Unfall mit Gewalteinwirkung, möglicherweise ein Attentat* gegeben hatte. Die Polizei hatte niemals genauere Informationen freigegeben.

Es hatte Rhodan nicht mehr als drei Funkgespräche gekostet, die damals federführende Polizistin Sonra Lireg ausfindig zu machen, die immer noch auf dem Merkur Dienst schob. Ein langweiliger Posten, wie sie betonte. Perry Rhodans Besuch sah sie als den Höhepunkt ihrer gesamten Laufbahn an.

Rhodan und Lian hatten nur kurz darüber nachgedacht, ob sie sich überhaupt an Sonra wenden sollten – schließlich hatte Dano Zherkora ursprünglich verlangt, die Polizei außen vor zu lassen. Doch die Dinge hatten sich entwickelt, und das rasant... Außerdem, hatte Lian lapidar angemerkt, ging es um eine Dienststelle auf dem Merkur, das würde ihr Gegner hoffentlich nicht bemerken.

Die Dienststelle beschäftigte exakt eine Person – Sonra. Ihr Büro lag in ihrem Privathaus, und sie war für die Kuppelstadt Merkur III zuständig, einen trostlosen Ort, den etwa hundert Terraner und zehntausend Roboter bewohnten.

»Wisst ihr«, sagte Sonra Lireg nun, »die Sache mit Tenglar war das letzte aufregende Ereignis meiner Karriere. Und das erste. Von daher gäbe es, wenn ich so darüber nachdenke, keine aktuell offenen Fälle. Also ... wollt ihr den Rest auch sehen?«

»Sicher.«

»Wartet, ich hole den zweiten Speicherkristall, auf dem die Daten lagern. Ich habe damals alles aus dem internen Cyborg-Speicher dieses Insektoiden überspielt. Das Einzige, das von ihm übrig geblieben ist. Friede seinem Chitinpanzer.«

Sie verließ den Raum. Lian und Rhodan blieben zurück. »Das schmuckste Polizeibüro, das ich kenne«, sagte Lian. »Es ist kitschig, findest du nicht?«

»Ich kann euch hören!«, rief Sonra aus dem Vorraum. »Mir gefällt es, und es ist weniger ein Büro als mein zweites Wohnzimmer.«

»Sehr geschmackvoll«, behauptete Lian. Sie zupfte an dem mit rosafarbenen Blumen gemusterten Deckchen über der Armlehne ihres Sessels. An den Wänden hingen Bilder von Rosen. Einer Menge Rosen.

Sonra kam zurück, einen Kristall in der Hand. »Musste ihn im Archiv suchen. Also, das hier ist vor vier Jahren geschehen. Leider sind nicht mehr viele Informationen darauf gespeichert. Es ging alles sehr abrupt.« Sie legte ihn in ein Lesegerät, und die Aufzeichnung spielte ab.

Vor vier Jahren

Ich landete mit Shorek auf dem Merkur. Er hatte gestaunt, wie nahe dieser öde Gesteinsbrocken an der Sonne liegt. Auf der Seite, die der Merkur der Sonne zuwandte, herrschte Gluthitze – auf unserer Ecke des Planeten hingegen blieb es momentan eisig kalt, und das würde noch eine ganze Zeit so bleiben. Mein Klient war noch nicht weit rumgekommen in der Galaxis, nicht mal in seinem Sonnensystem.

Es gab keine Atmosphäre, aber das konnte uns nicht stören, nachdem wir durch die Kuppel des Stadtkomplexes Merkur III eingeschleust hatten und auf dem einzigen, schäbigen Besucherlandeplatz gelandet waren. Außer uns hielt sich niemand dort auf – kein Wunder, wer wollte schon an einen so verlassenen Ort?

Was es noch seltsamer erscheinen ließ, dass Jeobald Tenglar diese Nährflüssigkeit ausgerechnet dorthin bestellt hatte. Aber was auch dahintersteckte, es hatte wohl kaum mit der verschwundenen Neyla Abiola zu tun. Vielleicht betrieb Tenglar irgendwelche illegalen Forschungen. Sollte er doch. Mir egal.

Ein Roboter hieß uns willkommen. Eigentlich kam er zu uns, um die Parkgebühr zu kassieren, die Shorek ihm per ID-Karte übertrug.

In der Kuppelstadt ließ nichts ahnen, dass wir uns auf einem lebensfeindlichen Stück Steinwüste auf dem innersten Planeten des Sonnensystems befanden. Die Kuppel blieb gnädigerweise undurchsichtig und ersparte den wenigen Bewohnern den tristen Anblick der Umgebung. Den Robotern wäre es ohnehin egal gewesen.

Die Lieferadresse führte uns zu einem verlassen stehenden Gebäude am Rand der Kuppelstadt – dem vielleicht schäbigsten und einsamsten Platz am schäbigsten und einsamsten Ort, den ich mir vorstellen konnte.

»Warum leben hier überhaupt Menschen?«, fragte Shorek.

»Zulieferer für das Forschungszentrum Merkur-Alpha«, sagte ich. »Ein paar müssen die Roboter und automatischen Fertigungsanlagen beaufsichtigen. Dann gesellten sich einige Aussiedler dazu, die die Einsamkeit gesucht haben.« Verrückt – ich erklärte einem Terraner die absonderlichen Wege seines Volkes, die vor Unlogik strotzten.

Bald standen wir vor dem Zaun, der einen flachen Schuppen umgab, in dessen Innerem Maschinen ratterten. Es gab kein Schild, das Besuchern verkündete, welche Art Firma oder Fertigungshalle sich dort verbarg – wohl, weil es keine Besucher gab.

»Es muss ein Irrtum sein«, sagte Shorek.

Aber wir waren so weit gekommen, nun wollte ich auch noch die letzten Schritte gehen. Ich überkletterte den Zaun.

Und löste einen Alarm aus.

Die Holoprojektion eines Terraners in Uniform flammte vor uns auf. »Verlasst dieses Grundstück! Ihr seid unbefugt hier eingedrungen.«

Ich entschloss mich zu forschem Vorgehen. »Wir suchen Jeobald Tenglar.«

Wenn ein positronisches Wächterprogramm überrascht sein konnte, traf das in diesem Augenblick zu.

Und wenn ein positronisches Wächterprogramm je etwas getan hatte, das mich überraschte, dann in diesem Moment. Es löste sich auf, und aus dem Schuppen raste ein Roboter auf uns zu, der ohne Vorwarnung das Feuer eröffnete. Der Boden vor uns explodierte.

Ich packte Shorek und riss ihn mit mir zur Seite, rannte durch prasselnde Brocken aus Gestein. Etwas erwischte mich am unteren Ende meines Chitinpanzers. Es knackte, was in den überraschten Schreien meines Klienten unterging.

Shorek fiel hin. Ich riss einen Strahler hervor und schoss auf den Roboter. Die Maschine barst in einem grellen Feuerblitz und schleuderte kokelnde Bruchstücke von sich – offenbar kein sehr hochwertiges Modell.

Shorek starrte mich aus weit aufgerissenen Augen an. »Was ...«

»Jetzt oder nie«, sagte ich und rannte los.

Ich würde mir diesen Flachbau *mit insektoider Gründlichkeit* vornehmen! Wenn keine größere Gefahr als dieser halb schrottreife Kampfroboter auf uns lauerte, sollte das kaum mehr als ein Spaziergang werden. Zumindest für mich. Shorek sah das wohl anders.

Ich stürmte den Raum, und mein Klient kam nur Sekunden nach mir.

Jeobald Tenglar stand inmitten eines topmodernen Labors, dessen Ausstattung auf den ersten Blick erkennbar sündhaft teuer sein musste. Es summte. Es gab Tanks voller Flüssigkeiten, und ...

»Wo ist Neyla?«, schrie Shorek.

Tenglar starrte uns an, und auf die Frage hin begann er schallend zu lachen.

»Wo ist sie?«

Der Wissenschaftler ging zu meinem Klienten. In der Hand hielt er einen metallenen Stab, dessen Spitze in hellgrünes Licht getaucht war. »Du suchst sie immer noch?«

»Wo ... ist ... sie?«

»Tot, was sonst?«, sagte Tenglar lapidar.

Shorek drehte durch. Man sollte eben nur mit Profis arbeiten. Er riss den Strahler heraus, den ich ihm im guten Glauben überreicht hatte, er würde ohnehin keine Gelegenheit bekommen, ihn zu benutzen. Shorek schoss Jeobald Tenglar ohne Vorwarnung in den Kopf. Der Stab fiel aus der schlaffen Hand und zerbrach. Der Wissenschaftler schlug auf den Boden.

Es wurde still.

Für anderthalb Sekunden.

Dann krachte die Tür zu.

»Was ...«, sagte Shorek noch, ehe eine Flammenwalze auf uns zuraste und alles fraß.

Und nun liege ich hier, die Schmerzen von den Medikamenten meines Schutzanzugs halbwegs gedämpft, und frage mich, wie ich das überleben soll. Wahrscheinlich gar nicht. Memo an mich selbst: Falls ich hier rauskomme, nie wieder einen Fall von einem Säugetierabkömmling annehmen.

»Das war's«, erklärte Sonra Lireg. »Er hat es nicht überlebt – es gab eine zweite Explosion, und die hat das gesamte Gebäude zerstört. Ohne die automatischen Aufzeichnungen des Insektoiden wüssten wir nicht mal, dass dort drei intelligente Lebewesen gestorben sind. Nur dank sehr exakter Suche fanden wir ein paar Knochenreste und ... tja, und den Cyborg-Speicher. Das war das Ende des Rachefeldzugs eines Mannes, dessen Frau entführt wurde und der nie aufgab.«

»Stoff für ein ziemlich schmalziges Trivid-Melodram«, sagte Lian.

»Nicht wenn es so ausgeht«, widersprach die Polizistin. »Das kann man wohl kaum schmalzig nennen.«

»Stimmt. Du bist ein Trivid-Profi, was?«

»Na ja ... ich schau mir gern die Sachen dieser maskierten Verrückten an, die in die Rollen von allerhand Trivid-Helden schlüpft und deren Serien verändert nachspielt. Kennst du die?« Sie räusperte sich und winkte ab. »Ach, egal.«

Lian schwieg und amüsierte sich – ein Fan. Nur dass Sonra nie erfahren würde, diese *Verrückte* höchstpersönlich getroffen zu haben.

»Ich hab davon gehört«, sagte Rhodan lässig. »Ein starkes Hobby.«

Sonras Augen glänzten. »Ich glaube, sie betrügt manchmal, um das alles zu bestehen.«

»Das sehe ich anders«, meinte Rhodan, um rasch das Thema zu wechseln: »Was ist aus dem Gebäude geworden?«

»Steht immer noch leer. Seit mittlerweile vier Jahren.«

Vier Jahre, dachte Lian. *Nicht lange, nachdem ich geklont worden bin. Im Zuhause meiner Albträume. Wäre dieser Shorek samt seines insektoiden Söldners ein wenig früher aufgetaucht, hätte es auch mich erwischt.* »Wir müssen uns dort umsehen«, sagte sie.

»Es besteht Einsturzgefahr und …«

»He! Mein Begleiter ist Perry Rhodan! Er hat schon gefährlichere Orte besucht. Und ich genauso.« *Zum Beispiel Trivid-Stationen, in denen ein irrer Klon Bomben zündet.*

»Hm«, machte die Polizistin. »Ich kann euch ja nicht aufhalten. Oder ich könnte schon, aber ich will nicht. Viel Erfolg.«

Sie verabschiedeten sich und gingen durch die Kuppelstadt.

Sie passierten, stets auf steinernem Boden, einige lang gezogene Fabrikgebäude. Nur aus der Ferne hörten sie Stimmen. Am Ende einer Halle schaute Lian in Richtung Kuppelmitte, wo etliche Bäume wuchsen und sogar Blumen blühten, wenn sie das auf die Entfernung richtig sah. Wohl eine Art Park – zweifellos der netteste Ort in Merkur III. Sie eilte weiter; schließlich waren sie nicht auf einer Besichtigungstour.

Als sie ihr Ziel erreichten, blickten sie auf ein Trümmerfeld. Der Flachbau war damals weitgehend eingestürzt und in diesem Zustand belassen worden. Eine Seitenmauer stand zwar noch, doch die Verbindung zum Dach fehlte. Am ehemaligen Eingang lag ein Schuttberg. Nur im hinteren Bereich war die Ruine einigermaßen intakt.

»In einer Trivid-Serie würden Kinder das als Abenteuerspielplatz verwenden und deswegen in Gefahr kommen«, sagte Lian.

»Da gibt es nur ein Problem.«

»Und das wäre?«

»Hier gibt es keine Kinder.«

Sie marschierte weiter. Rhodan folgte ihr. Der Zaun, den Shorek Tenglar und sein insektoider Söldner noch hatten überklettern müssen, war inzwischen eingerissen – vielleicht durch die Wucht der Explosion oder schlicht, weil sich jahrelang niemand mehr um ihn gekümmert hatte. Es kostete nur einen großen Schritt, über die traurigen Überreste zu steigen.

Auf dem Grundstück vor der Ruine verteilten sich Metallfetzen und Bruchstücke der Wände. Ein Fensterrahmen ragte zwischen zwei Steinen verkantet schräg in die Höhe. In einer natürlichen Umgebung, auf einem anderen Planeten im Freien, hätten ihn längst Wind oder Regen weggerissen – nicht jedoch unter der Kuppel von Merkur III.

Vorsichtig stiegen die beiden Besucher über die Trümmer des Gebäudes, bis sie in den einigermaßen intakten Bereich kamen. Von Asche bedeckte Metalltische zeigten, dass sich dort einst ein Labor befunden hatte.

»Was von der Ausrüstung übrig war, hat man entfernt«, sagte Rhodan. »Und zweifellos auch die wenigen Überreste der Toten.«

Lian stand stumm, schaute sich um. Staub und Ascheflocken, von ihren Schritten nach Jahren der Ruhe aufgewühlt, kitzelten in ihrer Nase. »Hier bin ich ... entstanden, Perry. Aber was wollen wir denn finden, vier Jahre nachdem die Polizei alles auseinandergenommen hat? Tenglar ist an diesem Ort gestorben. Und weiter?«

»Wenn du hier geboren bist, sind dies auch die Wurzeln von Dano Zherkora.«

Lian stolperte über etwas, weil sie eine unruhige Wanderung begonnen hatte. Sie versuchte sich noch abzufangen, doch sie schlug auf. Staub wölkte auf, und sie konnte das Niesen nicht mehr unterdrücken.

Rhodan streckte ihr die Hand entgegen, zog sie hoch.

»Ich habe«, sagte Lian, »in der Trivid-Serie um Jupiter P. Boban mitgespielt, den galaktischen Detektiv. Die Figur ist, glaub ich, nach deinem alten Freund Ronald Tekener gestaltet.«

»Worauf willst du hinaus?«

»Eine seiner Regeln lautete, dass der Ermittler stets den Spuren folgen muss – egal wo sie hinführen. Das haben wir getan, Perry. Und jetzt? Wir brauchen einen Hinweis, der uns zu Dano führt oder uns zeigt, warum er Neyla entführt hat – von der Tenglar übrigens in der Aufzeichnung behauptet hat, sie wäre tot!«

»Ist mir nicht entgangen«, sagte Rhodan. »Eine Lüge, wenn du mich fragst.«

»Sogar ganz sicher – wir haben sie in dem Trivid-Film gesehen, den Dano dir ursprünglich zugeschickt hat.«

»Die Aufnahmen könnten alt sein«, gab Rhodan zu bedenken. »Aber ehrlich gesagt glaube ich das selbst nicht.«

Lian grinste humorlos. »Es muss eine Spur geben! Irgendetwas!«

»Stimmt.«

»Was hast du entdeckt?«

Rhodan deutete auf sein Multifunktionsarmband. »Ich orte etwas. Ein Energiefeld. Genauer gesagt ein Dämpfungsfeld, kombiniert mit einem Tarnfeld. Es gibt hier nicht nur diese Ruine.«

Sie starrte auf sein Armband und wurde aus der Anzeige nicht schlau. »Sondern?«

»Es liegt noch etwas darunter. Ein großes Gewölbe.«

»Wie kann das sein?«, fragte Lian.

»Es ist nichts Ungewöhnliches, dass ...«

»Nein! Ich meine, wieso stellst du das einfach so fest, aber Sonra Lireg, die vor vier Jahren dieses Gelände auf den Kopf gestellt hat, ist es entgangen? Sie hätte es doch auch bemerken müssen.«

»Das Dämpfungs- und Tarnfeld ist extrem schwach«, sagte Rhodan. »Genauer gesagt, es ist am Erlöschen. Damals war es zweifellos viel stärker. Da hat es seine Funktion noch erfüllt und das Gewölbe vor jeder Ortung verborgen. Stell es dir so vor, als wäre eine Batterie inzwischen fast verbraucht.«

Lian überlief ein Schauer. »Was ist dort unten?«

»Eine Menge Technologie. Maschinen. Die meisten allerdings ohne Energie. Ich kann von hier oben aus nicht viel mehr sagen. Wir müssen runter. Ich kenne den Zugang noch nicht, aber wir werden ihn finden.«

»Nicht *viel* mehr? Und was ist das Wenige?«

Rhodan zögerte. »Lian, ich ...«

»Nun sag schon!«

Er stellte sich vor sie, sah ihr in die Augen. »Dort unten ist etwas Lebendiges. Wie im Tiefschlaf.«

»Nein«, sagte Lian. »Nein, das ...«

Seine Hand ergriff ihre. »Wir gehen runter. Wir werden es bald wissen.«

Aber sie wusste es bereits.

Dies war Jeobald Tenglars geheimes Labor gewesen. Der Ort, an dem er Klone züchtete. An dem er Dano Zherkora und sie selbst *hergestellt* hatte. Was sollte in einem noch geheimeren Gewölbe schon leben?

Dort unten konnte nur eins auf sie warten.

Weitere Klone von Neyla Abiola.

Weitere Versionen von ihr selbst.

Kapitel 15:
Dano Zherkora, einige Tage zuvor

»Geh rein!«, befahl über Funk der Mann, dem Dano Zherkora den Zusammenbruch seines alten Lebens und gleichzeitig die Hoffnung auf ein neues verdankte.

Dano mochte ihn nicht. Ihn widerten die selbstgefällige Gelassenheit und die Überheblichkeit des Mannes an. Aber er brauchte ihn. Also gehorchte er.

»Glaubst du wirklich, dass ich den zellulären Kohäsionsv...«, setzte Dano an.

»Zugegeben, die Wahrscheinlichkeit ist gering, dass die Polizei ausgerechnet dieses Instrument übersehen und zurückgelassen hat, aber mit ihm wäre es am einfachsten, dir zu helfen. Deshalb dürfen wir die Möglichkeit nicht außer Acht lassen.«

»Das Gebäude sieht nicht gerade vertrauenerweckend aus.«

»Es wird schon nicht einstürzen. – Wirkt das Medikament noch?«

Dano lauschte in sich hinein. Etwas hämmerte in seinem Kopf. Kein Vergleich zu den Schmerzen, die ihn bis vor vier Wochen gequält hatten. Das Serum, das ihm sein neuer Bekannter einmal täglich verabreichte, brachte Linderung, doch keine Heilung.

»Geht so.«

»Dann bring es hinter dich! Umso eher kannst du dich ausruhen.«

Dano schaute sich noch einmal um. Die Ruine der Anlage erschien ihm wie ein Sinnbild seines Lebens. Ehemals stabile Wände und Decken, die innerhalb weniger Augenblicke in sich zusammengebrochen waren. Von der Hitze verformte Stützstreben, die aus den Trümmern ragten und daran erinnerten, was sie einst getragen hatten.

Der Flachbau im Stadtkomplex Merkur III war vor vier Jahren eingestürzt.

Danos Leben erst vor vier Wochen.

Aus der Ferne hörte er das allgegenwärtige Dröhnen der Fabriken. Zulieferfirmen für das Forschungszentrum Merkur-Alpha. Das stetige Geräusch verstärkte die Kopfschmerzen, wie so vieles in der letzten Zeit. Grelles Licht, starke Gerüche, Erschütterungen, ja sogar der Versuch eines Lächelns ... all das ließ ihn glauben, sein Schädel müsse jeden Augenblick platzen. An manchen Tagen hätte er sich am liebsten hingelegt und auf den Tod gewartet. Auf die Erlösung von all dem Leid, das ihn erfasst hatte.

Doch dann hatte sich ihm ein unerwarteter Ausweg aufgetan. Der Preis dafür war hoch gewesen: seine Vergangenheit. Achtzehn Jahre, an die er sich zwar erinnerte, die er aber nie gelebt hatte.

Vorsichtig stieg Dano Zherkora über den Schutt und erreichte den nicht völlig eingestürzten Teil der ehemaligen Forschungsanlage. Den Ort seiner Geburt. Oder nein: den seiner *Herstellung.*

Was für ein merkwürdiges Gefühl!

Er trat durch ein Loch in der Wand und schaute sich um. Nur die aschebedeckten Metalltische erinnerten daran, dass es sich bei dem Gebäude einst um ein Labor gehandelt hatte. Die Deckenverkleidung hing in verkohlten Fetzen herab, ein verschmorter Kabelstrang ragte hervor. Er war zu einer skurrilen Plastik geschmolzen, die an einen überdimensionierten lockenden Zeigefinger erinnerte. Keine Spur der Ausrüstung, mit der Jeobald Tenglar an diesem Ort experimentiert hatte.

Dano ging von Raum zu Raum, wühlte in Schuttbergen, sah hinter lose Paneele, öffnete Schubladen, schob leere Container zur Seite. Nichts.

Da bemerkte er in einer Ecke ein metallisches Schimmern. Er eilte hin, bückte sich danach – und stellte fest, dass es sich lediglich um den Fetzen einer silbernen Folie handelte. Wütend stand er auf.

Zu schnell.

Plötzlich schien sich die Welt um ihn zu drehen. Ein greller Schmerz fuhr ihm durch die Schläfen. Dano ächzte, taumelte, versuchte sich irgendwo festzuhalten, griff ins Leere und prallte mit dem Kopf gegen einen Pfeiler. Er fluchte. Tränen schossen ihm in die Augen.

»Alles in Ordnung?«, ertönte es über Funk. Die Stimme klang nicht besorgt. Eher verärgert.

Dano fasste sich an die Stirn und betrachtete seine Finger. Sie waren blutverschmiert. Er schloss die Lider, atmete tief und gleichmäßig durch und konzentrierte sich darauf, den Schmerz zu vertreiben.

»Was ist passiert?«

»Bin gestolpert«, antwortete Dano kurz. Er kämpfte gegen die Wut an, dass sein neuer Bekannter ihn allein in die Ruine geschickt hatte.

»Hast du etwas gefunden?«

Ein Stückchen Folie und einen Pfeiler. »Nichts.«

»Energetische Emissionen?«

Dano blickte auf das Armband am linken Handgelenk, konnte die Anzeige durch den Tränenschleier aber kaum erkennen. Was sollte in dieser Schutthalde, dieser Ansammlung aus Trümmern, Dreck und zerstörten Träumen Energie verströmen? Das ganze Unternehmen war Zeitverschwendung. »Nein.«

»Genau wie erwartet. Trotzdem schade. Immerhin können wir diese Möglichkeit nun ausschließen.«

»Ein schwacher Trost. Was machen wir jetzt?« Die Antwort gab er sich nur eine Sekunde später selbst. »Wir müssen meine … Schwester finden.«

»Schwierig. Wir wissen nicht, wie sie heißt.«

»Wir haben ihr Genom«, erinnerte Dano.

»Das in den Datenbanken, in die wir mit unseren Mitteln eindringen könnten, genauso wenig gespeichert ist wie deines.«

»Also brauchen wir jemanden, der auch auf besser gesicherte Datenbanken Zugriff bekommt. Jemanden, der bessere Möglichkeiten hat als wir. Jemanden wie ...« Es kam ihm über die Lippen, ehe er richtig darüber nachdenken konnte: »Perry Rhodan.«

»Das ist nicht dein Ernst.«

War es auch nicht. Zumindest im ersten Augenblick. Doch er sagte sich den Namen mehrfach im Geiste vor, und plötzlich erschien ihm die Wahl durchaus angemessen. »Er war der Schirmherr von TRAFO. Zu einem gewissen Teil trägt er die Verantwortung für das, was mit mir geschieht.«

»Unfug! Aber wenn du schon so argumentieren willst, könntest du ebenso gut sagen, er sei dafür verantwortlich, dass du überhaupt lebst. Dann müsstest du ihm dankbar sein.«

»Und was für ein Leben ist das? Eine Ansammlung falscher Erinnerungen. Ein Dahinsiechen im Schmerz. Panische Angst vor Ärzten. Einprogrammierte Konditionierungen. Dankbar sein? Ganz bestimmt nicht. Perry Rhodan hat mit seinem Namen zu meinem Schicksal beigetragen! Also soll er helfen, dass wenigstens der Rest meines Lebens normal abläuft.«

Die Stimme im Funk zögerte. »Das ist riskant. Wie willst du ihn dazu bringen, für uns zu arbeiten?«

»Erpressung«, sprach Dano das Erste aus, was ihm einfiel. Sofort formte sich in ihm ein Plan. »Wir müssen ihn nur so lange im Zaum halten, bis er meine Genschwester gefunden und zu uns gebracht hat. Danach verschwinden wir mit ihr auf Nimmerwiedersehen.«

»Noch einmal: Warum sollte er sie uns bringen?«

»Indem wir sie, nicht ihn, herausfordern. Vergiss nicht: Ich kenne sie zwar nicht, aber wir sind gewissermaßen dieselbe Person. Wenn sie so reagiert, wie ich es tun würde, weiß ich, auf welchen Köder sie anspringt.«

Erneutes Schweigen. Dann: »Also gut. Was brauchst du?«

Dano überlegte.

»Neyla Abiola, weil sie sowohl ihr als auch mein Original ist! Ein paar Kampfroboter und eine verlassene Lagerhalle auf dem Mars. Am besten dort, wo meine Genschwester glaubt, geboren zu sein.« Weil sie genau dieselbe angebliche Erinnerung in sich trug wie er selbst.

»Das sollte sich einrichten lassen. Und nun komm zurück. Du benötigst eine weitere Dosis des Serums, das höre ich dir an. Aber vergiss nicht, vorher die Spionagesonde in der Ruine zu installieren. Wir können nicht vorsichtig genug ein. Wenn sich jemand hier zu schaffen macht, müssen wir es wissen!«

Kapitel 16: Getarnt und beobachtet

»Wir müssen den Weg finden«, sagte Lian. Sie stand mitten in einer Ruine am verlassensten und unfreundlichsten Ort des gesamten Sonnensystems, in dem es zudem stank, als hätte sich ein Tier in irgendeinem Winkel verkrochen und wäre dort gestorben.

Gut, ihr Begleiter Perry Rhodan kannte dank seiner zahllosen Weltraumreisen bestimmt noch verlassenere und unfreundlichere Winkel, aber die Kuppelstadt Merkur III war genauso lebensfreundlich und erquicklich, wie der intelligent gewählte Name vermuten ließ. Genauer gesagt lag sie Lians Meinung nach am Arsch des Universums, inmitten einer gigantischen, leblosen Steinwüste; außerhalb der Schutzkuppel gab es erstens keine Atmosphäre und herrschten zweitens Temperaturen jenseits von Gut und Böse.

In diesem ehemaligen Labor hatte bis vor vier Jahren ein Wissenschaftler an illegalen Forschungen gearbeitet. Lian war kurz zuvor von Jeobald Tenglar geklont worden – *genau hier!* –, doch darüber wollte sie nicht nachdenken. Nicht während sie den Weg in das geheime Gewölbe unterhalb der Ruine suchte, das Perry Rhodan vor einigen Minuten aufgrund energetischer Messungen entdeckt hatte und in dem nach seinen Worten etwas lebte.

Etwas.

Weitere Klone, davon war Lian überzeugt.

»Wo ist dieses Tarnfeld, das den Einstieg verbirgt, oder wie immer du es genannt hast?«, fragte sie. Sie stieg über etwas, das aussah wie eine ausgebrannte Schüssel; erst als sie es hinter sich ließ, wurde ihr klar, dass es sich um einen verkohlten Lampenschirm handelte. Sie schaute genauer hin. Eine fette Spinne hockte in der Mitte. Sollte keiner sagen, der Merkur habe keine bezaubernde Tierwelt.

Perry Rhodan schien die Ruhe selbst zu sein. Er musterte die Anzeige auf seinem Multifunktionsarmband und murmelte Befehle, die die Positronik seines SERUN-Schutzanzugs umzusetzen versuchte.

»Ein energetisches Dämpfungs- und Tarnfeld«, antwortete er, ohne Lian anzusehen. Stattdessen ging er langsam, Schritt für Schritt, durch den Schutt, an einem zerfetzten und verschmolzenen Kabelstrang vorbei. »Es dient erstens dazu, alle Emissionen von Geräten in diesem verborgenen Gewölbe unter uns zu maskieren, also sie sozusagen verschwinden zu lassen. Zweitens schafft es eine falsche Optik, kaschiert die winzigen Einbuchtungen eines geheimen Durchgangs.« Er stockte. »Aha.«

Sie eilte zu ihm. »Aha?«

»Hier.« Er deutete auf die verkohlten, rußgeschwärzten Überreste eines Laborschranks, der bei der damaligen Explosion aus seiner Verankerung gerissen und quer durch den Raum geschleudert worden war. Nun hing er, etwa zehn Meter von Rhodan und Lian entfernt, schräg in einer Zimmerecke verkantet. Eine Schublade baumelte traurig heraus. In diesem Bereich war die Decke des Raumes noch intakt.

»Was ist dort?«

»Das sollten wir uns genauer ansehen. Komm mit!« Er ging los. »Wir müssen vorsichtig sein!«

Lian fragte sich, was er entdeckt hatte. Er bückte sich in den Bereich zwischen umgekipptem Schrank und Wand, winkte sie zu sich. In dem engen Raum quetschte er sich zur Seite, sodass Lian ihn passieren konnte. Hier war der Geruch noch schlimmer als sonst. Sie achtete genau darauf, wohin sie trat, erwartete fast, einen Kadaver zu entdecken, doch da war nichts. Sie kauerte sich hinter Rhodan.

»Sieh dir das an!« Statt irgendwohin zu deuten, hob Rhodan allerdings die Hand und legte den ausgestreckten Zeigefinger vor die Lippen, was mit dem Handschuh des SERUN-Schutzanzugs seltsam aussah. Eine Geste, die gar nicht zu seinen Worten passte.

Sie sollte schweigen? Was …

Ihre Gedanken stockten, als er seinen Thermostrahler zog, sich umdrehte – und aus der Deckung heraus schoss. Er feuerte eine ganze Salve quer durch den Raum, schräg nach oben. Ein Schuss jagte, weil das Dach dort eingestürzt war, frei in den Himmel. Oder eben in Richtung Kuppel von Merkur III. Ob er wohl bis dorthin reichte und erst im Energiefeld verglühte?

Rhodan sprang aus der Deckung, weiterhin schussbereit – bis sich seine Haltung plötzlich entspannte. »Getroffen«, sagte er nur und ging zu seiner Beute.

Lian folgte ihm und sah fassungslos auf die schwelenden Überreste einer metallischen Kugel, gerade mal halb so groß wie eine Faust. Endlich begriff sie. »Eine Überwachungssonde?«

Er nickte.

»Also spielte der Schrank und das, was dahinterliegt, überhaupt keine Rolle?«

»Genau.«

»Du hast die Sonde entdeckt und dich mit mir irgendwo versteckt, wo sie uns nicht aufzeichnen kann. Damit sie nicht überträgt, wie du den Thermostrahler zückst und sie zu Klump schießt.«

»Ich hätte es ein bisschen anders ausgedrückt«, sagte Rhodan, »aber im Großen und Ganzen – ja. Soll, wer auch immer uns beobachtet, denken, ich hätte irgendeine Katastrophe ausgelöst, dort hinter dem Schrank.«

»Wer war es?«, fragte Lian. »Wer hat uns nachspioniert?«

»Das wird sich nicht mehr feststellen lassen. Wobei ich bezweifle, dass *wir* beobachtet worden sind. Zumindest hoffe ich, dass es nicht so war. Ich vermute, jemand hatte ein mechanisches Auge auf die Ruine des Labors.«

»Dano Zherkora? Glaubst du, es war mein …« Sie stockte. *Bruder? Zwilling? Klon?* Am ehesten traf das Letzte zu; genauer gesagt stammten ihr geheimnisvoller Gegner und sie selbst vom gleichen Original ab, also von Neyla Abiola.

Zum Glück antwortete Rhodan schnell genug, um ihr die Notwendigkeit zu nehmen, irgendeine Bezeichnung zu wählen. »Könnte sein. So verzwickt, wie das alles ist, würde es mich jedoch nicht wundern, wenn der Weihnachtsmann dahintersteckt. Oder alternativ einer der arkonidischen Sternengötter, falls dir das lieber ist.«

»Die Sonde hätte uns eine Spur liefern können, der wir nachgehen …«

»Ich weiß«, fiel er ihr ins Wort. »Ich habe auch überlegt, es irgendwie weniger … brachial zu lösen. Aber ich musste schnell handeln. Denn ich fand gleichzeitig tatsächlich den Zugang ins Gewölbe. Den wollte ich unserem Freund, dem großen Unbekannten, auf keinen Fall offenbaren. Vielleicht finden wir durch die Überreste doch noch Spuren.« Er packte das, was von der Sonde übrig geblieben war, in eine der Taschen seines Schutzanzugs. »Komm mit, diesmal zeige ich dir etwas *wirklich Interessantes.*«

Er ging nur wenige Schritte, bis er sich bückte und auf den Boden wies.

Lian sah dort nichts. Zumindest nichts Bemerkenswertes.

Rhodan schob ein metallenes Trümmerstück beiseite. Außerdem wischte er eine dicke Staubschicht weg.

»Hier soll ein Eingang in ein Kellergewölbe liegen?«, fragte sie.

»Pass auf. Ich magnetisiere den Handschuh meines SERUNS.« Als er erneut über den Boden strich, flammten winzige energetische Bögen auf. Dazwischen schien die Luft zu knistern, und mit einem Mal tauchte etwas anderes auf – ein kleines Sensorfeld.

Rhodan zog die Hand weg.

Das Sensorfeld verschwand.

»Ein Tarnfeld.« Lian grinste. »Klar, so was kenne ich aus dem Trivid, aber ich habe es noch nie in der Realität erlebt. Das funktioniert also wirklich. Und all die Jahre hat es niemand entdeckt.«

»Weil es zum Zeitpunkt der Explosion und während der polizeilichen Untersuchungen viel stärker war«, sagte Rhodan. »Übrigens muss es auch wie eine Art Schutzschirm wirken, sonst wäre es bei dem Chaos damals zerstört worden.«

»Da Tenglar wohl beides installiert hat, die Selbstzerstörungsanlage und dieses Tarn-, Schutz- und Wasweißichnochallesfeld, wird er darauf geachtet haben.« Lian bückte sich ebenfalls. »Öffnen wir!« Doch als sie den Boden dort berührte, wo sich das Sensorfeld befand, tat sich nichts.

»Das Energiefeld schützt alles, auch wenn es nur noch sehr schwach ist«, sagte Rhodan. »Sonst hätte jeder zufällige Schritt hierher den Zugang geöffnet. Lass es mich mit dem magnetisierten Handschuh nochmal versuchen.«

Als er sich dem Ziel näherte, flackerten erneut die Interferenzblitze auf, und das Sensorfeld wurde sichtbar. Aber er berührte es nicht. Seine Finger verharrten wenige Zentimeter darüber.

»Wir sollten zuerst ...«

»Schon klar«, unterbrach Lian. »Wir haben es hier mit einem Typen zu tun, der für den Fall seines Ablebens – oder seines gewaltsamen Todes, was weiß ich, was der genaue Auslöser der Explosion war – eine Selbstzerstörung programmiert hatte. Der in einem geheimen Labor illegal mit Klonen experimentiert hat. Und der zu allem Überfluss in diesem Geheimlabor ein noch geheimeres Gewölbe versteckt hat. Das, da würde ich wetten, in den Bauplänen nicht auftaucht. Sonst hätte die Polizei ja davon gewusst. Dürfte nicht einfach und nicht billig gewesen sein.«

Rhodan nickte. »Es braucht schon sehr spezialisierte Roboter und Stabilisierungsfelder für die Bauzeit.«

»Also müssen wir zuerst ausschließen, dass Tenglar weitere Sprengvorrichtungen installiert hat für den Fall, dass irgendjemand außer ihm den Zugang öffnen will. Übrigens genau das, was du der Sonde oder eben dem, der uns damit beobachtet hat, vorgespielt hast.«

Er grinste. »Ein sehr guter Vortrag.«

Sie grinste noch breiter. »Das mache ich manchmal, wenn ich in meinen Trivid-Shows in kniffligen Situationen bin. Es hilft beim Denken. Nenn es also jahrelange Serienerfahrung. Obwohl ich nie vorher mit solchen durchgeknallten Typen zu tun hatte. Außer mit meinen Fans.«

»Glaub mir«, sagte Rhodan, »die wirklich Gefährlichen sind die, die nicht durchgeknallt sind. Und Tenglar, scheint es mir, wusste genau, was er tat.«

»Wer war er? Und was steckt hinter alldem?«

»Die Antworten oder ein Teil davon liegen vielleicht dort unten.«

Lian befürchtete allerdings, dass nur weitere Fragen auf sie warteten.

Rhodan tippte auf seinem Multifunktionsarmband. »Ich habe einige Male geortet und nichts wahrgenommen, das auf eine Falle schließen lässt. Trotzdem solltest du zur Sicherheit die Ruine verlassen und zusätzlich deinen Schutzschirm aktivieren.«

»Und du bist unverwüstlich?«

»Einer muss es ja tun.«

Sie ging nach draußen, bis zum teilweise eingerissenen Zaun um das Gelände.

»Ich bin's«, hörte sie über Funk.

»Und?«

»Du kannst zurückkommen.«

»Das war wirklich ... spektakulär«, meinte sie süffisant, während sie sich auf den Rückweg machte.

»Wär dir eine zünftige Explosion lieber gewesen?«, fragte Rhodan. »Womöglich eine, durch die ich verschüttet worden wäre und du mich hättest retten müssen?«

»*Ich habe Perry Rhodan das Leben gerettet.* Klingt nach einer guten Schlagzeile. Würde mir wohl einige Aufmerksamkeit sichern.«

»Kommt vielleicht später«, sagte er, noch immer über Funk. »Jetzt sollten wir zuerst ...«

Sie tippte ihm auf die Schulter; er zuckte zusammen. »Oh. Du bist schon zurück.«

»*Unglaublich! Wie ich Perry Rhodan austrickste.* Klingt auch nicht schlecht. Aber zu sehr nach Effekthascherei.«

Sie hörte seine Antwort kaum; der Abstieg in das Kellergewölbe zog ihre Aufmerksamkeit auf sich. Ein Teil des Bodens hatte sich, nun gut sichtbar, in der Art einer Schiebetür geöffnet. Eine schmale Wendeltreppe führte hinab. Der Grund lag schätzungsweise vier Meter tiefer.

Unten herrschte Dunkelheit; die letzten Stufen waren im diffusen Licht, das durch die Öffnung fiel, kaum noch zu erkennen.

»Nun, da das Dämpfungsfeld abgeschaltet ist«, sagte Rhodan, »orte ich schwache energetische Emissionen. Und bin mir sicher, dass etwas dort unten lebt. Jemand. Es sind menschliche Lebenszeichen.«

»Wie viele?«

Er hob die Schultern. »Schwer zu sagen, zumal ...«

Lian eilte bereits die Treppe hinunter.

»Oder so.« Rhodan folgte ihr.

Als sie von der letzten Stufe auf den Boden trat, flammte Licht auf und riss das, was sich im Gewölbe befand, aus der Dunkelheit.

Kapitel 17:
Augen wie Spiegel

»Lian«, sagte Rhodan.

Sie rannte los, wollte mitten hinein in …

»Bleib stehen!« Er eilte ihr nach, packte sie an den Schultern. »Ganz ruhig.«

»Klar«, sagte sie. »Warum auch nicht? Hab selten etwas Beruhigenderes gesehen als *das hier!*«

Er konnte sich nur zu gut vorstellen, wie sie sich fühlte. Das heißt: Wenn er ehrlich war, konnte er es nicht. Wie mochte es einer jungen Frau ergehen, die erst jüngst erfahren hatte, dass all ihre Kindheitserinnerungen falsch und künstlich implantiert waren … dass sie ein Klon war … und die nun ein Geheimlabor entdeckte, in dem es vielleicht nicht nur einen weiteren Klon gab, der war wie sie selbst – nicht nur drei, fünf oder zehn, sondern womöglich einige Dutzend?

Rhodan und Lian schauten auf eine ganze Batterie von Wachstumstanks, die sich in zwei Reihen in die Tiefen dieses Kellergewölbes erstreckten. Sie standen aufrecht, etwa anderthalb Meter durchmessende und doppelt so hohe Tonnen mit gläsernen Wänden. Jede einzelne war gefüllt mit einer leicht grünlichen Flüssigkeit … in der Klone trieben. Weibliche, nackte, äußerlich vielleicht zwanzigjährige Klone.

Rhodan konnte nur die jeweils ersten in den beiden langen Reihen sehen, aber sie sahen unzweifelhaft aus wie Lian. Er hielt sie immer noch an den Schultern fest.

Sie zitterte. »Das … das ist …«

»Setz dich«, forderte er und zog sie mit sich zurück, so bestimmt, dass sie unwillkürlich gehorchte. Sie hockte sich auf die unterste Stufe der Wendeltreppe. »Du bleibst hier. Ich sehe es mir an.«

»Sie können doch nicht ... sie – sie sind seit vier Jahren in der Dunkelheit und ...«

»Du bleibst hier«, wiederholte Rhodan und ging die wenigen Schritte bis zur ersten, gläsernen Tonne. Die Luft roch abgestanden und schmeckte schal – aber nicht so schlimm, wie es zu erwarten gewesen wäre, nachdem dieser Raum für vier Jahre verschlossen gewesen war. Wahrscheinlich hatten bis vor Kurzem noch Luftumwälzpumpen gearbeitet ... bis die Energie knapp geworden war und auch das Dämpfungsfeld nur noch unzureichend hatte arbeiten können.

Das Wesen im ersten Tank – *Der Klon? Der Mensch?* – glich Lian völlig und mochte auch etwa so alt sein wie sie. Es, oder sie, hing reglos in der Flüssigkeit, die den Wachstumstank bis in den letzten Winkel ausfüllte. Einige Schläuche und Kabel hielten den Klon. Der Körper blieb bewegungslos, die Augen standen offen, aber Rhodan zweifelte keinen Augenblick daran, dass sie nichts sahen. Nicht mehr. Dieser Klon war tot.

Weil er seit vier Jahren hier unten ist, schoss es Rhodan durch den Kopf. *Etwas, das nie so geplant war.*

Er drehte sich zu der gegenüberliegenden Glastonne um. Ihm bot sich dasselbe erschreckende Bild.

Rhodan ging weiter, zu den nächsten Maschinen dieser schaurigen Galerie, und ihm schnürte sich die Kehle zu. Dieser Klon schien äußerlich jünger. Ein Mädchen.

Ein weiterer Schritt, und aus dem engen Gefühl in der Kehle entstand der Drang, sich zu übergeben. In der grünen Flüssigkeit trieb ein ausgezehrtes, verdorrtes Etwas, kaum mehr als ein mit Haut überzogenes Skelett.

Dann eine Frau, die aussah, als würde sie schlafen, mit gnädig geschlossenen Augen. Die Haare waren strähnig.

Perry Rhodans Hände zitterten.

»Was siehst du?«, hörte er Lians Stimme. Sie klang leise und erstickt. Ängstlich.

»Bleib zurück«, sagte er, während er zwischen den Reihen umherging. »Bleib zurück.« War er laut genug? Und wieso ging er überhaupt weiter? Nahm ihn dieser morbide Schrecken gefangen und zwang ihn dazu?

Hier: Kaum mehr als eine Mumie, zusammengekauert.

Dort: Sie sah aus, als würde sie nur schlafen, sie konnte höchstens zehn Jahre alt sein.

Nur dass, wie Rhodan wusste, jeder einzelne Klon etwa vier Jahre alt war, vielleicht ein paar Wochen oder Monate älter, je nachdem, wann Jeobald Tenglar diese *Zucht* gestartet hatte, ehe sie dem Vergessen anheimgefallen war.

Rhodan hatte genug gesehen und ging zurück zu Lian.

Sie schaute ihn auffordernd an.

»Sie sind unterschiedlich alt«, berichtete er. »Unterschiedlich weit entwickelt. Und unterschiedlich lange tot. Manche bereits ...« Er verstummte, presste die Lippen aufeinander. »Du verstehst?«

Lian nickte. »Aber nicht alle.«

»Was?«

»Du hast von oben Lebenszeichen festgestellt.«

Wie hatte er es nur vergessen können? Der entsetzliche Anblick hatte sein logisches Denken gelähmt.

»Mindestens einer«, sagte Lian, »muss am Leben sein!« Diesmal war sie schneller, als er sie greifen konnte. Und sie ließ sich durch seinen Zuruf nicht aufhalten.

Er eilte ihr nach, und er sah ihr ins versteinerte, nüchterne Gesicht.

»Finden wir diejenigen, die noch leben«, sagte sie.

Lian glaubte nicht an die Hölle – *weil niemand mir diesen Glauben einprogrammiert hat*, dachte sie. Aber wenn sie es täte, wäre sie in diesem Augenblick dort angekommen.

Sie ignorierte das Grauen, die verschrumpelten Gesichter, diejenigen, die ohne Zweifel tot waren. Darum ging es nicht. Der Tod mochte in diesem Horrorkabinett allgegenwärtig sein, doch er spielte keine Rolle.

Nur das Leben zählte, und bald hatte sie mit Rhodans Hilfe drei dieser Bruttanks ausfindig gemacht, die womöglich einen lebendigen Klon enthielten. Nur – wie sollten sie es herausfinden? Diese drei hielten die Augen geschlossen, als schliefen sie nur, und Lian wünschte sich, dass sie schon lange schliefen. Seit vier Jahren, mindestens. Sie verdrängte die Vorstellung, dass sie vielleicht *wach* gewesen waren, hier unten, in der Einsamkeit.

»Wie finden wir es heraus, Perry?«, fragte sie.

Er nutzte sein Multifunktionsarmband, stellte Messungen an, ortete nach Energieflüssen und -signaturen. Sie hätte genau dasselbe tun können, trug sie doch wie er einen SERUN-Schutzanzug, aber derlei Dinge konnte er besser.

»Ich sage dir, was passiert ist«, setzte er an. »Dir ist klar, dass seit vier Jahren niemand mehr hier unten war, weil vielleicht nur Tenglar von diesem Geheimlabor wusste und er ... ermordet wurde?«

»Sicher.« Lian legte beide Hände flach an die Scheibe eines Tanks. *In genau so einem Ding bin ich gezüchtet worden*, dachte sie. *Wie diese armen Wesen.*

»Ich weiß nicht, auf welche Zeit der Reifungsprozess angelegt war«, fuhr Rhodan fort. »Wenn man dein genetisch-biologisches Alter von etwa fünf Jahren zugrunde legt, von denen du ungefähr vier tatsächlich in Terrania verbracht hast, kommt man wohl auf einige Monate, die du selbst in einem vergleichbaren Tank gereift bist.«

»Danke, dass du nicht drum herumredest«, sagte sie.

Ich war darin eingesperrt. Eng und bedrückend. Konnte nicht heraus, habe alles durch diese Flüssigkeit und diese Glaswand gesehen, das Gesicht von Tenglar, der zu mir hineinstarrte. Kein Wunder, dass sie immer wieder davon geträumt hatte, Albträume von Enge und Gefangenschaft, von dem Gefühl, eingeschlossen zu sein.

»Genau das ist der springende Punkt, Lian«, fuhr Rhodan fort. »Einige Monate. Nehmen wir ein Jahr. So lange hätten diese Klone reifen sollen. Für diese Zeitspanne gab es Energie und Nährflüssigkeit für die Körper. Es wurden vier Jahre daraus. Der Energievorrat nahm ab. Die Menge an Nahrung ebenso. Du erinnerst dich, dass ich sagte, das Dämpfungsfeld muss früher stärker gewesen sein? Hier unten ging dasselbe vor. Die Anlage, die diese ganze … Batterie von Wachstumskammern steuerte, konnte nicht mehr alle ihre Schützlinge am Leben halten. Also entschied sie sich, Energie und Nahrung nur noch für wenige zu verwenden. Sie schaltete gewissermaßen einen Tank nach dem anderen ab.«

Lian lehnte die Stirn gegen die Glaswand. Ihr Atem beschlug das Material. »Sie sind gestorben«, sagte sie. Jedes Wort kondensierte zu kleinen Tröpfchen. »Manche früher, die Mädchen; manche später, die jungen Frauen. Manche so früh, dass sie schon vertrocknet und ausgezehrt sind, andere …«

»Ja«, unterbrach er sie, und es tat ihr gut, nicht weiterreden zu müssen. »Ich sehe, du verstehst.«

»Und jetzt sind vielleicht nur diese drei übrig?«

Er schüttelte den Kopf. »Der Tank, vor dem du stehst, ist energetisch tot. Kein Leben mehr.« Er legte ihr die Hand um die Schulter, zog sie zur Seite. »Komm mit.«

»Ist …«

»Nur noch ein Klon lebt. Dieser.«

Sie gingen auf die Wachstumskammer zu. Die junge Frau darin hätte sie selbst sein können.

War sie selbst, wenn man so wollte.

Nackt, mit geschlossenen Augen, reglos.

Nein! Lian musterte sie genau und sah, dass sich die Augäpfel bewegten. »Sie träumt. Sie schläft und träumt.«

»Wir müssen sie hier wegbringen«, sagte Rhodan. »Sie versorgen und sie dann an einem sicheren Ort aufwecken.«

Lian weinte.

Und während sie vor dem Tank stand, durch die Glaswand auf ihr Ebenbild schaute, schlug dieses die Augen auf.

Augen wie Spiegel, in denen sie sich selbst sah.

Der Klon erbebte, und Lian ebenso.

Zwischenspiel

Dano Zherkora hasste Menschenmengen. Er hasste die Enge und das Gefühl, nicht schnell genug wegzukommen, wenn es sein musste. Er hasste die alles umgebende Decke aus Geräuschen. Die Stimmen, das Lachen, das Räuspern und Husten.

Inzwischen wusste er, dass diese Abneigung mit seiner Programmierung zusammenhing. Mit dem, wozu sein Schöpfer ihn gemacht hatte. Sein *Erbauer.* Sein ... *Vater.* Jeobald Tenglar.

Je seltener Dano unter Menschen und ähnliche Lebewesen ging, desto geringer war die Chance, dass ihn jemand zufällig als ein männliches Ebenbild von Neyla Abiola erkannte. Oder dass er einen Unfall erlitt und ein besonders verantwortungsbewusster Passant einen Arzt rief, der wiederum feststellte, dass sein Genom nicht in der Medo-Datenbank gespeichert und zu allem Überfluss mit einer Seriennummer versehen war.

Lebe zurückgezogen, pflege nur wenige Bekanntschaften und noch weniger Freundschaften, und minimiere die Gefahr der Entdeckung. So lautete seit Jahren sein unbewusstes Motto.

Womöglich stammte sogar die Liebe zu Trivids von dieser Konditionierung. Ein Ausgleich, den Tenglar für die Armut an sozialen Kontakten in der Programmierung geschaffen hatte.

Dass Dano den Grund für sein Unbehagen in Menschenmengen kannte, bedeutete jedoch nicht, dass er sich dagegen wehren konnte. Und so brach ihm der Schweiß aus, kaum dass er die SenTri-Arena am Rande von Terrania betrat.

Tausende von Menschen tummelten sich wie jede Woche in den Zuschauerlogen und zwischen den Holowerfern, die zwanzig Meter und höher aufragten und den Platz säumten. Ein quadratisches Freiluftareal mit vielleicht einem Viertelkilometer Seitenlänge, belagert von Liebhabern alter Filme, die auf den Beginn der öffentlichen Vorstellung warteten.

Allerdings ging es bei SenTri nicht um einen rein optischen und akustischen Filmgenuss, sondern um einen mit allen Sinnen – oder zumindest einer Simulation davon. Nicht umsonst lautete der vollständige Begriff Sensoriums-Trivid.

Der glatte, weiße Untergrund der Arena konnte bei Bedarf erzittern und beben, die Flex-Grav-Flächen in den Logen sorgten je nach Handlungsschauplatz für die passende Schwerkraft. Zusätzlich lagen Hirnwellenstimulatoren bereit, die man wie ein Stirnband trug und die einem die Illusion von Geruch, Temperatur, ja sogar von Gefühlen wie Hunger, Eifersucht oder Freude verschafften.

Obwohl Dano Trivids liebte, hatte er die SenTri-Arena bisher nur einmal besucht, vor ungefähr drei Jahren zusammen mit seinem Arbeitskollegen und einzigen Freund Bran Lindholm. Er hatte sich wie eingepfercht gefühlt zwischen all den Menschen. Die angespannten Rückenmuskeln, verkrampft und hart wie Arkonstahl, hatten geschmerzt, das Herz war gerast. Zeitweise hatte die SenTri-Positronik die Hirnwellenstimulatoren auf seinem Platz abgeschaltet, um nicht noch stärkere Reaktionen hervorzurufen.

Nie wieder, so hatte er sich damals geschworen, wollte er sich dieser Tortur aussetzen.

So viel zum Thema »Gute Vorsätze«.

Kopfschmerzen plagten ihn, während er sich trotz des Schwurs durch die Menge schob. Unentwegt sagte er sich im Geiste vor, dass ein Ort wie die SenTri-Arena einen hervorragenden Schutz vor Polizeidrohnen bot. Er war ein Gesicht unter Tausenden. Noch dazu dezent maskiert, sodass die Stirnverletzung und die Schwellungen unter den Augen nicht mehr auffielen.

Trotzdem fühlte er sich erbärmlich. Am liebsten hätte er sich umgedreht und wäre davongelaufen. Hätte sich irgendwo verkrochen, wo ihn die Leute nicht erdrückten.

Doch das ging nicht. Er musste sich Gewissheit darüber verschaffen, wie Rhodan so viel über ihn hatte herausfinden können. Dass der Unsterbliche samt Lian, wie die Spionagesonden gezeigt hatten, in der Hirnklinik auf dem Mars aufgetaucht war, ließ sich damit erklären, dass er Neyla Abiola in den Erpressungsbotschaften erkannt hatte.

Aber wie bei allen Geistern des Universums hatte er die zerstörte Forschungsanlage auf dem Merkur gefunden? Dano war schon unterwegs gewesen, als ihn die Mitteilung seines Partners erreicht hatte: Die Spionagesonde in der Ruine des Labors hatte Rhodan und Lian wahrgenommen, ehe sie vor wenigen Minuten ausgefallen war. Wohl kaum aus Zufall.

Wie hatten die beiden die Spur dorthin verfolgt? Nur, indem sie von Jeobald Tenglars Tod erfahren hatten? Oder steckte mehr dahinter? Wussten sie inzwischen, dass Lian ein Klon war und wahrscheinlich über den gleichen gefälschten Gedächtnisinhalt verfügte wie Dano?

Falls ja, konnte Rhodan das nur auf einem Weg herausgefunden haben, an den Dano bei der Flucht von Trivid Sieben nicht gedacht hatte: Bran Lindholm. Es gab sonst niemanden, der von Danos angeblicher Kindheit in einem Pflegeheim wusste.

Sollte das zutreffen, wäre es verkraftbar. Mehr als die Hand voll Erinnerungen an Apfelkuchen und nicht existierende Lehrer kannte Bran ohnehin nicht. Falls Rhodan jedoch über eine andere Informationsquelle verfügte ...

Dano schob den Gedanken zur Seite. Er wollte sich nicht damit befassen, dass sein so schlichter Plan, an Lian heranzukommen, völlig in sich zusammenbrach und ungeahnte Folgen nach sich zog. Nicht ausgerechnet jetzt, inmitten all der Menschen.

Er blieb für einen Augenblick stehen, schloss die Augen und konzentrierte sich auf die Atmung. Ein, aus, ein, aus, ein und wieder aus. Langsam, nur durch die Nase, bewusst das Ein- und Ausströmen der Luft spüren, allmählich zur Ruhe finden.

Es funktionierte nicht. Verdammt.

Jemand rempelte ihn von hinten an und rief ihm zu: »Pass doch auf!«

Dano presste die Lippen zusammen und kämpfte gegen das Verlangen an, die Anspannung hinauszuschreien. In seinem Kopf hämmerte es. Es fühlte sich an, als pulsierte das Gehirn von innen an den Schädelknochen und versuchte ihn zu sprengen.

»Was ist los?«, erklang die Stimme seines Partners über den winzigen Empfänger im Ohr. »Deine Vitalwerte zeigen heftige Erregung.«

Du weißt genau, was los ist! Ich hasse Menschenmengen!, wollte Dano brüllen, verkniff es sich aber.

»Denk an die Entspannungstechniken, die ich dir beigebracht habe.«

Wenn sie nur helfen würden. Oder ich mich daran erinnern könnte. »Geht schon wieder«, log er.

Er arbeitete sich weiter durch die SenTri-Arena, bis er endlich die Loge sah, die er suchte. Bran Lindholms Stammloge.

Ein wenige Zentimeter hohes Podest mit zwei Formsesseln und einem Tischchen darauf. Bran saß im linken Sessel. Und er war allein.

Zum Glück. Obwohl sein Freund nach eigener Aussage noch keine Vorstellung in den letzten Jahren verpasst hatte, war sich Dano nach den Ereignissen auf der Station Trivid Sieben keineswegs sicher gewesen, ihn anzutreffen. Dann hätte er ihn zu Hause besuchen müssen.

Aber er kannte Bran. Er war ein Gewohnheitstier. Oft genug hatte er Dano erzählt, dass er Trivid-Filme als die einzig wirksame Möglichkeit ansah, sich von Sorgen und Problemen abzulenken. Seine Eltern waren bei einem Gleiterunfall ums Leben gekommen – und noch am selben Abend war er in ein Trivid-Kino gegangen, um den Kopf freizubekommen. Genauso, nachdem er herausgefunden hatte, dass seine Frau ihn seit Monaten mit dem Nachbarn betrog: Flucht in die Welt der Trivids.

Wohin würde ihn sein Weg nach den Explosionen in der Station also am wahrscheinlichsten führen? Richtig, in die SenTri-Arena.

Mit einigen Schritten Abstand blieb Dano hinter Bran stehen und wartete mit rasendem Herzen fünf Minuten ab, bis alle Zuschauer ihre Logen betreten oder die Stehplätze eingenommen hatten und das Licht über der Arena erlosch. Gleich darauf flammte im Zentrum das Vorführungsholo in einem Kubus von fünfzig Metern Kantenlänge auf. Der Boden erbebte.

Die Menschen applaudierten, als eine Schrift aus mannshohen Lettern verkündete, welcher Film gezeigt wurde. *Der Turm am Ende des Universums.* Ein Klassiker. Dano hatte ihn mindestens schon sechsmal gesehen.

Er betrat die Loge und ließ sich in den freien Sessel sinken.

»Hallo, Bran«, sagte er, im Wissen, dass die Loge akustisch perfekt abgeschirmt war.

Sein Freund drehte sich zu ihm um. »Kennen wir uns?«

Plötzlich weiteten sich seine Augen. Er riss sich den Hirnwellenstimulator vom Kopf und wollte aufspringen.

Dano packte ihn am Arm und hielt ihn zurück. »Mach jetzt keinen Fehler. Ich will mich nur mit dir unterhalten.«

»Aber ich mich nicht mit dir. Du bist ein Krimineller. Ein Mörder!«

Ein Mörder? Also war bei den Explosionen auf Trivid Sieben jemand gestorben. Das hatte er zwar nicht gewollt, die Möglichkeit jedoch bewusst in Kauf genommen. Wen mochte es erwischt haben? Templon Kook, diesen winzigen, aufgeblasenen Wichtigtuer von Stationsleiter? Egal.

»Dann weißt du, wozu ich fähig bin. Willst du das Leben Unschuldiger aufs Spiel setzen, nur weil du nicht mit mir sprechen magst? Ich kann auch hier eine Bombe auslösen!« Ein Bluff, aber das wusste Bran nicht.

Der Freund riss sich los und setzte sich. »Also gut. Reden wir. Warum hast du das getan?« Seine Augen schimmerten feucht, die Lippen bebten. Ob vor Wut oder vor Angst, konnte Dano nicht sagen.

Mein Leben hängt davon ab, lag ihm auf der Zunge. Er schluckte den Satz hinunter. Es ging Bran nichts an. Stattdessen fragte er: »Was hast du Rhodan über mich erzählt?«

»Dass du mich getäuscht hast! Dass ich nicht wusste, dass du ihm via Trivid eine Nachricht schicken willst!«

Dano winkte ab. »Das meine ich nicht. Habt ihr von meiner Vergangenheit gesprochen?«

»Ich habe ihm die Aufzeichnung gezeigt.«

»Welche Aufzeichnung?«

»Die, in der du mir vom Pflegeheim auf Europa erzählst.«

Wut kochte in Dano hoch. »Du hast das damals aufgenommen?«

Bran nickte.

»Was noch?«

»Nichts weiter. Obwohl ich dachte, wir wären befreundet, weiß ich kaum etwas über dich.«

Sonderbarerweise spürte Dano einen Stich im Herzen. »Wir *sind* befreundet.«

»Auf keinen Fall!« Bran lachte humorlos auf. »Lieber verbrächte ich mein Leben allein auf einem abgelegenen Asteroiden, als mit jemandem wie dir befreundet zu sein.«

Dano kaute auf der Unterlippe »Wie hat die Frau in Rhodans Begleitung darauf reagiert?«

»Sie ist ohnmächtig geworden. Keine Ahnung, warum.«

Er hingegen hatte eine recht konkrete Vorstellung davon. Doch das war im Augenblick nicht wichtig. Es zählte nur, dass Rhodans Wissen tatsächlich von Bran stammte. Sehr gut.

»Gib ihm das Stirnband!«, sagte die Stimme in Danos Ohr.

Er nickte und zog einen silbernen Reif aus der Tasche, der den Hirnwellenstimulatoren ähnelte. »Setz das auf!«

Bran blickte das Gerät skeptisch an. »Was ist das?«

»Keine Sorge, es schadet dir nicht.«

»Warum soll ich es aufsetzen?«

Dano seufzte. »Wir beide wissen, was geschieht, sobald ich dich verlasse. Du rufst die Polizei. Das kann ich nicht zulassen.« Er deutete auf den Reif. »Dieses Ding bewirkt eine kurzzeitige Amnesie. Du wirst dich eine Stunde lang an nichts erinnern. Das gibt mir genügend Zeit zu verschwinden.« Als Bran zögerte, fügte er hinzu: »Betrachte es positiv. Mit ein bisschen Glück wirst du glauben, den *Turm am Ende des Universums* zum ersten Mal zu sehen.«

»Das ist nicht witzig.«

»Also los, mach schon!«

»Und wenn ich mich weigere?«

Dano schaute vielsagend über die versammelten Menschen in der SenTri-Arena. Bei dem Anblick, den er in den letzten Minuten verdrängt hatte, stieg Übelkeit in ihm auf. »Willst du das wirklich riskieren?«

»Du bist ein Arschloch.« Bran schnappte sich den Reif, stülpte ihn sich über den Kopf ...

... und zuckte zusammen. Spasmen schüttelten seinen Körper, doch nach wenigen Sekunden war alles vorüber. Ein dünner, blutiger Speichelfaden rann ihm aus dem Mund. Wahrscheinlich hatte er sich auf die Zunge gebissen.

Dano starrte den Toten fassungslos an. Bran saß im Sessel, den leeren Blick auf das Holo gerichtet. Er unterschied sich kaum von den restlichen Zuschauern. Dano stiegen Tränen in die Augen.

»Warum?«, fragte er seinen Partner über Funk. »Du hast behauptet ... gesagt ... Verdammt, ihm sollte nichts passieren! Das hast du mir versprochen. Du ...« Die Stimme versagte ihm.

»Ich habe gelogen«, stellte der Mann am anderen Ende der Verbindung in nüchternem Tonfall fest.

»Aber ... wieso? Er wusste nichts, was er Rhodan noch hätte verraten können.«

»Das behauptest *du.* Doch kann ich mir wirklich sicher sein, dass du mich ihm gegenüber nie erwähnt hast?«

»Das ... habe ... ich ... nicht ... getan! Ich dachte, du traust mir.«

»Ich traue niemandem.«

»Du hast ihn umgebracht.«

Ein leises Lachen erklang. »O nein, Dano. Das war nicht ich, sondern du. Du ganz allein. Und jetzt sieh zu, dass du von dort verschwindest.«

Wie betäubt stand er auf. Ihm wurde bewusst, in welchem Ausmaß er sich in die Hände dieses Mannes begeben hatte, der ihm Hilfe und Rettung verheißen hatte. Aber zu welchem Preis? Wieder überkam ihn das Verlangen zu schreien. Doch diesmal hatte es nichts mit den Menschen zu tun.

Kapitel 18: Mechanische Geburt

»Sie waren offen, Perry! Sie ... sie waren offen.«

Rhodan stand neben Lian, schaute auf den reglos im Tank schwebenden Klon. Und auf dessen geschlossene Augen. »Ich glaube dir«, versicherte er.

»Ich bin nicht hysterisch wegen alldem. Ich hab mich im Griff!«

Hatte sie das? »Ich weiß«, sagte er und hoffte, dass es überzeugter klang, als er sich fühlte. »Und wir können froh sein, dass sie nicht mehr wach ist. Es ist besser für sie.« Er deutete auf den Klon. »Wir müssen ihr helfen, möglichst sanft aufzuwachen, und ihr die Lage begreiflich machen.«

»Wer ist sie?«, fragte Lian. »Wird sie so sein wie ich? Mit denselben Erinnerungen, die ich mit Dano teile?«

»Hoffentlich«, sagte Rhodan. Ihm gefiel gar nicht, dass sie ihren Gegner wie selbstverständlich beim Vornamen nannte. Es klang fast, als wären sie miteinander vertraut.

Sie starrte ihn an. »Hoffentlich? Was Besseres fällt dir nicht ein? Was sollte daran gut sein, wenn ...« Sie stockte. »Du hast recht.«

»Es ist dir also auch aufgefallen?«

Sie nickte. »Bringen wir sie hier raus. Aber wohin?«

In der Tat konnten sie nur hoffen, dass dieser Klon, diese Version von Lian Taupin, dieselben implantierten Gedächtnisinhalte besaß. Denn was wäre die Alternative? Dass sie über keinerlei Erinnerungen verfügte. Nur diejenigen, seit vier Jahren allein in Dunkelheit in einem Wachstumstank zu schweben. Ohne äußere Reize, unfähig, mit irgendjemandem zu kommunizieren, ohne etwas, woran sie sich wenigstens erinnern, wovon sie träumen konnte – auch wenn sie es nie tatsächlich erlebt hatte.

»Am besten bringen wir sie an einen Ort, an dem niemand Fragen stellt. Wo wir den Verantwortlichen leicht erklären können, was es mit ihr auf sich hat. Und wo es keine großen Wellen schlägt, sondern diskret behandelt wird.«

Lian tippte sich gegen die Stirn. »Ich kann im Moment nicht gut denken, Perry. Nenn's einfach beim Namen.«

»Wir bringen sie dorthin, wo alles begann. Zu Doktor Doktor Herman Lugauer – in die Hirnforschungsklinik. Er wird verstehen, wovon wir reden, und außerdem wird er begreifen, dass nichts davon nach außen dringen darf. Und dort wird man sie gut versorgen – medizinisch und psychologisch.«

»Sie«, sagte Lian nachdenklich. »Ob sie einen Namen hat?«

»Wenn nicht, sollte sie einen erhalten – nach ihrer Geburt. Nachdem sie den Tank verlassen hat und zu Bewusstsein kommt.«

»Und wer soll ihr diesen Namen geben? Sie hat keine Eltern! Nicht mal mehr Tenglar steht zur Verfügung!«

»Wer?«, fragte Rhodan. »Das ist doch klar. Du bist die ideale Person dafür! Aber zuerst brauchen wir Hilfe.«

»Um sie aufzuwecken?«

Er schüttelte den Kopf. »Aus dem Tank holen können wir sie selbst. Danach sollten wir sie allerdings bewusstlos halten, bis wir die Klinik erreichen – um einen Schock zu vermeiden. Sie hatte noch nie mit anderen Menschen zu tun. Wenn sie keine implantierten Erinnerungen hat, kann sie vielleicht nicht mal interagieren, geschweige denn reden. Dann weiß sie womöglich nicht mal, was Menschen überhaupt sind. Oder etwas zu essen. Oder ein Stuhl. Kleidung.«

»Eine entsetzliche Vorstellung.«

»Wir werden ihr helfen. Genauer gesagt wirst du das, während ich endlich diesen Dano finde und die Sache beende, ehe sie völlig aus dem Ruder läuft.« Wenn es dafür nicht längst zu spät war.

Zu seiner Erleichterung widersprach sie nicht. Sie mussten sich bald trennen, weil er nicht an allen Brennpunkten, nicht an zwei oder mehr Orten gleichzeitig sein konnte. Er hoffte nur, dass sie in der Klinik in Sicherheit sein würden.

»Wenn wir sie selbst aus dem Tank holen«, setzte Lian an, »warum brauchen wir dann Hilfe? Unser Gleiter steht in der Nähe.«

Rhodan versuchte ein Lächeln. »Sie ist nackt, und ganz zufällig habe ich gerade keinen zweiten Satz Kleider dabei. Außerdem dürfen wir diese Geheimkammer nicht unbeaufsichtigt lassen. Alles muss abtransportiert werden. Was Tenglar hier getan hat, ist gefährlich. Die Instrumente, die Tanks, die Aufzeichnungen in den Positroniken ... all das darf nicht in falsche Hände fallen. Etwa in die von Dano. Oder von wem sonst die Beobachtungssonde stammte.«

Er klopfte auf die Tasche seines Schutzanzugs, in die er die Überreste der Sonde gesteckt hatte.

»Und wen willst du rufen?«

»Jemanden, der uns wohlgesinnt ist und über einen exquisiten Einrichtungsgeschmack verfügt.«

Lian fiel es schwer, auch nur einen klaren Gedanken zu fassen. Sie würde sich nicht unterkriegen lassen – aber sie brauchte Zeit. Und da half es kein bisschen weiter, dass Sonra Lireg, ihres Zeichens die einzige Polizistin in der Kuppelstadt Merkur III, nahezu unablässig auf sie einredete. Vor allem, weil Sonra eigentlich nichts mehr zu sagen hatte, sondern irgendwelches Zeug plapperte.

Doch in einem Punkt stimmte sie Rhodan ohne jeden

Abstrich zu: Die Polizistin zu rufen war die bestmögliche Option gewesen. Zumal sie sich wenig darum scherte, ob sie die eine oder andere Dienstvorschrift verletzte.

»Ich will das Richtige tun«, sagte Sonra gerade, »und außerdem hat *Perry Rhodan* höchstpersönlich mich gebeten!« Als wäre das automatisch ein Grund, seinen Wünschen zu entsprechen. Nun, für sie traf das wohl zu.

»Lian, ich brauche dich hier«, rief der Terraner den beiden Frauen zu, die am Fuß der Wendeltreppe standen.

Wunderbar, Perry! Lian grinste Sonra Lireg schräg an, als bedauere sie, das Gespräch abbrechen zu müssen, und eilte zu Rhodan, der vor dem Wachstumstank wartete.

»Ich öffne jetzt«, kündigte er an. »Ich habe mit der Positronik des SERUNS die Technologie des Tanks analysiert und gehe davon aus, dass eine Standardprozedur ablaufen wird. Dank Sonra steht ein Medoroboter bereit, der den Klon sofort in Tiefschlaf versetzen wird, sollte er erwachen.«

Die Maschine erinnerte an eine etwas grob und ungeschlacht gestaltete Statue eines Menschen, geschaffen von einem Bildhauer mit überschaubarem Talent. Nur dass die Oberfläche metallisch glänzte und die biegsamen Arme zweifellos sehr geschickt vorgehen konnten. In der Kopfsektion gab es nur angedeutete Sinnesorgane. Statt Augen blinkten kleine Kameraobjektive.

»Was soll ich tun?«, fragte Lian.

Zum ersten Mal, seit sie ihn kannte, sah Rhodan ein wenig verlegen aus. Es stand ihm gut. Er deutete auf die bereitgelegten Kleider, die von der Polizistin stammten.

»Es ist sicher angemessen, wenn du das erledigst«, sagte er mit einem kaum merklichen Lächeln. Überspielte er tatsächlich innere Unsicherheit? Er, der unsterbliche Terraner, erprobt in allen Lebenslagen?

»Klar«, stimmte Lian zu. Der Klon würde den Tank nackt

verlassen, und zum ersten Mal begriff sie, dass Rhodan damit gewissermaßen sie selbst ohne jede Kleidung sah. Zu anderen Zeiten hätte dieser Gedanke garantiert irgendwelche Gefühle ausgelöst – ob Scham, Verwirrung oder sogar eine gewisse Erregung, vermochte sie nicht zu sagen. Momentan fühlte sich Lian einfach nur müde und hatte alle Mühe, ein Lachen zu unterdrücken, das sie sich nicht richtig erklären konnte. Sie brauchte dringend Schlaf.

Rhodan tippte etwas in ein Sensorfeld an der Seite des Wachstumstanks. In der grünlichen Flüssigkeit darin entstanden Strudel. Sie floss ab, wohl in einen im Boden verborgenen Behälter. Gleichzeitig drückten und schoben die Schläuche am Körper des Klons diesen nach unten und in eine kauernde Haltung.

Lian sah erleichtert, dass ihre *Schwester* – oder wie immer sie das Wesen nennen sollte – dabei nicht aufwachte. Die Nährflüssigkeit verschwand rasch, und ein Teil der vorderen Glaswand des Tanks klappte nach außen; der Klon lag darauf wie auf einer Pritsche. Die Schläuche streckten den Leib und zogen sich zurück; wie die Fangarme eines Meeresungeheuers.

Lian lief bei dem Gedanken ein Schauer über den Rücken. *War das eine Geburt?*, dachte sie. *Dieser lieblose, kalte, mechanische Vorgang, der ein Lebewesen in die Welt entlassen hat?*

Die Assoziation bedrückte sie, doch es fühlte sich nicht halb so schlimm an wie das Wissen, das in ihrem Hinterkopf schrie, dass es bei ihr genauso abgelaufen war. Keine Mutter, die sie mit erschöpften, aber liebenden Händen empfangen hatte. Kein Vater, der auf sie gewartet hätte.

Nun flatterten die Augenlider der Befreiten. Der Medoroboter reagierte sofort. Wie von Rhodan angekündigt, verabreichte er eine Injektion, die den Klon in Tiefschlaf hielt. Außerdem nahm er einige Untersuchungen vor: Scanstrahlen huschten über den Körper, die Tentakel fühlten Puls und Atmung. Dann verkündete der Roboter, dass sich der Patient in stabiler Verfassung befand und einen Gleitertransport zweifellos gesund überstehen würde.

»Lian?«, fragte Rhodan.

»Alles klar. Geh zu Sonra. Sie wird jedes Wort von dir begeistert aufnehmen. Willst du, dass sie mit irgendwelchen Robotern das Gewölbe leer räumt?«

»Sie soll nur dafür sorgen, dass sich in den nächsten Stunden niemand hier zu schaffen macht. Ich rufe eine Spezialeinheit, die sich um derlei Dinge kümmert.«

»Derlei Dinge?«, fragte Lian, während sie die Kleider musterte. Die Polizistin hatte versichert, sie *ganz auf die Schnelle zusammengerafft* zu haben. Die Unterwäsche war rosa, die Hose mit Blumen bedruckt. Immerhin sah sie bequem aus. »Was meinst du damit? Wie viele unterirdische Grusellabore hast du schon ausräumen lassen?«

»Hinterlassenschaften von Forschungsprojekten und von fremden Kulturen«, präzisierte Rhodan. »Technologie, die aus dem einen oder anderen Grund gefährlich sein könnte. In diesem Fall, weil Tenglar hier ethische Grenzen überschritten hat und es Instrumente und Aufzeichnungen gibt ...«

»Hab's begriffen«, unterbrach Lian. »Vielleicht lässt du uns jetzt besser allein.«

Rhodan, der seit der guten Nachricht des Medoroboters dezent zur Wand geschaut hatte, nickte und machte sich auf den Weg zur Polizistin.

Lian kleidete den reglosen Körper an, der ihrem eigenen glich wie ein Ei dem anderen. Währenddessen hörte sie Sonra Lireg in der Ferne reden, achtete aber nicht auf deren Worte oder die wenigen Kommentare, die Rhodan zwischendurch äußerte.

Ein seltsames Gefühl, sich selbst so vor sich zu sehen: nicht wie in einem Spiegel, sondern als wirklichen Menschen. Das Gesicht entspannt wie in tiefem Schlaf. Der Schwung der Nase, die schwarzen Haare viel länger als ihre eigenen – seit vier Jahren gewachsen.

Lian zwängte die Hand des Klons durch die schmale Armöffnung von Sonra Liregs Bluse. Der Daumen verhakte sich. Sie nestelte ihn frei, strich gedankenverloren über die Haut. Fast erwartete sie, die kleine Narbe unter dem Nagel zu sehen, aber natürlich war sie nicht da – sie hatte sie sich vor zehn Monaten bei einem ihrer Trivid-Abenteuer zugezogen.

»Fertig!«, rief sie irgendwann – um erstaunt festzustellen, dass Rhodan das Gewölbe verlassen hatte.

Die Polizistin stand ganz in ihrer Nähe und beobachtete sie schweigend. »Es muss schwer für dich sein.«

Lian kaute auf ihrer Unterlippe. »Hm.« Nicht das Intelligenteste, das sie je gesagt hatte.

»Ich kenne die Einzelheiten dieser Geschichte nicht«, sagte Sonra, »aber wenn das alles für euch vorüber ist, und du brauchst Unterstützung, jemanden zum Reden – du weißt, wo du mich findest.«

Lian nahm das Angebot verblüfft zur Kenntnis, und in diesem Augenblick konnte sie sich sogar vorstellen, einmal darauf zurückzukommen. *Falls* das alles irgendwann vorüberging.

Kapitel 19: Trennung

Perry Rhodan landete den Gleiter vor der Ruine und meldete seine Ankunft.

Der Medoroboter transportierte den bewusstlosen Klon auf einem Antigravfeld aus dem Gewölbe und brachte ihn in den kleinen Laderaum des Gleiters. Er selbst schwebte ebenfalls hinein und versicherte, dass er die Patientin in der Zeit des Flugs unter genauer Beobachtung halten werde. »Ich bin in der Lage, mich mehr als ausreichend um sie zu kümmern. Sorgt euch nicht.«

Zumindest Rhodan tat das nicht – und er hoffte, Lian ging es ebenso. Er versuchte sie abzulenken, während er den Gleiter aus der Kuppelstadt schleuste und der Merkur hinter ihnen zurückblieb. Er steuerte den Mars an, was aktuell einen recht weiten Flug bedeutete; der Mars befand sich auf seiner Umlaufbahn gerade auf der gegenüberliegenden Seite der Sonne.

Rhodan erklärte es Lian. »Ich programmiere deshalb einen kurzen Linearflug.«

»Ich vertraue dir völlig.«

»Prima. Übrigens habe ich Antwort von Herman Lugauer erhalten. Er erwartet uns in der Klinik, also im ehemaligen TRAFO-Forschungsgebäude. Und er wird alles sehr diskret behandeln.«

Hinter der Sichtscheibe des Gleiters verschwanden der Blick ins All und die fernen Sterne für einen Augenblick; ein Eindruck, kaum anders als ein verschwommenes Blinzeln. Nun stand der Mars vor ihnen, eine große rote Kugel.

»Ich bin in sicherer Entfernung materialisiert«, erläuterte Rhodan. »Der Anflug wird noch etliche Minuten dauern.«

»Das war die Linearetappe?«, fragte Lian. »War ja nicht mehr als ein Hopser.«

Unwillkürlich dachte Rhodan an die mörderische Anstrengung, bei seinem ersten Weltraumflug vor über dreitausend Jahren die Erde zu verlassen und den Mond zu erreichen – eine weitaus kleinere Strecke als die, die er eben, ohne nachzudenken, während eines Lidschlags zurückgelegt hatte.

Der Mars wurde rasch größer. Bald konnten sie den Planeten nicht mehr komplett sehen und rasten über einer roten Sandwüste dahin.

»Wenn wir in der Klinik ankommen, wirst du dich um ... um sie kümmern, nicht wahr?«, fragte Rhodan. »Du bleibst bei ihr, während ich diverse Spuren verfolge. Ich halte dich so gut wie möglich auf dem Laufenden, das verspreche ich dir.«

»Ischi«, sagte Lian.

»Was?«

»Ich möchte sie Ischi nennen, falls sie in ihren Erinnerungen keinen eigenen Namen trägt«, erklärte sie. »Ich bin es leid, sie in Gedanken als *den Klon* zu bezeichnen oder als ...« Sie stockte.

»Oder?«

»Vergiss es.«

»Ischi ... klingt schön. Wie kommst du darauf?«

Lian zögerte. »Es klingt schön«, wiederholte sie seine Worte, was nicht gerade überzeugend klang.

Rhodan beschloss, nicht weiter zu drängen. Nüchtern gesehen war dieser Name so gut wie jeder andere, und wenn er ihr etwas bedeutete, umso besser.

Er erreichte den Doppelbau der Hirnklinik und landete diesmal, ganz wie von Doktor Doktor Lugauer erbeten, nicht vor dem Haupteingang, sondern auf dem Dach der linken Gebäudehälfte. Dort kamen üblicherweise Patienten an, ein völlig normaler Vorgang, der keine Aufmerksamkeit auf sich zog.

Kaum setzten sie auf, kam der Leiter der Klinik aus einem flachen Aufbau und eilte auf sie zu. Die beiden Passagiere verließen den Gleiter. Über ihnen flirrte es kurz. Lian hob den Blick.

»Keine Angst«, rief Lugauer. »Das ist nur der Quarantäneschirm, der sich bei jeder Patientenankunft aktiviert. Das dient zur generellen Sicherheit, weil hin und wieder prominente oder auch einfach nur sehr reiche Leute kommen, die ihr Bild nicht in irgendwelchen Medien sehen wollen.«

»Dieses Energiefeld ist also von außen her undurchsichtig?«, fragte Lian.

»Genau.«

Zuerst der Medorobot und bald darauf der noch immer bewusstlose Klon auf seinem Antigravfeld verließen den Gleiter.

»Ich habe dafür gesorgt«, sagte Lugauer, »dass uns auch innerhalb der Klinik niemand sieht. Für eure Patientin steht ein sehr schönes Zimmer bereit, in dem jede nur denkbare medizinische Überwachung und Behandlung möglich ist.« Er schaute den Klon an, dann Lian, dann wieder den Klon. »Tenglar hat es also tatsächlich noch öfter getan. Ich meine, du hast es mir via Funk angekündigt und ...« Er winkte ab. »Es mit eigenen Augen zu sehen, ist einfach etwas anderes.« Er drehte sich zu Lian. »Wie geht es dir? Wenn du psychologische Betreuung ...«

»Vergiss es«, sagte sie ein wenig zu barsch.

Der Klinikleiter reagierte gelassen. »Entschuldige meine Aufdringlichkeit.« Er führte sie ins Innere, einen Korridor entlang und in einem Lift vier Stockwerke nach unten.

Der Raum lag direkt dem Aufzug gegenüber, und er sah eher aus wie eine Suite in einem Luxushotel, als dass er an ein Krankenzimmer erinnerte. Zwei Einzelbetten standen gerade einmal eine Armlänge voneinander entfernt. Vor dem Fußende ragte ein kleines Tischchen auf, um das sich drei bequem aussehende Sessel gruppierten. Durch die Fensterfront sah man auf das zweite TRAFO-Gebäude. Die Scheiben waren leicht verdunkelt und zweifellos von außen undurchsichtig. Die Tür in ein großes Badezimmer war offen; darin glänzten bodentiefe Spiegel an einer holzgetäfelten Wand.

Über den Betten hing ein breites Bild, dessen einzigartigen Pinselstrich Rhodan sofort zuordnen konnte – auch wegen der schieren Wucht der Farben, die wie eine Explosion von Leben wirkten. Es zeigte einen Baum mit hellrotem Herbstlaub, dessen Krone im oberen Drittel unmerklich in die fleischernen Windungen eines Gehirns übergingen, ohne dabei abstoßend oder makaber zu wirken. Man erkannte den Wechsel ohnehin nur, wenn man genauer hinsah.

Lugauer klang verlegen, als er sagte: »Ihr haltet mich hoffentlich nicht für eitel. Ich habe eines meiner Bilder nur in den Raum gebracht, weil Lian sich dafür interessierte, als sie sie im Korridor gesehen hatte.« Seine Gesichtshaut rötete sich leicht.

»Es ist wundervoll«, versicherte sie. »Danke.«

Der Medoroboter legte die Patientin in das erste Bett und deckte sie erstaunlich behutsam zu. »Ihr Zustand ist nach wie vor in allen Körperwerten stabil. Sie wird noch etwa eine Stunde schlafen. Nach dem Aufwachen benötigt sie keine medizinische, wohl aber psychologische Betreuung. Da ich dafür nicht programmiert bin, werde ich mich desaktivieren, allerdings jederzeit ansprechbar bleiben.« Er schwebte in eine Ecke des Raumes, setzte auf und verstummte. Auch das Blinken der Objektivaugen erlosch.

»Wenn ihr mich braucht, könnt ihr mich immer erreichen«, versicherte Lugauer. »Nennt einfach eure Namen und bittet die Hauptpositronik der Klinik, mich zu kontaktieren. Falls ich nicht gerade operiere, bin ich für euch da. Tag und Nacht. Ansonsten solltet ihr wissen, dass dieser Raum abhörsicher ist. Niemand wird irgendetwas mitbekommen.« Er verabschiedete sich und ging nach draußen.

Lian ließ sich in einen der Sessel fallen. »Wie geht es weiter,

Perry? Ischi, oder wie sie auch heißen wird, schläft noch eine Stunde. Zeit genug, um alles zu bereden.«

Rhodan grinste. »So lange brauchen wir nicht mal ansatzweise. Es gibt mehrere Spuren, denen ich nachgehen will.«

»Die Überreste der Sonde, die du bei dir trägst.«

»Stimmt. Ich werde sie untersuchen. Wenngleich ich nicht glaube, dass dabei viel herauskommt. Trotzdem muss ich dranbleiben. Außerdem halte ich mich auf dem Laufenden, was den Abtransport der Ausrüstung im Gewölbe unter der Ruine angeht. Falls unsere Vermutung korrekt ...«

»Wohin lässt du die Sachen bringen?«, fiel Lian ihm ins Wort.

Er zögerte. »Es gibt einige geheime Sammelplätze für potenziell gefährliche wissenschaftlich-technische Hinterlassenschaften.«

»Du musst es mir nicht sagen, wenn du nicht willst.«

»Alles geht zum Uranusmond Oberon. Dort in eine alte Robotanlage. Offiziell dient das Gebiet dem Erzabbau. Jedenfalls lasse ich den Abtransport gut überwachen. Wir vermuten, dass Dano Zherkora die Bilder der Sonde empfangen hat, ehe ich sie zerstört habe. Aber egal, wer am anderen Ende saß – er hat mitbekommen, dass sein Überwachungsgerät ausgefallen ist, und könnte auf die Idee kommen, vor Ort nachzusehen.«

Lian stand auf, stellte sich vor Lugauers Kunstwerk und schien in der Betrachtung zu versinken. »Außerdem sollten wir uns um die offiziellen Fakten rund um Dano kümmern«, sagte sie, ohne aufzusehen. »Er war Mitarbeiter in der Trivid-Station und muss irgendwo gewohnt haben. Das sollte sich herausfinden lassen.«

Rhodan nickte. Es war schlicht keine Zeit geblieben, sich darum zu kümmern. Zumal er vermutete, dass ihr Gegner dort keine nennenswerten Spuren hinterlassen hatte. Dennoch durfte man es nicht vergessen. »Und ich werde die offizielle

Biografie von Jeobald Tenglar unter die Lupe nehmen. Es gibt also viel zu tun.«

»Du könntest meine Hilfe gebrauchen«, sagte Lian.

Er deutete auf die junge Frau, die noch immer tief schlafend im Bett lag. »Sie braucht deine Hilfe nötiger. Und das ist vielleicht wichtiger. Ich verfolge langweilige Spuren, die aller Wahrscheinlichkeit nach im Sand verlaufen.«

»Oder auch nicht.«

Rhodan stand auf. »Kommst du allein zurecht, wenn sie aufwacht?«

»Geh nur!«, sagte Lian.

»Sicher?«

»Geh schon!«

Sie verabschiedeten sich, und er verließ den Raum.

Er eilte zurück zum Gleiter, startete und flog Richtung Terra. Er wollte von zu Hause aus die ganzen Fäden aufnehmen und sich bereithalten, sofort loszufliegen, wenn sich an irgendeiner Stelle etwas ergab.

Von unterwegs nahm er Verbindung zu dem Geheimdienstagenten auf, der den Abtransport aus Merkur III leitete – Wirgan Dura vom Terranischen Liga-Dienst, ein Ferrone. Vor Ort gab es keine Neuigkeiten, abgesehen von der Tatsache, dass alles rundlief und die Arbeiten in wenigen Stunden beendet sein würden. Niemand hatte das Gelände beobachtet – zumindest war Wirgan nichts aufgefallen.

Es blieben nur noch einige Flugminuten bis Terra, als ihm etwas einfiel.

Sowohl Lians Lebenslauf als auch der von Dano Zherkora waren zwar nicht sonderlich wasserdicht, das heißt, er hatte sie leicht als Fälschungen enttarnt … aber sie ließen sich in den offiziellen Systemen finden.

Wer hatte sie dort eingespeist? Garantiert nicht Tenglar selbst. Der Wissenschaftler hatte die Biografien womöglich entwickelt – doch sie in die Meldesysteme zu schmuggeln, dazu bedurfte es einiger Kenntnisse.

Ohne die Lebensläufe wiederum hätten Lian und Dano nicht in Terrania oder in der Trivid-Station leben können … warum auch immer Tenglar sie überhaupt *ausgesetzt* hatte. War es als eine Art Test gedacht, ob sich die Klone dort draußen als lebensfähig erwiesen? Wenn ja, war Tenglar auf radikale Weise – durch einen Kopfschuss nämlich – die Möglichkeit genommen worden, diesen Feldversuch zu beobachten und zu beenden.

Rhodan schob die Gedanken beiseite und kehrte zu dem Punkt zurück, der ihm vielversprechender erschien.

Wer hatte für den Wissenschaftler die Lebensläufe in die Systeme eingespeist – die gefälschten Geburtsdaten, die angeblichen Eltern und Biografien im Pflegeheim? Es musste sich um einen Profi handeln, einen Techniker, einen Positronikspezialisten … jemand, der bereit war, Daten zu fälschen und ein Verbrechen zu begehen. Kurz, ein Datendieb. Da blieben eine Menge Leute – aber vielleicht nicht viele, zu denen Jeobald Tenglar hatte Kontakt aufnehmen können.

Der Gleiter tauchte in Terras Atmosphäre ein und zog über Terrania hinweg hin zu Rhodans Haus in der Upper West Garnaru Road. Rhodan plante, als Erstes den bekannten Lebenslauf des Wissenschaftlers nach dem Scheitern des Projekts TRAFO bis ins letzte Detail auseinanderzunehmen. Und danach, falls nötig, mit dem offiziell unbekannten Teil weiterzumachen, zu dem er sich irgendwie Zugang verschaffen würde.

Kommst du allein zurecht, wenn sie aufwacht?

Diese Frage Rhodans ging Lian nicht mehr aus dem Sinn. Es gab darauf zwei Antworten, und beide stimmten.

Ja, sie kam zurecht … irgendwie. Sie musste ja.

Und nein, sie kam bestimmt nicht zurecht, denn sie hatte nie zuvor etwas erlebt, das man mit dieser Situation auch nur ansatzweise vergleichen konnte. Kaum jemand hatte das.

Sie setzte sich auf das freie Bett und ließ die Beine baumeln. Es kam ihr vor, als beobachte sie für eine schiere Ewigkeit die schlafende Frau. Sie sah so friedlich aus. Friede, den Lian selbst schmerzlich vermisste. Sie war müde, wollte schlafen, aber das durfte sie sich nicht leisten. Sie musste wach sein, wenn Ischi zu sich kam.

Ischi.

Für sich nannte Lian sie längst so, nach der arkonidischen Papageiendame, die sie vor zwei Jahren als Haustier gehalten hatte, bis das Tier plötzlich gestorben war. Es war eine ihrer wenigen echten Erinnerungen. Der Papagei war lustig gewesen – das dunkelrote Gefieder und die erstaunlichen Sprachfähigkeiten, vor allem die Marotte, jeden gekrächzten Satz mit der Lautfolge *Ischi* zu beenden.

Langsam stand sie auf und strich über die Wange der Schlafenden.

Was mache ich nur mit dir?

Unvermittelt bewegte sich der Klon. Die rechte Hand hob sich, griff nach Lians Fingern, die immer noch auf der Wange lagen. Gleich darauf öffneten sich die Augen.

»Hab keine Angst«, sagte Lian. Ihr Herz raste. Nun musste sie zurechtkommen …

Ischis erste Worte ließen sie sprachlos zurück: »Bin ich tot?«

Zwischenspiel

Dano stand zwischen den Überwachungsholos der Sonden, betrachtete die Szenen darin – und dachte dabei unentwegt an Bran Lindholm.

Ich habe ihn umgebracht. Meinen einzigen Freund getötet.

Allerdings konnte er sich nicht mehr daran erinnern, wie er es getan hatte. Oder wo. Eine weitere dieser verdammten Gedächtnislücken, die immer häufiger auftraten.

Manchmal entfielen ihm nur bedeutungslose Kleinigkeiten, zum Beispiel, was er am Tag zuvor gegessen hatte oder wie das Invasorenvolk aus *Der Turm am Ende des Universums* hieß. Hin und wieder jedoch vergaß er sogar wichtige Dinge. So hatte er vor einer Woche seinen neuen Partner nicht mehr erkannt und war erst nach stundenlangem Grübeln darauf gekommen, welche Rolle er in seinem Leben spielte.

Die künstlich eingepflanzten, falschen Erinnerungen an seine Kindheit und Jugend hingegen standen ihm strahlend hell im Bewusstsein. Noch immer schmeckte er den Apfelkuchen im Pflegeheim *Hainu* auf der Zunge, obwohl er ihn nie gegessen hatte. Er roch den Schweiß nach einem Match Drei-D-Antigrav-Hockey in der Sporthalle, die er nie betreten hatte.

Na, wenigstens etwas, dachte er sarkastisch.

Er starrte das Holo an, das eine Übertragung der Sonde bei der Hirnklinik auf dem Mars zeigte. Gelegentlich betrat oder verließ jemand durch das Hauptportal das Gebäude, Patienten spazierten meist in Begleitung von Medorobotern im Park. Ansonsten passierte nichts Nennenswertes.

Zum wiederholten Mal wandte er sich einem Holo zu, das in Endlosschleife die letzten funktionierenden Minuten der Sonde von Merkur III zeigte: Perry Rhodan und Lian Taupin, die durch die Ruinen schlichen, sie durchsuchten – und im Gegensatz zu Dano zuvor etwas fanden. Die beiden gingen hinter eine umgekippte Schrankwand … dann ein Aufblitzen, ein nach oben wegrutschendes Bild und anschließend Schwärze.

Was war dort geschehen? Hatten sie eine noch scharfe Sicherheitsvorrichtung Jeobald Tenglars ausgelöst? Dano war erleichtert, dass er selbst nicht so viel … nun ja, Glück gehabt hatte, auf diese Spur zu stoßen. Womöglich wäre er nicht mehr lebend aus den Ruinen herausgekommen.

Im Gegensatz zu Rhodan und Lian.

Er drehte sich erneut zu dem Marsholo um und rief die Aufzeichnung eines Ereignisses ab, das sich kurz nach seinem Aufbruch zu Bran Lindholm ereignet hatte. Wenn man die Ankunft eines Gleiters, hinter dessen Sichtscheibe Rhodan und Lian saßen, überhaupt als Ereignis bezeichnen mochte.

Anders als bei ihrem ersten Besuch stiegen die beiden jedoch nicht vor dem Gebäude aus. Stattdessen landeten sie auf dem Dach einer Gebäudehälfte. Dort aktivierte sich bald wie üblich der Energieschirm, der auch jeden Sichtkontakt unterband.

Der Anblick erleichterte Dano, denn nach dem Ausfall der Sonde auf Merkur III hatte er sich durchaus um Lians Wohlergehen gesorgt. Eine zweite Sonde war längst unterwegs, um in der Ruine nach dem Rechten zu sehen – diesmal allerdings war sein Partner dorthin aufgebrochen.

Wir müssen vorsichtig sein, hatte er gesagt. *Wir dürfen nicht auffallen. Ich erledige das und schicke vor Ort die Sonde aus.*

Seitdem war er allein im noblen Anwesen seines Partners zurückgeblieben. Geld hatte dieser Kerl, das musste man ihm lassen. Umso besser, dass er sich so um Dano kümmerte. Natürlich nicht aus reiner Nächstenliebe, das war ihm klar.

Dano überlegte, ob sie versuchen sollten, Lian aus der Hirnklinik zu entführen. Nein, Unfug. Erstens wusste er nicht, wo im Inneren sie sich aufhielt, zweitens waren sie und Rhodan nach Danos spektakulärer Flucht von Trivid Sieben gewiss auf der Hut. Unbemerkt ins Gebäude zu kommen war vermutlich schwieriger, als in den Turm am Ende des Universums einzudringen.

Er stockte, als die Assoziation mit dem Trivid-Film unvermittelt zwei Erinnerungen zurückbrachte: Das Invasorenvolk hieß *Nyrfan*, und er hatte Bran Lindholm in der SenTri-Arena mit einem manipulierten Hirnwellenstimulator getötet.

Seine Knie zitterten. Die Kehle verengte sich. »Bran«, sagte er leise.

»Er war nicht mehr dein Freund!«

Dano zuckte zusammen, als er seinen Partner in einer offenen Holoverbindung sah. Wie lange beobachtete er ihn wohl schon? »Trotzdem! Sein Tod war unnötig.«

»Nun, das sehe ich anders. Du scheinst noch nicht begriffen zu haben, dass dir diese Beurteilung nicht zusteht. Ich weiß, es geht um dein Leben, und deshalb fühlst du dich wie die Hauptperson in unserem kleinen Projekt, aber du irrst dich. Weißt du, was mich die gesamte Operation bisher gekostet hat? Die Kampfroboter, die Überwachungssonden, die Ausrüstung? Wie viel hast du dazu beigetragen?«

Dano schwieg verbissen.

»Falls du dich nicht erinnerst«, fuhr sein Partner fort, »sage ich es dir: exakt gar nichts. *Ich* finanziere alles. Und darum gibt es auch nur einen, der bestimmt, welches Risiko wir eingehen und wo wir die Reißleine ziehen! Nämlich mich.«

»Ja«, sagte Dano leise. Was blieb ihm anderes übrig? Er war auf den Mann angewiesen, da konnte er nicht widersprechen. »Hast du in Merkur III etwas entdeckt?«

»Rhodan hat ein Gewölbe unter der Ruine gefunden, das dir entgangen ist.« Der Vorwurf in diesen Worten ließ sich nicht überhören, doch zum Glück ritt der andere nicht weiter darauf herum. »Eine Menge Ausrüstung von Tenglar lagerte dort.«

»Hochinteressant! Wir müssen ...«

»Gar nichts! Zumindest nicht jetzt. Er lässt sämtliches Material abtransportieren. Ich habe eine winzige Spionsonde bei den Sachen unterbringen können. Sie sollte uns helfen, herauszufinden, wo alles hingeschafft wird. Hier heißt es, Geduld zu üben.« Er machte eine kurze Pause, ehe er fortfuhr: »Um es noch einmal zu betonen: Dein Leben liegt in meinen Händen. Also tust du besser, was ich dir sage.«

Dano biss so fest die Zähne aufeinander, bis sie wehtaten – was nicht besonders fest war. Ein glühender Schmerz zuckte durch seine Kiefergelenke in den Schädel. Es wurde schlimmer. Er würgte den Zorn hinunter. Etwas anderes blieb ihm nicht übrig. Es stimmte. Dano *war* von seinem Partner abhängig.

»Ich verstehe«, presste er hervor.

»Ausgezeichnet. Da wir das geklärt haben, wirst du noch jemandem einen Besuch abstatten. Und diesmal ist von vornherein klar, dass du ihn töten wirst.«

»Wen?«

»Lussa.«

»Wen?«, wiederholte Dano. Diese verdammten Gedächtnislücken! Offenbar müsste er den Namen kennen ...

»Den Datendieb!«

Er zögerte, wollte keine weitere dumme Frage stellen.

Sein Partner bemerkte es und zog auch so die richtige Schlussfolgerung. »Lussa hat für Tenglar deinen und Lians Lebenslauf in die Meldesysteme eingespeist. Erinnere dich!«

»Lussa, ja.« Tatsächlich erinnerte sich Dano dumpf. »Wieso soll ich ...«

»Ich habe dich Lindholm töten lassen, weil die vage Möglichkeit bestand, dass er von mir gehört hat. Von dem Datendieb *weiß* ich es. Und ich traue Rhodan zu, die Spur zu ihm zu finden. Grund genug, ihn zu töten.«

»Aber ...«

»Keine Diskussion. Ich sage dir jetzt, was du tun wirst.«

Kapitel 20:
Datenteufel

»Interessant«, sagte Perry Rhodan. »Schränke den Zeitraum noch stärker ein. Auf sechs Monate, ehe Lian ihre Wohnung in Terrania bezogen hat.« Er lag auf dem Sofa in seinem Wohnzimmer, die Hände hinter dem Nacken verschränkt, die Beine angezogen. Auf dem Couchtisch hatte er die Überreste der Sonde ausgebreitet, die er in der Ruine des Labors zerstört hatte.

Er schaute an die Decke – oder genauer gesagt ins Leere, in eine unergründliche Weite. Er sah vor sich, was ihm die Hauspositronik berichtete.

Ein Bild formte sich in seiner Vorstellung – das eines gescheiterten Wissenschaftlers namens Jeobald Tenglar. Gescheitert allerdings nicht wegen mangelhafter Kenntnisse und Fähigkeiten. Ganz im Gegenteil. Tenglar war offenbar brillant gewesen. Der Abbruch des Projekts TRAFO hatte ihn schwer getroffen, mehr noch, wenn man den offiziellen Werdegang des Projekts verfolgte, musste es ihn innerlich gebrochen haben.

Ein aufstrebendes Genie, allen Beurteilungen seiner Lehrer und Professoren auf der Universität Terrania zufolge zwar eigensinnig und sturköpfig, aber ohne Zweifel exzellent. Er hatte im Gebiet der Robotik geforscht, ehe er sich der Genetik zuwandte und dort bahnbrechende Erfolge verbuchen konnte.

TRAFO war zu einem guten Teil sein Werk gewesen, wenngleich er weder der offizielle Leiter noch einer der in der Öffentlichkeit prominenten Sponsoren gewesen war. Die Erkenntnis, dass sich das Projekt zur Veredlung und Erweiterung des Gedächtnisses letztlich nur über den Weg des Klonens weiterverfolgen ließ, stammte von ihm …

... und damit war er zum Totengräber seiner eigenen Forschungsarbeit geworden. TRAFO war aus ethischen Gründen eingestellt worden, Jeobald Tenglar hatte sich auf eine bedeutungslose Stelle auf dem Saturn versetzen lassen, wo er Alltagsarbeit leistete, die weit unter seinem Niveau lag.

Zuvor ein eifriger Publizist, hatte er danach nie mehr seine Arbeiten veröffentlicht – weil es angeblich nichts Nennenswertes zu veröffentlichen gab. Bis er vor etwa vier Jahren einem *Unfall mit möglicherweise terroristischem Bezug* zum Opfer fiel, wie es die offiziellen Quellen mehrheitlich nannten.

Rhodan kannte inzwischen die Hintergründe. Tenglar hatte ein geheimes zweites Leben in seiner unbekannten Forschungsanlage in Merkur III geführt und dort TRAFO fortgeführt, indem er klonte. Er starb wegen des Rachefeldzugs des Ehemanns seiner Probandin Neyla Abiola, die als Original der Klone diente. Und die nun von einem dieser Klone, von Dano Zherkora, entführt worden war.

»Stopp!«, rief Rhodan. Er blieb liegen, schloss jedoch die Augen.

Wie hatte er diesen Punkt nur übersehen können!

... von einem dieser Klone ...

Es gab Lian und Zherkora, die jeweils ihr Leben führten ... nun wussten sie außerdem von einem dritten Klon.

Was, wenn Tenglar bereits weitere Klone *ausgesetzt* hatte? Deuteten die Signaturen »TRIVID 35« und »TRIVID 36« in Danos und Lians Genom nicht darauf hin?

Was, wenn der vermutete Helfer mehr gefälschte Lebensläufe in die Daten- und Verwaltungssysteme eingespeist hatte?

Umso wichtiger, diesen Unbekannten aufzuspüren!

»Positronik – überprüf die Meldedaten nach markanten Übereinstimmungen mit Lian und Dano Zherkora.«

»Das wird einige Zeit in Anspruch nehmen.«

Rhodan ging nicht darauf ein. Er musste nachdenken. Er rief

die Akte Jeobald Tenglars aus seinem bedeutungslosen Job auf dem Saturn auf und suchte nach einer Phase längerer Abwesenheit.

Wie erhofft, war ein dreiwöchiger Urlaub kurz vor Lians Auftauchen in Terrania verzeichnet. Offiziell hatte sich Tenglar in dieser Zeit nicht direkt auf dem Saturn aufgehalten, sondern auf dessen Mond Mimas. Seltsam – nicht gerade ein besonders beliebtes Urlaubsgebiet.

Hatte er dort seinen Helfer getroffen?

»Positronik, ich brauche die Daten sämtlicher auf Mimas lebender registrierter Positronikspezialisten, die durch Straftaten aufgefallen sind.«

»Auch Inhaftierte?«

Rhodan dachte nach. »Ist jemand kurz vor diesem Zeitraum aus der Haft entlassen worden?«

Es dauerte ein wenig. »Negativ.« Dann: »Spezifiziere *kurz vor diesem Zeitraum.*«

Wie lange mochte Tenglar geplant haben, die Lebensläufe einzuspeisen? »Sechs Monate.«

»Zwei freigelassene Straftäter, die ursprünglich wegen Positronikmanipulation oder -spionage verhaftet wurden. Der fischartige Fr'moner Sandor und der Cheborparner Lusurrgochena Santorifecazi.«

Cheborparner und ihre unaussprechlichen Namen, dachte Rhodan. Nicht umsonst verwendeten sie im Umgang mit anderen Völkern meistens Abkürzungen, die sich leichter merken ließen. Prominentestes Beispiel war momentan wohl Uldormuhecze Foelybeczt alias UFo, ein aufstrebender Politiker, dem die Experten eine große Zukunft im Galaktikum voraussagten. UFo spielte ganz bewusst mit dem Image als *terranische Teufelsgestalt*, weil Cheborparner als bepelzte, aufrecht gehende Wesen mit Stirnhörnern an alte mythologische Teufelsüberlieferungen erinnerten.

»Ist einer der beiden wieder straffällig geworden?«, fragte Rhodan.

»Sandor konnte es nicht lassen, Aufträge anzunehmen – so lauteten zumindest seine letzten Worte, ehe er in einem Feuergefecht starb. Damit wurde er in allen Medien zitiert.«

»Bleibt dieser Lussurgo … wie war doch gleich der Name?«

»Lusurrgochena Santorifecazi, bekannt als Lussa. Oder unter seinem Beinamen *Datenteufel.*«

»Sehr aussagekräftig. Was wissen wir über ihn?«

»Er ist auf Mimas geblieben und arbeitet als Programmierer in einem ehemaligen Sanatorium. Dort haben sich einige Firmen niedergelassen. Lussa blieb seit der Haftentlassung unauffällig.«

Rhodans Gedankenkette bis zu diesem Punkt war logisch – aber keineswegs ausreichend für einen echten Verdacht. »Gib mir sämtliche bekannten Informationen über diesen Lussa. In welcher Firma genau arbeitet er?«

»Castoral Positronics, ein allgemeiner Datenlieferant. Das größte Auftragsvolumen liefert die terranische Zentralverwaltung für Sicherheitsbarrieren von Datenbanken mit Freigabestufe drei.«

Also weder besonders belanglose noch besonders sensible Daten, dachte Rhodan, ehe ihm auffiel, was die Positronik soeben geäußert hatte. Er sprang von der Couch. »Castoral Positronics arbeitet für die terranische Zentralverwaltung? Und hat einen ehemaligen Datendieb angestellt?«

»Natürlich unter Aufsicht und ohne Zugriff auf …«

»Schon klar«, unterbrach Rhodan, der die Wiedereingliederungssysteme rehabilitierter Straftäter bestens kannte. Von der terranischen Zentralverwaltung bis zum Einspeisen fingierter Lebensläufe in die Meldesysteme war es nur ein kleiner Schritt. »Gib mir sämtliche Daten über Lussa und Castoral Positronics in den Rechner meines Gleiters. Ich bin unterwegs!«

»Was … was hast du gesagt?«, fragte Lian.

Der erwachte Klon hielt noch immer ihre Hand. Der Daumen strich über die Finger. »Bin ich tot? Du bist so wunderbar. Ja, ich muss tot sein. Wo sonst könntest du herkommen?«

Lian setzte sich auf die Bettkante. Was sollte sie auf eine so bizarre Frage antworten? »Ich lebe. Und du auch. Hast du einen Namen?«

»Nein. Aber Leben ist Einsamkeit, seit Gott verschwunden ist. Es gibt niemanden außer mir.«

»Ich nenne dich Ischi.«

»Ischi«, wiederholte der Klon. »Das klingt schön. Ich bin froh, dass ich gestorben bin.«

»Du lebst«, beharrte Lian.

Ischi lachte. Es klang fröhlich, aber auch rau, wie jede ihrer Äußerungen. Kein Wunder. Sie hatte nie zuvor etwas gesprochen. Doch ihre Gedanken schienen, wenngleich sie seltsame Dinge äußerte, klar zu sein – immerhin konnte sie überhaupt reden und sogar interagieren.

»Wenn ich nicht tot bin«, fragte Ischi und schaute Lian aus großen Augen an, »wo ist dann das Wasser? Wo die Wand? Die Welt ist grenzenlos geworden. Also muss ich tot sein.« Sie streckte den Arm aus, wischte durch die Luft.

Lian begriff, was in Ischi vorging – für sie war das Universum beschränkt gewesen auf den schmalen Innenraum des Wachstumstanks und die Bewegung hinter den Glaswänden. Ihr ganzes Leben hatte in der Nährflüssigkeit stattgefunden. Woher nahm sie ihr Wissen, ihre Sprache, ihre fast philosophischen Gedanken, mit denen sie ihren neuen Zustand zu verstehen versuchte? Offenbar hatte Jeobald Tenglar ihr etwas *einprogrammiert* … jedoch anders als bei Lian und Dano.

Das wird nicht einfach, dachte Lian. Sie musste vorsichtig sein, um den Klon nicht zu überfordern.

»Ich erkläre dir später alles«, versprach sie. Sie brauchte Zeit, um nachzudenken, wie sie Ischi an die Realität heranführen sollte. »Lass mich dir zuerst eine Frage stellen.«

Ischi setzte sich auf. Die Decke rutschte am Oberkörper nach unten. Verwirrt schaute sie auf ihren bekleideten Körper hinunter, nahm den Stoff der Bluse zwischen die Finger und zupfte daran. »Was ist das?«

»Kleidung.«

»Ich kenne das Wort. Aber wieso trage ich welche?«

»Damit du nicht frierst und nicht nackt bist und dich nicht schämst.«

»Müsste ich mich schämen?«

»Nein«, sagte Lian. »Müsstest du nicht. Ich wollte dich etwas fragen.«

Ischi lächelte aufmunternd.

»Du hast gesagt, dass Gott verschwunden ist. Wer ist Gott?«

»Er hat zu mir geschaut, durch die Wand.«

Lian fühlte sich schwindlig. Sie verstand genau. Für sich selbst hatte sie damals dieses Empfinden, dieses Erlebnis anders bezeichnet – als allgegenwärtige Präsenz ihres Universums. »Es war ein Gesicht, nicht wahr?« Das von Jeobald Tenglar, der von außen in die Wachstumstanks schaute.

»Ja. Irgendwann verschwand er und kam nicht mehr zurück, wie er es sonst immer tat. Seitdem war das Leben einsam.«

»Das hat sich nun geändert. Nur die Einsamkeit ist vorüber – nicht dein Leben. Du hast eine neue Phase erreicht. Ich habe dich aus deinem Gefängnis hinter der Wand befreit.«

»Bist du auch ein Gott?«

Nun musste Lian lachen. »Alles, aber das nicht! Kannst du ... aufstehen?«

Ischi hob die Decke ganz beiseite und schwang die Beine zur Seite. Sie setzte die Füße auf und erhob sich. Ihre Muskeln waren nicht verkümmert; sie war im Tank in bester körperlicher Verfassung gehalten worden. »Habe ich es gut gemacht?«

»Wunderbar! Sieh dich um.«

»Ist das meine neue Welt?«

»Ein ganz kleiner Teil davon. Es ist nur ein Zimmer – wir können es verlassen. Aber wir sollten damit noch warten.« Lian durfte sie nicht überfordern.

Ischi drehte sich zu Herman Lugauers Gemälde. »Ein Baum. Er ist wunderschön. Ich habe nie zuvor einen gesehen.«

»Du weißt jedoch, was es ist?«

Der Klon strich sich über die Stirn. »Seltsam, nicht wahr?« Sie legte die Finger auf das Kunstwerk, fuhr sacht die Windungen der Äste nach, verharrte in der Krone. »Das ist ein Gehirn. Es wächst in dem Baum.«

»In diesem Bild, ja. In der Natur ist es anders.«

»Wieso?«

»Das ist Kunst.«

»Hat Gott es erschaffen?«, fragte Ischi.

Lian lächelte. »Nein. Es war ein Mensch.« Sie zögerte. »So wie du und ich.«

»Könnte ich das ebenso?«

»Ja. Ich tue es auch.«

»Du hast einen Baum gezeichnet?«

»Das nicht. Eine andere Art von Kunst. Ich bin eine Trivid-Künstlerin.«

Mit einem Mal verzog Ischi das Gesicht. »Was ist ... das?« Sie hob die Hände, berührte ihren linken Nasenflügel. »Es schmerzt.«

Lians Augen weiteten sich. Die Haut an Ischis Nase war brüchig. Ein dünner Blutfaden rann daraus hervor und lief bis zur Oberlippe.

Nicht gut, dachte sie. Das war gar nicht gut.

Kapitel 21:
Wieso bin ich verletzt?

Die Sanatorien auf Mimas waren zum Teil anderthalb Jahrtausende alt. Riesige Schutzschirmprojektoren unter der Mondoberfläche schützten die Gebäudekomplexe auf dem atmosphärelosen Mond, der allerdings wegen einer gänzlich anderen Einrichtung eher traurige Berühmtheit im ganzen Sonnensystem erlangt hatte. Dort stand das PAKS, umgangssprachlich Para-Bunker genannt, ein Gefängnis für paranormal begabte Straftäter, das spezielle Sicherheitsvorkehrungen benötigte.

Mimas umlief seinen Planeten, den Saturn, in etwas weniger als einem Erdentag – eine Sonnenumkreisung, also ein Jahr, dauerte allerdings fast 30 Erdenjahre. Großteils war der Mond noch immer unbewohnt und präsentierte die öde Steinwüste, die dort seit Jahrmilliarden herrschte.

Die Sanatorien verteilten sich über den gesamten Mond, kultivierten jedoch meistens nur wenige Tausend Quadratmeter im Schutz der Energiekuppeln. Rhodan steuerte gezielt das ehemalige Sanatorium an, in dem nun unter anderem die Firma Castoral Positronics ihren Sitz gefunden hatte.

Als er zum Landeanflug ansetzte, fiel ihm auf, wie viele Planeten seines Heimatsystems er besucht hatte, seit sich Dano Zherkora mit seiner Erpresserbotschaft via Trivid gemeldet hatte. Er kam sich vor wie in einer Hetzjagd zu allen möglichen Orten im Solsystem.

Das ehemalige Breuken-Sanatorium lag in der Nähe des Mimas-Nordpols und füllte einen kleineren Krater völlig aus; zwei Dutzend Häuschen schmiegten sich an die schroff abfallenden Wände.

Ein Energieschirm flirrte als flache Linse über dem Krater, auf dessen Boden im geschützten Klima saftig rostrotes Gras wuchs. Eine riesige Tanne ragte im Kraterzentrum auf; um den Stamm zu umfassen, müssten sich mindestens zehn Männer die Hand reichen.

Ein Holoschild führte die Liste der Firmen auf, die im Krater ihren Sitz hatten. Darunter lud eine Funkfrequenz ein, die zentrale Verwaltung zu kontaktieren.

Rhodan ließ sich nicht zweimal bitten. Sofort meldete sich eine weibliche Stimme. »Breuken-Konsortium, was kann ich für dich tun?«

»Ich möchte Castoral Positronics besuchen.«

»Sehr gern. Wen darf ich melden?«

Er hatte überlegt, anonym aufzutauchen, sich jedoch dagegen entschieden. »Perry Rhodan.«

»Haha.« Es folgte ein Kichern, das zu einstudiert wirkte, um spontan zu sein. »Mit Witzbolden haben wir es hier selten zu tun. Also, wen darf ich melden?«

»Perry Rhodan.«

Ein kurzes Zögern. »Ernsthaft?«

»Ernsthaft.«

»Bitte entschuldige.« Ein Räuspern, dann eine professionelle Ankündigung: »Ich schicke eine Peilung zu einer Strukturschleuse im Schirm. Außerdem sende ich die Kennung, die dich direkt zum Gebäude von Castoral Positronics leitet. Es ist eines der kleinen Häuser am Kraterrand.«

»Danke.«

Ehe die Verbindung abbrach, glaubte Rhodan noch ein schrilles Kieksen zu bemerken. Manchmal war es recht amüsant, berühmt zu sein, wobei er allgemein keinen großen Wert darauf legte. Erst vor Kurzem hatte ihn in einem Restaurant ein Kellner mit den Worten »Du siehst aus wie Perry Rhodan« angesprochen, worauf er mit »Das höre ich oft« geantwortet hatte.

Er schleuste durch den Schirm. Auf dem Gelände des ehemaligen Sanatoriums flanierten Leute; er sah vor allem Terraner, aber auch Arkoniden, sogar einen Haluter, der die anderen weit überragte.

Rund um die gigantische Tanne saßen Dutzende an einem künstlichen Bachlauf und nahmen die verschiedensten Substanzen zu sich; wohl Angestellte der Firmen, die ihre Pause genossen. Rhodan steuerte sein eigentliches Ziel an. Die Empfangsdame hatte nicht übertrieben – Castoral Positronics verfügte über keinen besonders imposanten Firmensitz. Das Haus ragte nur zwei Stockwerke hoch auf und wirkte, als wäre es mit dem Kraterrand verwachsen.

Er landete auf einem der drei freien Gleiterplätze, die nicht direkt zur Firma, sondern zu mehreren Gebäuden gehörten. Sonst parkten dort nur wenige Minigleiter.

Rhodan stieg aus, ging einen mit Kies bestreuten Weg zum Eingang von Castoral Positronics. Als Logo schwebte ein Hologramm über der Tür, das seine Form veränderte, je näher er kam – zunächst eine antike Schreibfeder, die sich erst in ein Eingabedisplay, schließlich in ein interaktives Kommunikationsholo verwandelte. Eine nette Spielerei, das musste er zugeben.

Die Tür glitt automatisch vor ihm auf.

An einem Tresen begrüßte ihn ein Roboter – ein gut ausgearbeitetes humanoides Modell, das mit einer entsprechenden hautfarbenen Gesichtsmaske glatt als Terraner durchgegangen wäre. »Willkommen bei Castoral Positronics. Hast du einen Termin?«

»Ich möchte einen Mitarbeiter sprechen.«

»Gerne überprüfe ich für dich, ob es möglich ist. Da du dich nicht angemeldet hast, kann ich es nicht garantieren. Du bist zwar zur Kernzeit gekommen, doch nicht alle Angestellten sind vor Ort. Dennoch steht Kundenfreundlichkeit an erster Stelle.«

»Zweifellos.« Die Programmierung des Roboters kam Rhodan allzu höflich vor. »Es handelt sich um den Cheborparner Lusurrgochena Santorifecazi.« Der Name kam ihm glatt und ohne Stolpern über die Lippen.

»Du hast Glück«, sagte die Maschine. »Er ist heute im Dienst. Ich überprüfe, ob er Zeit für dich hat. Wen darf ich melden?«

»Ich bin davon überzeugt, dass du mich erkennst.«

»Selbstverständlich, Perry Rhodan. Ich wollte dich lediglich nicht belästigen. Aber nun, da du es ansprichst, wäre ich für ein Autogramm dankbar.«

»Du?«, fragte Rhodan verblüfft.

»Wieso nicht? Ich mag ein Roboter sein, doch das heißt nicht, dass ich die schönen Dinge des Lebens nicht schätze. Selbstverständlich speichere ich jedes Wort unserer Begegnung in meiner Zentralpositronik ab, aber wer weiß, ob die Echtheit der Aufzeichnung in Gesprächen angezweifelt werden würde, falls ich keinen Beweis vorlege.« Im nächsten Moment reckte sich Rhodan ein metallener Arm entgegen, der Stift und eine Schreibfolie hielt. »Nur, wenn es dir nichts ausmacht.«

Grinsend ergriff Rhodan beides und ließ die Spitze des Stifts über der Folie schweben. »Trägst du einen Namen?«

»CP 1 Modellreihe Emp-2.«

Rhodan grinste noch breiter, als er schrieb.

Für CP 1 Modellreihe Emp-2

Ad astra,

dein Perry Rhodan

Der Roboter nahm das Papier zurück. »Wunderbar! Nun bringe ich dich gerne zum Büro des von dir gewünschten Mitarbeiters.«

Es ging durch einen Korridor und in einem Antigravschacht zwei Stockwerke nach oben. CP 1 blieb vor der ersten Tür rechts neben dem Schachtausgang stehen. »Er erwartet dich, ich habe deine Ankunft bereits angekündigt.«

Rhodan hielt es für ein gutes Zeichen, dass Lussa, der *Datenteufel*, offenbar nicht geflohen war – womit er sich allerdings unnötig verdächtig gemacht hätte. Dieses Risiko hatte er bewusst einkalkuliert.

Die Tür öffnete sich.

Der ehemalige Datendieb kam ihm entgegen. Rhodan war an den Anblick von Cheborparnern längst gewöhnt; ihm kam nur beiläufig die Assoziation mit einer altterranischen Teufelsgestalt. Lussa glich einem aufrecht auf den Hinterbeinen gehenden Ziegenbock; sein braunes Fell hatte er am Brustkorb rot eingefärbt und an den Armen rasiert. Um die Hörner trug er mehrere goldglänzende Ringe.

»Tatsächlich«, sagte Lussa. »Du bist es wirklich. Ich dachte, jemand erlaubt sich einen Scherz.« Er sprach mit vornehmer, leicht singend klingender Stimme. »Was kann ich für dich tun? Ich hoffe, es steht nicht mit meiner Vergangenheit als Cyberverbrecher in Verbindung. Meine Zeit als *Datenteufel* ist vorbei.«

»Das freut mich.« Rhodan entschied, mit der Tür ins Haus zu fallen und die Reaktion seines Gegenübers genau zu beobachten. »Darf ich dir einige Holos zeigen? Es handelt sich um eine Routineuntersuchung.«

»Selbstverständlich.« Lussa ging mit geschmeidigen, eleganten Schritten zu einem ungewöhnlich hohen Schreibtisch. Er setzte sich nicht, sondern blieb aufrecht und legte die Unterarme auf der Tischplatte ab. »Leider kann ich dir keinen Platz anbieten. Wie du siehst, arbeite ich immer im Stehen. Besuch empfange ich im Büro üblicherweise nicht.«

»Kein Problem«, versicherte Rhodan. »Ich hoffe ohnehin, dass ich dich nicht lange aufhalten muss.«

»Um welche Holos handelt es sich?«

»Die Aufnahmen von einigen Personen.«

»Auf einem Speicherkristall? Ich kann dir ein Lesegerät ...«

»Nicht nötig. Das Mulitfunktionsarmband des SERUNS wird sie projizieren.«

»Ich bin gespannt.«

Rhodan begann mit einer Aufnahme von Lian, die er über der Tischplatte schweben ließ.

Der Cheborparner beugte sich vor, dass seine Augen das Holo fast berührten. »Eine schöne Frau. Aber ich nehme an, dass es dir nicht um diese Einschätzung geht.«

Rhodan fragte sich, ob Lussa etwas überspielte. Weckte der Anblick tatsächlich keine Erinnerung bei ihm? Hatte er Lians fingierten Lebenslauf und ihre gefälschten Daten in die Meldesysteme eingespeist? »Du kennst sie nicht?«

»Nicht dass ich wüsste. Ist sie eine Kundin von Castoral Positronics? Oder wie bist du auf mich gekommen?«

Rhodan ignorierte die Frage. »Und dieser Mann?« Er wechselte zu einem Holo, das Dano Zherkora zeigte.

Lussa überlegte. »Nein. Er kommt mir vage bekannt vor. Vielleicht bin ich ihm irgendwann einmal begegnet, auf einem Kongress oder so.«

»Und was ist mit ...«

Weiter kam Rhodan nicht. Ein hohes, sirrendes Geräusch heulte durch den Raum. Unwillkürlich riss er die Hände hoch, presste sie auf die Ohren. »Was ist das?«, rief er.

Der Cheborparner sah verwirrt aus, und Rhodan glaubte nicht, dass er schauspielerte. Das Holo flackerte, zeigte Lücken, stabilisierte sich wieder und fiel aus.

Etwas krachte. Rhodan wirbelte herum. Die Tür flog auf, eine dunkle, schemenhafte Gestalt zeichnete sich hinter einem Energieschirm ab. Energiestrahlen jagten in den Raum.

Der Schreibtisch explodierte.

Rhodans SERUN reagierte automatisch. Der Schutzschirm flammte auf.

Der Angreifer stürmte herein und schoss erneut. Rhodan begriff sofort, dass nicht er das Ziel dieser Attacke war.

Es ging um Lussa!

Der Cheborparner schrie. Blut pulste aus einer Wunde am Oberarm. Er presste die Hand darauf. »Wieso …«, kam es fassungslos aus seinem Mund. Der nächste Schuss würde ihn töten.

Rhodan warf sich vor ihn. Sein Schutzschirm flammte auf, leitete die Energie des Strahlenschusses ab.

Er riss die Waffe heraus, wollte auf den Angreifer feuern. Etwas explodierte krachend im Raum vor ihm. Rauch wölkte auf, nahm ihm die Sicht. Er hörte den Lärm von Schritten. Der Fremde floh!

Rhodan musste sich entscheiden. Die Verfolgung aufnehmen – oder bei Lussa bleiben und ihn beschützen?

»Du blutest«, sagte Lian.

Ischi tupfte sich die Oberlippe und schaute verblüfft auf die rot glänzenden Fingerspitzen. »Wieso bin ich …« Sie zögerte, als suche sie nach dem richtigen Wort. »… verletzt?«

Wenn ich das nur wüsste. »Ich helfe dir.«

»Es ist nicht schlimm.« Der Klon setzte sich auf die Bettkante. »Oder?«

»Ist es nicht.« Nur dass Lian es nicht recht glauben wollte. Natürlich war die Verletzung an sich harmlos – aber warum sollte Ischi einfach so bluten? Ohne Grund?

Das Blut kam nicht aus der Nase, was noch erklärbar gewesen wäre … sondern eindeutig aus aufgerissener Haut des Nasenflügels. Andererseits kam es ihr lächerlich vor, deshalb den Medoroboter zu aktivieren, der nach wie vor in einer Ecke des Raumes wartete.

Sie ging ins Badezimmer und holte dort ein Tuch, das sie an die Wunde hielt.

Der Klon schien den Vorfall schneller zu vergessen als Lian. »Können wir nach draußen? Das Zimmer verlassen?«

»Sicher. Aber du solltest dich ausruhen.«

»Warum?« Ischi zog das Tuch zurück. Es hatte nur wenig Blut aufgesaugt. »Nicht schlimm, siehst du? Also, gehen wir?«

»In Ordnung. Bleib immer bei mir, ja? Sprich mit niemandem.«

»Gibt es denn noch andere?« Ischis Augen wurden groß.

»Sehr viele. Aber es hat Zeit, sie kennenzulernen. Ich werde dir bald einen Mann vorstellen. Er heißt Perry Rhodan.«

»Perryrhodan. Ist er ein Gott?«

»Ebenso wenig wie ich.«

»Aha. Es gibt so viel zu lernen.«

Glaub mir, für mich auch. Ich will zum Beispiel wissen, wieso du so bist, wie du bist, Ischi. Was hatte Tenglar mit dir und den anderen Klonen vor? Und mit Dano und mir? Sie öffnete die Tür des Zimmers und ging nach draußen auf den Korridor.

Ischi folgte, blieb aber stehen und schaute den Gang entlang. Ihre Lippen zitterten.

»Wenn es dir zu viel ist, können wir noch warten.«

Ischi schüttelte den Kopf. »Ich kann das«, sagte sie und nahm Lians Hand. Die Berührung fühlte sich seltsam an, warm und auf intime Weise vertraut. »Du hilfst mir, richtig?«

»Das tue ich.«

»Du hast gesagt, du bist kein Gott. Aber was sonst?«

»Ich bin deine Schwester«, sagte Lian.

»Wieso?«

»Weil es kein besseres Wort gibt für das, was dich und mich verbindet.«

»Schwester«, wiederholte Ischi.

Lian führte den Klon weiter und war froh, dass sie auf niemanden trafen. Eine Begegnung mit irgendwem würde sich nicht auf Dauer vermeiden lassen, aber jede Sekunde, die es sich hinausschieben ließ, fühlte sich gut an.

In einem Antigravschacht schwebten sie tiefer, während Ischis Mund vor Staunen offen stand. »Wir fliegen«, sagte sie. »Wie in meinen Träumen.«

Genauso kam sich auch Lian vor. Oder wie in einer Trivid-Serie. Allerdings konnte sie nicht sagen, ob es die beste oder die absurd-schlechteste Serie war, die sie je miterlebt hatte. Vielleicht ein bisschen von beiden.

Sie verließen das Gebäude durch einen Seitenausgang, der in einen kleinen Park führte, dem Haupteingang gegenüber. Einige Bäume spendeten Schatten. Die Luft roch mild und leicht würzig.

Zum ersten Mal löste Ischi die Hand aus der Lians und überkreuzte die Arme vor der Brust, als wolle sie sich abschotten vor der schieren Wucht der Eindrücke, die auf sie einströmten.

Vielleicht war sie zu weit gegangen. Sie hätte langsamer vorgehen müssen und Ischi nicht zu viel auf einmal zumuten dürfen! »Gehen wir zurück.«

»Die Welt ist so schön«, sagte Ischi. »Danke.« Ihre Knie zitterten, und im nächsten Moment knickte sie ein. Ehe Lian sie auffangen konnte, stürzte sie hin. Sie hob den Arm, um sich abzustützen.

Etwas knackte.

Ischi schrie.

Lian ging neben ihrer Schwester auf die Knie, sah Blut, viel Blut, und rief panisch nach Hilfe. Ischis Arm war gebrochen. Der Knochen ragte aus der Haut.

Lian streckte hilflos die Arme aus. »Gleich wird dir geholfen. Der Schmerz ist bald vorbei.« Aber wie konnte bei einem so einfachen Sturz der Arm brechen und der Knochen das Fleisch durchstoßen?

Ein Medoroboter flog heran und betäubte Ischi. Ihr schmerzerfülltes Jammern endete, ihr verkrampfter Körper entspannte sich. Der Roboter richtete den Bruch und bestrahlte die Wunde – was er genau tat, begriff Lian nicht.

»Ich werde sie operieren. Sorg dich nicht«, forderte die Maschine.

Aber das tat sie.

Was sonst sollte sie tun?

»Es ist ein Notfall«, sagte der Medoroboter. »Ich rufe weitere Roboter herbei. Bitte tritt zurück und sorg dich nicht. Wir haben die Lage unter Kontrolle.«

Die wiederholte Aufforderung weckte erst recht Sorgen. Lian verharrte an Ort und Stelle. »Was ist mit ihr?«

Die Maschine strahlte neue Scanstrahlen aus, die über die Patientin huschten. »Gibt es Vorerkrankungen? Ich finde keine Aufnahmeakte.«

»Nichts Bekanntes«, sagte Lian kläglich. »Was ist mit ihr?«

»Ihre zelluläre Kohäsion versagt.«

»Was bedeutet das?«

Weitere zwei Roboter schwebten heran. Gemeinsam projizierten sie ein Antigravfeld, das Ischi sanft anhob. Die Maschine schwieg, während sie mit den beiden anderen Medorobotern und Ischi in der Mitte losschwebte.

Lian rannte hinterher. »Gebt mir Antwort!«

Im nächsten Moment fragte sie sich, ob sie es lieber nicht gehört hätte: »Der Körper der Patientin zerfällt.«

Kapitel 22: Zeitzünder

Dano fluchte.

Rhodan, immer wieder Rhodan!

Dano war in das Büro dieses Cheborparners eingedrungen, nachdem er in seinem Kampfanzug in die Firma eingebrochen war. Es hatte schnell gehen sollen, eine Sache von einer Minute, höchstens – Dano wäre weg gewesen, ehe irgendwer reagieren konnte.

Aber jemand hatte den Angriff unterbunden.

Rhodan!

Dano jagte durch den Korridor. Der Cheborparner musste sterben! Doch wie sollte er gegen Rhodan ankommen?

Die Antwort lag auf der Hand. Dem verfluchten Terraner durfte keine Zeit bleiben! Er war allein gewesen, ohne Lian. Also konnte Dano die Bombe nutzen, die sein Partner ihm mitgegeben hatte.

Er hatte es vermeiden wollen, wollte nicht die vielen unschuldigen Menschen in diesem Gebäude mit in den Tod reißen. Wenn er schon den Cheborparner töten musste, dann wenigstens nicht noch mehr, die nur zufällig zur falschen Zeit am falschen Ort waren.

Aber es ließ sich nicht ändern.

Es war nicht seine Schuld!

Wie alles sonst auch nicht! Er hatte sich nicht ausgesucht, ein Klon zu sein! Hatte er sich etwa gewünscht, an einer Krankheit zu leiden, die seinen Körper zerfallen ließ? War er für sein Schicksal verantwortlich?

Er deponierte die Bombe, die er im Kampfanzug trug, stellte

den Zeitzünder auf zehn Sekunden und jagte in voller Beschleunigung im Schutzanzug mitten durch die Fensterfront ins Freie.

Hinter ihm zerfetzte die Explosion das Firmengebäude.

Die Ausläufer der Druckwelle erfassten ihn. Im Schutzanzug konnte ihm nichts passieren. Dennoch war da dieser Schmerz, dieser rasende Kopfschmerz, den die schnelle Bewegung hervorbrachte. Vor dem Einsatz hatte er von seinem Partner eine neue Dosis des Serums erhalten; es half ein wenig, die Symptome abzumildern, aber mehr nicht.

Er schrie sowieso nicht deswegen.

Erschüttert schaute er zurück auf das brennende, lodernde Chaos, für das er die Verantwortung trug. Und weinte.

Kapitel 23:
Amphibischer Transmitter

Verrückt, dachte Perry Rhodan. *Ich war auf der richtigen Spur.*

Verrückt war vor allem die Tatsache, dass ihm dieser Gedanke durch den Kopf schoss, während Feuer auf ihn zuraste. Während die Wand hinter ihm zerfetzt wurde. Während er den Energieschirm seines SERUN-Schutzanzugs auf den Datendieb Lussa ausweitete, der mitten in dem tödlichen Chaos stand.

Ob es noch rechtzeitig war?

Ob er Lussa vor dem Angriff retten konnte?

Und was war mit all den anderen Angestellten der Firma? Die Wucht der Explosion würde Leute im ganzen Gebäude von Castoral Positronics töten.

Ein Riss in der Decke über ihm verbreiterte sich rasch. Die Mikrofone seines Helms, der sich selbstständig geschlossen hatte, übertrugen ein Knirschen. Etwas rieselte herunter. Staubfäden glitzerten in der Luft, blutig erhellt von flackerndem Feuer.

Rhodan packte Lussa, der ihn mit geweiteten Augen anstarrte. »Ich bring dich raus«, sagte er, aktivierte die Flugfunktion des SERUNS und raste los. Er steuerte sich und den Cheborparner in seinen Armen durch die Überreste der geborstenen Wand, hinein in einen Korridor.

Die Alarmsysteme des Schutzanzugs zeigten rapide steigende Außentemperaturen. Materie verdampfte im Energieschirm. Die Druckwelle einer weiteren Explosion jagte heran.

Ein Alarmsignal schrillte. Rhodan beachtete es nicht. Er wusste selbst, dass es kritisch wurde. Die Leistung seines Schutzschirms hatte bereits stark abgenommen, und die Ausdehnung um den Cheborparner …

Der Cheborparner!

Ihm floss Blut aus den Mundwinkeln. Vom Fell an den Schläfen gab es nur noch verkohlte Überreste. Die Haut darunter war ein entsetzlich verbranntes Etwas, aus dem der Schädelknochen lugte.

Vor ihnen tauchte eine breite Fensterfront auf. Sie steuerten darauf zu, brachen in einem Scherbenregen hindurch. Die Splitter verdampften im Schutzschirm. Energetische Blitze zuckten. Glas schmolz zu bizarren Tropfen.

Rhodan flog mit Lussa im Freien unter der Schutzkuppel, die den Krater des Saturnmondes Mimas überspannte. Ein Baldachin in künstlichem Blau, der an einen wolkenlosen Himmel der Erde erinnern und eine heile Welt vorgaukeln sollte, ebenso wie die künstliche Flora auf diesem eigentlich toten Gesteinsbrocken. In diesen Augenblicken des Todes und der Zerstörung wirkte all das auf Rhodan falsch und unpassend.

Das Gebäude der Firma lag hinter ihm. Er schaute sich um, während der SERUN ihn weiter wegbrachte.

Castoral Positronics brannte.

Eine Frau rannte ins Freie, drehte sich um, schrie und warf sich hinter einem Busch zu Boden, als könne er ihr Schutz bieten.

Ein Roboter schwebte aus den Trümmern des Obergeschosses. Die Maschine stand lichterloh in Flammen. Sie schleppte eine reglose Gestalt mit sich.

Dieser Wahnsinn musste sofort enden!

Genauer gesagt, *dieser Wahnsinnige* musste aufgehalten werden!

Obwohl Rhodan den Angreifer nur als schemenhafte Erscheinung hinter einem Energieschirm gesehen hatte, ging er davon aus, dass es sich um Dano Zherkora handelte. Und diese

Bombe war endgültig eine zu viel. Er würde ihn finden und für seine Taten zur Rechenschaft ziehen!

Der Cheborparner hing schlaff in seinen Armen. Nun erst bemerkte Rhodan das Ausmaß der entsetzlichen Verletzung. Ein breiter, gezackter Metallsplitter, vielleicht vom zerfetzten Schreibtisch, war Lussa in den Hinterkopf gedrungen.

Rhodan hatte einen Toten gerettet.

Behutsam legte er die Leiche ab, halb auf einem Steinweg, halb auf einer Wiese aus grünblauem Gras.

Das Firmengebäude stürzte krachend ein.

Flammen schlugen hoch, Funken stoben knisternd auf und regneten hinab.

Rhodan schaute sich um, suchte Zherkora. Zumindest konnte er den Krater noch nicht verlassen haben, in dem nicht nur Castoral Positronics, sondern etliche weitere Firmen ihren Sitz hatten.

Der Energieschirm spannte sich über ihnen. Wenn sein Gegner ihn durchqueren wollte, brauchte er erstens einen Gleiter – und musste sich zweitens eine Schleuse schalten lassen. Falls er sich nicht, und genau das befürchtete Rhodan, vom Mond abstrahlen ließ.

Zweifellos gab es etliche Transmitter, mit denen die diversen Firmen des Breuken-Konsortiums ihren Besuchern oder Kunden eine bequeme An- und Abreise ermöglichten.

Vor seinem eigenen Einflug hatte Rhodan mit einer Angestellten der zentralen Verwaltung gesprochen. Die Kontaktfrequenz war noch im SERUN gespeichert. Er funkte darüber eine Botschaft, während er zu den brennenden Überresten des Tatorts eilte, um Erste Hilfe zu leisten.

»Hier spricht Perry Rhodan. Ich bin am Ort der Explosion. Es handelt sich um einen terroristischen Anschlag.« Das verkürzte die Wahrheit ein wenig, doch das spielte momentan keine Rolle. »Der Attentäter ist noch im Krater. Es müssen sofort sämtliche Transmitterverbindungen gekappt werden, außerdem darf niemand ausfliegen!«

Parallel ortete er mit den Möglichkeiten seines Schutzanzugs. Befand sich jemand mit aktiviertem Schutzschirm in der Nähe? Die Ortung zeigte eine Menge energetischer Aktivität rundum an; kein Wunder bei den vielen Firmen und dem Schirm über ihnen.

Dennoch gelang Rhodan ein Treffer. Dieser Punkt im Orterholo – das war eindeutig ein kleiner Individualschirm, Schutz für eine einzelne Person!

Er stutzte, während er seinen Flug stoppte, um sich über einen Körper am Rand des Trümmerfelds zu beugen. Die Frau lag mit dem Gesicht zum Boden, ihre Haare – lilafarben, fast fingerdick und mindestens einen halben Meter lang – wie ein Schleier rundum ausgebreitet. Es gab keine sichtbare Verletzung.

Die Person im Individualschirm flüchtete nicht etwa, sondern näherte sich dem Chaos. Und sie war nicht die Einzige! Immer mehr energetische Schutzhüllen erschienen im Orterholo.

Rhodan begriff. Medo- und Rettungsroboter eilten zu Hilfe, vielleicht auch menschliche Rettungskräfte.

Er tastete nach dem Herzschlag der Frau; trotz der auffälligen Haarfarbe handelte es sich wohl um eine Terranerin, womöglich mit ein wenig exotischer Beimischung durch einen Vorfahren. Der Puls schlug schwach. Vorsichtig drehte er ihren Kopf. Sie war bewusstlos. Der Mund stand offen. Etwas Blut glänzte auf den Resten zweier abgebrochener Schneidezähne.

Einer der Roboter war heran; Rhodan überließ alles Weitere der Maschine. Ihre Ankunft erlaubte es ihm, sich nicht länger um die möglichen Opfer, sondern um den flüchtenden Attentäter zu kümmern.

Wo konnte er sein?

Dano Zherkora hatte seine Flucht von Mimas zweifellos

vorbereitet – wenngleich er offenbar nicht geplant hatte, die Bombe einzusetzen, die Castoral Positronics zerfetzt hatte. Rhodan erinnerte sich nur zu gut, wie sein Gegner den Raum gestürmt hatte … wie er Lussa, den cheborparnischen Datendieb, mit einem gezielten Strahlerschuss hatte töten wollen; wie Rhodan es verhindert und Zherkora dadurch erst dazu gebracht hatte, die Explosion auszulösen.

Der Gedanke, dass ihn eine Mitschuld an all dem Chaos und Leid traf, stach bösartig mitten ins Herz. Er schüttelte ihn ab. Diese Sichtweise mochte zutiefst menschlich sein, dennoch war sie falsch. Er hatte unmöglich vorhersehen können, was geschehen würde. Alles war viel zu schnell gegangen. Der Angriff lag keine fünf Minuten zurück.

»Rhodan?«, hörte er via Helmfunk. »Perry Rhodan, bist du da?« Er konnte die helle Stimme der Frau nicht zuordnen; sicher nicht diejenige, mit der er bei seiner Ankunft auf Mimas gesprochen hatte.

»Ja?«

»Deine Anfrage wegen einer generellen Transmitterblockade …« Seine Gesprächspartnerin räusperte sich. Sie klang, als verberge sie nur mühsam eine Menge Nervosität. »Ich versuche, mich darum zu kümmern, während meine Kollegen sich um … um die Katastrophe …«

»Ganz ruhig«, sagte Rhodan. »Ich bin überzeugt, du gibst dein Bestes und du bist genau die Richtige dafür. Also?«

»Die Transmitterverwaltung obliegt den einzelnen Firmen. Die meisten bestätigen inzwischen positiv. In drei Fällen steht eine Antwort allerdings noch aus. Leider gab es in den ersten Minuten nach der Explosion viele Transmitterdurchgänge. Eine Art panische Fluchtreaktion, weil niemand wusste, ob es weitere …« Ein tiefes Durchatmen. »Du verstehst?«

»Natürlich. Werden bei den Transmittern Bilddaten zur allgemeinen Sicherheit angefertigt?«

»Ja, aber ich kann nicht einfach darauf zugreifen. Die Datenschutzbestimmungen sind rigoros, was das angeht. Die einzelnen Firmen müssen ...« Wieder führte sie ihren Satz nicht zu Ende. »Das kennst du bestimmt.«

Er kannte den Tonfall dieser nachgeschobenen Bemerkung nur zu gut – unausgesprochen schwang darin ein *Du bist ja Perry Rhodan* mit. Nur dass er eben auch nicht alles wusste und sicher nicht als ausgefuchster Experte in Sachen Datenschutz bei Firmenkonsortien galt.

»Versuch trotzdem, an die Daten heranzukommen, und halt mich auf dem Laufenden«, bat er.

»Moment – warte kurz. Ich registriere hier einen Alarm. Eine weitere kleine Explosion! Das interessiert dich bestimmt. Ein zerstörter Transmitter.«

»Wo?«

Rhodan erhielt den Namen einer Firma, die gehobene Innendekoration für amphibisch lebende Völker herstellte. Er ahnte Übles, als er sich auf den Weg machte.

»Ich ... habe ... Bilder ...« Jedes Wort des schuppenbedeckten Wesens wurde von einem tiefen, pfeifenden Luftholen begleitet. Optisch bildete Rhodans Gegenüber eine Mischung aus Aal und Krokodil und etwas, das sich mit nichts vergleichen ließ, das er je gesehen hatte.

Der Firmeninhaber hatte sich als Umull Ouhum-Uluo vorgestellt – oder so ähnlich. Für ungeübte Ohren – und was das Volk der Umull anging, war Rhodan ungeübt – klang der Name schwer verständlich.

»Ich ... rufe ... sie ... auf ... für ... dich.«

»Danke.« Rhodan stand mit dem Fremdwesen vor dem verbogenen und zerfetzten Trümmerhaufen, der noch vor wenigen Minuten ein funktionierender Transmitter gewesen war. Der

Schrottberg lag am Rand eines großen Bassins, das in den Boden des Kellers eingelassen war.

Einige Umull schwammen in einer braunen, verschlammten Flüssigkeit. Prächtige Fresken, die zu allem Überfluss nach verrotteten Muscheln rochen, verzierten den Beckenrand. Wohl eine Art Ausstellungsware.

Ein Holo ploppte auf. Es zeigte einen Fischartigen in einem Wassertank, der in den Transmitter schwebte.

»Das ... war ... der ... vorletzte ... Nutzer ... Danach ... stürmte ... der ... Fremde ... herein.«

Diesen Teil der Vorgeschichte kannte Rhodan bereits aus der quälend langsamen Erzählung: Ein Mann war in die Firma gestürmt, hatte sich rücksichtslos am Empfangspult vorbeigedrückt und den Keller betreten. Sehr zielstrebig – offenbar wusste er genau, was er tat. Der Eindringling war humanoid gewesen, mehr noch: »Vermutlich ... ein ... Terraner.«

Zweifellos der Attentäter. Er hatte eine Empfangsstation einprogrammiert, sich durch den Transmitter versetzen lassen – und eine kleine Bombe zurückgelassen, die alles hinter ihm in einen Trümmerhaufen verwandelte, sodass sie sein Ziel nicht mehr rekonstruieren konnten.

Die letzte Bestätigung erhielt Rhodan, als das Bild im Holo wechselte.

»Das ... war ... er ...«

Rhodan kannte die gehetzten Gesichtszüge, die verquollenen Augen und die Wunde an der Stirn. Genau wie vermutet handelte es sich um Dano Zherkora.

Und er war entkommen.

Wieder einmal.

Rhodan verließ den Keller, und das einzig Gute war, nicht mehr den Gestank verrotteter Muscheln riechen zu müssen.

Kapitel 24:
Der Kokon zerbricht

Lian Taupin stellte sich Fragen.

Zu viele, eigentlich. Doch während sie vor dem Operationssaal saß und wartete, bemerkte sie, dass ihr eine wichtiger war als alle anderen: *Wie geht es Ischi?*

Und das, obwohl sie vor einem Tag noch nicht einmal gewusst hatte, dass Ischi existierte. Vor einer Woche hätte sie nie für möglich gehalten, in einen solchen Wahnsinn aus illegalen Experimenten, Entführungen und Bombenexplosionen hineingezogen werden zu können.

Nun saß sie in der Hirnklinik von Doktor Doktor Herman Lugauer und quälte sich mit Vorwürfen. Sie hätte mit Ischi das Zimmer nicht verlassen dürfen. Sie hätte den Klon langsamer auf die Realität vorbereiten müssen. Ischis körperlicher Zustand hätte genauer untersucht werden sollen, sodass diese ... wie hatte der Medoroboter es doch genannt ... diese Probleme mit ihrer zellulären Kohäsion im Vorfeld entdeckt worden wären. Damit Ischi nicht gestürzt wäre und sich einfach so einen Splitterbruch am Arm hätte zuziehen können.

»Hätte, hätte, hätte«, murmelte Lian.

All die müßigen Überlegungen brachten sie nicht weiter. Aber irgendwie musste sie ihre Gedanken ja beschäftigen, während sie auf eine Nachricht wartete. Der brutale, offene Armbruch war dabei nicht das Schlimmste – sondern die Aussage des Medoroboters, dass Ischis Körper zerfiel.

Was genau bedeutete das?

Und vor allem: Wieso geschah das?

Perry Rhodan und Lian hatten die junge Frau frisch aus dem

Klontank befreit. Müsste sie nicht in einem perfekten Zustand sein, wie ein Neugeborenes? Aber warum …

Ruckartig stand Lian auf. Sie fing erneut an, sich gedanklich im Kreis zu drehen. Stattdessen wanderte sie den Korridor entlang und empfand unendliche Erleichterung, als sie ein bekanntes Gesicht entdeckte.

Herman Lugauer eilte auf sie zu. Der kleine, dickliche Mann wirkte gehetzt. Als er vor ihr stehen blieb, ging sein Atem schwer. »Ich habe gehört, was passiert ist. Es tut mir leid.«

Lian wusste nicht, was sie darauf entgegnen sollte. »Danke, dass du gekommen bist.«

»Wie konnte das passieren?«

Sie lehnte sich mit dem Rücken an die Wand. Am liebsten wäre sie daran hinabgerutscht und hätte sich auf den Boden gekauert. »Da fragst du ausgerechnet mich?«

»Wenn jemand Ischi kennt oder … versteht, dann du.«

Seine Antwort war zwingend logisch und verblüffte Lian trotzdem. Sie hatte diese Schlussfolgerung noch nicht gezogen. Aber es stimmte – sie beide waren vom selben Original, von der entführten Neyla Abiola, geklont worden.

»Ischi ist krank und zerfällt«, flüsterte sie. »Warum nicht auch ich?« Sie ging einen Schritt näher an Lugauer heran. »Du warst doch Teil der Experimente. Was habt ihr …«

Sie brach ab, als sie den Denkfehler erkannte. Natürlich war er damals eben *nicht* dabei gewesen. Ganz im Gegenteil. Als das ursprüngliche Forschungsprojekt TRAFO zur Verbesserung der Leistungsfähigkeit des menschlichen Gehirns in eine Sackgasse geraten war, aus der es nur durch Züchtung von Menschen hätte herausgelangen können, war Lugauer federführend gewesen bei der Beendigung der Forschungen. Alles, was danach gekommen war – das Klonen, das letztlich Ischi, den Entführer Dano Zherkora und auch Lian selbst hervorgebracht hatte – verantwortete Jeobald Tenglar völlig allein.

»Entschuldige«, sagte sie. »Ich weiß, du hast dich dem Klonvorgang verweigert.«

»Trotzdem kenne ich Hintergründe, die hilfreich sein könnten.« Er winkte ihr, ihm zu folgen.

»Was planst du?«

»Gehen wir zu Ischi. Ich benötige die aktuellen Analysen der medizinischen Untersuchungen.«

Dank seiner Generalvollmacht funkte Lugauer den Medoroboter an, der die Patientin nach ihrem offenen Bruch versorgte. Die Operation war bereits beendet, sodass die beiden das Krankenzimmer betreten konnten.

Ischi lag bewusstlos in einem sauberen Krankenbett. Nur ihr Kopf ragte unter der Decke hervor; das Gesicht bleich, aber entspannt.

Außer dem Roboter hielt sich inzwischen auch ein Arzt im Raum auf, ein Mann mit hellblauer Haut und kupferfarbenen, fingerlangen Haaren. Wohl ein Ferrone.

Er wandte sich an Lugauer. »Was den Bruch und die Verletzung am Arm angeht, ist die Patientin stabil. Was mit ihrem Körper vor sich geht, habe ich allerdings noch nie gesehen.«

Nun erst schien er Lian wahrzunehmen. Sein Blick streifte sie beiläufig, ehe er stutzte und ihr unverhohlen ins Gesicht schaute. »Wer bist du?«, fragte er. »Ihre Zwillingsschwester?«

»Hm, so ungefähr.« Zur Ablenkung ergänzte sie: »Und wer bist du?«

»Balvukor, Spezialist für die Genetik meines Volkes«, sagte er. »Ich bin ein Ferrone, falls dir das nicht ...«

»Schon klar.«

»Und ja, ich bin wegen dieses Spezialgebiets nicht unbedingt der ideale Mann, um sich mit deiner Schwester und ihrem Problem auseinanderzusetzen. Aber ich war gerade vor Ort und abkömmlich. Es gibt einen Ferronen hier in der Klinik, für den ich als Privatarzt diene. Glaub mir, mein Volk und deines sind so unterschiedlich nicht. Wir haben gemeinsame Vorfahren.«

»Das weiß ich«, versicherte Lian. Das *Für wie dumm hältst du mich?*, das ihr auf der Zunge lag, verkniff sie sich. »Was hast du bei Ischi festgestellt?«

Balvukor zögerte. Sein Blick wanderte zu Herman Lugauer. »Vielleicht sollten wir uns zunächst einmal zurückziehen?«

Der Leiter der Hirnklinik nickte. »Wir reden später, Lian. Ich verspreche dir, dass du alles erfahren wirst, was wir herausfinden. Ob es allerdings aufschlussreich sein wird … das frage ich mich selbst.«

Damit zogen sich die beiden Ärzte zurück.

Lian setzte sich auf Ischis Bettkante. »Ich bin bei dir«, sagte sie und kam sich zugleich unendlich verloren und wunderbar gebraucht vor. Zum ersten Mal fühlte sie sich, als würde sie etwas *wirklich* Wertvolles leisten und nicht nur an der Oberfläche des Lebens kratzen.

Dieser Empfindung nahe kam nur ein Erlebnis im Pflegeheim *Hainu.* Damals, im Alter von fünfzehn Jahren, hatte sie an einem Wettbewerb teilgenommen. Es ging darum, eine Folge für die Trivid-Jugendserie »Einsatz in Sektor 559 IX/c« zu konzipieren. Über 500 000 weitere Jugendliche hofften darauf, dass ausgerechnet ihre Einsendung verwirklicht würde. Sie hofften vergebens, denn es war Lians Werk, das gewann.

Selbstverständlich wusste sie inzwischen, dass die Erinnerung genauso gefälscht war wie die an alles andere, was sich vor ihrer Ankunft in Terrania ereignet hatte. Dennoch war es die, um die es ihr am meisten leidtat. Es schmerzte, sich eingestehen zu müssen, dass dieser schönste Tag ihres Lebens nie stattgefunden hatte. Dass das Gefühl der Bedeutsamkeit, der Stolz, etwas erschaffen zu haben, die Freude über den Sieg – dass all diese

Empfindungen ebenso geskriptet waren wie ihre angebliche Trivid-Folge, hinterließ eine unfassbare Leere in ihr.

Auf gewisse Weise beneidete sie Ischi darum, dass Jeobald Tenglar ihr keine falschen Erinnerungen implantiert hatte, die beim Erkennen der Wahrheit ein gewaltiges Loch in sie rissen.

Lian saß lange still, und ihre aufgewühlten Gedanken fanden endlich Ruhe. Irgendwann stand sie auf, ging zu dem einzigen Stuhl im Raum und schob ihn an Ischis Bett, ehe sie sich setzte.

Bald nickte sie ein und schreckte auf, als etwas sie berührte.

Ischi hatte die unverletzte Hand auf die Lians gelegt. »Was ist passiert?«, fragte sie. Ihre Stimme klang verwaschen, wohl eine Nachwirkung der Betäubung.

»Du bist gestürzt und hast dich verletzt. Man hat dich operiert. Alles ist in Ordnung.« Die Lüge kam glatt über ihre Lippen.

»Ich habe Angst. Wir hätten nicht nach draußen gehen dürfen.«

»Entschuldige.«

»Nicht deine Schuld.« Ischi zog die Hand zurück unter die Decke. »Es ist kalt.«

»Ich kann die Positronik anweisen, die Temperatur zu erhöhen.«

Ihre *Schwester* schüttelte den Kopf; auch das sah völlig natürlich aus, als ginge sie seit Jahren mit anderen Menschen um. Wieso konnte sie all das? Hatte Jeobald Tenglar es ihr einprogrammiert? Aber warum hatte er ihr keine individuelle, angebliche Lebensgeschichte mitgegeben, wie er es bei Lian und Dano getan hatte?

»Die Kälte kommt aus mir«, sagte Ischi. »Aus meinem Herzen, verstehst du?«

Und ob Lian es verstand. Sie fühlte dieselbe Kälte in genau diesem Augenblick.

»Ich bin wie ein Schmetterling.«

»Wie meinst du das?«, fragte Lian.

»Es gab einen schützenden Kokon um mich herum. Daraus hast du mich ... befreit.«

Das Zögern vor dem letzten Wort entging Lian nicht. Was hatte sie zuerst sagen wollen?

... herausgezerrt?

Es konnte keinen Zweifel geben, was sie mit diesem Kokon meinte – den Klontank, in dem sie ihr gesamtes Leben in Dunkelheit und Einsamkeit verbracht hatte.

»Und nun«, fuhr Ischi fort, »muss ich in die Welt nach draußen reisen. Doch ich habe Angst.« Sie blickte auf ihren verbundenen Arm. »Zugleich sehne ich mich danach, mehr zu sehen. Von dieser wunderbaren Welt, von den Bäumen und Büschen. Ich will die Luft riechen.«

»Du kannst es! Ich helfe dir.«

»Jetzt?«

Lian zuckte zurück. »Hältst du das nicht für verfrüht? So kurz nach der Operation? Du musst dich ausruhen.«

Ischi hustete heiser, doch allmählich ging das Geräusch in ein humorloses Lachen über. »Ich habe mich lange genug ausgeruht. In meinem Kokon. Und wer weiß, wie viel Zeit mir noch bleibt.«

Der Gedanke erschreckte Lian. Offenbar spürte Ischi, dass mit ihr mehr als nur das Offensichtliche nicht stimmte. Und dass Lians Beteuerung, alles sei in Ordnung, nur eine hohle Phrase war.

»Du hast recht. Lass uns noch einmal rausgehen.«

Als bekäme Ischi plötzlich Angst vor der eigenen Courage, verzog sie das Gesicht. »Aber ich werde mich verändern.«

»Das ist das Ziel jeder Reise.« Lian lächelte. »Auch ich habe mich in den letzten Tagen verändert und weiß nicht, was kommen wird. Und auch mir hilft jemand.«

»Wer?«

»Perry Rhodan. Ich habe dir von ihm erzählt. Du wirst ihn kennenlernen. Er kommt bald zurück.«

Zumindest hoffte sie das. Sie hatte nichts mehr von ihm gehört, seit er zum Saturnmond Mimas aufgebrochen war, um den ehemaligen Datendieb zu treffen, der mit einiger Wahrscheinlichkeit in Tenglars Auftrag Lians und Danos gefälschte Lebensläufe in die Verwaltungssysteme eingespeist hatte.

»Was tun wir jetzt?«, fragte Ischi.

»Wir gehen nach draußen. Du genießt die neuen Eindrücke. Und du wirst gesund.«

»Und dann?«

»Finden wir Antworten.«

Zwischenspiel

Dano Zherkora war schockiert.

Darüber, was er getan hatte.

Und vor allem darüber, wie leicht es ihm gefallen war. Nicht zu vergleichen mit dem unnötigen Mord an Bran Lindholm oder den unvermeidlichen Bomben auf Trivid Sieben.

Erstaunlich, wozu man fähig war, wenn es um das eigene Leben ging. Hätte Lian an seiner Stelle genauso gehandelt? Selbstverständlich hätte sie das, denn sie war er. Irgendwie. Und doch auch wieder nicht. Deshalb brauchte er sie so dringend.

Nur wie sollte er nun an sie herankommen? Die Möglichkeit, Rhodan über Trivid eine neue Erpressernachricht zu senden, gab es nicht mehr. Und dass sich Lian auf den geforderten Austausch mit Neyla Abiola einließ, durfte er ebenfalls nicht hoffen. Nicht nach all seinen Verbrechen.

Wahrscheinlich suchte die Polizei längst nach ihm, auch falls Rhodan sie nicht eingeschaltet hatte.

Dano verschränkte die Arme und beobachtete wieder einmal das Überwachungsholo, das die Hirnklinik auf dem Mars zeigte. Ohne sie bewusst wahrzunehmen, schaute er den Patienten zu, die durch den Park spazierten.

Er brauchte einen neuen Plan. Doch welchen?

Da bemerkte er im Holo eine Frau, die im Klinikpark neben einem langsam dahinschwebenden Antigravstuhl entlangging. In ihm saß eine zweite Frau. Da sie der Sonde den Rücken zuwandte, sah Dano nur ihren Hinterkopf und die langen schwarzen Haare, die über die Lehne fielen. Ihre Begleiterin verharrte, drehte sich der anderen zu und beugte sich zu ihr. War das ...?

Dano zoomte näher heran, bis er das Gesicht deutlicher erkannte. Tatsächlich – Lian!

Die Frau im Antigravstuhl schüttelte den Kopf und deutete zur Klinik.

»Du willst zurück?«, fragte Lian so leise, dass das Richtmikrofon die Worte kaum übertrug.

»Ja, bitte«, hauchte die Patientin kaum vernehmlich. »Es reicht für den Anfang.«

»Wie du meinst. Lass es uns ein weiteres Mal versuchen, wenn Perry wieder hier ist.«

Die andere nickte, wendete den Stuhl – und sah direkt in Richtung der Sonde.

Dano glaubte, den Boden unter den Füßen zu verlieren. Dabei lag das nicht einmal an der Tatsache, dass er für einen Augenblick absurderweise dachte, das Spionagegerät wäre entdeckt. Vorläufig ignorierte er auch den kühnen Gedanken, der in seinem Hinterkopf aufflackerte. Stattdessen zoomte er noch näher heran, um sich zu vergewissern. Kein Zweifel. Was er sah, entsprach der Wahrheit.

Über das Kom-Armband rief er seinen Partner.

»Was ist denn?«, fragte der ungehalten. »Ich habe zu tun.«

»Da gibt es etwas, das du sehen solltest.«

»Kann das nicht warten? Ich muss …«

»Kann es nicht! Lian ist nicht mehr allein.«

»Was soll das heißen?«

Dano atmete tief durch, ehe er antwortete. »Sie und Rhodan haben einen dritten Klon gefunden. Außerdem ist mir eine Idee gekommen.«

Kapitel 25:
Antworten

Ursprünglich hatte Rhodan sofort auf den Mars zurückkehren wollen, um nach Lian und Ischi zu sehen. Doch die Ermittlungen hielten ihn davon ab.

Zuerst die der Polizei. Stundenlang beantwortete er Fragen, denen sich nicht einmal er als »der unsterbliche Terraner« entziehen konnte.

Warum bist du auf Mimas? Was weißt du über den Terroristen? Hat der Anschlag dir gegolten? Was kannst du uns über das Motiv sagen? Woher wusste der Attentäter so gut über die Firma von Ouhum-Uluo Bescheid?

Für einen Augenblick war er versucht, die Wahrheit zu enthüllen, soweit er sie kannte. Doch er rief sich ins Gedächtnis, wie rücksichtslos Dano Zherkora vorging. Wer konnte beurteilen, wie er reagierte, wenn er sich in die Enge gedrängt fühlte? Also entschied sich Rhodan für eine Mischung aus Fakten, Halbwahrheiten und Lügen.

Nein, ich war nicht das Ziel des Attentäters. Nein, über das Motiv weiß ich leider genauso wenig wie über den Terroristen. Und über den Grund für meinen Besuch auf Mimas kann ich keine Auskunft geben. Geheimsache. Das versteht ihr sicherlich.

Nach beinahe drei Stunden gaben sich die Ermittler endlich zufrieden.

Allerdings ging Rhodan eine Frage nicht mehr aus dem Kopf, die sie gestellt hatten. Woher wusste der Attentäter so gut über den Transmitter bei der Innendekorationsfirma Bescheid?

Also stattete er Ouhum-Uluo einen zweiten Besuch ab und

informierte sich bei ihm über die Geschichte des Unternehmens. Er erfuhr, dass die Firma seit etwa fünfzig Jahren existierte und einen ausgezeichneten Ruf genoss. Zumindest bisher.

Rhodan ließ sich alle Geschäftskontakte in die SERUN-Positronik überspielen. Lieferanten, Architekten, Angestellte, Kunden, Handwerker.

Zwar stieß er in der Datenflut nicht auf Dano Zherkora, doch auf einen anderen interessanten Namen: Jeobald Tenglar. Der verbrecherische Wissenschaftler hatte sich vor über vier Jahren für die Firma interessiert. Angeblich wollte er in das Unternehmen investieren und hatte sich deshalb alles zeigen lassen. Zu dem Geschäft war es aber nie gekommen.

Kein Wunder. Zu diesem Zeitpunkt hatte er vermutlich den Datendieb Lussa engagiert und für den Fall der Fälle nach einem schnellen, unkomplizierten Weg von Mimas gesucht.

Bloß: Das war vor Danos und Lians Erschaffung geschehen. Woher also wusste Dano davon? Irgendwann musste er erfahren haben, dass er ein Klon war. Aber von wem und wie? Wie hatte er darauf reagiert? Wollte er die Forschung seines Schöpfers fortsetzen? Wie war er an dessen Aufzeichnungen gekommen, beispielsweise Lians Genom mit der sonderbaren Bezeichnung TRIVID 0?

Lebte Tenglar trotz aller gegenteiligen Beweise möglicherweise noch? Hatte er seinen Tod nur vorgetäuscht? Oder hatte er gar einen Klon von sich hergestellt und ihn in den Tod geschickt, um jeden zu täuschen?

Nein, der Gedanke erschien Rhodan zu absurd. Dennoch konnte er ihn nicht abschütteln.

Eine neue Idee kam ihm in den Sinn. Was, wenn Dano die Enthüllung seiner Herkunft nicht so gut weggesteckt hatte wie Lian? War er unter dem Druck wahnsinnig geworden und wollte nun jeden beseitigen, der damit zusammenhing? Hatte er deshalb Neyla Abiola entführt, um sie, das Original, als Letzte zu töten? Fühlte er seine Einzigartigkeit bedroht, weil es mit Lian und nun auch Ischi weitere Menschen wie ihn gab?

Vier Stunden nach der Explosion verabschiedete sich Rhodan von Ouhum-Uluo und kehrte zurück zu seiner Space-Jet.

Er stieg ein, setzte sich auf den Pilotensitz – und atmete tief durch. Er war erschöpft. Körperlich und geistig. Das Pulsieren in der linken Schulter zeigte ihm, dass der Zellaktivatorchip unermüdlich dagegen ankämpfte.

Da sah er, dass die Positronik eine Nachricht empfangen hatte. Vor etwa drei Stunden, also während seiner Befragung durch die Polizei.

Er lehnte sich im Sitz zurück und entschied sich, noch nicht zu starten. Erst musste er hören, was die Hauspositronik ihm mitteilen wollte; denn diese hatte die Nachricht an die Space-Jet weitergeschickt. Von der Upper West Garnaru Road in Terrania auf der Erde zum Saturnmond Mimas ... von Positronik zu Positronik. Kein Mensch war daran beteiligt gewesen, alles automatisch abgelaufen, und das hieß, dass bestimmte Reizworte gefallen sein mussten, um die Routine auszulösen.

Meistens verhieß das nichts Gutes.

Und so war es auch diesmal.

Rhodans Hände ballten sich zu Fäusten, und es fühlte sich an, als beobachte er das bei einem anderen oder bei einem Spiegelbild seiner selbst. Die Hauspositronik hatte eine Botschaft von Dano Zherkora erhalten und weitergeleitet.

Genau das hatte er für den Fall programmiert, dass sich sein Gegner meldete; ebenso wie er eine Art Freischein für ihn erstellt hatte. Natürlich konnte nicht jeder einfach so eine Nachricht in sein Haus schicken – er würde sonst untergehen in einer Flut aus Tausenden Anrufen pro Tag aus allen Winkeln der Galaxis und darüber hinaus. Die Positronik blockierte die Kommunikation von Fremden und filterte aus; Zherkora jedoch sollte jederzeit durchgestellt werden. Die Möglichkeit, sich via Trivid zu melden, war ihm genommen worden, seit er den Zugang zur Sendestation bei Lagrange 4 verloren hatte. Also musste er es auf *normalem* Weg versuchen und darauf vertrauen, dass Rhodan vorgesorgt hatte.

Und wieder einmal hatte Dano Zherkora, dieser schlaue, zerstörerische Kopf, es genau richtig vorhergesehen.

»Rhodan?«, hörte er. »Perry Rhodan? Ich gehe davon aus, dass du deine Positronik angewiesen hast, mich durchzustellen.«

Die Stimme war rau, und sie klang nach einer Mixtur aus Müdigkeit und Schmerz.

»Also schön, hör zu. Es ist bislang nicht gut gelaufen. Für keinen von uns. Es ist jetzt zehn Uhr am Vormittag in Terrania. Ich weiß nicht, wann du diese Nachricht hören wirst. Ziemlich schnell, wahrscheinlich. Ich gebe dir vierundzwanzig Stunden. Genau einen Tag. Morgen, am Mittwoch, ebenfalls zehn Uhr, wird sich Lian stellen. Sie wird sich mir übergeben, ohne Tricks, ohne Fallen, ohne irgendetwas, das auch nur den Schatten eines Verdachts wirft. Ich verlange nicht viel. Nur diese eine Sache. Den Ort werde ich gegen acht Uhr morgen früh nennen. Danach bleibt ausreichend Zeit, Lian dorthin zu bringen.«

Aber nicht mehr genug, um Vorbereitungen vor Ort zu treffen, dachte Rhodan bitter.

Ein schweres Atmen unterbrach die Nachricht, ehe Dano Zherkora fortfuhr.

»Warum sollte sie zu mir kommen? Weil ihr erstens nichts Böses geschehen wird. Ich will ihr nicht schaden. Das wollte ich nie. Im Gegenteil. Ich ahne ja, dass das in euren Augen nicht genügt, um euch zu überzeugen. Darum ein zweiter Grund: Wenn ich Lian bei mir habe und wir in Sicherheit sind, lasse ich meine Geisel frei. Neyla Abiola wird weitgehend unversehrt sein, und ich werde mich nie wieder um sie kümmern. Inzwischen wisst ihr ja, wie sie in diese ganze Sache passt. Sie ist unsere *Mutter.*«

Er lachte heiser. »Oder das, was ihr am nächsten kommt. Für Lian und für mich. Aber ich brauche sie nicht. Ich brauche Lian. Und, ja, gut, ich ahne, das wird euch immer noch nicht überzeugen. Also liefere ich hiermit einen dritten Grund, sozusagen als Motivationsschub. Falls ich Lian um zehn Uhr nicht am Übergabeplatz sehe oder wenn es für mich wie ein Hinterhalt riecht, werde ich eine weitere Bombe zünden. Eine, gegen die die Bastelei in der Trivid-Station und selbst die auf Mimas nur Spielzeuge waren. Und zwar irgendwo auf Terra. Wo sich viele Menschen aufhalten. Überlegt es euch.«

Ein Rauschen, und die Nachricht endete.

Ohne große Hoffnung stellte Rhodan eine Anfrage bei seiner Hauspositronik, ob sich die Botschaft zurückverfolgen ließ. Was selbstverständlich nicht der Fall war – der Ursprung verschwand im Gewirr der Knotenpunkte in Terras Kommunikationsnetz. Zweifellos hatte sich Dano perfekt abgesichert, um anonym zu bleiben, sonst hätte er nie diesen Weg gewählt.

Rhodan fluchte. Durfte er zulassen, dass sich Lian auslieferte? Auf das Wort dieses Wahnsinnigen hin? Nein! Sie mussten einen anderen Weg finden, all das zu beenden.

Er startete den Gleiter.

Von den vierundzwanzig Stunden des Ultimatums waren bereits drei verstrichen.

Die Uhr tickte.

»Sprich dich ruhig aus, Perry«, sagte Lian.

Rhodan hatte sie vor einer Minute über den Funkempfänger des Multifunktionsarmbands des SERUNS kontaktiert, das sie wie vereinbart immer noch trug, und sein Kommen mit *nicht gerade guten Nachrichten* angekündigt.

»Wenn wir uns sehen. In spätestens einer halben Stunde bin ich bei dir. Wie geht es Ischi?«

Lian sah zu ihr. Ihre *Schwester* saß in ihrem gepolsterten Antigravstuhl am Fenster und schaute nach draußen in den Park. Doktor Lugauer hatte ihr den besten Pflegestuhl zur Verfügung gestellt, den die Klinik zu bieten hatte – und das sollte etwas heißen. Ischis rechter Arm war verbunden, doch es sah weitaus harmloser aus, als die schwere Verletzung vermuten ließ.

»Wie hast du es eben formuliert?«, fragte Lian. »Ich habe nicht gerade gute Nachrichten.«

Ein kurzes Schweigen, dann sagte Rhodan: »Gut. Wir besprechen alles, sobald ich da bin.«

Die Verbindung brach ab.

»Ich möchte wieder nach draußen«, meldete sich Ischi.

Lian ging zu ihr. »Wollten wir nicht noch warten, bis Perry Rhodan hier ist?«

»Doch, aber ich will mehr sehen. Kann er uns nicht draußen treffen?«

Was sollte sie dazu sagen? »Hast du nicht genug Eindrücke für den Anfang gesammelt? Wir wollen dich nicht überfordern.«

»Also gibt es diesseits des Kokons nur neue Gefangenschaft? Ich bin nicht frei und muss tun, was andere verlangen?«

»Ich rede mit Doktor Lugauer«, sagte Lian. Immerhin hatte er angeboten, ständig für sie erreichbar zu sein. »Er kennt sich am besten damit aus, was man dem Gehirn zumuten darf.«

Über die Positronik des Raums nahm sie Verbindung auf. Der Mediker versprach, sofort zu ihr zu kommen, und hielt Wort: Es dauerte weniger als fünf Minuten.

»Ich war sowieso auf dem Weg«, erklärte er. »Ich habe mich mit Balvukor ausgetauscht und die Gewebeproben untersucht, die er von Ischi genommen hat.«

Sein Blick wanderte zu ihr; sie saß nach wie vor im Schwebestuhl und schaute nach draußen. Auf Lugauers Ankunft hatte sie nicht reagiert. Gerade hüpfte ein Vögelchen über die Fensterbank.

»Weiß er, was es mit ihr und mir auf sich hat?«, fragte Lian. »Dass wir Klone sind?«

»Das ließ sich nicht vermeiden. Aber er kennt nicht die Hintergründe eurer Geburt.«

»Du meinst, unserer Erschaffung?«

»Wie auch immer, wie auch immer ... er ist an die Schweigepflicht gebunden. Ich kenne ihn seit vielen Jahren. Du kannst ihm vertrauen.«

Ich vertraue niemandem, hätte sie am liebsten gesagt. Es fiel ihr schwer genug, Lugauer gegenüber offen zu sein. »Was ist eure Meinung zu ihrem Zustand?«

»Ischi ist lebens- und kommunikationsfähig, weil ihr grundlegendes Verständnis und Alltagsfähigkeiten ...« Er räusperte sich. »Also ...«

»Sag es. Ich kann es ertragen.«

»Sie wurden ihr genetisch einprogrammiert oder via Hypnoschulung in das werdende Gehirn eingespielt.«

»So wie mir die Erinnerungen an meine angebliche Kindheit, an meine Eltern, die nie existierten, an das Pflegeheim, das ich nie besucht habe, und an den Wettbewerb, den ich nie gewonnen habe.«

Lugauer runzelte die Stirn. »Welchen Wettbewerb?«

Lian winkte ab. »Spielt keine Rolle.«

»Na schön, na schön. Du hast recht. Eine solche individuelle Lebensgeschichte fehlt in Ischis Fall. Wahrscheinlich hätte Tenglar sie später ergänzt.«

»Sein Tod kam ihm dazwischen.«

Der Klinikleiter nickte. »Ischi ist wie eine Positronik, die zwar funktioniert, aber keine Programme nutzen kann. Weder über Erinnerungen noch Vergangenheit verfügt.«

Das ist noch trauriger als das, was Tenglar mit mir gemacht hat, dachte Lian. Inzwischen kam es ihr albern und unfair vor, dass sie ihr Ebenbild vorhin dafür beneidet hatte. »Ihr körperlicher Zustand, ihr Zerfall. Was hat es damit auf sich?«

»Wir stehen vor einem Rätsel«, gab er zu. »Ihrem Leib fehlt der Zusammenhalt, er ist bis hinunter auf die zelluläre Ebene geschädigt. Ich habe nie zuvor …«

»Kannst du es aufhalten? Sie heilen?«

»Das Problem ist, dass wir nichts darüber wissen. Wir kennen die Ursache nicht, es liegen keine Vergleichsfälle vor. Zweifellos hat Tenglar sich mit diesen Schwierigkeiten beschäftigt – falls er sie überhaupt kannte. Ihm blieben Monate oder Jahre. Wir …«

Ischis Stuhl drehte sich. »Ich würde gerne nach draußen gehen. Luft atmen, ehe ich sterbe.«

»Das wirst du nicht«, sagte Lian nachdrücklich.

»Hast du es nicht gehört? Sie wissen nicht, wie sie mir helfen können. Ich zerfalle. Es wird nicht mehr lang dauern.«

»Das kann niemand sagen. Wir schützen dich und forschen nach Hilfen, die dich …«

Sie ließ ihn nicht ausreden. »Aber bis dahin möchte ich leben.«

Perry Rhodan erreichte den Mars und steuerte gerade das Dach des linken Gebäudes der Hirnforschungsklinik an, als erneut eine Nachricht einging – diesmal allerdings keine Aufzeichnung, sondern eine aktuelle Gesprächsanfrage.

Templon Kook meldete sich bei ihm, der Stationsleiter der Sendestation Trivid Sieben, auf der Dano Zherkora gearbeitet hatte und wo er ihnen zum ersten Mal entkommen war.

Rhodan nahm das Gespräch an. Der grünhäutige Siganese war sichtlich schlecht gelaunt. »Ich habe Neuigkeiten, die dich bestimmt interessieren.«

»Danke, dass du dich …«

»Lassen wir das. Du hast alles durcheinandergebracht und meine Station in ein Tollhaus verwandelt! Es geht um Bran Lindholm, den Arbeitskollegen von Dano Zherkora.«

»Was ist mit ihm?«

»Er wurde ermordet.«

Rhodan schloss die Augen. »Gibt es irgendwelche Spuren?« Die Frage nach dem Täter konnte er sich wohl sparen.

»Nichts. Die Polizei hat sich bei mir gemeldet, weil sie einen Zusammenhang mit dem Anschlag in meiner Station vermutet. Und, Rhodan?«

»Ja?«

»Zieh diesen Wahnsinnigen aus dem Verkehr. Nun hoffe ich, ganz egoistisch in meinem Interesse, nie wieder von dir zu hören.«

»Danke für die Information«, sagte Rhodan trocken.

Der Siganese brummelte einige unverständliche Worte, bis die Verbindung abbrach.

Rhodan landete den Gleiter. Zu Lian hatte er gesagt, dass er nicht gerade gute Nachrichten brachte. Nun waren sie noch schlechter geworden. Dano Zherkora bewies erneut, wie ernst er es meinte – und dass er jede Spur, jeden potenziellen Mitwisser gnadenlos beseitigte.

Rhodan nahm Kontakt mit Lian auf und erfuhr, dass sie mit Ischi im Schatten unter einer der großen Arkon-Tannen im Parkgelände der Klinik saß. Er ließ sich den Weg beschreiben.

Wenig später entdeckte er die beiden. Lian saß auf dem Boden, mit dem Rücken an einen Stamm gelehnt. Sie sprang auf, als sie ihn sah, kam auf ihn zu und umarmte ihn. Im ersten Moment wunderte er sich wegen ihrer Überschwänglichkeit, dann erwiderte er die Umarmung.

»Über uns, von mir aus gesehen achtzehn Uhr«, flüsterte sie

ihm zu, die Lippen dicht an seinem Ohr, ehe sie sich zurückzog und sich wieder setzte.

Darum also diese überraschende Herzlichkeit: Sie hatte ihm unbemerkt etwas mitteilen wollen. Obwohl es ihn brennend interessierte, durfte er sich nicht auffällig verhalten. Er wandte sich Ischi zu. Sie saß auf einem Antigravstuhl, in dem sie sich geschützt bewegen konnte. Ihr Arm war verbunden; wohl Teil der wenig guten Nachrichten …

Sie schaute ihn mit großen Augen an. »Ich habe von dir gehört.«

»Das geht den meisten so.« Er grinste. »Hoffentlich nur Positives.«

»Lian mag dich«, sagte Ischi herzerfrischend ungekünstelt. »Du hast ihr geholfen.«

Und sie mir, dachte Rhodan und stellte sich neben Lian. Der Stamm bot genug Platz, sich ebenfalls anzulehnen. Endlich konnte er unauffällig der Positionsangabe folgen – *über uns, von mir aus gesehen achtzehn Uhr.*

Er ließ den Blick durch den Park schweifen, zu den blühenden Büschen und der Gruppe Patienten oder Besucher, die tefrodischen Saltoball spielten … und achtete sorgsam darauf, nicht allzu auffällig zu wirken. Er entdeckte das, worauf Lian ihn aufmerksam machen wollte, sofort. Allerdings wäre es ihm ohne ihren Hinweis nicht aufgefallen.

Eine kleine Sonde schwebte im Wipfel eines benachbarten Baumes. Ein kugelförmiges, metallisches Objekt – genau wie das, das Rhodan in der Ruine von Tenglars Geheimlabor unschädlich gemacht hatte. Das war die Chance, diesmal weniger rabiat vorzugehen und Nutzen aus der Entdeckung zu ziehen.

Wie Lian wohl darauf aufmerksam geworden war?

»Ich muss etwas mit Doktor Lugauer besprechen, ehe ich in Ruhe mit euch reden kann«, sagte er. »Es wird nicht lange dauern. Bleibt ihr hier, genießt die Sonne. Danach sollten wir uns austauschen.«

Denn erstens würde er keineswegs über seine Erlebnisse sprechen, solange die Sonde all ihre Bewegungen und möglicherweise dank guter Akustikfelder jedes Wort aufzeichnete ...

... und zweitens wollte er versuchen, aus der Sicherheit des Gebäudes heraus auf die Sonde zuzugreifen.

Er ging in gemütlichem Tempo in die Klinik und dort in einen Toilettenraum – es kam ihm nur darauf an, ungestört zu bleiben und keinesfalls durch Fenster beobachtet werden zu können. Hoffentlich genügten die Mittel seines SERUNS.

Er ortete, suchte nach energetischer Streustrahlung von Technologie. Im Gebäude wimmelte es freilich davon, doch im Park sah es anders aus. Im Ortungsbild konnte er sich leicht orientieren und dadurch die Sonde entdecken. Er markierte sie, sodass sie stets im Zentrum des Orterbilds blieb.

Offenbar handelte es sich um ein bewegliches, *intelligentes* Modell, zweifellos nicht auf diesen Platz fixiert. Ob es schon lange die Klinik beobachtete? Wusste ihr Gegner möglicherweise von Anfang an, dass sie hier Unterschlupf suchten? Und dass sie auf Ischi gestoßen waren, einen weiteren Klon?

Wieder ging ihm der Gedanke durch den Kopf, dass Dano womöglich alle genetischen Duplikate töten wollte. Das bedeutete, dass sie Ischi schnellstmöglich in Sicherheit bringen mussten.

Lian hatte hervorragend reagiert, indem sie unauffällig geblieben war. Rhodan aktivierte den Hyperfunk des SERUNS, scannte nach Signalen – und entdeckte auch auf diese Weise die Sonde. Sie schickte ihre Bilder nicht per Normalfunk zu einem Empfänger in der Nähe, also auf dem Mars, sondern per gerichteter Hypersendung ...

... ja, wohin?

Das ließ sich nicht einfach feststellen. Die Sendung war verschlüsselt, er konnte allenfalls eine Richtung bestimmen und eine Linie anpeilen – aber keine Entfernung. Ging es in ein fremdes Sonnensystem?

Möglich, aber unwahrscheinlich. Bislang beschränkten sich die Aktivitäten ihres Gegners stets auf das heimatliche Solsystem. Also auf einen anderen Planeten? Einen Mond?

Rhodan beobachtete die Richtung des Funkstrahls einige Zeit, um ein Ziel ausmachen zu können. Der Mars bewegte sich auf seiner Bahn und der Zielpunkt wohl ebenfalls – die Sendung musste ihre Ausrichtung anpassen, um weiterhin zum selben Empfänger zu senden. Falls er sich in einem Raumschiff aufhielt, könnte dieses auch auf einem Parallelkurs fliegen oder sich in einem stationären Orbit um den Mars befinden.

Knifflig, aber das sollte sich lösen lassen.

Rhodan ließ den SERUN ein schematisches Holo des Sonnensystems projizieren. Die Sonne stand in der Mitte, ein großer, gelb leuchtender Ball. Er verzichtete auf fotorealistische Details, die in der Fülle der Planeten, Monde, Asteroiden, Raumstationen und Schiffe nur für zusätzliche Verwirrung gesorgt hätten.

Vom Mars aus zeigte eine rote Linie in den Weltraum – die Richtung, in der die Sonde ihre Aufnahmen schickte. Sie kreuzte den Standort eines Raumforts; eine automatische Robotstation. Zufall? Das Fort bewegte sich rasch. Es würde sich bald zeigen, ob die Senderichtung folgte.

Danach ging es durch den Leerraum zwischen den Planeten, bis …

»Oh«, machte Rhodan.

Das schien ihm allerdings kein Zufall zu sein!

Er beobachtete noch einige Minuten, bis sich der Verdacht in Gewissheit wandelte.

Er instruierte die Positronik des SERUNS, die Signale weiter aufzuzeichnen, aber kein Holo mehr zu projizieren. Ihr Gegner durfte nicht bemerken, dass seine Spionagesonde entdeckt worden war.

Erst hastig, im Freien jedoch scheinbar seelenruhig, ging er zurück zu Lian und Ischi. »So, alles besprochen«, sagte er. Während er sich neben Lian setzte und der Sonde den Rücken zuwandte, ergänzte er flüsternd: »Ich weiß, wohin die Sonde sendet.«

Kapitel 26:
Die nie gewesene Heimat

Lian betrachtete das Holo in der Space-Jet und stellte sich unentwegt dieselbe Frage: *Warum ausgerechnet dort?*

Während die schematische Darstellung des großen Planeten und der vier Monde sachlich nüchtern wirkte, raubte ein Blick durch die Sichtscheibe Lian schier den Atem, so als hätte jemand sie unter Wasser gedrückt.

Der Mond, auf dem sie in wenigen Minuten landen würden, füllte die untere Hälfte des Sichtbereichs aus. Eine Eiswüste, übersät von einander kreuzenden Scharten und Gräben. Eine Albtraumlandschaft, so unwirtlich und lebensfeindlich, so *abweisend*, dass man ihr die eisige Kälte von minus 160 Grad Celsius förmlich ansah. Und die herrschte auch nur an den kuscheligen Stellen am Äquator. An den Polen fiel sie gar bis auf minus 220 Grad.

Der Jupitermond Europa.

Sie fröstelte allein beim Anblick.

Die chaotisch erscheinenden Kerben an der Oberfläche erinnerten sie an die Krallen- und Bissspuren eines wilden Tieres, das versucht hatte, den Mond aufzubrechen. So, wie es das Leben gerade mit ihr versuchte.

Noch hielt Lian stand, aber sie fürchtete, dass sie eine ähnliche Kälte entwickeln musste wie Europa, um auf Dauer zu widerstehen.

Den überwiegenden Teil des restlichen Sichtbereichs füllte Jupiter aus, ein Gigant, der trotz der Entfernung von beinahe 700 000 Kilometern nichts von seiner Monstrosität verlor. Seine Gezeitenkräfte walkten den Mond durch, erzeugten Reibung und dadurch genügend innere Wärme, dass sich unterhalb des Eispanzers ein mondumspannender Ozean aus flüssigem Wasser verbarg.

Das größte Meer des Sonnensystems.

»Schau!«, sagte Rhodan. »Ein großer Eisbruch.«

Auf Äquatorhöhe brach eine der Spalten auf. Mit gewaltigem Druck schoss Wasser in den Weltraum. Eine Fontäne, die wuchs und wuchs und wuchs, bis sie eine Höhe von über 190 Kilometern erreichte, verharrte und erst nach einem endlos erscheinenden Augenblick zurückfiel, ehe das Wasser gefrieren konnte.

Das Schauspiel fand in gespenstischer Lautlosigkeit statt.

»Du müsstest das einmal an der Oberfläche erleben«, sagte Lian. »Am besten in einer Eiswanderhexe. Du weißt schon: diese mobilen Hotels, die gut zahlende Touristen bis an die Geysire und Eisbrüche heranbringen. Das Gefühl, wenn der Boden unter deinen Füßen erbebt und alles um dich herum knarzt und ächzt, ist unvergleichlich. Ein Spektakel, das dir die Bedeutungslosigkeit eines einzelnen Lebewesens vor den Gewalten des Universums deutlich vor Augen ...«

Sie brachte den Satz nicht zu Ende. Mit der Kraft der Eisbruch-Fontäne schleuderte die Erinnerung in die Höhe, dass sie diesen Ort nie zuvor betreten hatte. Obwohl ihr Gedächtnis etwas anderes behauptete, war Europa nicht für vierzehn Jahre ihre Heimat gewesen.

Lian schüttelte den Kopf, als sie begriff, dass sie schon wieder in dieselbe Falle tappte. Sie musste endlich damit aufhören, von überallher Analogien zu ihrem Schicksal herbeizuzwingen, wenn sie nicht den Verstand verlieren wollte.

Zurück zur eigentlichen Frage: Warum hatte Dano Zherkora ausgerechnet einen so ungemütlichen Eisbrocken als Unterschlupf gewählt? Weil es ihm das Gefühl gab, nach Hause zurückzukehren, obgleich seine Erinnerungen genauso gefälscht waren wie die von Lian? Oder handelte es sich doch nur um Zufall?

Sie löste den Blick von Europa, um sich nicht länger dem Gefühlschaos auszusetzen, dieser bizarren Mischung aus falscher Heimkehrensfreude und der Abscheu vor Reisen durch das Weltall. Beides waren aufgepfropfte Emotionen, die erste als Folge der implantierten Gedächtnisinhalte, die zweite vermutlich von ihrem Schöpfer Jeobald Tenglar programmiert, um sie möglichst auf der Erde zu halten, wo er sie besser beobachten konnte. Inzwischen lebte Tenglar nicht mehr. Lians Abneigung, ins All zu fliegen, war jedoch geblieben.

Plötzlich kam ihr ein so naheliegender und zugleich beruhigender Gedanke, dass sie sich wunderte, warum ihr das nicht eher aufgefallen war. »Dano hat auf einer Raumstation gearbeitet.«

Rhodan schaute sie mit großen Augen an. Offenbar verstand er nicht, was sie damit ausdrücken wollte.

»Im Weltraum, klar?«, fügte sie hinzu.

»Das haben Raumstationen so an sich. Ich weiß nicht, worauf du ...«

»Ist das so schwer zu begreifen? Ich hasse es, im All unterwegs zu sein. Dano anscheinend nicht – oder nicht so sehr –, sonst hätte er sich keinen Arbeitsplatz gesucht, der genau das von einem verlangt.«

Allmählich hellte sich Rhodans Miene auf. »Du meinst ...«

»Er erinnert sich an dieselben Dinge wie ich. Seine Grundprogrammierung ist vermutlich mit meiner identisch. Trotzdem sind einzelne Elemente anders ausgeprägt als bei mir.« Sie atmete tief durch. »Du glaubst nicht, wie sehr mich das erleichtert. Seit du mir eröffnet hast, dass wir ... Klone sind, also gewissermaßen die gleiche Person, frage ich mich immer wieder, ob ich auch zu so schrecklichen Taten fähig wäre.«

Rhodan nickte. »Das ist schwer zu beurteilen. Ihr habt in den letzten vier Jahren unterschiedliche Dinge erlebt und Erfahrungen gesammelt, die euch individuell geprägt haben. Sicherlich, die Grundprogrammierung, wie du sie nennst, mag dieselbe sein, und vielleicht – ich betone: *vielleicht!* – wart ihr direkt nach eurer … Geburt sogar auf eine gewisse Weise identisch. Aber das gehört der Vergangenheit an. Und mittlerweile ähnelst du Dano nicht mehr als zum Beispiel mir. Du bist ein guter Mensch geworden, Lian. Ein sehr guter. Vertrau jemandem, der auf diesem Gebiet in den letzten dreitausend Jahren einige Einsichten gewonnen hat.«

Lian wurde heiß. Lief sie etwa rot an? Wie peinlich. »Das bedeutet allerdings auch, dass mit Dano etwas passiert sein muss, das mir erspart geblieben ist und das ihn zu diesem … Monstrum gemacht hat.«

»Denkbar. Womöglich liegt darin sogar der Schlüssel zu dem Schlamassel, in den er uns verwickelt hat.«

Lian grinste.

»Was ist?«, fragte er.

»Ich amüsiere mich über deine altertümliche, vorsichtige Wortwahl. Niemand unter hundert benutzt heute noch den Begriff ›Schlamassel‹.«

»Nicht? Wie sagt man stattdessen?«

»Das verrate ich dir lieber nicht, sonst änderst du deine Meinung, was die Sache mit dem guten Menschen angeht. Auf jeden Fall hat es mit Körperausscheidungen, außerirdischen Tieren und eigenwilligen Sexualpraktiken zu tun.«

Er lächelte. »Keine Sorge. Es müsste schon viel passieren, um meine Ansicht über dich zu ändern. – Da fällt mir ein: Wie hast du die Sonde überhaupt entdeckt? Das war ausgezeichnete Arbeit.«

Sie zuckte mit den Schultern und versuchte Gleichgültigkeit vorzutäuschen. Tatsächlich freute sie sich über Rhodans Lob, vielleicht weil es in den letzten Tagen so wenig Grund zur Freude gegeben hatte.

»Mir ist die Sonde in Tenglars Geheimlabor eingefallen. Und ich habe mich gefragt: Warum sollte Dano nur diesen Ort überwachen? Wenn er so viel über das Projekt unseres Schöpfers weiß, muss er auch die Hirnklinik kennen. Also habe ich meinem SERUN beauftragt, im Hintergrund aktiv danach zu suchen. Bei unseren ersten zwei Besuchen im Park hatte ich noch nichts gefunden, aber beim letzten schlug die Ortung Alarm.«

Bei der Erinnerung daran dachte sie automatisch an Ischi. Eigentlich hätten sie sie in Sicherheit bringen müssen, an einen anderen Ort, von dem Dano nichts wusste. Leider hatte dafür die Zeit nicht gereicht. Rhodan hatte Lian von Danos erpresserischem Anruf berichtet. Und das Zeitfenster, das ihnen bis zu Danos nächster Nachricht blieb, war einfach zu knapp bemessen.

Lian hoffte, dass sie damit keinen Fehler begangen hatten. Trotz Lugauers Zusicherung, dass mehrere Roboter auf Ischi aufpassen würden, plagte sie ein schlechtes Gewissen.

Sie schüttelte den Gedanken ab. »Den Rest weißt du.«

Rhodan nickte anerkennend. »Wer von uns beiden ist der mit der großen Lebenserfahrung? Eigentlich hätte mir der Gedanke selbst kommen sollen.«

Sie lächelte. »Dafür hast du doch mich.«

»Zum Glück. – Dort, schau, Telephassa.«

Im Holo erschien eine flache transparente Panzertroplonkuppel. Sechseckige Grundfläche, im Zentrum sechs Kilometer hoch, vierzig Kilometer Durchmesser – und im Inneren auf gut tausend Quadratkilometern verteilte Häuser, Türme, Brücken, aber auch weite Parks und kleine Wälder. Eine Unmenge an möglichen Verstecken, die selbst das überstrapazierte Bild mit der Nadel und dem Heuhaufen als leicht lösbares Problem erscheinen ließ. Wie sollten sie Dano dort finden?

Das Fundament der Stadt bildete eine 200 Meter dicke Plattform, von der nur ein Viertel aus dem Eis ragte. Einer der Gründe, warum die Kuppel auf Lian in ihren gefälschten Erinnerungen seit jeher wie eine gewaltige Schneekugel wirkte. Mit dem einzigen Unterschied, dass Eis und Schnee außerhalb und nicht im Inneren aufwirbelten, wenn der Mond erbebte und die Kugel durchschüttelte.

Telephassa, eine von zwei Städten auf Europa, lag am Nordpol. Die andere, der Dom der Eigenhüter, befand sich auf der entgegengesetzten Mondseite am Südpol.

Die Analyse der Hyperfunksignale hatte ergeben, dass die Überwachungssonde bei der Hirnklinik eindeutig zur Nordhalbkugel des Jupitermondes sendete. Genauer ließ es sich leider nicht eingrenzen. Vermutlich würde das die Suche mühsam gestalten, denn immerhin lebten über 300 000 Einwohner an diesem Ort.

Andererseits liebte Lian solche Herausforderungen. Sie fühlte sich wie in einer der Trivid-Serien, in denen sie in die Rolle der heldenhaften Detektivin schlüpfte und sich dem Bösewicht an die Fersen heftete. Nur dass die Bedrohungen dort Fiktion waren und nicht Tausende oder noch mehr echte Leben auf dem Spiel standen.

»Wie verzweifelt muss man sein, um so etwas zu tun?«, fragte sie. »Ich meine, eine Bombe, die zahllose Unschuldige in den Tod reißen könnte? Was ist an mir so wichtig, dass er solche Geschütze auffährt?«

»Ich weiß es nicht«, gestand Rhodan. »Aber wenn wir ihn erwischt haben, wird er es uns verraten.«

»Bist du dir sicher, dass wir ihn hier überhaupt antreffen?«

»Nein, aber ich rechne stark damit. Er riskiert es bestimmt nicht, sich Stunden vorher am Übergabeort aufzuhalten. Vielleicht kennt er ihn sogar selbst noch nicht und will erst kurzfristig entscheiden. Also sitzt er stattdessen irgendwo in seinem

Versteck, schmiedet finstere Pläne und bereitet sich allmählich auf den Aufbruch vor. Wir können nur hoffen, dass wir ihn rechtzeitig finden.«

»Und dass er von unserem kleinen Ausflug nichts mitbekommt.«

»Wie sollte er?« Rhodan hob den Daumen und zählte auf. »Wir haben die Klinik unbemerkt mit einem kurz zuvor eingetroffenen Patientengleiter verlassen.«

Es folgte der Zeigefinger.

»Wir sind nicht mit meiner Space-Jet nach Europa geflogen, sondern mit der von Doktor Doktor Herman Lugauer. Für seine Großzügigkeit verdient er beinahe noch einen weiteren Titel.«

Der Mittelfinger ging in die Höhe.

»Ischi wird sich in einigen Minuten in perfektem Lian-Outfit an einem offenen Fenster zeigen, gleich darauf aus dem Erfassungsbereich der Sonde verschwinden und das Streitgespräch abspielen, das wir aufgenommen haben. Ich bin sicher, dass Dano interessiert lauschen wird, ob wir auf seine Forderung eingehen.«

Ringfinger.

»Wir benutzen auf Europa die Mimikry-Funktion der SERUN-Anzüge. Niemand wird uns erkennen, wenn wir es nicht wollen.«

Kleiner Finger.

»Falls der Datendieb Lussa für Dano eine Hintertür zur Überwachung in die Verwaltungspositroniken programmiert haben sollte, wird er zumindest keinen Fernzugriff feststellen, weil wir erst vor Ort mit den Ermittlungen beginnen. Ich könnte dir noch eine Reihe weiterer Gründe aufzählen, warum er uns nicht auf die Schliche kommt, aber ich habe keine Finger mehr übrig.«

Lian lächelte zaghaft. Sie fand es rührend, wie sich Rhodan

bemühte, ihr Mut zu machen. Und es war gewiss nicht seine Schuld, dass es ihm nicht gelang.

Die Space-Jet näherte sich dem kleinen Landefeld neben der Kuppelstadt. Eine Positronik meldete sich über Funk und fragte die Kennung des Fluggeräts und die Namen der Passagiere ab.

»Aria Hacy und Sean Tikkonova«, antwortete Rhodan.

Offenbar prüfte die Positronik die Angaben nicht nach, denn sie wies ihnen ohne weitere Reaktion einen Platz am Rand zu.

»Sean Tikkonova?«, fragte Lian, nachdem sie aufgesetzt hatten.

»Ist mir spontan eingefallen. Mir gefällt der Name. Vielleicht benutze ich ihn irgendwann noch einmal, wenn sich die Gelegenheit ergibt.«

Lugauers Space-Jet setzte auf, und Rhodan und Lian aktivierten den Mimikry-Modus der SERUNS. Ein System aus Holowerfern und Prallfeldgeneratoren verwandelte den Terraner in einen übergewichtigen Mann mit Halbglatze, hängenden Wangen und Schnauzbart. Aus der Trivid-Künstlerin wurde eine etwa Sechzigjährige mit wallender blonder Mähne. Die technische Verkleidung verlieh ihnen die Anmutung humorloser Verwaltungsbeamter.

»Dann mal los«, sagte Rhodan.

Sie verließen die Jet und gelangten durch einen energetischen Korridor, in dem Erdatmosphäre und eine Temperatur knapp über dem Gefrierpunkt herrschten, zu einem bereitstehenden Gleiter. Die geringe Mondschwerkraft von 0,13 Gravos glichen sie mit den Gravopaks ihrer SERUNS aus.

»Wohin darf ich euch bringen?«, fragte die Gleiterpositronik.

»Zur Hauptverwaltung«, antwortete Rhodan.

»Sehr gerne.«

Durch eine Schleuse in der Schutzkuppel um Telephassa flogen sie in die Stadt. Es fühlte sich an, als gelangten sie in eine andere Welt. Statt einer unendlich erscheinenden trostlosen Eiswüste umgab sie nun ein großzügig angelegtes lebensfreundliches Areal, das Terrania nicht einmal so unähnlich war. Wenn man von der Größe absah. Und den Lichtverhältnissen. Und selbstverständlich vom Blick in den Himmel.

Das Display in der Sichtscheibe des Gleiters zeigte eine frühlingshafte Temperatur von zwanzig Grad Celsius und eine künstliche Schwerkraft von 0,5 Gravos an. Von Letzterer hatte Rhodan beim Einflug nichts bemerkt, da der SERUN wie schon draußen automatisch die Differenz zu Terra ausglich.

»Ihr seid Touristen?«, fragte die Gleiterpositronik.

»Nein.«

»Das hätte mich auch gewundert. Es kommen nur selten Urlauber nach Telephassa. Die meisten steigen in den mobilen Eiswanderhexen ab. Was führt euch stattdessen zu uns?«

Eine Positronik, die auf Small Talk programmiert war. Na prima. »Geschäftliches. – Erzähl uns bitte ein wenig über die Stadt.«

»Wie du wünschst. Der Name des Orts entstammt der griechischen Mythologie. Telephassa war die Mutter von Europa. Der Vater, ein phönizischer König, hieß Agenor. Der oberste olympische Gott Zeus verliebte sich in Europa und entführte sie in der Gestalt eines Stiers nach Matala auf der Insel Kreta, wo er ...«

Rhodan schaltete gedanklich ab. Immerhin war die Positronik nun zu beschäftigt, um ihnen weitere lästige Fragen zu stellen.

Er schaute kurz zu Lian, die mit starrem Blick aus dem Fenster sah. Was für eine tapfere junge Frau! Er konnte nicht einmal erahnen, wie es sich für sie anfühlen musste, zum ersten Mal an einen Ort zu kommen, den sie jahrelang für ihre frühere Heimat gehalten hatte. Erkannte sie Gebäude und Straßenzüge wieder? Oder beschränkte sich ihr gefälschtes Gedächtnis auf vereinzelte Erlebnisse, die so dominant waren, dass sie die Lücken kaschierten?

»Sieh mal!« Sie deutete aus der Sichtscheibe. Am Rand eines kleinen Wäldchens zupfte eine Herde frei laufender Giraffen Blätter von den Bäumen. »Sie sind größer als auf der Erde. Und … ja, graziler.« Sie klang erstaunt. »Ich wusste nicht, dass es hier überhaupt welche gibt.«

Was Rhodans Frage vermutlich beantwortete.

»Außerdem habe ich die Umgebung heller in Erinnerung«, fügte sie hinzu. »Also in meiner … du weißt schon.«

»Das liegt an der künstlichen Atomsonne«, mischte sich die Positronik ein, die dafür ihren Vortrag über die drei Biosphären des Ozeans unterbrach. »Sie versorgt Telephassa mit Licht und Wärme. Allerdings empfinden Europaner die Tageshelligkeit auf Terra als stechend und grell. Eine wahre Lichtplage. Deshalb hat man sich hier für ein sanftes Dämmerlicht entschieden. Falls es für eure Planungen wichtig ist, noch folgender Hinweis: Die Sonne wird alle zwölf Stunden aktiviert und desaktiviert. In exakt vier Stunden, sieben Minuten und elf Sekunden beginnt die nächste Nacht. Aber zurück zum Ozean unter dem Eis. Nach der Epibiosphäre mit ihren Lichtauen folgt die Mesobiosphäre, die sich über eine Tiefe von zehn bis tausend Metern erstreckt und …«

»Es fühlt sich so … merkwürdig an, Perry«, sagte Lian leise. »Wie ein Ort, den man aus einem Roman perfekt zu kennen glaubt, bis man feststellt, dass er in Wirklichkeit ganz anders aussieht. Dass alle Bilder, die man sich machte, nur einen matten, farblosen Abklatsch der Realität darstellen. Ich vermute, dass Lussa nie persönlich auf Europa war, sondern sein gesamtes Wissen aus Dokumentationen gewonnen hatte.«

»Lussa?«, fragte Rhodan.

Lian runzelte verwirrt die Stirn. »Der Datendieb, der Danos und meinen fiktiven Lebenslauf in die Systeme geschmugg…«

»Ich kann mich an ihn erinnern. Er ist in meinen Armen gestorben, weißt du?« Rhodan lächelte. »Entschuldige, das sollte nicht so scharf klingen. Was ich meinte: Wie kommst du gerade auf ihn?«

»Oh! Ich dachte, das wäre klar. Ich glaube, er hat für Tenglar unsere falschen Gedächtnisinhalte programmiert.« Sie zögerte. »Nur ein Verdacht, ich weiß. Aber erinnerst du dich an den Reinigungsroboter aus meiner Erinnerung? Im Pflegeheim? Den, der wie ein Cheborparner aussah?«

Rhodan nickte.

»Nun, Lussa war ebenfalls Cheborparner. Ich denke, der Roboter stellte eine Art … nun, Signatur des Programmierers dar. Jemand wie er sieht sich nicht als Krimineller, sondern als Künstler. Da unterscheidet er sich kaum von mir. Auch ich habe in meinen Trivid-Shows jeweils nach exakt 108 Minuten mein Zeichen in der Szenerie hinterlassen. Eine verwelkende Rose.«

Er dachte darüber nach. »Du könntest recht haben. Aber mit Gewissheit werden wir es wohl nie herausfinden.«

Der Gleiter hielt vor einem gut hundert Meter hohen Gebäude an, das wie eine Sanduhr aus rötlich schimmerndem Eis aussah.

»Wir haben die Hauptverwaltung erreicht«, sagte die Positronik. »Ich danke euch, dass ich einiges Wissenswertes über die Stadt vermitteln durfte.«

Kapitel 27:
In die Tiefe

»Auf keinen Fall!«, sagte die Frau mit den ausgeprägten Wangenknochen in resolutem Tonfall. Sie schüttelte den Kopf so heftig, dass ihr schwarzes Haar hin und her peitschte.

Lian fielen einige bernsteinfarben-transparente Strähnen darin auf. Außerdem wirkten die Haare dicker und kräftiger als bei Terranern. Ein typisches Merkmal der Europaner, wie Rhodan ihr auf dem Weg in das Büro der Frau mitgeteilt hatte – und ein weiteres Detail, in dem ihre Erinnerung von der Wirklichkeit abwich. Es war zum Heulen.

Rhodans falsches Hologesicht lächelte die Dame hinter dem Schreibtisch an. Auf der Platte – einem wuchtigen, unregelmäßig geformten Ding, das aussah wie frisch aus dem Eispanzer geschnitten – lagen Speicherkristalle, das dazugehörige Abspielgerät, Datenfolien, Holoprospekte von europanischen Firmen und Notizpads in einem wilden Durcheinander.

Lian entdeckte sogar etwas, das Ähnlichkeit mit einem altertümlichen Füllfederhalter aufwies, aber bestimmt einem anderen Zweck diente. Ein Strauß aus rosenähnlichen Blumen mit fleischigen, rot flimmernden und herabhängenden Blüten verströmte einen süßlichen Geruch. Welkten sie? Oder sahen sie immer so aus? Lian wusste es nicht. Eine weitere Lücke in der Kenntnis über ihre angebliche Heimat. Plötzlich fühlte sie sich leer.

»Ich weiß, dass du nur deine Aufgabe erfüllst.« Nach einem Blick auf das holografische Namensschild am Rand des Schreibtischs fügte Rhodan in schmeichelndem Tonfall hinzu: »Elyssa.« Und nach einer zweiten kurzen Pause: »Ein wunderschöner Name.«

»Für den ich nichts kann«, gab die Frau trocken zurück. »Ein Werk meiner Eltern.«

Rhodan seufzte. »Wir haben uns von dem Roboter unten am Empfang eigens zu jemandem bringen lassen, der über einen Vollzugriff auf die gespeicherten Daten der Stadt verfügt, in der Hoffnung ...«

»Entschuldige, dass ich dich unterbreche.« Elyssa stand auf, stützte sich mit beiden Händen auf der Schreibtischplatte ab und lehnte sich Rhodan entgegen. »Ich will nicht unhöflich sein. Aber die meisten Informationen sind im öffentlichen Leseraum allgemein abrufbar. Wie käme ich also dazu, euch meine Kennung zur Verfügung zu stellen? Das riecht förmlich nach Datenspionage, wenngleich ich mir nicht vorstellen kann, was es auf Europa so Brisantes auszukundschaften gäbe.«

»Es hat nichts mit Spionage zu tun, sondern mit ...« Er unterbrach sich und atmete tief durch. »Was soll's? Ich hatte zwar gehofft, es vermeiden zu können. Aber wenn es unbedingt sein muss.« Er desaktivierte den Mimikry-Modus. Das Trugbild des Übergewichtigen erlosch.

»P-P-Perry Rhodan?« Elyssa sank zurück in ihren Formsessel. »Da-da-das ist ... ich weiß nicht ...«

»Nur die Ruhe«, sagte Lian. »Er ist zwar prominent, aber ganz nett. Meistens jedenfalls.«

»Soll ich dir beweisen, dass ich es wirklich bin?«, fragte Rhodan.

»Nicht nötig«, entgegnete Elyssa, nun erstaunlich gefasst. »Ich verstehe es trotzdem nicht. Jemand wie du kennt doch bestimmt die erforderlichen Überrangkodes, um sich selbst Vollzugriff zu verschaffen. Wozu brauchst du mich?«

»Genau darum geht es ja. Was ich dir gleich sage, ist geheim. Du darfst mit niemandem darüber sprechen. In Ordnung?«

Sie nickte eifrig.

»Wir suchen nach einem flüchtigen Kriminellen, von dem wir vermuten, dass er sich in Telephassa versteckt. Es ist unwahrscheinlich, aber nicht ausgeschlossen, dass er die Positronik überwacht. Er darf keinesfalls merken, dass wir ihm auf den Fersen sind. Deshalb: Kein Polizeiaufgebot, keine Kampfroboter – und auch keine auffälligen Datenzugriffe über meinen oder einen Gastzugang.«

»Na, wenn das so ist. Warum hast du das nicht gleich gesagt?«

»Weil es geheim ist?«, schlug Lian vor.

»Ach so, selbstverständlich.« Elyssa stand auf. »Folgt mir.«

Rhodan aktivierte erneut den Mimikry-Modus.

Gemeinsam verließen sie das Büro, erreichten über einen langen, steril riechenden Gang – wie der Rest des Gebäudes in Eisoptik gehalten – einen Antigravlift und fuhren mit ihm einige Stockwerke nach oben. Nach einem weiteren Korridor kamen sie in einen kuppelförmigen Raum von gut fünf Meter Höhe. Die Wand schien aus stark gemustertem Bernstein zu bestehen.

»Der verwaltungsinterne Lesesaal«, sagte Elyssa.

Lian blickte sich irritiert um. Es gab weder Stühle noch Tische, keine Steuerungsterminals oder Datenlesegeräte. Das Zimmer stand komplett leer.

»Tretet ins Zentrum.« Elyssa schob einen flachen Kristall in einen kleinen Schlitz neben dem Eingang.

»Guten Tag, Elyssa«, hallte ein sonorer Bass durch die Kuppel. »Darf ich dich bitten, mir deinen Nachnamen und die Kennung zu sagen?«

»Vekkanja«, gab sie zurück, gefolgt von einer langen Reihe aus Ziffern und Buchstaben. Sicher ging es der Positronik dabei nicht um die geforderten Angaben, sondern um eine Stimmanalyse.

»Womit kann ich dir heute helfen?«

Sie gesellte sich zu Rhodan und Lian. »Zeig meinen Gästen alles, was sie sehen wollen.«

»Ist jemand namens Dano Zherkora in der Stadt gemeldet, sei es als Besucher, als Hauseigentümer oder als Firmeninhaber?«, versuchte es Lian zunächst mit dem Naheliegendsten.

»Tut mir leid«, antwortete die Positronik. »Der Name ist mir nicht bekannt.«

»Zeig uns die aktuelle Uhrzeit in Terrania«, sagte Rhodan. »Bitte in 24-Stunden-Schreibweise. Und lass sie stets sichtbar.«

Lian verstand. Der Unsterbliche sorgte sich um die Frist, die ihnen Dano gesetzt hatte. Morgens um acht Uhr wollte er sich erneut melden. Spätestens bis dahin mussten sie ihn gefunden haben.

In der Bernsteinwand erschienen die Ziffern 18:47. Es blieben noch über dreizehn Stunden Zeit.

»Wird jeder, der sich in Telephassa aufhält, optisch erfasst?«, fragte Rhodan.

»Nicht aktuell. Das heißt, es findet keine ständige Überwachung ...«

»Selbstverständlich«, unterbrach Rhodan. »Es geht mir nur um ein Bild aller Bewohner und Gäste. Wann es erstellt wurde, ist momentan irrelevant.«

»Damit kann ich dienen.«

»Zeig sie mir.«

Eine gewaltige Menge an einzelnen Holos öffnete sich. Eine Animation ließ es so aussehen, als ob sie von oben herabregneten und in Augenhöhe hängen blieben.

»Wie viele sind das?«, erkundigte sich Lian.

»319.843.«

»Blende alle aus, die nachgewiesenermaßen auf Europa geboren wurden«, sagte sie.

Der größte Teil der Holos verpuffte in einem Funkenregen.

Europaner – oder zumindest die Angestellten der Verwaltung – legten offenbar Wert auf ansprechende optische Effekte.

»Es bleiben 117.303«, meldete die Positronik.

»Lösche alle, die seit über vier Jahren erfasst sind«, verlangte Rhodan.

Im nächsten Funkenregen verschwanden über 115 000 Holos.

Das hätten wir auch einfacher haben können, dachte Lian. »Der Zeitraum ist zu lange«, sagte sie zu Rhodan. »Wann kann er von seiner wahren Geschichte erfahren haben? Das ist bestimmt nicht länger als zwei oder drei Monate her.«

»Stimmt. Entferne alle Einträge, die älter als ein halbes Jahr sind.«

Gerade einmal dreißig Holos blieben stehen, darunter einige Familien. Etwa diese: ein Mann, eine Frau, drei Kinder. Sie waren vor sieben Wochen aus beruflichen Gründen von London nach Telephassa umgesiedelt. Ihre Lebensläufe waren wasserdicht, ebenso die der restlichen Kandidaten, deren Holos nach einer kurzen Überprüfung nach und nach erloschen.

Lian fluchte in sich hinein.

Also versuchten sie es auf andere Weise. Sie riefen die Daten leer stehender Gebäude ab, sahen sich Grundstückskäufe der letzten Monate an, wühlten sich durch Transferprotokolle verwaltungsbetriebener Transmitteranlagen, kämpften mit Statistiken über die Energieverbräuche einzelner Bauwerke, glichen Kennungen und Passagiere gelandeter Raumfahrzeuge mit den erfassten Personendaten ab. Sie wanderten zwischen den herabfallenden Holos umher, betrachteten Filmaufzeichnungen, badeten im Funkenregen weiterer erfolgloser Versuche.

Um 1.34 Uhr Terrania-Zeit, nach fast sieben Stunden sinnloser Sucherei, gaben sie entnervt auf. Lian hockte inzwischen auf dem Boden; vor einer Stunde war sie kurz eingenickt.

»Er ist nicht hier«, sagte Rhodan.

»Aber das Signal ging eindeutig nach Europa!«, beharrte Lian. »Er muss hier sein!« Ihr kam ein Gedanke. »Könnte er sich in einer der Eiswanderhexen außerhalb der Stadt verstecken?«

»In einem Hotel? Mit einer Geisel? Und Überwachungsequipment? Schwer vorstellbar.«

Dennoch prüften sie es nach. Mit dem gleichen ernüchternden Ergebnis.

Lian erinnerte sich an die Geschichten, die ihr Lussa – oder wer auch immer – ins Gedächtnis gepflanzt hatte. Geschichten, die sie und die anderen Mädchen auf ihrem Zimmer im Pflegeheim nach dem abendlichen *Licht aus* leise ausgetauscht hatten. Sie handelten von Seeungeheuern, riesigen schlangenähnlichen Tapursiten, die auf dem Meeresgrund mit ihren Maultentakeln auf Jagd gingen. Oder von Unterwasserstädten, in denen finstere Geister umgingen, die nachts gelegentlich an die Oberfläche kamen und Kinder aus dem Heim verschleppten.

In einem Anflug von verzweifeltem Humor sagte sie: »Vielleicht versteckt sich Dano in einer der Unterwasserstädte bei den Ungeheuern und Gespenstern.«

Rhodan nahm den Vorschlag offenbar ernst. Er schüttelte den Kopf. »Sie wurden allesamt vor knapp zweihundert Jahren aufgegeben oder demontiert. Europa umkreist Jupiter innerhalb starker Strahlungsgürtel, was nach dem Hyperimpedanz-Schock …«

»Das ist nicht ganz richtig«, wandte Elyssa Vekkanja ein. Während der letzten sieben Stunden hatte sie gelegentlich den Raum verlassen, war aber stets nach höchstens dreißig Minuten zurückgekehrt. Nun lehnte sie an der Wand und klammerte sich mit beiden Händen an einer dampfenden Kaffeetasse fest. Sie sah entsetzlich müde aus. Vermutlich hielt sie nur deshalb durch, weil sie damit dem legendären Perry Rhodan half. »Eine

Stadt existiert noch. Abyssaria. Allerdings lebt dort niemand mehr.«

Rhodan zuckte zusammen. »Was? Und das sagst du uns erst jetzt?«

Elyssa schaute geknickt. »Du hast behauptet, dieser Kriminelle verstecke sich in Telephassa. Abyssaria liegt mehr als tausend Kilometer entfernt. Wie hätte ich ahnen sollen …«

»Schon gut. Tut mir leid. Ich bin etwas angespannt, weil uns die Zeit davonläuft. Tausend Kilometer? Das heißt, die Stadt befindet sich auf der Nordhalbkugel?«

»Etwa auf halber Strecke zwischen Nordpol und Äquator.«

Also stimmte die Messung. Sie hatten nur an der falschen Stelle gesucht. »Positronik, Informationen über Abyssaria.«

»Abyssaria ist eine der wenigen Unterwasserstädte«, erklang die Bassstimme, »die nicht demontiert wurden. Sie stand lange leer, bis die Firma SubEur Enterprises sie gekauft hat. Die Eigenhüter vom Südpol des Mondes stemmten sich dagegen, weil sie es als ihre Aufgabe betrachten, dem Leben im Ozean Europas eine eigenständige Entwicklung zu ermöglichen. Erst als das Unternehmen nach zähen Verhandlungen ein Konzept vorlegte und nachwies, dass es ihm ebenfalls um den Erhalt dieser einzigartigen Welt ging, gaben die Eigenhüter nach.«

»Wann war das?«

»Vor dreizehn Jahren.«

Lian erstarrte. Dreizehn Jahre. So lange war es her, dass TRAFO seine Forschungen am menschlichen Gehirn aus ethischen Gründen eingestellt und Jeobald Tenglar sie im Geheimen fortgeführt hatte. Ein Zufall?

»Wem gehört das Unternehmen?«, fragte sie.

»Alleiniger Anteilseigner ist die Sigho Holding.«

Lian verdrehte die Augen. »Und wem gehört die?«

Die Positronik nannte noch eine Firma. Die wiederum im Eigentum einer dritten stand, die einem vierten Unternehmen gehörte, das Teil des nächsten Konsortiums war. Und so weiter. Irgendwann verlor sich die Spur in fremden Sonnensystemen, in entfernten Sektoren der Galaxis und schließlich sogar darüber hinaus.

»Genauer gesagt«, fasste Rhodan zusammen, »niemand weiß, wer letztlich hinter diesem Firmenverbund steht.«

»Richtig. Ich weise allerdings darauf hin, dass die SubEur Enterprises den Betrieb nie aufgenommen hat. Nach einigen Umbauten erwies sich das Projekt offenbar als nicht rentabel. Seitdem ist Abyssaria erneut verlassen. Lediglich der *Verwaltungsbezirk Umweltschutz* schickt in unregelmäßigen Abständen Mitarbeiter hinunter, um zu prüfen, ob der Schutzschirm weiterhin stabil ist. Sollte das nicht der Fall sein, müsste die Firma als Eigentümerin die Unterwasserstadt umweltgerecht demontieren.«

»Und seit damals«, hakte Lian nach, »ist außer diesen Umwelttypen niemand hinabgereist?«

»Zumindest nicht über die Wasserroute.«

»Gibt es einen Transmitter?«, fragte Rhodan.

»Davon ist mir nichts bekannt. Doch es ist nicht auszuschließen.«

Lian nickte. Das Fieber der Jagd hatte sie erfasst. »Das ist es! Dort hält sich Dano versteckt. Ich bin mir sicher.«

Rhodan überlegte. »Ich stimme dir zu. Aber er kann unmöglich hinter dem Firmenverbund stehen. Dazu liegt der Kauf viel zu lange zurück. Du weißt, was das bedeutet?«

»Tenglar hat damals nicht allein gearbeitet. Das Projekt überstieg seine Mittel bei Weitem. Es muss einen finanzkräftigen Partner geben. Und wenn wir unterstellen, dass er hinter SubEur Enterprises steckt, unterstützt er nun Dano Zherkora. Wobei auch immer.«

Rhodan kam es vor, als bewegten sich er und Lian im Zeitlupentempo, während die Zeit um sie dahinraste.

Da über Telephassa inzwischen die künstliche Nacht hereingebrochen war, dauerte es bis 2.30 Uhr Terrania-Zeit, einen Auftrag des *Verwaltungsbezirks Umweltschutz* zu fingieren. Elyssa Vekkanja nahm Rhodans und Lians Pseudonyme als Mitarbeiter in die Personaldatenbank auf und konstruierte eine Hintergrundgeschichte, nach der sie frisch von Terra nach Europa versetzt worden waren.

Ob das ausreichte, um Dano Zherkora zu täuschen, falls er die Positronik tatsächlich überwachte? Zweifelhaft, doch was blieb ihnen anderes übrig? Es gab nur diesen einen Weg nach unten.

Sie organisierten einen Ozeangleiter, der sie zum Meeresgrund bringen sollte. Leider warteten diese speziellen Tauchfahrzeuge nicht ständig bei den wenigen Zugangsstationen, sodass erst einer von Telephassa dorthin geschafft werden musste – über zweitausend Kilometer in Richtung Äquator.

»Die Eiskruste des Mondes ist bis zu achtzehn Kilometer dick«, erläuterte Elyssa. »Die Stationen liegen verständlicherweise an Stellen mit dünnerer Kruste.« Sie lächelte entschuldigend. »Wobei *dünn* immer noch fast 2500 Meter bedeutet.«

Gegen vier Uhr Terrania-Zeit kamen sie endlich in der Zugangsstation an, einem kuppelförmigen, stark isolierten Gebäude, dessen Inneres aus fast nichts anderem als einem 80 Meter breiten Loch im Eis bestand. Auf dem schmalen Ring, der es umgab, verteilten sich Arbeitskonsolen, Überwachungsholos und Positronikterminals.

Bedienendes Personal gab es nicht, wenn man von einem Sicherheitsmann mit buschigem schwarzem Bart und noch buschigeren, noch schwärzeren Augenbrauen absah, der sie brummelnd begrüßte und seinen Namen nicht nannte. Rhodan vermutete allerdings, dass es sich bei ihm weniger um einen

Techniker handelte als um einen Hausmeister, der sich um die Station kümmerte.

Beim Anflug hatte Rhodan eine kleine Hütte neben der Kuppel bemerkt. Wahrscheinlich verbrachte der Mann dort seine freie Zeit – also beinahe jede einzelne Minute des Tages. Rhodan mochte sich nicht vorstellen, wie eintönig das sein musste. Hoffentlich liebte der Sicherheitsmann die Einsamkeit im ewigen Eis.

Es blieben nur vier Stunden, bis sich Dano Zherkora erneut bei ihnen melden wollte, um den Übergabeort bekannt zu geben, an dem er Lian erwartete. Die Zeit verging zu schnell!

Rhodan trat an den Krater, den ein niedriges Geländer und ein Prallfeld schützten. Er schaute in einen gewaltigen Abgrund im ewigen Eis, an den sich ein hundert Kilometer tiefes Meer anschloss.

Der Gedanke ließ ihn schaudern.

»Beängstigend«, sagte Lian neben ihm.

Rhodan nickte nur und schwieg.

Der Sicherheitsmann trat zu ihnen. »Was denken die sich von der Verwaltung eigentlich, einen so kurzfristigen Inspektionstermin anzusetzen? Spinnen die? Ohne zureichende Wartung des Gleiters, ohne die übliche zweitägige Vorbereitung? Ist denen die Sicherheit ihrer Mitarbeiter gar nix mehr wert? Die müssen doch Gefrierbrand im Hirn haben!«

Genau die Ermutigung, die wir brauchen, dachte Rhodan. Er lächelte. »Was soll man machen? Wir sind auch nur Befehlsempfänger.«

Der Bärtige zuckte mit den Schultern. »Ist ja nicht mein Arsch, den ich riskiere.«

»Sondern unsere Ärsche«, sagte Lian.

»Ach was, keine Sorge. Wird schon schiefgehen. Der ganze Kram ist positronikgesteuert. Und sobald ihr erst mal unterwegs seid, kann euch von hier oben aus sowieso niemand mehr helfen, egal wie viele Leute an den Terminals stehen. Aber bisher sind alle wieder an die Oberfläche gekommen. Wenn man den Zwischenfall vor drei Jahren nicht mitrechnet, bei dem ...« Er winkte ab. »Ist ja auch egal. Schätze, das wollt ihr jetzt im Moment nicht unbedingt hören. Oh, da kommt die NEPTO.«

Das Kuppeldach öffnete sich, und nur noch ein Energieschirm hielt die Kälte draußen.

Ein Diskus von 40 Meter Durchmesser durchdrang das Schutzfeld und schwebte langsam herab. Unmittelbar über dem Abgrund verharrte er. Eine Luke ging auf, und ein Steg schob sich ihnen entgegen.

»Na dann«, sagte der Sicherheitsmann. »Gute Reise.«

Es war 4.11 Uhr in Terrania.

Die Fahrt in die Tiefe verlief unspektakulär und in quälender Langsamkeit.

In der NEPTO existierten keine Sichtscheiben, und so blieb ihnen ein direkter Blick nach draußen verwehrt. Lian war das egal. Mehr als undurchdringliche, lichtlose Schwärze hätte es ohnehin nicht zu entdecken gegeben. Sogar das Umgebungsholo zeigte nur gelegentlich verschwommene Ortungsergebnisse. Schemenhafte, riesige Kreaturen, die dem Tauchgleiter hin und wieder alarmierend nahe kamen.

Lian dachte mit Unbehagen an die Meeresungeheuer aus den alten Geschichten.

»Geht das nicht schneller?«, fragte sie.

»Wir sinken mit einer Geschwindigkeit von sechshundert Metern pro Minute«, sagte die Positronik. Täuschte sich Lian oder klang sie tatsächlich gelangweilt? »Zusätzlich bewegen wir uns vorwärts Richtung Abyssaria, das etwa 1200 Kilometer nördlich liegt. Da die Wasserverdrängung unterseeischer Fahrzeuge und die daraus resultierenden Wirbel den Eigenhütern missfallen, besteht ein Abkommen mit ihnen. Würden wir uns daran halten, kämen wir erst in 18 Stunden an.«

Wie bitte? »Verstehe ich das richtig, dass wir dieses Abkommen gerade ignorieren?«

»Elyssa Vekkanja hat es so programmiert, was aufgrund der Ausnahmeklausel 17–4 in besonders schwerwiegenden Fällen auch ohne offizielle Genehmigung möglich ist. Sie ist eine der wenigen, die diese Klausel anwenden dürfen.«

»Wie lange werden wir brauchen?«

»Drei Stunden und zwanzig Minuten.«

Lian warf Rhodan einen besorgten Blick zu. »Ankunft wäre dann kurz nach halb acht Terrania-Zeit. Uns bleiben nicht einmal dreißig Minuten, Dano zu finden.«

»Wir dürfen vor Ort keine Zeit verlieren«, sagte er. »Aber momentan sind uns die Hände gebunden. Ich schlage vor, du ruhst dich ein wenig aus.«

Widerwillig lehnte sie sich im Passagiersessel zurück und schloss die Lider. Auf keinen Fall würde sie in dieser Situation einschlafen.

Völlig unmöglich.

Im nächsten Moment legte Rhodan ihr die Hand auf die Schulter und behauptete: »Wir sind gleich da.«

Lian schreckte hoch und riss die Augen auf. »Was?«

Er deutete auf das Holo, das eine energetische Kuppel von einem Kilometer Durchmesser und etliche Gebäude zeigte. Die meisten wirkten einfallslos, wie vom langweiligsten Architekten der Galaxis konstruiert; andererseits fielen dadurch die wenigen, die sich wie Glasschlangen über den Boden wanden, noch stärker auf. Im Zentrum gab es eine Grünfläche, wohl eine Art Park, durch die ein glitzernder Bach floss. Alles wurde von einer künstlichen Miniatursonne erhellt, fast zu klein, um diese hochtrabende Bezeichnung überhaupt zu verdienen, und kaum zu vergleichen mit der von Telephassa.

Augenblicklich war Lian hellwach. »Wie gehen wir vor?«

»Wir sollten davon ausgehen, dass Dano unser Eindringen bemerkt.«

»Das Eindringen einer unangekündigten Inspektionsmannschaft«, verbesserte sie. »Sein Partner hat ihn sicher darüber aufgeklärt, dass es dazu kommen kann. Mit etwas Glück wähnt er uns weiterhin auf dem Mars oder bei dir zu Hause in Terrania, wo wir auf seine Nachricht warten.«

»Deshalb müssen wir den Schein wahren. Wir landen direkt neben dem Generatorgebäude für den Schutzschirm und die Lebenserhaltungssysteme, gehen in unseren Masken hinein, ohne uns allzu auffällig umzusehen, suchen uns dort ein stilles Plätzchen, aktivieren die Deflektoren und verlassen den Bau unsichtbar wieder. Einverstanden?«

»Klingt nach einem Plan.«

Rhodan schmunzelte. »Klingt nach einem *guten* Plan, wäre mir lieber gewesen.«

Der Tauchgleiter sendete die Überrangkennung der Verwaltung mitsamt dem Inspektionsauftrag an die Positronik von Abyssaria. Anstandslos schaltete diese eine Schleuse im Schutzschirm. Der Diskus schwamm auf der einen Seite hinein und schwebte auf der anderen hinaus.

Wenige Sekunden später setzte er vor einem schmucklosen quaderförmigen Gebäude auf, von dessen Dach aus sich eine riesige transparente Spirale bis unter den Energieschirm erhob, der etwa zweihundert Meter über dem Bodenniveau lag. In ihrem Inneren flackerten bläuliche Energieentladungen. Schräg daneben flammte die Miniatursonne.

Rhodan und Lian stiegen aus dem Tauchgleiter und sahen sich gelangweilt um – eben so, als gingen sie einem nicht gerade aufregenden Alltagsjob nach. Wie spannend konnte die Wartung oder Überprüfung einer leer stehenden Unterwasserstadt schon sein?

Sie betraten das Generatorgebäude, dessen Zugangskode sie von Elyssa vor ihrem Aufbruch erhalten hatten. Die Tür ließen sie offen. Schließlich sollte es einem potenziellen Beobachter nicht auffallen, wenn sie das Gebäude wieder verließen.

Ein Korridor führte schnurstracks zu einem Tor, das mit einem Gefahrensymbol gekennzeichnet war; dahinter lag der Schirmgenerator. Rhodan stoppte einige Schritte davor. Auch Lian blieb stehen.

»Aktivier deinen Deflektor und schließ den Helm«, sagte er – und verschwand vor ihren Augen.

Sie folgte der Aufforderung und wäre für jeden Beobachter nun ebenfalls unsichtbar. Mit einem Mal tauchte ihr Begleiter vor ihr wieder auf. Seine Gestalt blieb jedoch leicht unscharf, als würde eine leuchtende Aureole um ihn liegen. *Ein Ganzkörperheiligenschein für den unsterblichen Terraner*, dachte sie und musste grinsen.

»Was ist?«, fragte er.

»Ich bin nur fasziniert, wie die Kopplung funktioniert.«

»Viele haben beim ersten Einsatz damit Probleme. Niemand von außen wird uns sehen – wir beide können uns aber gegenseitig wahrnehmen. Ähnlich wie wir uns über Helmfunk hören. Sehr nützlich, glaub mir.« Er wandte sich um, zurück Richtung Ausgang. »Komm mit. Und vergiss nicht, man kann uns sehr wohl bemerken. Wenn du etwas umwirfst, fällt es … wenn du auf einen Ast trittst, zerbricht er.«

»Ich denke nicht, dass da draußen sonderlich viele Äste rumliegen.«

»Du weißt, was ich meine.«

»Klar.«

Schon waren sie zurück im Freien – falls man eine unterseeische Stadt unter einer Schutzkuppel, die ein Meer abhielt, das sich kilometerhoch über ihnen erstreckte, so nennen wollte. Rhodan und Lian schauten sich um.

Sie konnten nicht einfach blind auf die Suche gehen. Abyssaria durchmaß einen Kilometer. Sie würden stunden- oder gar tagelang umherirren. Und es blieb kaum noch Zeit.

Vor ihnen gingen mehrere gerade Straßen von diesem zentralen Punkt weg – rechts und links gesäumt von schmucklosen viereckigen Bauten aus Metall und Gestein. Die undurchsichtigen Fenster reflektierten das künstliche Licht.

Am Ende einer der Straßen entdeckte Lian einen filigranen Bau, ganz aus einem durchsichtigen Material, der sich quer durch die Häuserreihe wand. Es musste eine der *Glasschlangen* sein, die ihr schon beim Anflug aufgefallen war. Da hatte sich offenbar der Stadtplaner kreativ ausgetobt.

»Wie gehen wir vor?«, fragte sie. »Wenn Neyla Abiola hier irgendwo ist … wie finden wir sie? Wir können nicht in jedes Gebäude schauen, und vor allem dürfen wir nicht auffallen.«

Rhodan war längst damit beschäftigt, auf dem Armbandkommunikator seines Schutzanzugs zu tippen. »Du bist gut darin, geheime Spionagesonden zu entdecken«, sagte er, »und ich kann gut mit SERUNS umgehen.«

»Soll das heißen …«

»Es gibt hier unten exakt drei Dinge, die mit Energie versehen sind. Das Generatorgebäude, das den Schutzschirm stabilisiert, die Atmosphäre instand hält und die Wartungsroboter steuert, die sich um das allgemeine Ökosystem kümmern. Das können wir vernachlässigen. Außerdem die Atomsonne. Irrelevant. Bleibt Treffer Nummer drei.«

»Und der wäre?« Lian hatte Mühe, mit Rhodan Schritt zu halten.

Er eilte in die Straße rechts neben der, an deren Ende sich die Glasschlange wand. Sie hatten schon im Vorfeld vereinbart, die Flugfunktion der SERUNS nur im Notfall zu nutzen, weil sie jeden unnötigen Energieausstoß vermeiden wollten, der geortet werden könnte.

»Ein Gebäude«, erklärte er. »Ein einzelnes, stinknormales Gebäude. Warum ist ausgerechnet dort etwas energetisch aktiv? Wenn dort nicht gerade seit Jahren ein exzentrischer Einsiedler lebt, haben wir Dano Zherkoras Versteck gefunden.«

»Einfach so?«, fragte Lian verblüfft.

»Einfach so«, sagte Rhodan. »Unser Gegner rechnet nicht damit, dass wir es bis hierher schaffen.«

Sie stoppten zwei Minuten später.

Das Gebäude, in dem sie die Entführte zu finden hofften und vielleicht endlich Dano Zherkora das Handwerk legen konnten, war schlicht und ergreifend langweilig – wenn man davon absah, dass sich eine Glasschlange über sein Dach wand.

Es handelte sich um einen Flachbau mit metallenen Wänden und nur wenigen Fenstern. Sie umrundeten das Haus einmal – es gab zwei Türen, beide mit einem Eingabefeld neben der Tür gesichert.

Sie mussten einen Kode eingeben, um eintreten zu können.

Oder Gewalt anwenden.

»Kannst du wieder etwas Positronik-Zauberei nutzen und den Zugangskode knacken, großer SERUN-Versteher Perry Rhodan?«, fragte Lian grinsend.

»Könnte ich. Es würde höchstens eine Minute dauern, vermute ich«, antwortete er. »Aber das ist eine Minute zu lang – wenn Dano Zherkora da drin ist, wird er den Zugriff bemerken, und zwar sofort. Ich denke, ich schieße gezielt auf die Tür und bahne uns mit Gewalt einen Weg. Das geht schneller.«

»Warte!«, bat Lian.

»Hast du eine Idee?«

»Wenn ich einen Kode nutzen müsste ... hier auf Europa ... wüsste ich, welches Erlebnis aus meinen fingierten Erinnerungen ich verwenden würde. Mein bester Tag, mein größer Triumph auf diesem Mond. Er hat nie stattgefunden, doch er ist für mich real. Und Dano teilt meine Erinnerungen.«

»Versuch es.«

»Aber falls es nicht funktioniert, wird er gewarnt sein.«

»Los! Wenn du korrekt öffnest, wird Dano womöglich nicht aufmerksam. Klingt nach einer guten Idee. Ich halte mich bereit. Schießen kann ich immer noch.« Er grinste. »Also los!«

Lian ging zum Eingabefeld. Ihr Herz raste.

Mein bester Tag auf Europa. Mein Triumph. Mein Sieg im Wettbewerb, mein Erfolg über eine halbe Million anderer Einsender, der mir endgültig den Weg ins Trivid-Gewerbe geöffnet hat.

Sie gab etwas ein, das hinreichend komplex war, um als sicherer Kode durchzugehen.

Einsatz in Sektor 559 IX/c

Es klackte.

Die Tür schob sich zur Seite.

Rhodan zeigte Lian den hochgereckten Daumen. Sie eilten ins Innere.

Ein großer Raum empfing sie, und obwohl sie Neyla Abiola nicht sahen und fünf Türen abzweigten sowie eine Treppe in ein Kellergeschoss führte, wusste Lian sofort, dass sie ihr Ziel erreicht hatten.

Eine Arbeitsstation ragte fast im Zentrum des dämmrigen Zimmers auf – ein Pult mit mehreren Bildschirmen und Eingabemasken. Davor standen ein verlassener Sessel und ein Tisch mit einem halb leeren Wasserglas darauf.

Rundum gruppierten sich schwebende Holos. Eines zeigte die Hirnforschungsklinik. Eines einen Wald, wo immer das sein mochte. Die anderen nahm Lian nicht richtig wahr.

Weitere Einrichtungsgegenstände gab es nicht. Offenbar waren sie in Danos Überwachungszentrale gelandet.

»Wenn all das läuft, muss er hier sein«, sagte sie mit Blick auf die Holos zu ihrem Begleiter. Sie deutete auf das Glas. »Vielleicht ist er auf dem Klo.«

Rhodan hielt längst einen Thermostrahler in der Hand. »Halt dich bereit.«

Im nächsten Augenblick schwebte ein Kampfroboter über die Kellertreppe hoch. Ein altertümliches Modell, wenn Lian sich nicht irrte. Kegelförmiger Rumpf, darauf ein Kopf mit angedeutetem Gesicht, vier Waffenarme. Die Abstrahldorne flimmerten, jederzeit bereit, eine Energieladung auf sie abzuschießen.

Aber er schoss nicht.

Weil er nicht weiß, wo genau wir sind, hoffte Lian. Schließlich waren sie nach wie vor unsichtbar. *Aber offenbar hat er trotzdem unser Eindringen bemerkt.*

Eine der fünf Türen zerbarst in einem Regen aus Splittern, als eine Strahlersalve hindurchjagte und exakt in Rhodans Schutzschirm traf. Vermutlich ein zweiter Roboter. Es flackerte, energetische Blitze flirrten.

So viel dazu, dachte Lian.

Danos Stimme hallte plötzlich durch den Raum. »Warum könnt ihr nicht einfach gehorchen? Ihren Tod habt ihr zu verantworten!«

Dann brach die Hölle los.

Kapitel 28:
Oase der Gedanken

Ein seltsames Gefühl: Müdigkeit.

Fast so ungewöhnlich, wie Luft zu atmen.

Ischi ließ sich die tausend Details, die sie so sehr verwirrten, nicht anmerken. Zumindest versuchte sie das. Seit Lian sie verlassen hatte, ihre Schwester, empfand sie noch mehr Angst. Auch das verbarg sie.

Der Mann, der ständig bei ihr blieb, wollte ihr helfen, das begriff sie. So wie Perry Rhodan Lian half. Und da Lian Rhodan mochte, war es wohl am besten, wenn sie Herman Lugauer ebenfalls mochte.

Gerade verließen sie den Park, um zurück in das Zimmer zu gehen, in dem sie aufgewacht war; als sie geglaubt hatte, tot zu sein, und von Lian eines Besseren belehrt worden war.

Dort angekommen, setzte sie sich auf ihr Bett.

»Ich hoffe, dich stören die Roboter nicht, wenn du im Park bist«, sagte ihr Freund, der neben ihr stehen blieb. »Aber sie sind wichtig. Sehr wichtig. Sie sorgen für deine Sicherheit, bis wir einen geeigneteren Ort für dich finden.«

»Nein, nein, sie stören nicht. Roboter sind interessant. So wie Vögel und Bäume und Blumen.«

»Willst du etwas essen?«

Wieder ein Punkt, über den der Mann sich offenbar gar keine Gedanken machte. – Die Frage nach einer Mahlzeit mochte für ihn selbstverständlich sein ... aber Ischi hatte noch nie etwas gegessen.

Sie wusste, was Nahrungsmittel waren und wozu sie dienten, doch in der Nährflüssigkeit ihrer Welt – *des Klontanks*, verbesserte sie sich, denn Lian hatte ihr das erklärt – war sie von Schläuchen ernährt worden.

Aber Ischi wollte nicht unhöflich sein. »Etwas … Einfaches«, bat sie.

»Ich dachte an Suppe, mit kleinen Nudeln und Gemüse. Es gab gestern eine frische Lieferung arkonidischer Spargelbohnen.«

»Ist das einfach?«

»Es ist kein Problem, in der Küche wurde das sowieso für die Patienten …«

»Nicht einfach zu kochen«, unterbrach sie. »Einfach zu essen. Ich habe noch nie gegessen.«

»Oh.« Ein Lächeln huschte über Herman Lugauers Gesicht. Ischi wusste nicht, ob es spöttisch, amüsiert oder höflich war. »Freilich, freilich. Entschuldige. Ja, es ist … einfach zu essen. Du musst wissen, dass diese Situation für mich genauso neu ist wie für dich.«

»Das verbindet uns, mein Freund.«

Er stutzte. »Richtig. Ich kann viel von dir lernen.«

»Danke.« Ischi drehte sich um und sah das Bild, das über dem Bett an der Wand hing. »Lian hat mir erzählt, dass du es gemalt hast. Warum?«

»Wieso ich dieses Motiv gewählt habe?« Es zeigte einen roten Baum, ganz anders geformt als diejenigen im Park vor der Klinik, der in seiner Krone unauffällig in die wulstigen Windungen eines Gehirns überging.

»Warum du gemalt hast. Du hättest eine Positronik ein Hologramm anfertigen lassen können.«

»Es könnte niemals meine Empfindungen und Gefühle ausdrücken.«

Ischi lachte. Ihr ganzer Körper fühlte sich dabei leicht an, und sogar das unterdrückte Pochen in ihrem Arm verschwand für einen Augenblick. »Es gibt sowieso keinen Gehirnbaum.«

»Darauf kommt es nicht an«, sagte ihr Freund, und er klang vorsichtig. Oder verletzt? »Ich male nicht, um die Wirklichkeit abzubilden. Das könnten Positroniken tatsächlich besser als ich.«

Ischi stand auf, streckte den gesunden Arm aus, berührte das Bild. Die Farben waren uneben und mit Rillen durchzogen. Es kam ihr so vor, als fühlte sie die Äste des Baumes, als rieche sie ein muffig-pilziges Aroma. Sie fragte sich selbst, woher sie wusste, wie so etwas roch. »Ich verstehe, was du meinst. Ich wollte dich nicht beleidigen.«

»Das hast du nicht«, versicherte er. »Es ist nur ... ich bin es nicht gewohnt, über meine Kunst zu sprechen. Ich bin Wissenschaftler. Mediziner.«

»Und du bist sensibel.«

Er sah aus, als suche er nach Worten. Aber er lächelte ein wenig.

Sie strich weiter über die Schicht aus Farbe und künstlichem Leben. Mit einem Mal verstand sie, was das Bild eigentlich zeigte. Keinen unmöglichen Baum, der ein menschliches Gehirn in sich barg – sondern ein Symbol.

»Es ist eine Oase«, sagte sie und deutete auf den Baum. »Es bildet genau das ab, was in dir vorgeht, wenn du malst. Eine Oase deiner Gedanken.« Nun wanderte ihr Finger zu dem Gehirn in der Baumkrone.

»Du bist erstaunlich.«

Plötzlich jagte ein kleiner, scharfer Schmerz durch ihren Zeigefinger. Sie zog den Arm zurück. Sie blutete. Es quoll unter ihrem Nagel heraus.

Sie tastete mit dem Daumen danach.

Der Schmerz wurde schlimmer, als sie die Fingerkuppe berührte.

Ihr Freund hielt unvermutet vorsichtig ihre Hand fest. »Pass auf«, sagte er.

Es war zu spät. Ischis Nagel löste sich vollständig aus seinem Bett und floss in hervorquellendem Blut davon. Er platschte vor ihren Füßen auf den Boden.

»Setz dich«, forderte Lugauer.

Es tat weh, aber sie konnte es ertragen. Für ein paar kostbare Augenblicke hatte sie ihre Krankheit vergessen.

»Ich werde dir helfen«, kündigte ihr Freund an.

»Ich weiß«, sagte Ischi. *Auch wenn du mich nicht retten kannst.*

Kapitel 29: Regen

Die Kampfroboter feuerten weiter, konzentrierten ihren Beschuss auf Rhodan.

»Schieß auf denselben wie ich!«, rief er. »Los!«

Eine Salve traf die Arbeitskonsole in der Mitte des Raumes. Sie explodierte, riss ein Loch in den Boden. Der Sessel davor wurde davongeschleudert und von Metallfetzen perforiert. Er brannte, als er gegen die Wand schlug.

Lian dachte plötzlich an die Tiefseekuppel, die »draußen« das Meer davon abhielt, auf sie zu stürzen. Konnte die Kuppel beschädigt werden, wenn hier gleich alles in die Luft flog?

Lian wischte den Gedanken beiseite und schoss mit Rhodan auf den Roboter, der aus der zerborstenen Tür schwebte. Die Maschine detonierte und krachte als rauchender Trümmerhaufen auf.

»Wir müssen Neyla finden!« Lian ging nicht aus dem Kopf, was Dano gerufen hatte: *Ihren Tod habt ihr zu verantworten!* Er wollte sie töten! Jetzt und hier, als Reaktion auf den Befreiungsversuch.

Die zweite Kampfmaschine feuerte inzwischen ebenfalls, barst jedoch nach wenigen Sekunden, als Rhodan und Lian ihren Beschuss auf sie konzentrierten. Offenbar keine sehr hochwertigen Modelle. Mit schwachem oder gar keinem Schutzschirm.

Da hast du am falschen Ende gespart, Dano! Er hatte sich zu sicher gefühlt in seinem Geheimversteck unter Europas Meer.

»Wo ist sie?«, rief Lian. »Wir müssen sie finden!«

»Und wo ist Dano?«

Rhodan stürmte zu einer der Türen, feuerte kurz, rammte sie auf. Er verschwand im Zimmer, kehrte nach Sekunden zurück, wandte sich der nächsten Tür zu.

Lian eilte bereits zu der Tür, durch die der Kampfroboter gekommen war. Hatte er die Gefangene bewacht?

Der Raum dahinter stand leer. Merkwürdig.

Blieben zwei weitere Räume, zwei weitere Türen. Rhodan öffnete die erste, Lian die zweite. Sie schaute in ein Badezimmer, das seltsam steril und unbenutzt aussah.

»Nichts«, rief Rhodan via Helmfunk. »Gehen wir in den Keller. Wenn sie ... nein!«

»Was ...«

»Die Energiestrahlung! Dort unten ist ein Sprengsatz!«

Lian war zurück, rannte auf die Treppe zu.

Rhodan überholte sie.

»Eine Minute, dann ist sie tot!«, dröhnte Danos Stimme durch den Raum. Im nächsten Augenblick jagte er die Stufen aus dem Keller herauf, in einem Kampfanzug. »Euch bleibt eine Minute!«

Lian schoss in wildem Hass auf den Mann, den sie als Bruder hätte ansehen können. Sein Schutzschirm flammte auf, während er zur Tür hastete, ohne zurückzuschießen oder sich umzusehen. Er verschwand im Freien.

»Raus, Lian!« Rhodan hetzte die Treppe hinab. »Wenn das Ding hochgeht und den Energieschirm über der Stadt beschädigt ...« *Also doch!* Er brauchte den Satz nicht zu Ende zu führen.

Für einen Atemzug drehte sich die Welt um sie.

Dano verfolgen?

Sich in Sicherheit bringen?

Beides kam nicht infrage. Sie musste Rhodan helfen. Wie er desaktivierte sie den sinnlos gewordenen Deflektorschirm und folgte ihm in die Tiefe.

Die Stufen endeten an einer Tür, die er bereits aufgerissen hatte.

Neyla saß dahinter in einem gekachelten Raum, völlig leer bis auf eine Matratze in der Ecke. Sie war auf einen Stuhl gefesselt, sah zu Tode erschrocken und entsetzlich erschöpft aus. Der Anblick traf Lian wie ein Schlag – sie hatte Holobilder von Neyla gesehen, aber nun vor ihr zu stehen war etwas völlig anderes. Die zerzausten schwarzen Haare, die allzu vertrauten Gesichtszüge darunter … als würde Lian in einen Spiegel blicken, der sie in einigen Jahren zeigte.

Neylas Augen standen panisch weit offen, sie starrte auf einen viereckigen Metallblock. »Bombe!«, rief sie.

Eine Minute, hatte Dano gesagt. Wie viel davon war schon vergangen? Zehn Sekunden? Zwanzig?

»Wir müssen sie befreien!« Lian rannte hinter den Stuhl und nahm die Fesseln in Augenschein. Neylas Arme, die rechte Hand in einem weißen Verband, waren an die Rückenlehne gefesselt, mit starken Seilen, mehrfach um das Holz gewickelt. Es würde Zeit kosten, sie …

Rhodan schob Lian beiseite. »Raus hier!«, forderte er und tat das einzig Vernünftige: Er packte Neyla samt Stuhl. »Flugaggregat!« Mit seiner menschlichen Last jagte er schräg die Treppe hoch.

Lian rannte ihm nach, aktivierte die Flugfunktion erst im Raum selbst. Dicht hintereinander rasten sie aus dem Haus.

Hinter ihnen donnerte es, und Rauch quoll aus der Tür – gefolgt von einer Druckwelle, die die Fenster bersten ließ.

Ein Teil des Dachs wurde weggesprengt, schmetterte in die Glasschlange und zerfetzte sie. Scherben regneten hinab. Die Druckwelle blies sie weg. Als schneidender Hagel splitterten sie gegen umliegende Häuser.

»Du bist in Sicherheit«, sagte Rhodan zu Neyla Abiola. »Weißt du, wohin Zherkora geflohen sein könnte?«

»Transmitter«, murmelte die Frau schwach. »Im Nachbarhaus. So hat er mich hergebracht.«

Dort stand die Tür offen.

Doch als Lian hineinhastete, fand sie nur noch einen Schrotthaufen. Sie informierte Rhodan über Funk.

Sie hätte am liebsten geschrien. Er war weg. Dano war ihnen wieder entkommen!

Aber diesmal war nicht alles nach seinen Plänen gelaufen! Sie hatten ihm Neyla abgenommen und damit sein wichtigstes Druckmittel!

»Lian!«, hörte sie Rhodan von draußen rufen. »Komm raus, sofort!«

Sie folgte der Aufforderung – und sah Neyla, die Rhodan inzwischen von ihren Fesseln befreit hatte, in den Himmel starren.

Der Energieschirm flimmerte.

Und es regnete.

»Mein Gott«, vernahm sie Neylas erstickte Stimme.

Der Regen wurde stärker. Er platschte in dicken Tropfen, dann in Fäden hinab. Nur dass es kein Regen war. Natürlich nicht. Nicht in einer Blase am Meeresgrund.

Der Energieschirm flackerte.

Der Ozean bahnte sich seinen Weg.

»Los!«, schrie Rhodan. Wieder hob er Neyla, nahm sie mit. Lian musste nicht nach einem Ziel fragen. Es gab nur eine einzige Rettung – ihr Tauchfahrzeug. Im Flugmodus rasten sie zu dem Generatorgebäude, in dem Dano eine grundlegende Sabotageschaltung installiert und nun ausgelöst haben musste.

Jemand packte sie.

Rhodan!

Er zerrte sie in den Tauchgleiter, schloss ihn. Sie schwebten in die Höhe, auf den Schirm zu.

»Wenn die Energie völlig versagt, wird es ungemütlich«, sagte er, und ihr war klar, dass das die Untertreibung des Jahrhunderts war.

Doch der Schirm brach nicht.

Das Flimmern endete.

Der Regen hörte auf.

»Da hat wohl irgendeine Sicherung gegriffen«, sagte Rhodan, und er klang genauso erleichtert, wie sie sich fühlte.

Die Stabilisierung des Schirms ermöglichte es Rhodan, sich eine Ausfahrtsschleuse schalten zu lassen. Bis dorthin flog er – nach der Schleuse tauchte der Gleiter langsam in die Höhe.

Neyla Abiola saß blass und zitternd bei Lian. »Er wollte mich töten«, sagte sie.

Lian versuchte, sie zu beruhigen, aber dazu brauchte es mehr als ein paar tröstende Worte und weitaus mehr als den Weg zurück an die Oberfläche. Dennoch wusste Rhodan sie bei Lian zunächst in den besten Händen.

Er konzentrierte sich auf die nächsten Schritte. Sie würden zur Hirnklinik zurückkehren, zu Ischi, die dort unter Herman Lugauers Aufsicht auf sie wartete. Die Klinik konnte nur noch ein kurzer Zwischenstopp sein – ihr Gegner kannte sie. Sie benötigten eine sichere Basis.

Rhodan war überzeugt, dass er einen geeigneten Ort finden würde.

Und dann?

Dano Zherkora und sein unbekannter Helfer hatten ihre Geisel verloren – aber sie würden nicht aufgeben.

Außerdem stand noch die Bombendrohung im Raum. Das Ultimatum würde ablaufen, ehe sie diesen Tauchgang beenden konnten. Dano war entkommen. Er konnte die Bombe zünden. Andererseits waren die Karten neu gemischt worden … und vielleicht, nur vielleicht, würde er ein neues Ultimatum stellen.

Rhodan hoffte es.

Die Hoffnung war süß, das wusste er – aber sie konnte bitter enttäuschen.

Kapitel 30:
Klongeschwister

»Sie haben Neyla Abiola.« Die Stimme des Mannes klang emotionslos.

Dano nickte. »Ich bin ein wenig enttäuscht von Lian. Ich war mir sicher, sie würde die Unterwasserstadt schneller finden.«

Der andere setzte sich in einen Formsessel und sah Dano lange an. »Es hat also tatsächlich geklappt. Erstaunlich. Ich muss gestehen, ich hatte leichte Bedenken. Immerhin haben wir sie zu Beginn des Projekts schon einmal auf ganz ähnliche Weise getäuscht, als wir Rhodan und deine ... Schwester auf den Mars lockten und sie glauben ließen, sie könnten dort die Geisel befreien.«

»Vermutlich ist exakt das der Grund, warum es funktioniert hat. Es kam ihnen gar nicht in den Sinn, dass wir es ein zweites Mal versuchen würden. Außerdem waren die Spuren zu gut gelegt. Die gesenkte Abschirmung der Sonde ... der Kode, den nur Lian sofort durchschauen konnte ... meine genau choreografierte Flucht ... die Bombe, die Neyla angeblich getötet hätte. Aber ich gebe zu, ohne deine Unterwasserstadt als scheinbares Versteck wäre es womöglich nicht so gut gelaufen. Darf ich fragen, wieso du sie damals gekauft hast?«

Dano rechnete mit einer Abfuhr. Doch offenbar war sein Gegenüber wegen der diesmal so gut gelungenen Finte ausreichend wohlgestimmt.

»Nach dem Ende von TRAFO suchte ich ein neues Betätigungsfeld. Die beinahe unberührte Unterwasserwelt von Europa erschien mir als geeigneter Ort für die eine oder andere ertragreiche Forschung. Leider habe ich die Impertinenz der

Eigenhüter unterschätzt. Ständig beobachteten sie alles! Also gab ich die Anlage auf und nutzte sie später nur noch für geheime Treffen mit Jeobald Tenglar. Es gefiel ihm dort, glaube ich.«

»Wie kommst du darauf?«, fragte Dano.

Danos Partner lächelte. »Ihn hat dieser Jupitermond so sehr fasziniert, dass er Lussa nur deshalb bat, deine und Lians fiktive Kindheit dorthin zu verlegen. Vielleicht dachte der sentimentale Narr sogar, das mache euch zu seinen echten Kindern.«

Er griff nach einer Tasse auf dem kleinen Beistelltisch und fuhr nachdenklich die Umrandung mit dem Zeigefinger nach. »Eines ist dir hoffentlich klar: Ich habe die unterseeische Stadt verloren. Nach dem, was dort passiert ist, kann ich nicht mehr zurückkehren, sie nie mehr nutzen. Dadurch habe ich nicht nur eine Menge Geld eingebüßt, sondern ganz nebenbei eine Reihe von Scheinfirmen aufgegeben. Ich erwarte, dass sich diese Investition für mich auszahlt.«

»Das wird sie«, sagte Dano. *Wenn auch anders als für mich …*

»Wie geht es dir?« Lian war allein mit Neyla Abiola, die sie aus den Händen Dano Zherkoras gerettet und an den sichersten Ort gebracht hatten, den sie kannten. Sie schaute auf die Frau in dem Bett der Hirnklinik auf dem Mars. Ihr zukünftiges Ebenbild. Ihr Original. Chaotische Gefühle überwältigten sie bei dem Anblick. Es fiel ihr schwer, ruhig zu atmen.

»Gut«, antwortete Neyla Abiola. »Ich bin endlich dort, wo ich sein muss. Bei dir.«

»Und du bleibst dabei, dass sich das kein Arzt ansehen soll?« Lian deutete auf die eingebundene Hand ihrer … Mutter. Oder wie sie sie sonst bezeichnen sollte. »Dano hat dir einen Bohrer hineingejagt, während er die erste Erpresserbotschaft aufgezeichnet hat!«

»Sieh her.« Langsam löste Neyla den Verband Bahn um Bahn ab. »Ich weiß, dass du in den letzten Tagen einiges durchgemacht hast. Das tut mir sehr leid. Es ließ sich nicht vermeiden«

»Danke. Trotzdem ist es kaum mit dem zu vergleichen, was dir widerfahren ist.«

Neyla ging nicht darauf ein. »Du musst unendlich viele Fragen an mich haben«, sagte sie, den Blick auf den Verband fixiert. »Und ich will sie dir gerne beantworten. Aber nicht hier.«

»Ich verstehe nicht. Sollen wir in den Park ...«

»Nein, Lian. Wir müssen den Mars verlassen. Sofort.«

»Aber Ischi und Perry werden ...«

»Ohne sie. *Nur wir beide.*«

Die Welt um Lian schien in weite Ferne zu rücken. Rhodan zurücklassen? Und ihre Klonschwester? Ihr kam ein schrecklicher Verdacht. »Wieso?«

»Weil wir deine Hilfe brauchen.«

»Wir?«

»Ich – und Dano. Dein Bruder. Er stirbt, und nur du kannst ihn retten.«

In diesem Augenblick fiel die letzte Binde.

Die Hand kam zum Vorschein.

Unverletzt.

»Das ... wie ...?«

»Ich bin nicht verletzt«, sagte Neyla.

»Aber ich habe es gesehen!«

»Hast du nicht.«

Die Szene mit der gefesselten Neyla Abiola in einer Lagerhalle auf dem Mars kam ihr in den Sinn – das Holo, das Dano via Trivid zu Perry Rhodan geschickt und damit all das erst ausgelöst hatte. Der umgerüstete Medoroboter, dessen rotierender Tentakel sich der Hand näherte. Der Kameraschwenk zu Neylas Gesicht, bevor sich ihr das Folterinstrument in Haut, Fleisch und Knochen bohrte. Ihre aufgerissenen Augen. Der Schmerzensschrei.

»Das … war gar nicht echt?«, fragte Lian fassungslos.

»Dano hat mich nicht entführt. Ein Schauspiel, genau wie die Bombe im Keller, als ihr mich befreit habt.«

»Aber sie ist explodiert!«, sagte Lian tonlos. Das konnte nicht sein. Das – das durfte nicht sein! Das alles konnte keine Farce gewesen sein!

»Ich hätte es jederzeit mit einem akustischen Befehl stoppen können, wenn ihr nicht rechtzeitig gekommen wärt. Und der Energieschirm über der Stadt – Dano hat dafür gesorgt, dass er flackert, dass er winzige Lücken zeigt, dass etwas Wasser hindurchdringt. Es sollte … echt wirken. Dramatisch.«

Lian presste die Lippen aufeinander.

»Das alles«, fuhr Neyla fort, »diente von Anfang nur dazu, dass Rhodan dich findet. Für Dano und mich. Aber es … lief aus dem Ruder.«

Nicht entführt, pochte es hinter Lians Stirn. *Sie ist nicht entführt worden!*

»Aus dem Ruder?« Lian wich einen Schritt zurück. »Hast du den Verstand verloren? Der Scheißkerl hat Menschen getötet! Es ist bedauerlich für ihn, dass er stirbt. Doch das gibt ihm nicht das Recht, andere umzubringen!«

Neyla sah betrübt zur Bettdecke. »Ich weiß. Ich finde es auch entsetzlich, was er getan hat. Wie gerne hätte ich ihn gestoppt! Aber das war unmöglich.«

»Und was ist mit der Bombe, die er zünden will? Das Ultimatum ist längst abgelaufen, aber …«

»Falls es dich beruhigt: Es gibt keine Bombe. Sie stellte nur ein Druckmittel dar, um euch zu meiner raschen … Befreiung zu drängen.«

»Oh, hervorragend. Na, dann ist ja alles wieder in Ordnung. Im Grunde ist Dano ein herzensguter Kerl, nicht wahr?«

»Das habe ich nie gesagt. Er ist verzweifelt. Doch er wird dir nicht schaden. Niemals, hörst du? Es gibt nur einen Weg, ihn aufzuhalten. Bitte, Lian, komm mit mir.«

Kapitel 31: Rauch und Rätsel

Perry Rhodan roch den Qualm, noch ehe der Feueralarm losheulte.

Er hatte die Tür zu dem Klinikzimmer geöffnet, in dem Lian Taupin seit einigen Stunden versuchte, Zugang zu dem befreiten Entführungsopfer zu finden – zu Neyla Abiola, ihrer *Mutter.* Oder ihrer Ursprungsversion: dem Menschen, von dem sie geklont worden war.

Der Rauch quoll ihm in einer dunklen, stinkenden Wolke entgegen, und im nächsten Augenblick jaulte ein schriller Alarmton durch den Korridor der Hirnklinik auf dem Mars.

Rhodan stürmte in den Raum.

»Lian!«

Er sah nichts außer einem wallenden, fast durchgängig schwarzen Schleier. Es stank übelkeiterregend.

»Neyla!«

Es blieb still, vom Prasseln der Flammen abgesehen, die das Bett erfasst und es lichterloh in Brand gesetzt hatten. Das leuchtende Rotgelb flackerte hinter dem dunklen Qualm, als versuchte eine blutrote Morgensonne, düstere Regenwolken zu durchdringen.

Wie war das möglich? Die beiden Frauen mussten im Raum sein! Was hatte das Feuer ausgelöst? Waren sie verletzt? Ohnmächtig durch den Rauch? Und wieso hatte der Alarm nicht früher angeschlagen?

Der Helm des SERUN-Schutzanzugs, der bisher zusammengefaltet in Rhodans Nacken geruht hatte, schloss sich. Seit dieses Abenteuer begonnen hatte, trug er den SERUN genau wie

Lian ständig, um jederzeit auf alles vorbereitet zu sein. Ihr Gegner Dano Zherkora hatte entschieden zu oft Bomben gezündet oder damit gedroht.

Dano Zherkora!

Konnte das sein? Hatte er das Feuer gelegt? War es ihm gelungen, in die Klinik einzudringen und anzugreifen? Neyla vielleicht erneut zu entführen, und Lian gleich mit? Aber wieso hatte der Wachroboter vor der Tür nichts gehört?

Rhodan lief es eiskalt den Rücken hinunter. Er hätte Lian und Neyla keinen Augenblick unbeobachtet lassen dürfen!

Im Schutz des SERUNS griff er durch die Flammen, riss die brennenden Überreste der Decke vom Bett, um ganz sicherzugehen. Niemand lag darunter. Feuer leckte über den Schutzanzug. Die Sichtscheibe des Helms überzog sich mit einer schmierigen Schicht.

»Orterbild!«, verlangte Rhodan, da er den Rauch nicht mit Blicken durchdringen konnte. Er musste sich überzeugen, dass sich keine Person im Raum befand. Die Anzugpositronik projizierte ein schematisches Bild des Zimmers auf die Innenseite des Helms.

Die Wände, ein Regal, das Bett, das immer noch brannte, die kokelnde Decke daneben. Zwei Stühle, einer stand ebenfalls in Flammen. Ein Tisch. Die Flasche darauf barst in genau diesem Augenblick in der Hitze. Splitter klatschen auf den Boden. Wasser floss über die Tischplatte und begann zu kochen.

Plötzlich eine Bewegung in Rhodans Augenwinkel.

Er wirbelte herum, rechnete mit einem Angriff.

»Bitte verlass den Raum!«, tönte ihm eine künstliche Stimme entgegen. Sie klang weiblich und durchaus angenehm. Vertrauenerweckend. »Ich habe alles unter Kontrolle«, behauptete der schwebende, kugelförmige Wachroboter weiter. »Ich werde das Feuer löschen. Du bringst dich nur unnötig in Gefahr.«

Rhodan ignorierte die Maschine. Er war noch nicht fertig. Ihm fiel im Orterbild etwas auf. Das Fenster stand offen; ein Teil der breiten Front war zur Seite geschoben. Lian und Neyla mussten irgendwie den Raum verlassen haben – und das nicht durch die Tür. Wenn das Dano Zherkoras Werk war, konnte er kaum in aller Gemütsruhe in das Gebäude spaziert sein, ganz zu schweigen davon, dass der Roboter ihn bemerkt hätte.

Die Fensterfront zerplatzte, genau wie die Flasche zuvor, nur dass es einen wesentlich lauteren Schlag tat. Scherben und Splitter regneten draußen hinab, in den Park des Klinikgeländes, wenn sich Rhodan nicht täuschte.

Im heißen Luftschwall, der ins Freie schoss, trieb etwas. Er sah es flattern. Ein langes Stück Stoff, nein – das war ein Verband, wie man ihn um eine Wunde wickelte.

Rhodan hastete vor, griff danach, fing die Binde in der Luft.

Derweil ging der Roboter an die Arbeit und versprühte Löschschaum. »Du musst sofort den Raum verlassen, du behinderst mich bei der Bekämpfung des Feuers«, insistierte die Maschine.

»Kümmer dich nicht um mich, ich trage einen Schutzanzug.« Rhodan kam die ganze Situation unwirklich vor. Diskutierte er tatsächlich mitten im Chaos mit einem Roboter und nannte völlig offensichtliche Fakten? Ohne Schutz hätte er sich niemals in dieser lodernden Hitze aufhalten können!

Andererseits – was wollte er noch hier? Entweder die Flammen oder der Löschschaum zerstörten in diesen Sekunden ohnehin alle Spuren.

Abgesehen vielleicht von dem Verband. Nichts Seltenes in einer Klinik, aber wie kam er ausgerechnet in diesen Raum? Lian hatte keinen getragen. Anders Neyla – um ihre verletzte Hand. Hatte sie eine Spur hinterlassen wollen?

Eine Stunde später watete Doktor Doktor Herman Lugauer durch einen Berg aus Asche und verkrustetem, schmutzigem Schaum. Er sah verloren aus, aber auch wütend, und so, als könne er es kaum erwarteten, den Schuldigen für dieses Desaster zu finden und höchstpersönlich zur Rechenschaft zu ziehen.

»Wie geht es Ischi?«, fragte Rhodan.

»Nicht gut. Der Alarm hat ihren Blutdruck durch die Decke gehen lassen. Ich habe ihr ein leichtes Schlafmittel verabreicht.« Der Klinikleiter stemmte die Arme in die Hüften, drehte sich einmal langsam im Kreis, um sich einen Überblick über das Chaos zu verschaffen, und schüttelte den Kopf. »Es ist mir ein Rätsel, was hier geschehen ist.«

»Es gibt nicht nur ein Rätsel, sondern ein ganzes Bündel davon.« *Wie immer, wenn dieser Dano Zherkora seinen nächsten Schritt unternimmt!*

Aber hatte er das überhaupt? War er tatsächlich in die Klinik eingedrungen? Oder hatte sich in dem Zimmer etwas völlig anderes abgespielt? Noch fehlten Fakten, um das Geschehen zu rekonstruieren. In der Tat gab es mehr Fragen als Antworten. Vielleicht half es, die Gedanken zu sortieren, indem er Lugauer zumindest das berichtete, was er inzwischen herausgefunden hatte.

Der Doktor tippte einen der beiden Stühle an – den, der beinahe unversehrt aussah und nicht unter einer dicken Ascheschicht lag. Er drückte mit der Hand auf die Sitzfläche, wischte den Löschschaum weg – und setzte sich dann doch nicht. »Also, Perry ... was wissen wir?«

»Nicht viel. Lian und Neyla sind verschwunden. Niemand hat etwas gesehen oder gehört. Bisher blieb die Suche erfolglos. Doch wenigstens kenne ich mittlerweile die Antwort auf eines der Rätsel.«

»Ich höre.«

»Ich öffne die Tür, der ganze Raum ist voller Rauch – aber es gab noch keinen Alarm. Der heult erst gerade in dem Moment los, als ich das Feuer entdecke.«

»Zufall.«

»Ich glaube nur an eine Art des Zufalls«, sagte Rhodan. »Nämlich dass dem, der unermüdlich Fragen stellt, auch die Antwort zufallen wird.«

»Guter Spruch. Muss ich mir merken.«

»Stammt von Taaro Agall, meinem liebsten tefrodischen Dichter. Ein Genie, du solltest ihn lesen. Aber weiter. Das Bett brennt lichterloh – hat jedoch wie gesagt vorher keinen Feueralarm ausgelöst. Ich bin dieser Sache nachgegangen.«

»Und?«

»Ich habe das hier gefunden.« Rhodan deutete auf eine faustgroße, ausgebrannte Metallkugel, die einige Schritte von der Eingangstür entfernt in einer Ecke des Raumes lag. »Es lässt sich nicht mehr genau rekonstruieren, zumindest nicht ohne zeitraubende Detailuntersuchungen – aber ich gehe davon aus, dass es sich um eine Art Rauchbombe handelte. Fernausgelöst und explosiv verteilt in dem Moment, als ich die Tür geöffnet habe.«

»Eine …« Lugauer stockte.

»Du hast richtig gehört. Es gab deshalb vorher keinen Alarm, weil ich das Chaos erst durch das Öffnen der Tür ausgelöst habe. Zuerst eine ordentliche Portion Rauch … und im nächsten Schritt, wahrscheinlich noch in derselben Sekunde, fing das Bett Feuer. Wohl mit einem Brandbeschleuniger übergossen, damit es sehr schnell lodernde Flammen gab. Das sollte sich mit einer chemischen Analyse feststellen lassen.«

Perry Rhodan ging zu den verkohlten Überresten des Betts. Sie sahen aus, als würden sie wie in einem schlechten Film bei der geringsten Berührung endgültig in sich zusammenbrechen. »Sprich: Was hier geschehen ist, war ein Schauspiel.«

»Warum?«

»Um für Ablenkung zu sorgen. Und das nicht in dem Moment, in dem Lian und Neyla aus dem Raum entführt wurden ... *falls* das überhaupt so war ... sondern erst, wenn ihr Fehlen auffallen würde.«

»Es ging also darum, Zeit zu gewinnen.«

Rhodan nickte. »Genau das. Wie du weißt, hat ein Roboter den Korridor überwacht. Die beiden sind nicht durch die Tür gegangen. Aber ehe die Fensterfront in der Hitze geplatzt ist, habe ich gesehen, dass das Fenster offen stand.«

»Das Fenster«, sagte Lugauer. »Du glaubst, dass jemand über das Fenster eingedrungen ist, Lian und Neyla in seine Gewalt gebracht hat und mit ihnen auf demselben Weg wieder verschwunden ist? Dort unten liegt der Park des Geländes, Perry! Darin halten sich immer Patienten und Besucher auf. Erstens wäre es aufgefallen ...«

»Nicht unbedingt. Alle könnten unsichtbar, also im Schutz von Deflektoren unterwegs gewesen sein.«

»... und zweitens«, fuhr Lugauer fort, »wäre das wohl kaum lautlos abgelaufen! Hätte sich nicht zumindest Lian gewehrt? Und wie soll ein Entführer mit zwei Geiseln durch das Fenster fliehen?«

»Sei doch nicht so einfallslos! Betäubungsmittel, Fesselfelder, Antigrav, da gäbe es genügend Möglichkeiten.«

»Aber der Wachroboter ...«

»Das ist mir klar«, fiel ihm Rhodan ins Wort. »Ich behaupte ja auch nicht, dass es sich so abgespielt hat. Ich glaube, dass weder du noch ich wissen, *was* hier geschehen ist. Aber ich weiß, dass es mir überhaupt nicht gefällt, denn von einem bin ich absolut überzeugt: Etwas stinkt zum Himmel! Ganz gewaltig. Sieh dir das an.«

Er projizierte mit dem Multifunktionsarmband ein kleines Holo. Es zeigte ein Stück hellen, flexiblen Stoff, nur wenig durch Asche verschmutzt.

»Ein ... Verband?« Lugauer zog verblüfft und skeptisch die Augenbrauen zusammen.

»Ich habe ihn gefunden. Hier im Raum. Neyla trug einen solchen Verband um ihre Hand, die während ihrer Gefangenschaft verletzt worden war.«

»Ich erinnere mich. Und?«

»Und ich fragte mich, wieso sie ihn verloren haben soll. Also habe ich ihn untersucht. Deine Klinik verfügt ja über die besten Möglichkeiten.«

»Ich höre.«

»Neyla Abiola hat ihn getragen, das steht fest; die genetischen Rückstände stammen von ihr. Aber eine exakte mikrobiologische Analyse brachte eine weitere erstaunliche Tatsache ans Licht: Dieser Verband war nie um eine Wunde gewickelt.«

Nun sah Lugauer endgültig aus, als verstehe er nichts mehr.

Was Rhodan wiederum nur zu gut verstand. »Neyla hat ihn um eine gesunde Hand getragen, und das spricht dafür, dass es weitaus mehr Schauspielerei gab als nur eine Rauchbombe und ein fernausgelöstes Feuer ...«

Kapitel 32:
Ein Gefängnis aus Fleisch

Lian erwachte auf einer Liege. Für einen Augenblick fühlte sie sich verwirrt und desorientiert.

Sie setzte sich auf und schaute sich in dem leeren Raum um. Künstliches, kaltes Licht umgab sie. Die Wände strahlten in sterilem Weiß.

»Wie geht es dir?«, fragte Neyla Abiola vom Eingang aus.

»Prima.« Lian versuchte, die Trockenheit aus dem Mund zu schmatzen. »Ein bisschen benommen, aber ansonsten in Ordnung.«

»Die Nachwirkung des Schlafmittels. Keine Sorge, das vergeht bald.«

»Wo bin ich?«

Neyla lächelte. »Auf einem Raumschiff. Mehr kann ich dir dazu nicht sagen. Das verstehst du sicherlich. – Woran erinnerst du dich? Das Mittel verursacht manchmal kleinere Gedächtnislücken.«

Lian ließ die Beine von der Pritsche hängen. Sie trug eine karmesinrote Hose und ein figurbetontes Oberteil der gleichen Farbe. Normale Freizeitkleidung. Was war aus dem SERUN-Schutzanzug geworden? Hatte sie ihn freiwillig abgelegt?

»Wir …«, begann sie und verzog das Gesicht wegen eines scharfen Stichs im Rachen. Erneut musste sie schmatzen, um den Speichelfluss anzuregen. »Wir haben dich aus der Unterwasserstadt auf Europa befreit und damit genau das getan, was Dano wollte. Du hast mich gebeten, mit dir zu kommen, weil ich ihn nur so aufhalten und … retten könnte. Also sind wir …

sind wir ...« Sie schüttelte den Kopf. »Tut mir leid, danach wird die Erinnerung ein wenig diffus.«

Neyla rieb sich mit Daumen und Zeigefinger über die Nasenwurzel. Eine Geste, die Lian allzu gut von sich selbst kannte. Wieder dachte sie an einen Spiegel, der sie um einige Jahre älter darstellte. Beklemmend.

»Du wirst dich bald an alles erinnern«, sagte Neyla. »Deshalb nur die Kurzfassung: Es gelang mir, dich zu überzeugen, dass es die beste – die einzige! – Lösung ist, mich zu begleiten. Wir konnten die Hirnklinik auf dem Mars unbehelligt verlassen.«

Bei diesen Worten erinnerte sich Lian an weitere Details. Wie sie besprochen hatten, durch das Fenster zu fliehen: Lians SERUN besaß sowohl eine Flugfunktion als auch einen Deflektorschirm ... also waren sie einfach unsichtbar davongeschwebt. Aber hatte Neyla nicht irgendetwas vorbereitet? Etwas, das ...

»Wir sind in einen Taxigleiter vor dem Klinikgelände gestiegen«, fuhr Neyla fort, »den Dano auf Abruf hat bereitstehen lassen. Nach mehreren Zwischenstopps und Gleiterwechseln erreichten wir das Landefeld von New Pounder City und wechselten auf eine Space-Jet, in der du den SERUN ausgezogen hast.«

»Warum?«

»Weil ich dich darum gebeten habe. Wir dürfen nicht riskieren, dass Perry Rhodan dich über den Anzug ortet.«

»Du hast etwas vorbereitet, damit wir Zeit gewinnen und nicht gefunden werden können.«

»Richtig«, sagte Neyla gelassen. »Wir haben aus dem Taxi eine technische Spielerei geholt und rasch im Zimmer deponiert – Dano hat es gut geplant, sodass es keine fünf Minuten kostete. Ein fernausgelöstes Feuerwerk. Rauch und ein wenig Feuer, aber nicht gefährlich, weil es erst auslöst, wenn sich die

Tür öffnet, und sofort unter Kontrolle gebracht werden kann und ...«

»Lass gut sein«, bat Lian. »Ich erinnere mich. Zurück zum SERUN. Ihr traut mir sowieso nicht genug. Es ging euch auch um die integrierten Waffensysteme.«

Neyla schmunzelte. »Ertappt.«

»Und weshalb das Schlafmittel?«

»Zu unserer Sicherheit.«

»Weil der Mann im Hintergrund, euer Finanzier, anonym bleiben will.«

»Kannst du es ihm verdenken?« Neyla streckte ihr die Hand entgegen.

Lian stand auf. Zunächst fühlte sie sich etwas wackelig auf den Beinen, doch das verflog rasch.

»Wenn wir die Untersuchungen abgeschlossen haben und dich zu Rhodan zurückschicken, darfst du ihm nichts von diesem Schiff erzählen können«, sagte Neyla.

Lian ging zu der älteren Version ihrer selbst und trat hinaus in den Gang. Er wirkte ähnlich steril, klinisch und kahl wie das Zimmer. In den Wänden verliefen auf Hüft- und Kopfhöhe rote und blaue Leuchtstränge von Tür zu Tür. Sie vermutete, dass sie sich in einem Medotrakt aufhielt. Niemand von der Besatzung war zu sehen.

»Diese Untersuchungen ... Mit ihnen könnt ihr Dano retten?«

»Das hoffen wir. Folge mir.« Neyla ging langsam den Korridor entlang.

Ein harmloser Spaziergang von Mutter und Tochter. Oder nein: von Original und Klon. Von geborenem Menschen und erschaffener Kreatur.

Lian erschauderte bei dem Gedanken. Verstärkt wurde das Gefühl dadurch, dass sie zwei Dinge hasste: Ärzte und Raumflüge. Und nun schlenderte sie durch die medizinische Abteilung eines Raumschiffs. Eine grandiose Kombination.

»Was genau fehlt ihm?«, fragte sie.

»Dano, er ... Wie soll ich sagen? Er zerfällt. Seine Zellen lösen sich auf.«

Lian dachte an Ischi, die sie zwangsläufig bei Rhodan hatte zurücklassen müssen, und bekam ein schlechtes Gewissen. Ihre Klonschwester litt ebenfalls unter einer geheimnisvollen Zellschwäche. Oder, wie es ein Medoroboter in der Hirnklinik formuliert hatte: Ihre zelluläre Kohäsion versagte.

Ich tu das auch für dich!, rief sich Lian ins Gedächtnis. Besser fühlte sie sich trotzdem nicht. Sie kam sich vor wie eine Verräterin.

»Aber weshalb die Verbrechen?«, fragte sie mit kaum unterdrücktem Zorn. »Warum hat Dano nicht von Anfang an mit offenen Karten gespielt? *Hallo, Lian, ich bin dein Klonbr uder, und ich brauche deine Hilfe, weil ich sonst sterbe.* Was wäre daran so schwer gewesen? Wieso der Versuch, mich zu entführen? Oder die Scharade auf Europa mit deiner angeblichen Befreiung?«

»Du wirst es verstehen, wenn du alles weißt. Bitte glaub mir: Dano hatte nie vor, dich zu entführen.«

Lian blieb stehen und schaute Neyla aus großen Augen an. »Ach! Das habe ich aus der Lagerhalle auf dem Mars anders in Erinnerung.«

»Oberflächlich gesehen hast du recht.«

Oberflächlich? Lians Hände ballten sich zu Fäusten.

»Er hätte dich aber nicht gefangen gehalten, falls du das denkst. Stattdessen hätte er dich hierher gebracht und dir die Lage erklärt. Mit meiner Hilfe. Und darauf gehofft, dass du dich beruhigst, seine Motive verstehst und letztlich kooperierst. Das ist nämlich Grundvoraussetzung für die Untersuchung.«

Sie näherten sich langsam dem Sichtfenster neben einer Tür. »Tatsächlich?«

»Wir brauchen dich in einem entspannten Zustand, den du in

einer Gefangenschaft niemals erreicht hättest. Stress, beschleunigter Herzschlag, Adrenalin, Angst – all das würde die Messergebnisse verfälschen.« Neyla lächelte entschuldigend. »Meine Darstellung klingt wissenschaftlich nicht besonders fundiert, ich weiß, aber so habe ich das verstanden, was mir ...« Sie stockte.

»Nun hättest du also fast den Namen des Mannes im Hintergrund verraten. Vielleicht sollten wir uns darauf einigen, wie wir ihn nennen, wenn du von ihm erzählst. Wie wäre es mit Doc Devios? Eine Figur aus einer Trivid-Serie.« Genau genommen ein verschlagener Schurke, der mit illegalen Experimenten die Herrschaft über die Galaxis erringen wollte. Doch das sagte Lian ihr lieber nicht, falls Neyla den Charakter nicht ohnehin kannte.

»Einverstanden.« Neyla hielt vor dem Sichtfenster an. Die grauen Schlieren in der Scheibe machten einen Blick nach drinnen unmöglich. »Dano musste einsehen, dass du dich niemals dem Druck beugen und dich freiwillig ausliefern würdest. Deshalb der Plan, mich euch zuzuspielen, getrieben von der Hoffnung, dass es mir gelingt, dich zu überzeugen.«

Glaubte Dano tatsächlich, Lian könnte sich nach seinen Verbrechen entspannen? Wäre die Entführung auf dem Mars gelungen, hätte das vielleicht noch geschehen können – und das war ein sehr großes *Vielleicht.* Nach all den Gräueltaten jedoch, die sich angeschlossen hatten ... Nein, keine Chance.

»Aber weshalb so kompliziert?«, fragte sie.

»Weil nur das glaubhaft war. Wie hättet ihr reagiert, wenn ich in der Marsklinik aufgetaucht wäre und behauptet hätte, ich wäre entkommen?«

»Wir hätten dich mit Fragen überschüttet.«

»Ganz genau. Woher wusste ich, wo ich Perry und dich finde? Warum wende ich mich an ihn und nicht an die Polizei? Wo hat mich Dano gefangen gehalten?«

Das leuchtete Lian ein. Ein Gefühl überkam sie, das sie aus ihren Trivid-Shows kannte, wenn ihre Rolle einer absichtlich gelegten falschen Spur folgte und erst viel zu spät bemerkte, dass man sie an der Nase herumführte. Wut auf die Cleverness des Geschichtenentwicklers und die eigene Dummheit? Verletzter Stolz? Eine Mischung aus beidem? Doch worum es sich auch handelte, das alles war nur lächerlich selbstbezogen und stellte aktuell keine angemessene Reaktion dar. Nicht angesichts der zahlreichen Opfer, die auf Danos Konto gingen. Es steckte mehr dahinter, und sie würde keine Ruhe geben, ehe sie wusste, was!

Sie atmete tief durch. »Was hättet ihr getan, wenn ich nicht freiwillig mitgekommen wäre?«

»Dano hätte es auf anderem Weg versucht. Mit Drohungen oder Gewalt, gleichgültig ob die Untersuchungsergebnisse dadurch verfälscht würden.« Neyla seufzte. »Und ich? Ich hätte mich vergeblich bemüht, ihm das auszureden – und irgendwann hätte ich ihm beim Sterben zugeschaut.«

Neyla wandte sich ab und tat, als müsse sie die glatte, schmucklose Metallwand genauestens studieren. »Er ist mein ... Sohn, genau wie du meine Tochter bist, Lian. Wir sind eine Familie. Oder das, was einer Familie so nahekommt, wie es uns eben vergönnt ist.«

Sie ging einige Schritte und berührte einen Holosensor neben dem Sichtfenster. Die Scheibe klarte auf.

Im Behandlungsraum dahinter saß Dano Zherkora auf einer Pritsche mit hochgestellter Rückenlehne. Ein Medoroboter führte ihm eine Kanüle in den Unterarm ein. In der Beuge des anderen Arms steckte bereits eine, durch die eine gelbliche Flüssigkeit in seinen Körper rann. Aus seiner Nase ragte ein Schlauch, der in einem klobigen Apparat mit blinkenden Zahlen und Zeichen endete. Einen Meter über dem Kopf schwebte ein blau strahlender Ring, der Lichtschauer auf ihn niederregnen ließ. Mit trübem Blick starrte er die Kunststoffunterlage an, auf der er saß.

Er bot ein Bild des Elends. Verquollene Augen wie bei einer starken Allergie, ein hängender Mundwinkel. Die Wunde an der Stirn leuchtete knallrot, hatte sich offenbar entzündet. Das Gesicht wirkte ... Lian suchte nach einem passenden Begriff. Schief? Verschoben? Unproportioniert?

»Der Körper ist der Tempel der Seele«, sagte Neyla. »Kennst du diese Redewendung?«

Lian nickte.

»Für Dano gilt das nicht. Für ihn ist sein Körper ein Gefängnis. Eines, das abgerissen wird, während er darin festsitzt.«

Obwohl sich Lian innerlich dagegen sträubte, konnte sie es nicht vermeiden: Dieser traurige, geschlagene Mann tat ihr leid. Sie fragte sich, wie sie handeln würde, wenn sie in seiner Haut steckte. Genauso rücksichtslos wie er? Nein, bestimmt nicht.

Bist du dir da so sicher?, erklang eine leise Stimme in ihrem Hinterkopf.

Nun, vielleicht würde sie es bald feststellen können. Worunter Dano litt, zerstörte auch Ischi. Womöglich ergab die Untersuchung die gleiche Krankheit bei Lian, nur eben noch nicht ausgebrochen.

»Sein Zerfall hat sich in den letzten Stunden rapide verschlimmert«, sagte Neyla. »Vermutlich die Strapazen, denen er sich ausgesetzt hat. Kampf, Flucht, Anspannung.«

Mord!, ergänzte Lian in Gedanken, und das absurde Gefühl des Mitleids verflog.

Dano schaute auf, sah ihr für einen Moment direkt in die Augen und wandte den Blick wieder ab. Fast kam er ihr verlegen vor. Schamhaft.

»Also gut«, sagte sie. »Bringen wir es hinter uns.«

Neyla verschleierte die Scheibe. »Hier entlang. Der Untersuchungsraum liegt gleich dort vorne.«

Sie erreichten eine Tür, die vor ihnen zur Seite glitt. Der Raum dahinter glich dem, in dem Lian aufgewacht war. Allerdings stand er voll mit medizinischen Apparaten, deren Zweck sie nicht einmal erraten konnte. Erneut meldete sich ihre Abneigung gegenüber Ärzten und allem, was damit zu tun hatte.

»Zieh das Oberteil aus«, bat Neyla, »und leg dich auf die Pritsche. Mit dem Gesicht nach unten. Zunächst wird dir ein Medoroboter etwas Rückenmarksflüssigkeit und Gewebeproben entnehmen. Klingt unangenehm, tut aber nicht weh. Das soll ich dir von ... wie hast du ihn genannt?«

»Doc Devios.«

»Das soll ich dir von Doc Devios ausdrücklich ausrichten.«

Zögerlich trat Lian ein. Stress, Adrenalin und Angst verfälschten also das Untersuchungsergebnis? Nun, unter diesen Umständen hielt sie sich für alles andere als eine geeignete Patientin.

»Wie wäre es«, sagte sie, um sich abzulenken, »wenn du mir endlich ein paar Fragen beantworten würdest, bis der Medoroboter kommt.«

»Gerne. So, wie ich es dir versprochen habe. Was willst du wissen?«

»Alles. Am besten beginnst du damit, was dir nach der Einstellung von TRAFO zugestoßen ist. Warum hast du als vermisst gegolten? Es heißt, du seist entführt worden. Zumindest hat das dein Mann vermutet. Wie war sein Name? Shorek? Erzähl mir, was damals passiert ist.«

»Wie du meinst. Hör zu.«

Kapitel 33:
Ein Ende und ein neuer Anfang

Wie so oft in den letzten Tagen weinte ich. Mein Leben war zu Ende.

Das mag dramatisch klingen, beschreibt aber exakt, wie ich mich fühlte.

TRAFO hatte mir ein Apartment in einem Wohnturm zur Verfügung gestellt, nur wenige Hundert Meter von der Boris-Siankow-Road entfernt, also dem Standort der Klinik. Mit hundertzwanzig Quadratmetern nicht besonders groß, jedoch außerordentlich luxuriös. Schwerelosigkeitspool, venusische Aroma-Sauna, ein Bett mit Trauminduktorfunktion, Fünf-Sterne-Verköstigungsservice rund um die Uhr mit Spezialitäten aus den kulinarisch beachtenswertesten Regionen der Galaxis. Und das alles wurde bezahlt von den Wissenschaftlern, die sich meine Teilnahme am Projekt offenbar einiges kosten ließen.

Doch damit sollte nun Schluss sein. Ein für alle Mal. Das Unternehmen war eingestellt worden. *Aus ethischen Gründen!* Oder warum auch immer. Ehrlich gesagt interessierte es mich nicht sonderlich, was die Forscher den ganzen Tag trieben, solange sie mir ein schönes Leben ermöglichten.

Du hältst diese Einstellung für materialistisch, Lian? Da hast du recht, aber bedenk bitte, dass das neun Jahre zurückliegt. Und die vier Jahre davor führte ich ein Leben im Überfluss. Unglaublich, wie schnell man sich daran gewöhnt. Der einzige Preis, den ich dafür zahlen musste, war, mich ab und zu für Untersuchungen und Eizellen-Entnahmen zur Verfügung zu stellen. Der Gedanke, das alles aufgeben zu müssen, brachte mich beinahe um.

Nach dem offiziellen Ende von TRAFO gaben sie mir einen Monat Zeit, das Apartment zu räumen. Ich wartete bis zum letzten Tag der Frist, ehe ich überhaupt damit begann, meine Sachen zu packen.

Nun stand ich mit Tränen in den Augen vor einem der Kleiderschränke. Dem mit den Abendgewändern aus ratronischer Spinnenseide oder aus kühlfadenverwebtem Brokat. Achtlos rupfte ich die Kleidungsstücke hervor und warf sie in den Koffer, der neben mir schwebte. Ich brachte es nicht über mich, sie sorgfältig zusammenzulegen. Wahrscheinlich konnte ich sie ohnehin nicht mehr anziehen, ohne sofort loszuheulen.

»Du hast Besuch«, meldete die Wohnungspositronik.

»Schick ihn weg. Ich will niemanden sehen.«

»Es ist Jeobald Tenglar.«

Ich erstarrte. Ausgerechnet Tenglar. Ein Ehrgeizling, dessen Feuereifer in der Forschung kaum dem nachstand, mit dem er versuchte, mich ins Bett zu zerren. Sein erster Lebenstraum war mit der Einstellung von TRAFO gescheitert. Wollte er nun einen letzten Anlauf wagen, um sich wenigstens den zweiten zu erfüllen? Andererseits wären die vergangenen vier Jahre ohne Menschen wie ihn nicht möglich gewesen. Schuldete ich es ihm also nicht, mich zumindest von ihm zu verabschieden?

»Na gut«, sagte ich. »Lass ihn rein!«

Ich ging ins Wohnzimmer, ein lichtdurchflutetes Schmuckstück mit einem gemütlichen Sofa aus weißem, intelligentem Kunstleder, das sich in Temperatur und Elastizität stets der Stimmung des Sitzenden anpasste. Auf dem Tisch lag ein alter Holoprospekt von TRAFO. Das Akronym für »Analyse, Forschung und Optimierung der Telencephalon-Raffination«, also der Veredelung des menschlichen Großhirns. Ich hatte ihn nur einmal gelesen, und obwohl mich der Inhalt nicht interessierte, hatte ich mir jedes Wort gemerkt.

Diese Fähigkeit hatte mich für das Projekt so interessant

gemacht. Ich hingegen sah es oft genug als Fluch an, mich an jedes noch so bedeutungslose Ereignis meines Lebens zu erinnern.

Die Apartmenttür öffnete sich, und Tenglar trat ein. Mit einem unsicheren Lächeln im Gesicht und einem Rosenstrauß in der Hand.

»Hallo, Neyla.«

»Jeobald! Wie schön, dass du mich noch einmal besuchen kommst.« Ich nahm die Blumen entgegen und roch daran. »Das wäre doch nicht nötig gewesen.« Ich warf den Strauß in den Mülleimer neben der Hausbar. »Was willst du?«

Sollte ihn meine Schroffheit verletzt haben, zeigte er es nicht. »Mit dir reden.«

»Prima. Rede! Aber rede schnell, denn ich muss heute hier ausziehen.«

Er nickte und schaute betreten zu Boden. »Ich weiß. Es tut mir leid. Wie geht es für dich weiter? Zurück in die Wohnung zu deinem Mann?«

»Etwas anderes wird mir kaum übrig bleiben.«

»Das klingt wenig begeistert.«

Ich lachte auf. »Sieh dich hier um. Wärst du begeistert, wenn du all das aufgeben müsstest?«

»Wahrscheinlich nicht. Aber Shorek wird dir ebenfalls ein tolles Leben bieten können. Er ist reich.«

»Das ist er. Fast so reich, wie er geizig ist. Es hat mir vollkommen genügt, dass er mich an den Wochenenden hier besuchen kam. Was glaubst du, warum ich mich TRAFO zur Verfügung gestellt habe? Wegen der Forschung? Ich pfeife auf die Forschung. Wegen des Nutzens für die Menschheit?« Erneut lachte ich auf, noch humorloser als beim ersten Mal. »Dann doch eher wegen des Nutzens für mich. Es ging mir nur um das Geld, das ich bei euch verdiente, Jeobald. *Mein* Geld, nicht das meines Mannes, der es mir zuteilte, wie es ihm in den Kram passte.«

Tenglar setzte sich aufs Sofa und strich mit der Hand über

das Kunstleder. »Angenehm warm und weich. Wirklich schade, dass du das gute Stück nicht mitnehmen kannst. – Tust du Shorek nicht unrecht? Er liebt dich. Habt ihr den Ehevertrag nicht deshalb abgeschlossen?«

Ich ließ mich auf dem Sessel auf der anderen Seite des Wohnzimmertischs nieder. Er bestand aus dem gleichen Material wie das Sofa. Es war kalt und hart. »Er vielleicht. Ja, sicher, ich mochte ihn auch. Aber er konnte nie meine Ansprüche erfüllen.«

Mein Gegenüber nickte. Huschte da ein zufriedenes Lächeln über sein Gesicht? »Was wäre, wenn ich dir sagte, dass ich es könnte? Deine Ansprüche erfüllen, meine ich.«

»Hör zu. Ich sag es dir zum letzten Mal: Ich werde nicht mir dir ins Bett …«

Er hob die Hände. »Du missverstehst mich. Ich biete dir Geld. Mehr als bisher. Und du musst nichts weiter tun als das, was du in den vergangenen vier Jahren getan hast.«

Das Kunstleder des Sessels wurde langsam wärmer. »Ihr führt das Projekt fort?«

»Nicht wir. *Ich.* Zusammen mit Doc Devios.«

Du verstehst schon, Lian, dass ich den Tarnnamen … ja, klar, ich sehe es deinem Gesicht an. Also gut.

Tenglar lehnte sich zurück, legte die Füße auf den Tisch und wirkte dabei so selbstgefällig, wie ich ihn noch nie erlebt hatte. »Die Telencephalon-Raffination darf nicht sterben. Nicht aus ethischen Gründen. Wer bestimmt denn überhaupt, was Ethik ist? Jedes Volk in der Galaxis zieht die Grenzen anders. Es gibt keine allgemeingültigen Gesetze dafür, was moralisch vertretbar ist. Für mich gilt nur das Gesetz der wissenschaftlichen Verpflichtung, das besagt, dass wir alles Erforschbare auch erforschen müssen.«

Ich lächelte – und meinte es aufrichtig. »Das hast du dir gerade ausgedacht, stimmt's?«

»Na und? Wir dürfen uns der Verantwortung als Wissenschaftler nicht entziehen, nur weil uns der Weg zum Ziel nicht behagt. Deshalb war ich von Anfang an entschlossen, das Projekt fortzuführen. Oder eine ethisch unbeschränkte, individuelle Version davon. Leider wurde mir schnell klar, dass ich das allein nicht stemmen kann. Dazu fehlen mir die finanziellen Mittel. Doch zum Glück gibt es jemanden, der genau so denkt wie ich. Als ich schon glaubte, meine Pläne beerdigen zu müssen, trat Doc Devios an mich heran. So, wie ich nun an dich herantrete. Was sagst du?«

»Wir würden an der Grenze der Legalität arbeiten«, gab ich zu bedenken.

»Genau genommen sogar auf der anderen Seite dieser Grenze, obgleich das eine Definitionsfrage darstellt. Aber der Lohn dafür besteht aus ungeahnten wissenschaftlichen Erkenntnissen für mich sowie einem luxuriösen Leben und reichlich Geld für dich. Denk nur, was wir erreichen können, wenn wir uns keine Beschränkungen auferlegen. Also, bist du dabei?«

Ich legte die Hände auf das behaglich warme und weiche Kunstleder. »Selbstverständlich.«

Und so schied Neyla Abiola aus dem Leben. Doc Devios engagierte den ehemaligen Datendieb Lussa, der mir einen falschen Namen und eine neue Biografie verschaffte. Ohne mich noch einmal bei meinem Mann zu melden, verschwand ich im Untergrund. Du kannst dir kaum vorstellen, Lian, wie erleichtert ich mich fühlte, nicht zu ihm zurückkehren zu müssen.

In den kommenden Wochen suchte Jeobald Tenglar nach einem geeigneten Gebäude, wo er die Forschung fortsetzen konnte. Viele Hallen, die meines Erachtens infrage gekommen wären, lehnte er ab, weil ihnen das gewisse Extra fehlte. Damals begriff ich nicht, was der damit meinte. Es interessierte mich auch nicht, solange weiter das Geld auf mein Konto mit dem neuen Namen floss.

Erst kürzlich fand ich es mit eurer Hilfe heraus: Er wollte einen Bau mit einem unterirdischen Gewölbe, das nicht in den offiziellen Plänen verzeichnet war. Weder Doc Devios noch ich wussten davon, bis ihr – du und Perry Rhodan – darauf gestoßen seid. In den Ruinen der Anlage von Merkur III.

Du siehst überrascht aus, Lian. Dachtest du, Tenglar hätte das Bauwerk selbst errichtet? Da irrst du dich. Es handelte sich schlicht um eine Erweiterung durch den Voreigentümer. Frag mich nicht, warum sie nie in die Pläne aufgenommen wurde. Ich weiß es nicht. Vielleicht ein Versäumnis der Verwaltung.

Wie auch immer, dieses leer stehende Gebäude einer Ausrüsterfirma auf dem Merkur genügte seinen Ansprüchen. Also kaufte Doc Devios es unter falschem Namen, ohne es auch nur ein einziges Mal betreten zu haben, und Lussa machte die Eintragungen in den Grundbüchern rückgängig, sodass weiterhin die Firma als Eigentümerin galt. Wovon sie freilich keine Ahnung hatte.

Ich bekam eine kleine Wohnung in der Kuppelstadt, nicht annähernd so luxuriös wie das Apartment auf dem Mars. Komischerweise störte mich das nur wenig, denn ich konnte jederzeit Terrania oder welchen Ort auch immer besuchen, um der Lebenslust zu frönen.

Während der ersten Monate gab es für mich kaum etwas zu tun. Tenglar richtete nach und nach und so unauffällig wie möglich das Labor ein, verbarg den Zugang zu dem Gewölbe, konstruierte drei Entwicklungstanks für die Klone, brachte Sicherheitseinrichtungen an, besorgte Unmengen an Nährflüssigkeit. Nur gelegentlich bat er mich in die Anlage, nahm einige

Untersuchungen vor und machte all den wissenschaftlichen Kram mit mir, für den auf dem Mars mindestens vier Personen zuständig gewesen waren.

Und er versuchte kein einziges Mal, mich zu verführen. Einerseits beruhigte mich das, andererseits fühlte ich mich dadurch tatsächlich ein wenig gekränkt.

Die Zeit verging. Nach etwa einem Jahr bat Tenglar mich ins Labor.

Auf dem großen Arbeitstisch im Zentrum des Hauptbereichs, auf dem sonst Datenkristalle und wissenschaftliche Instrumente durcheinanderlagen, standen zwei Gläser. Daneben eine Flasche Champagner in einem Kühler.

Im ersten Augenblick glaubte ich, seine Leidenschaft für mich wäre neu entflammt, obwohl ich den Ort zwischen den unzähligen Holos, Steuereinheiten und Positronikterminals als ungeschickt gewählt für ein Schäferstündchen ansah. Trotzdem, ich war guter Stimmung, und wer weiß, vielleicht wäre ich an diesem Tag sogar schwach geworden. Wenn er es denn darauf angelegt hätte.

Hatte er aber nicht.

Er schenkte die Gläser voll, lachte ausgelassen, als eines überschäumte, reichte mir das andere und sagte: »Lass uns anstoßen!«

»Worauf?«

»Auf das, was wir erreicht haben.« Er nippte.

Auch ich trank einen Schluck – und war begeistert von dem frischen, perlenden Geschmack. Noch nie hatte ich einen so edlen Tropfen gekostet. »Ausgezeichnet!«

»Nicht wahr? Ich habe ihn von einem kleinen Weingut aus der Champagne. Ja, von der Erde. Für diesen Anlass ist das Beste, das Original, gerade gut genug. Du willst nicht wissen, was eine Flasche kostet.«

Wollte ich doch, sagte es ihm aber nicht.

Er stellte das Glas auf den Tisch zurück und streckte mir die Hand entgegen. »Komm!«

Wie von selbst griff ich seine Hand und ließ mich zu einer Tür führen.

»Bevor ich öffne«, sagte er, »musst du mir etwas versprechen.«

Aha!, dachte ich. *Jetzt rückt er mit seinem sexuellen Wunsch heraus.*

Aber wieder überraschte er mich. »Du darfst Doc Devios nichts davon erzählen.«

»Warum?«

Plötzlich wirkte er unsicher. »Na ja, ich schätze, es ist besser, wenn wir ihn über unsere Erfolge im Unklaren lassen. Er sieht in dem Projekt nur den Profit.«

»Und du nicht?«

Er lächelte verlegen. »Doch. Aber je weniger er weiß, desto mehr fällt für uns ab. Wir sollten ... nun ja, an ihm vorbeiwirtschaften.«

Ich musste lachen. Mir gefiel, wie er dachte. »Einverstanden.«

»Hervorragend.«

Jeobald öffnete die Tür. Dahinter lag ein kleiner, nur matt beleuchteter Raum, in dem drei Tanks standen. Zwei leere – und ein mit Nährflüssigkeit gefüllter. Darin trieb eine Frau. Ich selbst, nur etliche Jahre jünger.

»Du hast es vollbracht?«, hauchte ich. »Du hast den ersten Klon erschaffen?«

»Nach einigen Fehlversuchen ist es gelungen. Ich wollte dich unbedingt dabeihaben, wenn ich die Flüssigkeit ablasse und ihn – sie! – ins Leben hole. Darf ich dir TRIVID 1 vorstellen?«

Mit Mühe löste ich den Blick von meinem Ebenbild. »TRIVID?«

»Telencephalon-Raffination, individuelle Version, mit der Identifikationsnummer eins.«

Kapitel 34: Erweitere deine Grenzen

Als Lian das hörte, ärgerte sie sich darüber, nicht eher darauf gekommen zu sein. Dabei war es doch so offensichtlich: Die ersten zwei Buchstaben von TRIVID standen für denselben Begriff wie die von TRAFO. Wie dumm von ihr.

»Ihr habt Doc Devios wirklich nichts von den Erfolgen berichtet?«, fragte sie. »Aber irgendwie muss er es doch herausgefunden haben.«

»Dazu komme ich später«, sagte Neyla. »Nur so viel vorab: Er war nicht gerade begeistert, als er davon erfuhr.«

Das konnte sich Lian lebhaft vorstellen. Denn durch Neylas Erzählung war ihr ein Verdacht gekommen, um wen es sich bei dem Mann im Hintergrund handelte: um eines der Mitglieder aus dem ehemaligen Sponsorenkonsortium von TRAFO. Wer sonst sollte Interesse daran gehabt haben, die Forschung fortzusetzen? Wer sonst hätte Jeobald Tenglar so rasch zur Fortführung bewegen können? Wer sonst verfügte über genügend Geld?

Und wer hatte sich in der Aufzeichnung der Projektsitzung, die Doktor Doktor Herman Lugauer ihr und Perry gezeigt hatte, wie kein anderer gegen die Einstellung von TRAFO ausgesprochen?

Khar Baraly, einer der beiden Aras des Konsortiums.

Selbstverständlich behielt Lian ihren Verdacht für sich. Der Datendieb Lussa musste vermutlich nur deshalb sterben, weil er Baralys Identität kannte. Seinen Tod sah Lian als eindringliches Plädoyer an, lieber den Mund zu halten.

Ohnehin war ihr nicht nach Reden zumute, seit der Medoroboter mit der Prozedur begonnen hatte.

Klingt unangenehm, tut aber nicht weh, soll ich dir von Doc Devios ausdrücklich ausrichten. So hatte es Neyla beschrieben. Nun, es klang nicht nur unangenehm, es *war* unangenehm.

Sie lag mit dem Gesicht nach unten auf einer Pritsche und war auf Gedeih und Verderb einem mechanischen Wesen ausgeliefert, das an ihrem Rücken ... irgendetwas tat und mit einem kleinen Fehler dafür sorgen konnte, dass sie für immer gelähmt blieb.

Sehr beruhigend.

Und wer mit der Plattitüde daherkam, dass das ein Routineeingriff sei oder derartigen Maschinen keine Fehler unterliefen, weil sie exakt programmiert waren und der jeweiligen Situation angepasst handelten ... der hatte noch nicht genug Trivid-Serien gesehen. Dort passierten ständig solche Missgeschicke. Dort liefen Roboter Amok. Dort ...

... gut, es mochte nicht die Realität sein, aber so beängstigend *denkbar*, dass Lian der Schweiß ausbrach. Wahrscheinlich bräuchte es keine in ihre Gene gelegte Angst vor Ärzten, um so zu empfinden.

»Bleib ruhig«, forderte die Maschine. »Du brauchst dich nicht zu fürchten. Alles läuft bestens.«

»Ich bin ruhig«, log Lian.

»Leider muss ich dir widersprechen. Deine Pulsfrequenz ist erhöht, dein allgemeiner Muskeltonus ...«

»Ja, schon gut. Ich habe Angst. Aber das wird nicht besser, wenn du bei der Arbeit den Oberlehrer raushängst.«

»Ich verstehe nicht, was du ...«

»Du sollst schweigen«, fiel Neyla der Maschine ins Wort.

»Akustische Kommunikation beeinträchtigt die exakt geführten Bewegungen meines Operationsarms nicht, weil dafür zwei getrennte Teilpositroniken ...«

»Sei still!«, forderte Lian.

Der Medoroboter gehorchte. Immerhin das.

Nach wenigen Minuten, während derer auch die beiden Frauen schwiegen, war seine Aufgabe ohnehin erledigt.

»Ich muss leider wieder reden«, sagte die Maschine im Tonfall einer beleidigten Diva. Ob sie tatsächlich etwas empfand? Oder war sie darauf programmiert, so zu tun, als würde sie auf Äußerungen von Patienten emotional reagieren – Mitleid, Trost, solche Dinge, die durchaus nützlich sein konnten?

»Der kleine Eingriff ist beendet. Bitte bleib noch etwa zehn Minuten liegen, bis das Heilspray ausreichend in dein Gewebe eingesickert ist. Danach kannst du dich ohne Einschränkung bewegen. Du wirst über weitere Untersuchungen und notwendige Behandlungen informiert werden. Ich danke für deine Kooperation.«

Lian überlegte, wie sie reagieren sollte, und entschied sich für ein knappes »Ja.«

Der Medoroboter verließ den Raum, wahrscheinlich mit der entnommenen Probe ihrer Rückenmarksflüssigkeit ... und wer wusste, welcher Art genetischem Testmaterial noch.

Die zehn Minuten vergingen quälend langsam.

»Du musst deinen Vergangenheitsbericht beenden«, sagte Lian.

Neyla gab ein zustimmendes Brummeln von sich. »Denk über das nach, was du gehört hast. Ich erzähle dir später mehr.«

»Wann?«

»So bald wie möglich.«

»Wie wäre es mit jetzt?«

Lian hörte hastige Schritte Richtung Ausgang.

»Nein ... ich ... ich kann nicht.«

Lian drehte den Kopf zur Seite. »Neyla?«

Ihr Original stand mit dem Rücken zu ihr, wandte sich aber um. Ihre Augen glitzerten feucht. »Es nimmt mich mit, verstehst du? Ich brauche kurz Ruhe. Ich warte vor der Tür auf dich.« Sie hastete nach draußen. Die Tür öffnete und schloss sich automatisch.

In ihrem Bericht hatte Neyla eher eiskalt geklungen und überraschend ehrlich. Anscheinend fiel es ihr schwer, sich zu offenbaren – selbst der Frau gegenüber, die nach Neylas Worten gemeinsam mit Dano am ehesten ihrer Familie entsprach.

Kurz darauf erhob sich Lian und fragte sich, ob ihr Rücken ein wenig schmerzte oder ob sie es sich einbildete. Sie schlüpfte in ihr Oberteil, das karmesinrote Shirt.

»Dann wollen wir mal«, flüsterte sie, ging zur Tür und erwartete halb, dass sie sich ihr nicht öffnen würde. Doch sie schob sich zur Seite.

Neyla stand im Korridor, gegen die Wand gelehnt. »Geht's dir gut?«

Kein Wort über den emotionalen Zwischenfall vorhin. Nun gut, Lian legte es auch nicht darauf an. »Angesichts dessen, dass ich mich euch ausgeliefert habe, in irgendeinem Schiff bin, das überall in der Milchstraße herumfliegen könnte und als Gefangene gelten muss – ja, es geht mir *den Umständen entsprechend* gut.«

»Du bist keine Gefangene«, behauptete Neyla.

»Also kann ich jederzeit gehen?«

»Wenn die Untersuchungen abgeschlossen sind und du es dann noch immer willst ... ja.«

»Hm. Ich möchte mir jetzt das Schiff ansehen. Oder darf ich mich nicht frei bewegen?«

»Kannst du. In gewissen Grenzen.«

»Wie eine Gefangene, meinst du?«

Ein Schatten huschte über Neylas Gesicht. »Eben nicht! Sonst würden wir dich in eine Zelle stecken!«

»Dann lass mich einen Spaziergang machen und sag mir, wo meine Freiheit endet. Welche Bereiche darf ich nicht betreten?«

»Ich will ehrlich sein. Du wirst beobachtet.« Neyla legte den Kopf in den Nacken und sah überaus auffällig zur Decke.

Lian folgte der unausgesprochenen Aufforderung und entdeckte etwas, das ihr nur zu bekannt vorkam. Eine kleine, kugelförmige Sonde. »Dasselbe Modell wie in Jecbald Tenglars Geheimlabor und in der Hirnforschungsklinik, ja? Ist das so eine Art Hobby von Doc Devios?«

»Ihm gehören diese Sonden, ja. Er hat sie Dano großzügigerweise zur Verfügung gestellt.«

»Was verspricht er sich davon? Aus reiner Herzensgüte wird er ja kaum …«

»Ich erzähle dir später von ihm, versprochen. Zurück zur Sonde, die dich … begleitet. Sie ist programmiert, dich von sensiblen Bereichen des Schiffes fernzuhalten.«

»Wie?«, fragte Lian.

»Wie die Programmierung aussieht, weiß ich …«

»Wie wird sie mich fernhalten? Mit Gewalt?«

»Mit einem akustischen Hinweis und im Vertrauen darauf, dass du vernünftig reagieren wirst. Oder willst du Ärger machen?«

»Natürlich nicht«, sagte Lian und fragte sich selbst, ob sie log. »Wann treffe ich dich wieder?«

»Bei deiner nächsten Untersuchung. Sie wird etwas länger dauern – aber genauso harmlos sein.« Neyla lächelte ein wenig. »Es war nicht harmlos für dich, ich weiß. Deine Angst vor Ärzten ist …«

»… nicht echt. Sie wurde mir von Tenglar einprogrammiert.«

Neylas Hand strich über Lians Wange, eine kurze Berührung, wie das Flattern eines Schmetterlings. »Aber deine Gefühle sind echt, Lian. Vergiss das nie!«

»Wann wird es sein?«

»In zwei, spätestens drei Stunden. Falls du Entspannung

brauchst, gleich welcher Art, frag die Sonde nach dem Weg zum Erholungsbereich. Glaub mir, es gibt dort alle Finessen. Und wundere dich nicht, dass du auf niemanden triffst. Es sind nicht viele Besatzungsmitglieder im Schiff, und sie wissen Bescheid, dass du ein ... besonderer Gast bist. Die Sonde funkt sie an, wenn du in ihre Nähe kommst.«

»Sie werden mir aus dem Weg gehen?«

Neyla nickte und wandte sich ab. »Bis bald.«

Lian sah ihr nach. Entspannung jeglicher Art im Erholungsbereich? Ganz sicher nicht. Sie würde Informationen sammeln.

Für alle Fälle.

Sie bezweifelte sehr, dass sie nach Abschluss der Untersuchungen das Schiff tatsächlich verlassen konnte.

Denn wenn sie etwas über Dano und Neyla gelernt hatte, dann nicht etwa, dass sie eine Familie bildeten. Sondern dass man ihnen kein Wort glauben durfte.

Die Vergangenheitserzählung mochte stimmen – Neyla wollte sich einschmeicheln und wusste nicht, welche Details Lian bereits mit Perry Rhodan in Erfahrung gebracht hatte; der bisherige Bericht jedenfalls passte.

Aber am Ende ... wenn die Untersuchungen abgeschlossen waren ... wenn Lian klar war, ob Ischi medizinisch geholfen werden konnte ... wenn der Bericht aus der Vergangenheit endete ...

... dann war Lian eine Mitwisserin.

Vielleicht stimmte es, dass niemand ihr schaden wollte. Sie verließ sich jedoch nicht darauf. Genauso wenig, wie sich umgekehrt Neyla, Dano und *Doc Devios* auf Lians Kooperation verlassen konnten.

Also würde sie sich umschauen. Überall dort, wo ihre Gegner ihr Freiraum ließen. Und wenn irgend möglich, noch ein bisschen weiter.

Ein Geisterschiff, dachte Lian.

So kam es ihr vor, während sie durch die leeren Korridore spazierte und den langweiligsten Ort der Galaxis kennenlernte. Natürlich war es kein Geisterschiff, aber genau wie angekündigt traf sie auf niemanden – also könnte es ebenso gut eines sein.

Bald hatte sie die Nase gestrichen voll von Türen, die entweder verschlossen blieben oder in meist leer stehende Räumlichkeiten führten.

Von Korridoren mit hässlichen Metallwänden.

Korridoren mit Teppichen ausgelegt und holzvertäfelten Wänden.

Korridoren mit Töpfen, in denen allerlei duftende Kräuter wuchsen.

Korridoren mit Glaswänden, die stets undurchsichtig blieben.

Andererseits sagte das so einiges aus. Unter der langweiligen Oberfläche versuchte Lian zu interpretieren, was all das *bedeutete*.

Zum einen gab es offensichtlich Bereiche, die rein zweckdienlich waren, und andere, die möglichst angenehme Besuche ermöglichen sollten. Für Gäste? Für einen Besitzer, der Luxus mochte? Oder für … Patienten? Denn wenn dies tatsächlich das Medoschiff eines Aras war, bildete es eine fliegende Klinik.

Dafür sprachen die vielen Kräutertöpfe, die in diesem Fall als Heilpflanzen dienen konnten, als Grundlage für allerlei Medikamente.

Der von Neyla angepriesene Erholungsbereich könnte zahlungskräftigen Kranken zur Kur dienen. Von Aras war allgemein bekannt, dass sie gerne aus ihren medizinischen Dienstleistungen großen Profit schlugen … ein Luxusschiff für reiche Patienten passte da gut ins Bild.

Allerdings, das gab Lian zu, könnte es sich auch ganz anders verhalten. Vielleicht war sie in einem fliegenden Kasino, in der Residenz eines Kunstsammlers, der seine Objekte geflissentlich vor ihr verbarg, oder in einem Weltraumbordell gelandet.

Bei dem Gedanken grinste sie, als ihr Neylas Worte wieder einfielen: *Entspannung jeglicher Art.* Da ihr die Besatzung ja aus dem Weg ging, wartete möglicherweise ein androidischer Callboy auf sie.

Sollte er warten.

Andererseits brachte sie diese ziellose Wanderung auch nicht weiter. Sie musste eine Grenze überschreiten, um die Geduld ihrer Bewacher auszutesten. Und um ihnen wehzutun.

Sie schaute nach oben, suchte die Sonde. Ob sie auf eine direkte Ansprache reagieren würde? Immerhin hatte Neyla gesagt, sie solle einfach nach dem Weg fragen.

»Ich ... ich bekomme langsam Panik«, sagte sie mit bebender Stimme. »Vielleicht weißt du ja, dass man mir Angst vor Weltraumflügen einprogrammiert hat. Ich hasse deswegen die Enge in diesem Raumschiff.« Was eine Lüge war. Sie hasste die Vorstellung, nur durch ein paar Wände von der Eiseskälte und dem Nichts des Weltraums abgetrennt zu sein.

»Gibt es irgendwo ein Sichtfenster? Ich muss nach draußen sehen, Weite fühlen. Und komm mir nicht mit einer Holografie. Tricks helfen da gar nichts, wenn ich einen ... einen Anfall spüre.« Sie überkreuzte die Arme vor der Brust und atmete ein wenig hastiger.

Nur nicht übertreiben.

»Im dir zugewiesenen Bewegungsbereich gibt es diese Möglichkeit nicht«, tönte eine blecherne Stimme, die perfekt zu der seelenlosen Kugel passte. »Ich kann allerdings einen Medoroboter rufen, der dir ein Psychomedikament ...«

»Nein! Ich muss einen Blick in die Weite werfen, und alles ist gut. Das ist ja wohl nicht zu viel verlangt!«

»Ich nehme Rücksprache.«

»Beeil dich!«, forderte Lian, ballte eine Hand zur Faust und hämmerte sie gegen die Korridorwand. Die bestand an dieser Stelle zum Glück aus Holz und nicht aus Metall. Dann ging Lian weiter, mit gesenktem Kopf und wieder überkreuzten Armen. So, als versuche sie irgendwie Halt zu finden und trage zugleich die Last einer ganzen Welt auf den Schultern.

Sie konnte sich leicht in diese Rolle versetzen – genauso kam sie sich immer vor, wenn sie aus ihren Albträumen erwachte, in denen sie tatsächlich eingesperrt war ... in einem engen, gläsernen Gefängnis. In den Erinnerungen an ihren Klontank, wie sie inzwischen wusste.

Oh, ich kriege euch, dachte sie. *Ihr seid nicht die Einzigen, die schauspielern können!*

Es dauerte etwa eine Minute, bis die blecherne Stimme ertönte: »Folge mir! Mir wurde erlaubt, dich zu Sichtluke vier zu bringen.«

Lian lächelte, für jeden, der sie beobachten mochte: *Danke!*

Und für sich selbst, um ihren ersten kleinen Triumph auszukosten: *Ich habe meine Grenzen erweitert.*

Lian schaute durch eine transparente Kuppel, unter deren Mitte sie auf einer bequemen Liege ruhte, hinaus ins All, und sie konnte ihr Glück kaum fassen.

Nicht etwa, weil wegen des Blicks ins Weite ihr angebliches Gefühl der Beengtheit wich.

Sondern weil sie etwas sah, das sie erkannte: einen gelblich rot gestreiften Planeten, umgeben von einem wundervoll im Licht der fernen Sonne glitzernden, perfekten Doppelring.

Der Saturn.

Sie beobachtete den Planeten etliche Minuten lang. Das nannte sie eine unverhoffte Information. Das Schiff hatte das heimatliche Sonnensystem nicht verlassen; es trieb in der Nähe des Saturns.

Das mochte sich zwar jederzeit ändern, aber damit stiegen die Chancen, dass es ihr irgendwie gelingen könnte, Perry Rhodan eine Nachricht zukommen zu lassen. Nur hatte sie keine Ahnung, wie sie das anstellen sollte.

»Lian?«

Die Stimme riss sie aus den Gedanken.

Neyla setzte sich neben sie auf die Kante der Liege; eine allzu vertraute Geste.

»Ist es so weit?«, fragte Lian.

Neyla nickte. »Die nächste Untersuchung steht an. Komm mit mir!«

»Ich habe über deinen Bericht nachgedacht. Bis dahin verstehe ich, warum du so gehandelt hast. Wirst du mir mehr erzählen?«

»Wie versprochen. Du sollst alles erfahren. Aber vorher kann ich dir eine gute Nachricht bringen!«

Lian lachte. »Das schadet ja nie.«

»Die erste Untersuchung hat ein eindeutiges Ergebnis gebracht. Die Krankheit des Zerfalls, unter der Dano leidet ...«

Und Ischi, dachte Lian. »Ja?«

»Du hast sie nicht.«

»Wie kann das sein? Ich bin doch genau wie Dano. Ich muss sie auch haben.«

»Eben nicht.«

»Was unterscheidet mich von Dano?«

»Lass mich dir erzählen, wie es damals weiterging.«

Kapitel 35:
Was macht dich zum Menschen?

Da stand ich also vor dem Klontank und betrachtete mein Ebenbild, wie es schlafend in der Nährlösung schwebte.

Nein, korrigierte ich mich. *Nicht schlafend. Ungeboren!*

TRIVID 1 war unbekleidet. Was sonst? Wie heißt es so schön? *Nackt, wie Gott sie schuf.* Nur, dass Gott mit ihrer Erschaffung nichts zu tun hatte.

Für einen Moment überkam mich ein bizarres Schamgefühl, und ich fragte mich, wie oft Jeobald in diesem Raum gestanden haben und ihren – *meinen!* – Körper angestarrt haben mochte.

»Wie lange steckt sie schon da drin?«, wollte ich wissen, um mich von dem Gedanken abzulenken.

»Der Tank beschleunigt die Reifezeit um das Hundertvierzehnfache. Von der befruchteten Eizelle bis zu ihrem …« Er lächelte. »… achtzehnten Geburtstag vergehen also sechzig Tage.«

»Dann solltest du die Nährflüssigkeit ablassen, bevor sie noch älter wird und du eine Kerze mehr für ihre Torte besorgen musst.«

»Keine Angst. Das würde nicht geschehen. Die Positronik steuert den Tank so, dass die Reifung nach 6900 Körpertagen endet. Anschließend altert der Klon auf natürliche Weise weiter.«

Etwas an dem Anblick von TRIVID 1 störte mich, aber es vergingen einige Sekunden, bis ich es erkannte. »Für sie sind achtzehn Jahre … Körperzeit vergangen? Müssten ihre Haare und die Finger- und Fußnägel nicht viel länger sein?«

Tenglar klatschte in die Hände. »Eine ausgezeichnete Frage.

Das stellte tatsächlich ein Problem dar, das ich nach verschiedenen Fehlversuchen jedoch lösen konnte.« Wie so oft, wenn er von seiner Arbeit erzählte, geriet er ins Dozieren. »Zuerst habe ich der Nährflüssigkeit Nanopartikel beigefügt, die horniges Körpermaterial laufend abschmirgelten. Es ließ sich aber leider nicht vermeiden, dass diese Teilchen auch in den Klonleib gelangten, wo sie Knochen und Knorpel angriffen. Also habe ich stattdessen das Genom so verändert, dass das Haarwachstum der beschleunigten Reifung widerstand und in natürlichem Tempo stattfand. Mit anderen Worten: Nicht alles, was du vor dir siehst, ist achtzehn Jahre alt.«

»Verstehe«, sagte ich – und konnte weiterhin die Vorstellung nicht abschütteln, wie er den nackten Körper angaffte und dabei zusah, wie mein Klon vom Mädchen zur Frau heranwuchs.

Ich hoffte inständig, dass ich Tenglar unrecht tat. Aber so oft, wie er versucht hatte, mich ins Bett zu bekommen, glaubte ich es nicht.

»Was sagst du? Sollen wir sie nun in unserer Welt begrüßen?«

Ich nickte.

Jeobald trat an den Tank und nahm eine Schaltung vor. Mit einem gurgelnden Geräusch floss die Nährlösung ab. Die Kabel und Schläuche lösten sich von dem Klon.

»Zunächst wird ein Antigravfeld sie in Position halten«, erklärte Tenglar.

Ein Schmatzen erklang, als sich die gewölbte vordere Tankhälfte vom hinteren Teil befreite. Ein öliger, nussiger Geruch schlug mir entgegen.

TRIVID 1 schwebte hervor und verharrte vor dem Tank.

Sie öffnete die Augen.

»Herzlich willk…«, begann Jeobald.

Das Gesicht der Klonfrau verzog sich zu einer panischen Grimasse. Bis heute kann ich dir nicht sagen, Lian, wie sie es schaffte. Vielleicht stieß sie sich von der Tankkante hinter ihr ab. Sie befreite sich aus dem Schwerelosigkeitsfeld und stürzte Tenglar entgegen.

Er riss die Arme hoch, versuchte wahrscheinlich, sie aufzufangen, doch stattdessen gingen sie gemeinsam zu Boden.

Die Frau schrie. Oder nein: Sie stieß Laute aus, wie ich sie nie zuvor gehört hatte. Unartikuliert, angsterfüllt. Sie weinte und kreischte zugleich.

Manchmal, in meinen Träumen, höre ich es immer noch.

Mit unbeholfenen Bewegungen schlug sie auf Jeobald ein.

Er griff nach ihren Handgelenken und nach den Armen, stemmte sich gegen ihre Schultern, wollte sich von ihr befreien, doch ihre Haut war glitschig von der Nährflüssigkeit, und so rutschte er ab.

Während Tenglar einen Schlag nach dem anderen einsteckte, stand ich schockstarr da und konnte nichts tun, als zuzusehen. Auf *mich selbst* zu sehen, nackt und in panischer, wütender Verwirrung.

»Hilf mir!«, ächzte Jeobald. »Neyla, verdammt noch mal, tu etwas!«

Seine Stimme rückte in den Hintergrund, verlor an Bedeutung.

Was hatten wir dem armen Wesen nur angetan? Wir zerrten es in eine ihm völlig fremde Welt. Mit neuen Eindrücken, Gerüchen und Gefühlen. In eine Welt, in die es nie hatte kommen wollen.

Etwas wurde geboren, das nicht gezeugt, sondern gezüchtet worden war.

TRIVID 1 reagierte instinktgesteuert und attackierte mit automatischen, ungelernten Bewegungen alles, was ihr bedrohlich erschien.

Immerhin bekommt Jeobald das, wonach er sich so lange gesehnt hat: dass ich mich nackt auf ihm winde. Dieser lächerliche und ungerechte Gedanke holte mich in die Wirklichkeit zurück.

Tenglar hatte sich endlich von dem Klon befreit. Die Wangen glänzten rot von der Nährflüssigkeit und den Schlägen. Einige Kratzer bluteten auf der Stirn. Er versuchte sich hochzustemmen, rutschte auf dem schmierigen Untergrund weg und krachte mit dem Hinterkopf auf den Boden. Benommen blieb er liegen, ächzte und wurde ohnmächtig.

TRIVID 1 krümmte sich. Ihre Glieder bewegten sich unkoordiniert, zuckten, schlugen in die schleimige Pfütze um sie.

Dann sah sie mich. Sie kreischte und fauchte, schob sich langsam näher, kroch, krabbelte, wand sich auf mich zu.

Kein Mensch, dachte ich. *Ein Tier. Oder Schlimmeres.*

Noch immer war ich zu keiner Bewegung fähig. Mit fassungslosem Entsetzen beobachtete ich, wie sie die Hand nach mir ausstreckte und ein babyhaftes *Gaaa* hervorbrachte.

»Alles ... wird gut«, stammelte ich.

Eine Lüge.

Eine hässliche, bewusste Lüge.

Im nächsten Moment erkannte ich die Sinnlosigkeit. Sie verstand mich nicht. Wie auch? Sie hatte nie zu sprechen gelernt, hatte nie jemand anderen sprechen gehört.

Einen Meter vor mir verharrte sie. Jammerte. Weinte.

Ihr Blick ging zur chromverspiegelten Oberfläche des Schranks neben ihr. Mit den Fingern berührte sie die Tür, strich darüber und hinterließ vier schmierige Streifen. Sie legte den Kopf in den Nacken, sah mich von unten an, schaute zurück zum Schrank – und gab einen kläglichen Laut von sich.

Ich begriff. Sie erkannte die Reflexion als ihr eigenes Spiegelbild. Und sie war verwirrt, dass es genauso aussah wie ich.

»Alles wird gut«, nahm ich einen neuen Anlauf, und brachte so viel Samt in meine Stimme wie möglich.

Ja, ich log, aber nicht böswillig. Ich wollte trösten. Doch ich konnte sie nicht beruhigen.

Sie schrie auf, schabte mit den Fingern über ihr Spiegelbild, versuchte es vom Schrank zu kratzen. Als ihr das nicht gelang, kreischte sie noch lauter – und donnerte mit dem Kopf gegen die Tür.

Wieder und wieder.

Du musst mir glauben, Lian, wenn ich dir sage, dass ich mich heute dafür schäme, nur dagestanden und mit morbider Faszination zugesehen zu haben, wie sie sich verletzte. Ich hätte zu ihr laufen können. Ein Schritt, mehr wäre nicht nötig gewesen. Ich hätte sie wegziehen und in die Arme nehmen können.

Stattdessen tat ich gar nichts.

Ich stand nur da und weinte.

Nach zwei Schlägen rann Blut über die Chromfläche. Haare klebten daran. Doch sie hörte nicht auf. Jeder Aufprall hallte mir in den Ohren, erst metallisch und hohl, später zunehmend ... feucht.

Klebrig.

Ich werde dieses Geräusch wohl nie wieder vergessen.

Ich weiß nicht, wie lange es dauerte, bis sie endlich nachgab. Es kam mir wie Stunden vor.

Selbst nachdem Ruhe eingekehrt war, konnte ich nur wie erstarrt mein verstümmeltes Ebenbild anglotzen.

Tenglar erwachte aus seiner Ohnmacht, mühte sich stöhnend hoch, ging zu TRIVID 1 und blieb neben ihr stehen. »Da haben wir wohl noch einiges an Arbeit vor uns«, sagte er.

Kein Vorwurf, dass ich ihm nicht geholfen oder versucht hatte, den Klon von seinem selbstzerstörerischen Tun abzuhalten. Aber auch kein Bedauern. Nicht das geringste bisschen.

»Ich bin zuversichtlich, dass das zweite Modell ausgereifter ausfällt«, fügte er hinzu.

»Was … wirst du mit ihr tun?«, fragte ich, ohne den Blick von der Leiche lösen zu können.

»Was schon? Wegwerfen.«

Das war der Augenblick, in dem ich beschloss, Jeobalds Forschung nicht mehr so nah an mich heranzulassen. Sollte er seine Klone produzieren, die Methoden verbessern, erneut scheitern. Aber nie, nie wieder wollte ich Zeugin so eines Vorfalls werden.

Kurz überlegte ich sogar, aus dem Projekt auszusteigen. Aber ich dachte, ich gestehe es dir, an das Geld. Und ich redete mir ein, dass es sich bei den Geschöpfen nicht um Menschen handelte. Tut mir leid, das so deutlich zu sagen, Lian, aber so war es. Inzwischen sehe ich das selbstverständlich anders. Ich habe viel lernen müssen.

Tenglar unternahm einen weiteren Versuch, doch auch TRIVID 2 verfiel nach ihrer Erweckung erst in Apathie und drehte kurz darauf durch.

Obwohl wir es nicht so geplant hatten, berichteten wir Doc Devios von den Fehlschlägen. Schließlich war aus ihnen kein Profit zu ziehen.

Bald erkannte Jeobald das Problem: Die Modelle reagierten zutiefst instinktgesteuert und unmenschlich, weil sie *tatsächlich* keine Menschen waren.

Ihnen fehlte etwas Entscheidendes, über das Personen dieses körperlichen Alters in Hülle und Fülle verfügen. Erinnerungen. Erfahrungen, die ihnen halfen, sich in der Welt zurechtzufinden.

Also trafen sich Tenglar und Doc Devios mit dem Datendieb Lussa in der Unterwasserstadt auf Europa. Sie beauftragten ihn, ein Grundprogramm zu entwickeln, das den Klonen alles Lebenswichtige beibrachte. Wie man redete, aß, lief. Wie sich Menschen von Tieren und Pflanzen unterschieden. Solche Dinge eben.

Jeobald entwarf in der Zwischenzeit eine Schnittstelle, mit die er dieses Mnemo-Implantat in das Bewusstsein eines Klons einspielen konnte. In einem Zeitalter, in dem man per Hypnoschulung beispielsweise fremde Sprachen lernen kann, klingt das unkompliziert. Doch es ist alles andere als das. Eine Hypnoschulung setzt nämlich voraus, dass das neue Wissen in einen ausgereiften Geist gepflanzt wird. Man muss vorher zumindest gelernt haben, wie man lernt, verstehst du?

Dennoch überwand Tenglar auch diese Hürde.

Bei TRIVID 3 bis TRIVID 8 erwiesen sich die Grundprogramme als nicht detailliert genug, aber mit TRIVID 9 war das Problem gelöst.

Doch nun, da sich die Klone nicht mehr selbst schädigten, tat sich eine ungleich größere Schwierigkeit auf: Nach wenigen Wochen setzte ein rapider Zellverfall ein.

Ja, Lian, genau das, was mit Dano geschieht.

Ich bin keine Wissenschaftlerin, kann es dir also nicht exakt erklären, aber es hat wohl damit zu tun, dass die Körper unter fünfdimensionaler Strahlung zu schnell heranreifen, um die notwendige zelluläre Kohäsion zu erreichen. Ihnen fehlt auf mikroskopischer Ebene der Zusammenhalt.

Jeobald probierte alles, um die Sache in den Griff zu bekommen. Er änderte das Verfahren, verlängerte die Reifezeit auf mehrere Monate, verbesserte die Zusammensetzung der Nährflüssigkeit, dosierte die Strahlung anders. Meist erschuf er gleich drei Klone auf einmal, um unterschiedliche Methoden miteinander vergleichen zu können. Er versuchte es regelmäßig sogar mit männlichen Modellen in der Hoffnung, sie wären robuster.

Vergebens.

Er stand mehrfach davor, alles hinzuwerfen. Doch Doc Devios drängte ihn dazu, nicht aufzugeben.

Bei TRIVID 31 und TRIVID 32 schließlich verstärkte er die Kohäsion so sehr, dass das Gewebe ungehemmt wucherte. Ebenfalls nicht das Ergebnis, das er sich wünschte.

Mit den beiden Nachfolgemodellen hatte er es endlich geschafft. Ein Mann und eine Frau, die mehrere Wochen in der Forschungsanlage lebten, ohne Anzeichen des Zellverfalls einerseits oder des unkontrollierten Zellwachstums andererseits zu zeigen.

Er beschloss, den nächsten Schritt zu gehen.

Ich weiß noch, wie er mich einige Monate später erneut zu sich rief.

Wieder stand Champagner auf dem Tisch. Bei dem Anblick wurde mir übel, weil er Erinnerungen an das schreckliche Ende von TRIVID 1 in mir wachrief.

»Egal, was du feiern willst«, sagte ich, »ich werde nicht bei der Erweckung deiner neusten Modelle dabei sein.«

»Das ist auch nicht nötig«, erwiderte er. »Sie sind längst draußen.«

»Draußen? Du hast sie … freigelassen?«

»Der Feldversuch läuft. Es gibt keine andere Möglichkeit, ihre Alltagstauglichkeit zu testen.«

Ich war verwirrt. »TRIVID 33 und 34 finden sich doch niemals allein zurecht.«

Er winkte ab. »Nicht die beiden. Sie habe ich zerstört.« Er zog vier Speicherkristalle aus der Tasche und ließ sie spielerisch durch die Finger gleiten. »Es gibt zwei neue Modelle. TRIVID 35 und 36. Einen Mann und eine Frau.«

Er legte zwei der Kristalle auf den Tisch, exakt in die Mitte eines wuchtig wirkenden Metallreifs von einem Meter Durchmesser, den ich nie zuvor gesehen hatte. Ich fragte nicht danach. Es interessierte mich nicht. Ich wollte meinem Schwur treu bleiben und hörte ihm aus reiner Höflichkeit zu.

»Diese beiden Speicherkristalle, liebe Neyla, enthalten das

Zeugnis meines Erfolgs.« Er zögerte kurz und korrigierte sich. »*Unseres* Erfolgs. Die Genome der zwei Klone.«

Tenglar reckte die restlichen Kristalle in die Höhe.

»Selbstverständlich hast du recht«, fuhr er fort. »Allein mit der Grundprogrammierung würden sie sich in Freiheit nicht zurechtfinden. Deshalb habe ich Lussa gebeten, ein Leben für sie zu schreiben. Erinnerungen an Kindheit und Jugend.« Er legte den dritten Speicherkristall in den Ring. »Hier haben wir einen jungen Burschen. Dano Zher ...«

»Halt!«, rief ich. »Ich will es nicht wissen.«

Jeobald zuckte zusammen. »Warum nicht?« Er klang beleidigt.

Weil du sie zu Menschen machst, wenn du ihnen Namen gibst, dachte ich. *Weil ich das nicht ertragen könnte.*

»Weil ich es nicht will!«, beharrte ich, trotzig wie ein kleines Kind.

Er steckte den vierten Kristall zurück in die Hosentasche und wandte sich wortlos von mir ab.

Ich verdrehte die Augen. War Tenglar schon immer so eine Diva gewesen? Vermutlich. Mir war es zuvor bloß nicht aufgefallen.

»Wozu dient dieser Ring?«, fragte ich, um ihn zu beschwichtigen. Bei Wissenschaftlern funktioniert das am besten, wenn man sie von ihrer Forschung erzählen lässt.

Er trat an den Tisch und strich sichtlich geschmeichelt mit den Fingern über das Metall. »Das ist mein Meisterstück. Ein zellulärer Kohäsionsverstärker. Die Vorgängermodelle von TRIVID 35 und 36 zeigten keine Probleme beim molekularen Zusammenhalt. Allerdings habe ich sie nur wenige Wochen vor Ort beobachtet. Ich konnte nicht ausschließen, dass der Verfall später doch noch auftritt. Deshalb habe ich dieses famose Instrument entwickelt. Es umgibt den Patienten während der Behandlung, schwebt an ihm entlang und bestrahlt ihn mit einer exakt bemessenen Dosis fünfdimensionaler Strahlung.«

»Kann es dadurch nicht wieder zu Wucherungen kommen?«

»Selbstverständlich. Aus diesem Grund habe ich nur TRIVID 36 der Behandlung unterzogen. Ich werde einen der Klone verlieren. Entweder reicht die Kohäsion von vornherein aus, dann wird 36 wuchern. Oder sie ist noch zu schwach, dann wird 35 zerfallen. Aber so läuft es in der Wissenschaft: Manchmal gibt es Kollateralschäden.«

»Opfer«, sagte ich leise.

»Wenn du es so nennen willst.«

Ich schaute auf den Champagner und begriff, dass Tenglar in seiner Beurteilung schon weiter war. »Die Ergebnisse stehen bereits fest, nicht wahr?«

Er strahlte. »Lussa hat ihnen nicht nur eine Biografie geschrieben, sondern die Daten auch in die öffentlichen Systeme eingespeist und Wohnungen auf ihre Namen angemietet. Vor siebzig Tagen habe ich sie betäubt nach Terrania gebracht. Bis dorthin hatten sie noch keine wache Minute verbracht, doch als sie aufwachten, blickten sie auf ein achtzehnjähriges Leben zurück.«

Er strahlte wie ein Kind, das zum ersten Mal ein neues Spielzeug sieht. »Seitdem überwache ich sie. Übrigens, sorge dich nicht: Kein Arzt wird die kleine Anomalie in ihren Genen feststellen. Dafür hat Lussa mit einigen Erweiterungen in ihrer Programmierung gesorgt. Genauso wenig werden sie das Sonnensystem verlassen wollen oder sich in allzu viele soziale Kontakte stürzen.«

»Du hast an alles gedacht«, sagte ich.

Sein Strahlen wurde noch breiter.

»Also?«, fragte ich.

Jeobald sonnte sich in meiner Neugier. »Vor drei Tagen

bekam TRIVID 35 ein sehr hartnäckiges Nasenbluten. Nichts Dramatisches, sollte man glauben. Aber für mich ein eindeutiges Indiz, dass seine zelluläre Kohäsion zwar stark, aber nicht stark genug ist. Ich werde die beiden Klone noch eine oder zwei Wochen beobachten, dann hole ich sie zurück. Ich bin mir allerdings jetzt schon sicher: TRIVID 36 ist das Erfolgsmodell. Die Nullnummer einer neuen Serie!«

Er deutete auf einen der Kristalle. »Ich habe die Datei bereits entsprechend umbenannt und markiert. TRIVID 36 ist ab sofort TRIVID 0.«

»Weiß Doc Devios davon?«

»Selbstverständlich nicht. Ich lasse mir von seiner Habgier doch nicht den Erfolg kaputt machen. Und nun wollen wir darauf anstoßen.«

Widerwillig kippte ich ein Glas Champagner hinunter. Was mir vor drei Jahren prickelnd und frisch erschien, kam mir nun abgestanden und sauer vor. Ich behauptete, ich hätte plötzlich Kopfschmerzen bekommen und müsste dringend an die Luft.

Das war das letzte Mal, dass ich Jeobald lebend gesehen habe.

Denn als ich nach einem stundenlangen Spaziergang durch die Einöde von Merkur III zurückkehrte, kam ich nur etwa bis auf zehn Meter an das Laborgebäude heran.

Zum Glück.

Ein paar Schritte mehr, und die Explosion, die das Labor zerstörte und mich von den Beinen riss, hätte mich getötet.

Kapitel 36:
Luxus, Werbung und Mirona

TRIVID 36, dachte Lian. *Oder: die Nullnummer einer neuen Serie.*

Das war sie.

Lian Taupin.

Die Nullnummer einer neuen Serie.

Darauf reduzierte sich also ihr Dasein, wenn man es aus Jeobald Tenglars Augen betrachtete. »TRIVID Null«, murmelte sie.

»Bitte sitz still und schweig«, schnarrte die metallische Stimme des Medoroboters. Inzwischen saß sie auf einem Stuhl, der aussah wie ein historisches Hinrichtungsinstrument. »Die geringste Bewegung verfälscht das Ergebnis des subatomaren Gehirnscans. Notfalls muss ich im Dienste der Wissenschaft doch ein Fesselfeld um deinen Kopf legen, damit …«

»Schon gut«, unterbrach Neyla. »Lian wird still sein. Meine Erzählung hat sie bewegt. Aber das verstehst du Blechbüchse nicht!«

»Meine Programmierung erlaubt es mir durchaus, psychische Befindlichkeiten eines Patienten zu beurteilen und daraufhin entsprechende Behandlungen …«

»Lass gut sein«, sagte Neyla. Danach schwieg sie.

Nur das Brummen blieb, das Surren, das Schwirren, das sich durch Lians Gehörgang in ihr Gehirn fraß und sie wahnsinnig machen würde, wenn sie es noch lange ertragen musste.

Bleib ruhig! Es ist nichts. Du bildest es dir nur ein. Eine harmlose Untersuchung. Ein wenig stillsitzen, und ist die Strahlung nicht angenehm warm?

All das stimmte zwar, half ihr aber nicht weiter. Sie fühlte sich entsetzlich.

Weil es ihr so einprogrammiert worden war! Sie hatte es gewusst, doch nun hatte Neyla ihr von den Ursprüngen dieser Empfindungen erzählt: von dem ehemaligen Datendieb Lussa, der ihr ein Leben geschrieben hatte, wie man einer Trivid-Figur eine Biografie textete.

Von dem i-Tüpfelchen, das der Wissenschaftler beigesteuert hatte: *Geben wir ihr Angst vor Ärzten mit, damit niemand ihr Genom untersucht.*

Sie konnte dagegen angehen. Die Hürde überwinden, die ihr ein Arschloch namens Jeobald Tenglar einprogrammiert hatte!

Lians Herzschlag beruhigte sich.

Ja, sie konnte ihre psychologische Vorherbestimmung besiegen. Ihre Grenzen auch auf diesem Gebiet erweitern. Denn je mehr sie die Wahrheit entdeckte, umso freier fühlte sie sich.

Tenglar oder sonst irgendwer wollte ihr Beschränkungen und Gesetze aufzwingen?

Nicht mit ihr!

Sie war Lian Taupin!

»Danke für deine Kooperation«, meldete sich der Medoroboter zu Wort. »Der Scan ist beendet, ich habe die Daten bereits an den Schiffsbesitzer weitergeleitet.«

»Nenn ihn doch beim Namen«, sagte Lian. »Doc Devios.«

»Ich verstehe nicht«, verkündete die Maschine. »Diese Bezeichnung ist nicht zutreffend.«

Allerdings schien sie sich nicht sonderlich für dieses Thema zu interessieren. Und ließ sich wohl auch nicht verlocken, den wahren Namen zu verraten. Sie schwebte aus dem Raum.

Lian drehte den Kopf zur Seite, dehnte und streckte den Nacken. »Diesmal brauche ich eine Pause. Auch wenn ich den Rest deiner Geschichte erfahren will.«

Denn sie musste sich darauf vorbereiten, von dem Schiff zu fliehen. Sie glaubte immer weniger, dass der Mann, der als Finanzier hinter alldem stand, sie freilassen würde.

Was hatte Neyla ihr versprochen, ehe sie aus der Klinik geflohen waren? Dano würde ihr nie Schaden zufügen. Das mochte stimmen. Für den Ara – falls ihre Vermutung stimmte – galt das aber nicht.

»Einverstanden«, sagte Neyla.

»Nur eins noch vorher«, bat Lian. »Der Ring, dieser … Kohäsionsverstärker, mit dem Tenglar mich behandelt hat. Darum geht es, nicht wahr? Der Ara will mithilfe der ganzen Untersuchungen herausfinden, wie das Gerät funktioniert hat, damit er es nachbauen und bei Dano anwenden kann.«

»Korrekt. Wir retten deinen Bruder.«

»Gut.« *Und du hast mir nicht widersprochen, als ich den geheimnisvollen Mann im Hintergrund einen Ara genannt habe. Es ist dir nicht einmal aufgefallen.* Lian versuchte ein Lächeln und deutete zur Tür. »Ich nehme an, die Sonde wartet bereits auf mich, um mich zu überwachen, richtig?«

»Du kennst die Regeln.«

In der Tat. Und sie würde sicher einen neuen kreativen Weg finden, sie zu brechen.

Wieder spazierte Lian durch die Korridore und peilte ganz gezielt jene Glaskuppel an, die außerhalb ihrer erlaubten Reichweite lag und den Blick ins All ermöglichte. Die Sonde versuchte nicht, sie zu stoppen.

Sehr gut.

Und noch besser war, dass sich nach wie vor der grandiose Ausblick auf den Saturn und seinen Doppelring bot. Auch wenn er ihr wegen Tenglars Programmierung Übelkeit bereitete.

Sie musste Perry Rhodan eine Nachricht zukommen lassen!

Nur wie? Sie brauchte weitere Informationen.

Außerdem überlegte sie, zu Danos bevorzugten Mitteln zu greifen und eine Bombe zu zünden. Eine Sprengladung, die ausreichte, die Schiffshülle an einer Stelle zu zerfetzen, Alarm auszulösen, vielleicht besorgte Hilfsangebote zu empfangen ...

Woher sollte sie allerdings eine Bombe nehmen?

Denk nach! Wie würdest du es als Heldin deiner Trivid-Shows machen?

Sie ging wieder los, orientierte sich stets in Richtung Schiffsmitte. Irgendwann würde die Sonde sie schon auffordern, stehen zu bleiben.

Bald stand sie vor einem verschlossenen Schott, das sich nicht öffnen ließ. »Wohin geht es hier?«, fragte sie.

Keine Antwort.

»He! Rede mit mir!«

Die Sonde schwieg.

»Warten dahinter wertvolle Patienten? Luxus-Behandlungsräume, ja?«

Es blieb still.

Lian seufzte. Von Korridoren jeglicher Art hatte sie genug. »Bring mich zu dem Erholungsbereich, den Neyla erwähnt hat«, forderte sie.

Dort würde sie wenigstens *irgendetwas* finden. Es musste ja nicht gleich der Callboy sein. Aber Trainingsgeräte, vielleicht Antigravpools oder Massageeinheiten ... all das erforderte Technologie.

Und die ließ sich manipulieren, wenn man wusste, wie.

Geleitet von der Sonde, erreichte sie eine riesige Halle, die jeden erdenklichen Luxus bot. Marmorwannen, Schweberäder in einem Schwerelos-Parcour, Boden- und Luftsaunen, heiße Windkanäle ... und ein Separee, das mit einem roten Samtvorhang abgetrennt war und rein äußerlich dem Klischee eines Edelbordells entsprach.

Das Einzige, das in dem hell getäfelten Raum mit dem Drei-D-Sternenhimmel unter der Decke fehlte, waren Besucher. Wahrscheinlich gab es derzeit keine Patienten an Bord, weil sich der Ara auf Lian als sein wichtigstes Projekt konzentrierte.

Ausgerechnet der samtrote Vorhang schob sich zu Seite, und ein humanoid geformter Roboter kam mit geschmeidigen Schritten auf sie zu. *Ein Daniel-Roboter!*, erkannte Lian, die solche Maschinen aus ihren Trivid-Shows kannte. Menschenähnliche Roboter, die mit einer hautähnlichen Biomolplastschicht überzogen und daher kaum von biologischen Lebewesen zu unterscheiden waren.

Er sah absolut menschlich aus, einschließlich einer äußerst gesunden Hautfarbe und einem ausdrucksstarken, wettergegerbten Gesicht. Ganz davon abgesehen, dass er sich männlich, gut gebaut und jung präsentierte. Mit ihrer Callboy-Vermutung lag sie wohl gar nicht so falsch. Sie ekelte sich bei der Vorstellung, einen Roboter für diese speziellen Dienste zu nutzen.

»Was kann ich für dich tun?«, fragte die Maschine. Sogar ihre Stimme klang wohlmoduliert und hatte ein tiefes Timbre, das ihr – zugegeben – einen leichten Schauer über den Rücken laufen ließ.

Ob das Ding wohl für mich umprogrammiert wurde? »Ich brauche Zerstreuung«, sagte sie. »Stell mir die Möglichkeiten in diesem Raum vor.«

Lian war an einer Führung nur aus einem einzigen Grund interessiert: Sie musste wissen, welche Technologien es gab, um zu überlegen, wie sie sie für ihre Zwecke missbrauchen konnte.

»Sehr gerne. Ich selbst stehe dir für jegliche Art der Massage zur Verfügung. Ich bin in den Techniken von insgesamt achtunddreißig Sternenvölkern versiert, von den Faszien-Lockerungen der Aras bis zu zalitischer Hüftvitalisierung. Folge mir bitte zu den Windsaunen nach frelogischem Vorbild.«

Lian hörte zu, wanderte durch den Raum, staunte über sinnvolle und völlig absurde Möglichkeiten ... und stutzte, als sie einen Ruheraum betraten. Sofort verwandelte sich dessen vorderes Drittel in ein riesiges Trivid-Wiedergabeholo.

»Hier kannst du dir in Sesseln, die sich deinen Bedürfnissen anpassen, das Programm fast aller Sender der Milchstraße anschauen – sogar einige Blues'sche Lobpreisungen diverser Kreaturen befinden sich im Empfangsbereich. Hast du einen Lieblingsfilm?«

Der Daniel-Roboter beugte sich zu ihr, als interessiere es ihn tatsächlich. Sein Gesicht kam ihrem nahe, und sie konnte einen künstlichen Atemhauch spüren. Wohlaromatisiert, übrigens. Es roch nach Pfefferminze und Erdbeere.

»Lass einfach das hier laufen. Ich liebe Werbung«, log sie.

Der Roboter wandte sich um, schaute auf das Geschehen im Trivid. »Oh«, sagte er. »Das ist leider nicht möglich.«

Die Wiedergabe erlosch.

Aber Lian hatte gesehen, dass dort ein Werbespot lief – für medizinische Dienstleistungen in luxuriöser Umgebung. »Besser als jede Kur«, hatte eine Terranerin mit allzu perfektem Gesicht geschwärmt, »und die beste Schönheitsklinik meines Lebens.«

Werbung für dieses Schiff!

»Hast du *Mirona* im Angebot?«, fragte Lian, als sei der Spot bedeutungslos. »Ich meine nicht den terranischen Film von 1474 NGZ, sondern die Andromedaversion von 1300.«

»Selbstverständlich. Ein ausgezeichnet gewählter Klassiker«, lobte der Roboter.

Lian setzte sich und tat so, als genieße sie die Wärme und Massage des Sessels ebenso wie die ersten Bilder dieser angeblich historisch korrekten Verfilmung des Lebens von Mirona Thetin.

Tatsächlich verschwendete sie keinen Gedanken daran. Ihr ging es um die Werbung. Das Schiff strahlte Werbesendungen aus.

Perfekt!

Nichts konnte Lian besser, als sich in Trivid-Sendungen einzuspielen und damit zu interagieren. Für den Plan, der sich blitzartig in ihr formte, brauchte sie nur eine Schnittstelle und die Möglichkeit, etwas zu programmieren.

Und eine Bombe. Woher auch immer.

Neyla fand sie, noch ehe der Film endete.

»Ist es wieder so weit?«, fragte Lian.

Ihre Besucherin bestätigte.

»Sehr gut!«, heuchelte Lian Begeisterung. »Jetzt, da ich endlich verstehe, worum es geht, kann ich es kaum abwarten. Wir müssen Dano heilen.« *Und Ischi!*, fügte sie in Gedanken hinzu. »Und ich will wissen, wie es damals weiterging. Die Explosion, die du am Ende erwähnt hast, war diejenige, die deinen Ehemann tötete, nachdem er Tenglar erschossen hat, richtig?«

Neyla nickte, langsam, als müsse sie nachdenken. »Du fragst dich bestimmt, was ich empfunden habe, als ich von seinem Tod hörte.«

»Sicher nicht viel. Es klingt nicht so, als hättest du ihn geliebt. Er dich aber schon. Er hat dich nie vergessen, dich nie losgelassen, immer gehofft, dass du noch lebst.«

Irgendwie tat es gut, ihr diese Wahrheit so unverblümt ins Gesicht zu schmettern. Vielleicht traf es Neyla und schmerzte sie. Sie hatte es verdient.

»Woher …«

»Ich kenne den Bericht des insektoiden Detektivs«, sagte

Lian, »den dein Ehemann die ganze Zeit über bezahlt hat. Er hat geglaubt, dass du entführt wurdest, und wollte dich befreien. Noch vor Kurzem schien das übrigens gut ins Bild zu passen … doch jetzt verstehe ich das nicht mehr. Wo warst du? Und warum hat Tenglar deinem Ehemann gegenüber behauptet, du seist gestorben?«

»Hat er das?« Neyla schüttelte den Kopf. »Wahrscheinlich aus dem Affekt heraus. Um zu verschleiern, dass ich mit ihm zusammengearbeitet habe. Aber was damals geschehen ist …« Sie atmete tief durch. »Nun gut, hör zu.«

Kapitel 37:
Fundstücke

Ich weiß nicht, was mich in diesem Augenblick mehr schmerzte. Mein Rücken oder mein Herz.

Die Explosion des Labors schleuderte mich gegen einen Schuppen. Es krachte und knackte. Gleichzeitig schoss mir ein widerlicher Schmerz durch die Wirbelsäule.

Gebrochen!, dachte ich.

Eine Flammenlohe leckte mir über das Gesicht, verkohlte die Augenbrauen und die Härchen in der Nase. Selbst Tage später musste ich den Gestank noch ertragen.

Glas- und Kunststoffsplitter prasselten auf mich ein. Siehst du die Narbe an meinem Kinn, Lian? Dort traf mich eine Scherbe aus einem der vorderen Fenster. Das Ding ragte hervor wie ein bizarrer Bart. Ich war von dem Weltuntergang, den ich erlebte, so schockiert, dass ich den Splitter nicht einmal herauszog.

Ja, ich stand unter Schock.

Nur so lässt es sich vermutlich erklären, was ich als Nächstes tat.

Ich stemmte mich hoch und stellte fest, dass mein Rücken zwar schmerzte, aber nichts gebrochen war. Zumindest nichts, was mich in diesen Sekunden aufhielt.

Anstatt mich in Sicherheit zu bringen und auf Abstand zu gehen – ich wusste ja nicht, was geschehen war und ob es weitere Explosionen geben könnte –, taumelte ich wie ferngesteuert auf das brennende Inferno zu.

Wahnsinn, wenn ich heute darüber nachdenke. Schließlich trug ich keinen Schutzanzug. Doch in meinem Kopf hämmerten unentwegt dieselben drei Fragen und schalteten die Vernunft aus.

Was ist im Labor passiert?

Ist Jeobald etwas zugestoßen?

Wie geht es für mich weiter, falls er nicht überlebt hat?

Mit jedem Schritt spürte ich die Hitze der Flammen stärker. Den eigentlichen Eingang konnte ich unmöglich nutzen.

Ich ging um das Gebäude herum, stieg über weggesprengte Schutttrümmer, kämpfte mich durch beißenden Rauch. Mir tränten die Augen. Ständig musste ich husten, was die Schmerzen im Rücken umso schlimmer machte.

Kurz fragte ich mich, was ich mir und meinem Körper damit antat, wenn ich den Qualm einatmete. War er giftig? Ätzend? Tödlich?

Egal. Ich legte die Armbeuge vor den Mund und ging weiter. An einem Baum mit glimmender Rinde vorbei, den die Wucht der Detonation abgeknickt hatte. Daneben lag ein toter Vogel mit verkohlten Federn.

Ich achtete nicht darauf.

Nach einigen Metern entdeckte ich ein Loch in der Wand des Labors, durch das keine Flammen ins Freie schlugen.

Ohne lange zu überlegen, ging ich hin. Erneut spürte ich die Hitze, aber sie war auszuhalten. Ich stieg hindurch, verbrannte mir dabei die Hände an dem heißen Kunststoff. Auch darauf achtete ich nicht.

»Jeobald?«, rief ich.

Keine Antwort.

Ich trat einen Schritt in den Raum und erkannte ihn als die Unterkunft für die Klone. Die Trümmer von Tischen und Stühlen lagen am Boden verteilt. Sie qualmten, aber brannten nicht.

Ich kletterte über einen umgestürzten Schrank und ging zur Tür. Sie stand offen.

»Jeobald?«, brüllte ich in den Korridor. Wieder musste ich husten.

Auch diesmal blieb eine Antwort aus.

Vielleicht höre ich sie nur nicht, redete ich mir ein, denn überall knackte und knisterte und toste es. Ein heißer Luftstrom schlug mir vom anderen Ende des Gangs entgegen. Er trug den Gestank von schmorendem Kunststoff mit sich.

Eine zweite Komponente mischte sich darunter. Mir wurde übel, als ich es erkannte. Der Geruch von bratendem Fleisch.

Ruß klebte an den Wänden des Korridors. An manchen Stellen waren sie geschmolzen. Kleine Flammen flackerten an den schwarz verkrusteten Rändern der Löcher.

Offenbar war ein Feuerball durch den Gang gepeitscht.

Zwei weitere Schritte.

»Jeobald? Wo bist du?«

Erneut keine Antwort. Allmählich begriff ich, dass ich nie eine erhalten würde.

Ich erreichte die Tür des Raumes, in dem Tenglar mit mir auf seinen Erfolg angestoßen hatte. Sie stand ebenfalls offen. Vermutlich hatte die Wucht des Feuerballs sie aufgedrückt.

Rasch sah ich hinein. Der Tisch war intakt geblieben. Die drei Speicherkristalle lagen noch darauf, nur den Kohäsionsverstärker hatte Jeobald offenbar inzwischen weggeräumt. Ihn selbst entdeckte ich nicht.

Also weiter. Zum nächsten Raum. Und zum übernächsten.

Nirgends fand ich ihn.

Bis ich ans Ende des Korridors gelangte, ums Eck spähte und in eine Flammenhölle blickte. Sie loderte in einem Labor. Rote, gelbe, blaue, ja sogar grüne Flammen fraßen alles, was sie zu fassen bekamen.

Die Hitze war unbeschreiblich. So musste es sich anfühlen, sich ohne Schutz einer Sonne zu nähern.

Mir fiel ein, dass Tenglar in dem Raum etliche Tanks mit Chemikalien gelagert hatte.

Was war nur geschehen? Ein Unfall? Ein Anschlag konkurrierender Wissenschaftler?

In diesem Augenblick tat sich für eine Sekunde eine Lücke in den Flammen auf. Und ich sah ihn.

Jeobald.

Oder das, was von ihm übrig war. Er lag auf dem Boden, begraben unter einer Strebe, die von der Decke gekracht war. Sein Gesicht bestand nur mehr aus einer verkohlten Masse.

Ich sank in die Knie und übergab mich.

Als ich wieder aufsah, schloss sich die Feuerwand.

Endlich übernahm die Vernunft die Kontrolle. Ich musste raus. So schnell es ging. Nicht mehr lange, und Löschroboter würden hier auftauchen. Polizeisonden. Und Ermittler. Sie würden den Zweck des Labors erkennen und mich fragen, welche Rolle ich dabei gespielt hatte. Wo ich doch vor Jahren von der Bildfläche verschwunden war.

Panik vor den Konsequenzen erfasste mich.

Ich drehte mich um und rannte. Trotz der Schmerzen im Rücken. Trotz des Splitters im Kinn.

Nur bei dem Raum mit dem intakten Tisch hielt ich kurz inne. Einem Instinkt folgend schnappte ich mir die drei Speicherkristalle und floh.

Tagelang versteckte ich mich in meiner Wohnung in Merkur III. Ich verarztete die Wunde am Kinn mit einem Heilspray. Nicht besonders fachmännisch, sonst wäre keine Narbe zurückgeblieben. Bei der Verletzung des Rückens handelte es sich glücklicherweise bloß um eine Prellung, die nach einiger Zeit abklang.

Ich hatte Angst vor denen, die für Jeobalds Tod verantwortlich waren. Falls es sie denn gab. Manchmal fragte ich mich sogar, ob Doc Devios herausgefunden hatte, dass Jeobalds Forschung viel weiter fortgeschritten war, als er wusste. Und ob er in seinem Zorn alles zerstört hatte.

Du musst wissen, Lian, dass Doc Devios nicht zu den umgänglichsten Männern des Universums gehört. Er ist rücksichtslos, nur auf den eigenen Vorteil bedacht. Wie oft habe ich seine Wutanfälle miterlebt, wenn wir ihm nicht schnell genug vorankamen?

Rasch begriff ich aber, dass er nicht hinter dem Vorfall steckte. Er hatte zu viel investiert, um es aus einer Unbeherrschtheit heraus zu vernichten.

Dennoch wagte ich es nicht, mich an ihn zu wenden. Worauf hätte ich auch hoffen sollen? Außerdem fürchtete ich mich davor, ihm die Wahrheit zu sagen.

Rund um die Uhr liefen Nachrichten in meinem Trivid. Selbstverständlich berichteten sie von der Explosion. Es vergingen jedoch vier Tage, bis ich endlich erfuhr, was dahintersteckte.

Man hatte die spärlichen Überbleibsel von Jeobald Tenglars Leiche identifiziert, seine unethischen Forschungen aufgedeckt und die komplette Ausrüstung weggeschafft. Und es waren zwei weitere Personen bei der Katastrophe ums Leben gekommen. Ein insektoider Privatermittler – und Shorek. Mein treu sorgender Ehemann, der zu geizig gewesen war, um mich zu halten, aber mit dem Geld um sich geworfen hatte, als es darum ging, mich zurückzubekommen.

Ich begriff. Nach jahrelanger Suche war die Lage beim Zusammentreffen mit Jeobald eskaliert. Vielleicht hatte er ihn umgebracht und dadurch die Sicherheitsvorkehrungen ausgelöst. Genauer würde ich es wohl nie erfahren.

Das wollte ich auch gar nicht.

Ich wollte nur weg von der Zerstörung, von dem Tod, und

ein ruhiges, unauffälliges Leben führen. Ohne Doc Devios, ohne Klonforschung. Am liebsten sogar ohne die Erinnerung daran. Nur war das leider unmöglich für jemanden, der grundsätzlich nie etwas vergisst.

Was Jeobald als Segen ansah, war für mich ein Fluch.

So brach ich also meine Zelte in Merkur III ab, nahm mir eine Wohnung in Terrania und blieb unter dem Radar. Immerhin hatte ich in den letzten Jahren eine hübsche Summe Geld angespart, um damit über die Runden zu kommen.

Dank der falschen Identität, die Lussa für mich erschaffen hatte, gelang mir das für einige Zeit sehr gut. Nicht einmal Doc Devios suchte nach mir. Vielleicht dachte er, ich wäre bei der Explosion ebenfalls gestorben. Oder ich kam ihm einfach nicht wichtig genug vor.

Dummerweise liegt mir das bescheidene Leben nicht besonders. Und so schmolzen meine Ersparnisse schneller dahin als erhofft. Nach dreieinhalb Jahren war absehbar, dass sie nicht mehr lange ausreichen würden.

Ich will es kurz machen, Lian, denn inzwischen weißt du alles Wichtige.

In meiner Verzweiflung sah ich keine andere Möglichkeit mehr, als mich doch an Doc Devios zu wenden.

Er schäumte vor Wut, als ich plötzlich bei ihm auftauchte. Oh, ich kann dir nicht sagen, wie viel Zorn diesem Mann innewohnt.

Ich ließ seine Beschimpfungen über mich ergehen, denn ich besaß etwas, mit dem ich ihn zu besänftigen hoffte: Jeobalds Speicherkristalle. Durch sie bekam er Danos und dein Genom in die Hände. Und selbstverständlich Danos fiktive Biografie. Nur deine fehlte. Die hatte Tenglar ja leider wieder eingesteckt.

Jedenfalls erkannte Doc Devios, dass Tenglars Forschung am Ende doch erfolgreich verlaufen war. Er beschloss, sie selbst fortzuführen. Dummerweise waren mit der Explosion des Labors alle sonstigen Aufzeichnungen verloren gegangen.

Deshalb spürten wir Dano auf, was sich dank des Speicherkristalls als einfach erwies. Wir konfrontierten ihn mit der Wahrheit.

Und er konfrontierte uns mit seinem Gesundheitszustand. Der zelluläre Zerfall war in den letzten Jahren weit fortgeschritten. Eine Untersuchung brachte ans Licht, dass er nicht mehr lange zu leben hat.

Das interessierte Doc Devios freilich wenig. Er sah darin nur ein neuerliches Scheitern, denn ein fehlerhaftes ... Modell wie Dano konnte er nicht als Grundlage der Forschung heranziehen.

Ich vermute übrigens, dass auch deine Klonschwester, die ihr in dem Gewölbe gefunden habt, unter diesem Defekt leidet. Wahrscheinlich sogar stärker ausgeprägt, richtig? Vier Jahre lang hielt die Positronik des Klontanks sie am Leben und gesund. Nach ihrer Befreiung dürfte das, was sich bei Dano über den gesamten Zeitraum seiner Existenz erstreckte, geballt auftreten.

Oh, Lian, ich sehe dir an, dass ich recht habe. Das tut mir leid. Wirklich.

Doch weiter mit Doc Devios: Dano war für ihn nicht nützlich, deshalb brauchte er den Kohäsionsverstärker. Den jedoch hatte die Polizei wie auch den Rest der Ausrüstung längst in Sicherheit gebracht.

Also bot Dano an, dich zu ihm zu bringen, um dich zu untersuchen und aus den Erkenntnissen einen eigenen Kohäsionsverstärker zu bauen. Als Gegenleistung verlangte er nur, dass Doc Devios ihn heilte, sobald es ihm möglich war.

Doc Devios ging darauf ein – unter der Bedingung, dass er

weiter im Hintergrund agieren konnte und seine Anonymität gewahrt blieb.

Es gab nur ein Problem: Niemand wusste, wer du bist und wo du dich aufhältst. Tenglars Sicherheitsvorkehrungen, die dich von Ärzten und anderen gefährlichen Kontakten fernhalten sollten, erwiesen sich als Bumerang. Sie funktionierten zu gut. Du warst gewissermaßen unsichtbar.

In seiner Verzweiflung kam Dano auf den Gedanken, jemanden für seine Zwecke einzuspannen, dem er zutraute, dich zu finden. Perry Rhodan.

Aber das weißt du ja inzwischen alles.

Kapitel 38:
Design

Das war es also, dachte Lian. *So ist Dano an Neyla und mein Genom gelangt. Deshalb hat er anschließend nicht erst Rhodan und dann mich ganz offen um Hilfe gebeten. Weil der Mann im Hintergrund – Doc Devios, also der Ara Khar Baraly – es verboten hat, damit seine Rolle in der Tragödie nicht ans Tageslicht kommt.*

Trotzdem störte sie etwas an der Geschichte. Sie glaubte nicht, dass Neyla gelogen hatte. Zumindest nicht, was das Gesamtbild anging. Doch wie sah es mit den Details aus? Entsprachen sie alle der Wahrheit? Waren sie vollständig?

Lian fragte sich, wie sie an der Stelle ihrer Klonmutter gehandelt hätte. Ja, Neyla war an einer zutiefst unethischen Forschung beteiligt gewesen. Das machte sie immerhin zur Mitwisserin. Aber war die Herstellung von Klonen darüber hinaus tatsächlich illegal? Unwahrscheinlich, denn sonst hätte TRAFO vor dem Ende des Projekts nicht über den moralischen Aspekt diskutiert, sondern über den rechtlichen.

Wie sah es mit der Zerstörung der Klonmodelle aus? Galt sie, wie verwerflich und widerwärtig sie sein mochte, auch vor dem Gesetz als Mord?

Lian wusste es nicht. Auch wenn es ihrer Meinung nach so sein musste.

Doch in einer Sache war sie sich sicher: *Sie* hätte sich der Polizei gestellt.

Warum hatte Neyla es nicht getan, wenn sie doch eigentlich zwei leicht unterschiedliche Exemplare derselben Person waren?

Die Antwort lag auf der Hand, und Lian fröstelte, als sie es erkannte: Es steckte mehr hinter Tenglars Forschung, als Neyla bisher offenbart hatte. Etwas, das Neyla ihr hartnäckig verschwieg.

Lian dachte an das Gewölbe unter der Forschungsstation, in dem Rhodan und sie Ischi gefunden hatten. Neyla behauptete, nichts davon gewusst zu haben, und Lian glaubte ihr. Denn sonst hätte sie es Khar Baraly erzählt.

Und dennoch …

Sätze gingen ihr durch den Kopf, die ihre Klonmutter im Erzählfluss vermutlich nur so dahingesagt hatte.

Immerhin bekommt Jeobald das, wonach er sich so lange gesehnt hat: dass ich mich nackt auf ihm winde.

Denk nur, was wir erreichen können, wenn wir uns keine Beschränkungen auferlegen.

TRIVID 36 ist das Erfolgsmodell. Die Nullnummer einer neuen Serie.

Und endlich begriff sie.

Eine neue Serie!

Klone, denen man mithilfe der Mnemo-Implantate jede nur denkbare Erinnerung, jede Wesensart einpflanzen konnte!

Tenglar war es längst nicht mehr um die Erweiterung der Großhirnkapazität gegangen. Er wollte Menschen erschaffen, die seinen Wünschen – oder denen seiner Kunden – entsprachen.

Ein trauernder Ehemann, der seine geliebte Frau verloren hat und einen identischen Ersatz dafür bekommen möchte?

Ein Terrorist, der willenlose Gefolgsmänner für seine verkommenen Ziele und Attentate um sich sammeln will?

Gehorsame Sexsklaven?

Noch verwerflichere Anwendungen, für die Lian die Vorstellungskraft und die moralischen Abgründe fehlten?

Alles kein Problem mit Humandesign.

Sämtliche Puzzleteile fielen an ihren Platz. Und Lian wurde es eiskalt.

»Du wusstest, dass Tenglar ein Geheimlabor betrieb, nicht wahr?«, brach es aus ihr hervor. »Nur ahntest du nicht, dass es direkt unter deinen Füßen lag. Wahrscheinlich hast du die Gebäudepläne gesehen, in denen es eben keinen Kellerbereich gab, und kamst deshalb nicht einmal auf die Idee.«

Neyla gelang es, überrascht auszusehen. »Ich verstehe nicht, was du meinst.«

Diesmal glaubte ihr Lian nicht. Wut kochte in ihr hoch. »Der wahre Grund, warum ihr dem Ara nichts von euren Erfolgen erzählt habt! Ihr wolltet nicht, dass er euch einen Teil des Profits aus dem Humandesign wegschnappt. Du hast es doch selbst gesagt: Von Anfang an ging es dir nur um Geld!«

»Der ... Ara?«

Verdammt! Nun war Neyla die Bezeichnung doch aufgefallen. »Deshalb die Geheimnistuerei, die Bomben und Morde. Weil ihr, nachdem du dich ihm offenbart hast und er über seinen Zorn auf dich und Tenglar hinweggekommen war, das große Geschäft gewittert habt. Das konntet ihr euch nicht zerstören lassen, indem ihr offen um Hilfe für Dano bittet und dadurch unbequeme Fragen provoziert.«

»Lian!« Neylas Stimme klang eindringlich. »Ich habe mich verändert. Ich ... ich bin nicht mehr der geldgierige Mensch von früher.«

»Sicher. Und ich habe meine Kindheit in einem Pflegeheim auf Europa verbracht.«

Am liebsten hätte sie ihr entgegengeschrien, dass sie die Heuchelei durchschaute. Dass ihr nun klar war, dass sie nach der Vorstellung des Aras – und vielleicht auch Neylas und Danos – dieses Schiff nicht lebend verlassen würde. Aber sie beherrschte sich. Sie musste Zeit gewinnen.

»Ich muss nachdenken«, sagte sie. »Lass mir ein paar Minuten.«

Neyla schien froh zu sein, dass Lian ihr diese goldene Brücke baute. »Einverstanden. Ich rede mit Doc Devios.«

»Du brauchst ihn nicht mehr so zu nennen.«

Neyla winkte ab. »Es geht nicht um ihn. Sondern um uns. Wir sind eine *Familie*, Lian.«

»Sind wir das?«

Lian zuckte zusammen, als Neyla ihr Kinn berührte und nach oben drückte, sie zwang, ihr in die Augen zu schauen. »Sieh mich an und sag mir, dass wir es nicht sind.«

Lian öffnete den Mund. Ihre Lippen zitterten. »Bitte lass mich nachdenken. Ich gehe zurück in den Erholungsbereich. Komm dorthin, in … in einer Stunde? Dann reden wir.«

»Gut. Gut, Lian, ich …«

»In einer Stunde.« Das sollte genügen. Danach würden die Karten sowieso völlig neu gemischt sein.

Während Lian in Richtung Erholungsbereich eilte, ging ihr ein Wort nicht aus dem Sinn.

Humandesign.

Menschen so züchten, wie sie angefordert wurden.

Ein widerwärtiges, aber zweifellos lukratives Geschäft.

Der Gedanke daran drehte ihr den Magen um. Und erst recht die Vorstellung, dass sie allein durch die Tatsache, dass sie lebte und ihr Körper weder zerfiel noch wucherte, einen wichtigen Beitrag zum Erfolg dieses Geschäftsmodells geliefert hatte.

Der Daniel-Roboter empfing sie. »Schön, dass du zurück bist.«

»Bitte führ mich zur wärmsten Sauna«, forderte sie.

»Gewiss. Wünschst du, dass ich mit dir schwitze?«

»Kannst du das?«

Er lächelte. »Selbstverständlich.«

»Dann tu das.«

Sie erreichten ihr Ziel – eine kleine Hütte aus Holz, mitten in der weiten Halle. »Wie lange muss die Sauna aufheizen?«

»Weniger als fünf Minuten.«

Lian schaute am Roboter hinab, als sei sie an dessen Körper interessiert.

»Warte darin auf mich. Ich möchte noch ausgiebig duschen. Kannst du die Sonde, die mir überallhin folgt, vor dem Erholungsbereich platzieren? Ich will nicht beobachtet werden, während wir ... du verstehst?«

»Selbstverständlich. Das liegt im Bereich des Erlaubten. Ich habe bereits einen Befehl abgesandt.« Die Sonde schwebte zum Ausgang. »Sobald du die Halle verlässt, wird sie dir allerdings wieder folgen.«

»Kein Problem.« Lian lächelte. »Und stell die Temperatur so heiß ein wie möglich.«

»Gerne.« Daniel verschwand in der Hütte.

Sie eilte in den Trivid-Ruheraum. Sie blieb völlig ruhig, ihre Gedanken absolut klar. Sie hatte Pläne wie diesen schon tausendmal durchgezogen. Gewiss, nie in der Realität, nur in Trivid-Serien ... aber was machte das für einen Unterschied?

Abgesehen davon, dass es diesmal um mein Leben geht?

»Trivid aktivieren«, befahl sie in den leeren Raum.

Die Steuerpositronik reagierte: »Welche Sendung?«

»Zeig mir ein Display mit Vorschaubildern.«

Ein Stück der Wandvertäfelung schob sich zur Seite. Das Eingabedisplay war rund und verfügte über ein dreidimensionales Menü. Lian erkannte das Modell – das Feinste vom Feinen, ein K-19. Damit konnte sie im Schlaf umgehen. Und sie wusste auch, wie man es *knackte.*

Sie ging an die Arbeit.

Wie viel Zeit blieb ihr, bis Daniel misstrauisch wurde?

Lian schob die Frage beiseite. Nur noch ihre Aufgabe zählte.

Sie wählte sich über den Werksbefehl – den außer ihr wohl

nur wenige Systemprogrammierer kannten – in das Grundmenü ein. Die Senderauswahl ignorierte sie, ebenso die Warnung, dass eine Veränderung der Einstellung weitreichende Probleme im Trivid-System hervorrufen konnte.

Stattdessen suchte sie.

Na bitte: AUFNAHME- UND SPEICHERMODUS.

Hervorragend. Wieder umging sie die Standardwarnungen und entdeckte, was sie brauchte: EIGENAUFNAHMEN.

Sie ignorierte NEUAUFNAHME und wählte BESTEHENDE WERBUNG.

Nein ... nicht ERNEUT AUSSTRAHLEN, noch nicht – sondern MODIFIZIEREN.

Sie ließ den Werbebeitrag abspielen.

Der Holoprojektor zeigte die Terranerin, die sie bereits kurz gesehen hatte, offenbar keine sonderlich gute Schauspielerin. Ihre Qualitäten lagen anderswo – in ihrem allzu perfekten Körper.

»Krankheit ist eine hässliche Sache«, sagte sie in der Aufzeichnung.

Lian schüttelte den Kopf. Meine Güte, war das schlecht. Aber wahrscheinlich funktionierte es.

Die Terranerin fuhr sich durch eine dunkelbraune Haarmähne, in der lila Funken glitzerten. »Und es kann jeden treffen. Mich hat es getroffen. Ich ...«

Lian hörte nicht zu. Es blieb kaum Zeit, und vor allem ging es nicht darum, besonders raffiniert zu sein. Unmissverständlich – das war das Schlagwort. Sie trat ins Holo und brachte die Terranerin mit einer Handgeste zum Schweigen. Das Programm, auf Modifikation der bestehenden Aufzeichnung gestellt, reagierte sofort.

Stattdessen stellte sich Lian ins Bild.

»Das ist eine Botschaft an Perry Rhodan. TRIVID Null. Ich bin an Bord eines Ara-Schiffs, das Khar Baraly gehört. Er steckt hinter alldem. Das Schiff treibt in der Nähe des Saturns. Dano Zherkora ist hier. Sie werden mich jagen. Hilf mir!«

Sie eilte zurück zur Konsole, bestätigte die Aufnahme und ließ die modifizierte Werbesendung ausstrahlen. Auf allen Frequenzen, in Dauerschleife.

Wahrscheinlich schlug bereits ein Alarm in der Zentrale an.

Sie musste sich verstecken. Aber zuerst würde sie dem Ara einen explosiven Gruß hinterlassen, der ihn einige Zeit beschäftigen sollte. Sie rannte auf das Saunahäuschen zu.

Möge die Jagd beginnen, dachte sie.

Kapitel 39:
Lians Irrtum

Es zerriss Perry Rhodan das Herz, Ischi zu sehen. Ihr Zustand verschlechterte sich rapide. Nur wenig Sonnenlicht fiel durch das Fenster, direkt auf das bleiche, reglose Gesicht.

Doktor Lugauer hatte sie in ein vorübergehendes künstliches Koma versetzt – sonst wäre es nicht möglich gewesen, sie aus der Hirnklinik wegzubringen. Den Transport hätte sie nicht überstanden, und sie hatten den Ort wechseln müssen; an einen Platz, von dem Dano Zherkora nichts wusste.

»Wirst du den Zerfall stoppen können?«, fragte Rhodan.

Lugauer wanderte vor dem Fußende des Betts hin und her. »Wenn du damit meinst, ob ich sie heilen kann – nein. Ich bräuchte ein ganzes Heer von Spezialisten, und vor allem Zeit. Zeit, die sie nicht mehr hat.« Er blieb stehen. Seine Hand schloss sich um die Bettkante. »Und ich brauche Lian, um Ischi zu helfen. Sie zerfällt offenbar nicht, und ich muss wissen, wieso.«

Rhodan trat ans Fenster und schaute hinaus, vom Hügel aus in ein Meer aus roten Bäumen. Ein Schwarm umweltangepasster Raben kreiste über den Wipfeln. Das schwarz-gelbe Gefieder glänzte, und die wehleidig klingenden Rufe hallten von den nahen Bergen wider. »Gib mir eine gute Nachricht. Irgendeine.«

»Mit sehr viel Glück kann ich ihren Zustand stabilisieren. So wie er jetzt ist.«

»Das nennst du eine gute Nachricht?«

»Besser als nichts, oder?«

»Entschuldige, ich …« Rhodan sprach nicht weiter. Sein

SERUN meldete den Eingang eines Anrufs höchster Dringlichkeitsstufe.

Er schaute auf den Absender. Cai Cheung? Die Solare Premier, die Regierungschefin der Erde? Er nahm an. »Perry hier.«

Ein kleines Holo ploppte auf. Es zeigte ein schmales, ausdrucksstarkes Gesicht mit dunklen Augen und ein wenig wirren, unfrisiert wirkenden schwarzen Haaren. »Du wirst nicht glauben, was derzeit in der Werbung läuft«, sagte Cai.

»Cai, tut mir leid, ich habe keine Zeit, um …«

»Doch«, unterbrach sie in ihrer typisch schnoddrigen Art, die respektlos wirken mochte, wenn man sie nicht kannte. »Hast du. Sieh es dir an. Ich schicke es dir. Und du solltest dich auf den Weg in ein Raumschiff machen. *Sofort!*«

Rhodan widmete sich der Werbesendung.

Und er traute seinen Augen nicht. Nach wenigen Sekunden, in denen eine künstlich schöne Terranerin über Krankheiten philosophierte, trat Lian ins Bild.

Das ist eine Botschaft an Perry Rhodan. TRIVID null. Ich bin an Bord eines Ara-Schiffs, das Khar Baraly gehört. Er steckt hinter alldem. Das Schiff treibt in der Nähe des Saturns. Dano Zherkora ist hier. Sie werden mich jagen. Hilf mir!

Rhodan starrte Herman Lugauer an.

»Geh«, sagte Lugauer. »Meine Space-Jet steht bereit. Nimm sie – ich bleibe bei Ischi und kümmere mich um sie. Verlass dich auf mich.«

Rhodan rannte los.

Er hörte kaum Cai Cheungs Stimme, die ihm erklärte, dass diese Werbesendung auf einer breiten Frequenz ausgestrahlt worden war – in einer Dauerschleife insgesamt zwölfmal, ehe die Sendung abrupt abgebrochen worden war.

»Das war vor drei Minuten. Ich habe die Angaben überprüft. Es gibt tatsächlich ein Ara-Schiff vor dem Saturn. Ich habe bereits zwei Raumer dorthin geschickt, Perry. Sie werden es aufhalten, wenn es fliehen will. Ich hoffe, das ist in deinem Sinn.«

»Sehr gut, vielen Dank. Sie sollen sich aber zurückhalten. Ich bin unterwegs.«

»Worum geht es überhaupt? Wer ist diese Frau? Und wer ist Dano Zherkora?«

»Ich erzähle es dir, wenn alles vorbei ist. Im Augenblick drängt die Zeit.«

»Verstehe. Eine Sache noch: Davon abgesehen, dass ich nicht weiß, was TRIVID null bedeutet, enthält die Nachricht trotzdem einen Fehler.«

Rhodan hetzte weiter. Er war schon fast bei der Space-Jet. »Ich höre.«

»Das Schiff gehört nicht diesem Khar Baraly, der in der Botschaft erwähnt wird.«

Kapitel 40: Das robotische Herz

Lian Taupin rannte um ihr Leben, und sie setzte alles auf eine Karte. Ihr Schicksal würde sich in dem Saunahäuschen erfüllen, wo der nackte Daniel-Roboter auf sie wartete.

Es blieben zwei Minuten.

Optimistisch gerechnet.

Dann war sie entweder raus aus dieser Falle und auf der Flucht – oder gefangen. Mit viel Glück. *Oder tot* war die wahrscheinlichere Alternative.

Sie riss die Tür zu dem schmucken Holzblock-Häuschen auf, das mitten in der großen Erholungslandschaft des Ara-Raumers stand.

Ein Hitzeschwall schlug ihr entgegen.

Dort saß der Daniel-Roboter, den sie davon überzeugt hatte, auf sie zu warten und »vorzuschwitzen«. Tatsächlich simulierte seine menschlich wirkende, wunderbar gebräunte Haut perfekte Schweißtropfen. Sie rannen über den Oberkörper.

Aber die erotische Dienstleistung, die seiner Programmierung nach gefolgt wäre, nahm Lian nicht in Anspruch. Sie war kein *Gast*, wie es Neyla Abiola, Dano Zherkora und Khar Baraly genannt hätten, sondern eine Gefangene. Und der Daniel war kein Diener, sondern ein Wächter.

Lian packte den nackten Roboterkörper an den breiten Schultern – und stieß ihn zurück auf die Bank.

Der Kopf knallte gegen die Rückwand.

Ein Mensch wäre mit einer Platzwunde ohnmächtig zusammengesackt. Für diese Maschine galt das nicht. Die Augen weiteten sich in einer allzu menschlichen Verhaltenskopie, mehr nicht.

Er ist nur ein Roboter, rief sich Lian in Erinnerung. *Egal wie echt er aussieht, ich brauche keine Rücksicht zu nehmen.*

Die Maschine rollte sich zur Seite und setzte sich auf. Ein Teil der künstlichen Haarpracht klebte am Holz. Am Hinterkopf war die Hautschicht geplatzt. Metall lugte darunter hervor und blitzte im roten Deckenlicht.

Eine Hand schoss vor, griff nach Lian. Sie wich aus, wusste – wenn dieser Roboter sie einmal packte, konnte sie nicht mehr entkommen.

Ihr Gegner kippte durch die Wucht der eigenen Bewegung leicht nach vorne. Lian nutzte die Gelegenheit, machte einen Schritt zur Seite und versetzte dem Roboter einen Stoß in den Rücken.

Er taumelte.

Sie trat ihm in die Kniekehlen, lenkte seinen Sturz so in die richtige Richtung. Er schlug mit dem Gesicht auf die glühenden Steine des Saunaofens, auf denen ständig Wassertropfen verdampften, die von der Decke fielen. Das Zischen wurde lauter, widerwärtiger. Hellgrauer Qualm wölkte auf und vermischte sich mit den farblosen Dunstschwaden. Der beißende Gestank nach verschmortem Kunststoff erfüllte die Schwitzkabine.

Der Daniel-Roboter richtete sich auf. Die Gesichtshaut war geschmolzen, eins der künstlichen Augen nur noch ein klebriges Etwas.

»Was tust du?«, fragte er. Ein Büschel Haare rutschte ihm über die Schläfen. »Ich leide.«

Er will mich ablenken! Sie ließ es nicht zu. Keine Sekunde lang. Sie musste ihren Plan zu Ende bringen. Sofort.

Die Faust des Roboters raste heran.

Lian drehte sich weg. Der Hieb erwischte sie an der Schulter. Sie schrie auf, stolperte rückwärts und krachte an die Kante der Tür.

Die Maschine setzte zu einem zweiten Schlag an. Diesmal war Lian schnell genug. Sie tauchte unter dem Arm weg.

Die Faust hämmerte gegen die Glasscheibe der Tür und durchstieß sie. Splitter flogen nach draußen. Der Roboter riss den Arm zurück, schnitt sich dabei die Kunsthaut in Fetzen.

Lian erkannte ihre Chance. Ihr Gegner simulierte perfekt eine menschliche Gestalt – und das nackt. Das hieß, er war auch barfuß, und der Boden in der hohen Luftfeuchtigkeit etwas glitschig.

Noch immer geduckt, rammte sie den Kopf in seinen Magen – oder dorthin, wo bei einem echten Menschen der Magen säße. Nur dass es sich weitaus härter anfühlte als bei einem Menschen. Immerhin gehorchte der Roboter den Gesetzen der Physik und klappte halb zusammen.

Bei dem Anblick, der sich ihr bot, fragte sich Lian, wie weit die Menschenähnlichkeit ging – würde ihr Gegner bei einem ordentlichen Kniestoß zwischen die Beine in eine Art Schmerzstarre verfallen?

Wohl kaum.

Sie packte erneut den Kopf des Roboters, riss ihn mit sich und rammte ihn auf den Boden. Es knirschte.

Darauf kam es jedoch nicht an. Sie durfte sich nicht ablenken lassen, musste an das Schaltzentrum gelangen, an die Steuerpositronik der Maschine! Und die lag bei den meisten Daniels der neueren Generation im Rücken unterhalb des Nackens.

Zumindest soweit Lian es wusste – und ihr Wissen basierte wie so oft auf einer Trivid-Serie, in der sie »mitgespielt« hatte. Sie konnte nur hoffen, dass die Autoren gut recherchiert hatten.

Sie trat zu, einmal, zweimal.

Ihr Gegner zuckte wie ein Mensch, und sie kam sich unendlich brutal vor.

Nur eine Maschine, sagte sie sich wie ein Mantra immer wieder vor. *Nur eine Maschine.*

Beim nächsten Tritt platzte die Haut am Rücken auf. Natürlich blutete es nicht.

Lian sah Schlitze im Metall.

Die Zugangsklappe!

Sie trat erneut zu.

Der Roboter wollte sich aufrichten. Lian öffnete mit zitternden Fingern die Klappe. Es klang wie ein leises, organisches Schmatzen.

Sie griff zu und zerrte ein vielfach verkabeltes faustgroßes Metallteil heraus. Es war wie ein Herz, nur dass es nicht schlug. Dennoch fühlte es sich warm an. Als das letzte Kabel riss, sirrte ein kleiner Funke davon.

»Nein«, sagte ihr Gegner und krachte auf den Boden. »Das d-darfssstduni...« Er verstummte, zuckte und blieb reglos liegen.

Gut.

Schritt eins ihres improvisierten Plans hatte funktioniert. Fehlten nur noch ein Dutzend weitere, weniger Erfolg versprechende.

Alles basierte darauf, dass der Schiffssender ihre hastig gesprochene *Werbebotschaft* ins All strahlte. Wo der Ara normalerweise reiche Kunden für eine medizinische Behandlung auf seinen Raumer einlud, funkte nun Lian ihre spezielle Nachricht.

»Das ist eine Botschaft an Perry Rhodan. TRIVID Null. Ich bin an Bord eines Ara-Schiffs, das Khar Baraly gehört. Er steckt hinter alldem. Das Schiff treibt in der Nähe des Saturns. Dano Zherkora ist hier. Sie werden mich jagen. Hilf mir!«

So hatte sie es aufgenommen, und der Bordsender verbreitete es.

Hoffentlich bis zu Perry.

Lian gestattete sich nicht, länger darüber nachzudenken. Die Uhr tickte. Zweifellos war Khar Baraly inzwischen auf ihre

Aktion aufmerksam geworden. Möglicherweise unterband er bereits die Botschaft. Garantiert waren Wachen unterwegs, um sie festzusetzen. Weitere Roboter, vielleicht Dano oder der Ara selbst.

Also durfte Lian keine unnötige Sekunde verlieren.

Sie hielt das positronische Herz in Händen. Ein empfindliches Teil. Sie legte es auf die heißen Saunasteine. Es würde überhitzen, und das rasch.

Nächstes Problem: die Überwachungssonde, die der Daniel-Roboter vor den Eingang des Erholungsbereichs geschickt hatte, damit sie ungestört sexuellen Handlungen nachgehen konnten.

Kaum gedacht, schwebte die Kugel in die Sauna. »Du kannst nicht entkommen«, schnarrte Lian die bestens bekannte mechanische Stimme entgegen. »Ergib dich.«

Klar.

Deshalb habe ich ja diese irrsinnige Aktion gestartet.

Um mich bei der erstbesten Gelegenheit zu ergeben.

Stattdessen vertraute sie auf den Wärmefaktor. Warum explodierten Roboter gerne, wenn man mit Energiestrahlen auf sie schoss? Weil ihre positronischen Steuerungen überhitzten. Darum hatte Lian die Sauna auf höchste Temperatur aufheizen lassen. Deshalb glühten die Saunasteine.

Lian sprang aus dem Stand, bekam die Sonde zu fassen, riss sie mit sich und schmetterte sie mit voller Wucht neben das Roboterherz auf den Ofen. Die Hülle knackte und brach. Das technische Innenleben quoll heraus.

Lians linke Hand schrammte über die Steine. Sie schrie, als ihre Haut verbrannte. Hastig zog sie den Arm zurück. Die Verletzung sah übel aus. Ihr ganzer Arm zitterte. Das war anders, als in Trivid-Serien mitzuspielen.

Doch es gab Wichtigeres als den Schmerz. Sie hastete aus dem Saunahäuschen, schmetterte die Tür zu und rannte. Glasscherben aus der zerbrochenen Scheibe knirschten unter ihren Schuhen.

Nur weg von dieser Zeitbombe, Richtung Ausgang.

Hinter ihr donnerte es, erst leise, dann mit einem gewaltigen Schlag.

Die Saunahütte explodierte, als es das mechanische Herz und die Sonde zerriss. Die Wände wölbten sich nach außen, Holzsplitter schwirrten in der Luft. Ein Balken zischte an Lian vorbei, krachte neben ihr auf, schlitterte über den Boden. Sie sprang darüber, stolperte, fing sich gerade noch.

Hitze schlug ihr in den Rücken, schien ihren ungeschützten Nacken glühen zu lassen.

Lian hastete aus dem Erholungsbereich, warf sich zur Seite, weg von der Tür, durch die Rauch und Qualm wölkten.

Vielleicht würde die Zerstörung für ein wenig Ablenkung sorgen, wenigstens ein paar Minuten lang.

Vielleicht würden ihre Feinde in dem Trümmerfeld nach ihrer Leiche suchen.

Vielleicht brachte es ihr einen kleinen Vorsprung, während sie tiefer in das Schiff vordrang und sich ein Versteck suchte, nun ohne Sonde, die ihr auf Schritt und Tritt folgte.

Danach gab es für sie nur eine einzige Chance.

Und die hieß Perry Rhodan.

Lian rannte, wieder einmal.

Seit Perry Rhodan sie zu sich gerufen hatte und dieser Irrsinn seinen Anfang genommen hatte, war sie öfter gerannt als je zuvor. Ganz zu schweigen von all den Explosionen und Strahlerschüssen.

Ob es an der Seite eines Mannes wie Perry Rhodan immer so zuging? Erlebte man dort ständig Überraschungen und Offenbarungen, die das eigene Leben gründlich auf den Kopf stellten?

Im Schiff gab es nur wenige Besatzungsmitglieder, hatte Neyla ihr gesagt. Das schien zu stimmen. Sie sah niemanden, während sie durch den Korridor hastete, zum Rand des Bereichs, in dem sie sich hatte frei bewegen dürfen. In dem sie sich auskannte – und in dem es kein geeignetes Versteck gab.

Und kein Waffenlager, blitzte ein Gedanke in ihr auf. *Oder wenigstens etwas, das ich in eine Waffe verwandeln könnte.*

Lian hielt sich für erfinderisch genug, mit allerhand Alltagstechnologie zu improvisieren. Es war doch zu etwas gut, in Trivid-Serien zu agieren und möglichst realitätsnahe Hintergründe zu recherchieren.

Zunächst musste sie verschwinden. Unsichtbar werden für die Schiffspositronik und die Überwachungskameras, die zweifellos ständig eine Menge Orte, Räume, Gänge, Schleusen, Schotte, Antigravschächte und tausend Dinge mehr aufzeichneten.

Sie musste untertauchen, sonst würde bald unverhofft ein Roboter erscheinen und sie mit einem Strahlerschuss ausschalten – auf die eine oder andere Weise.

Lian war im Luxusbereich für die reichen Patienten. Der Korridor war mit glänzendem Holz getäfelt. Er verzweigte sich. Ohne nachzudenken, wählte Lian den linken Weg, der ihrer Orientierung nach tiefer ins Schiff hineinführte.

Sie musste Zugang zu einem Wartungsschacht finden, vielleicht einem schäbigen Lagerraum für Putzroboter. Oder zur Wasseraufbereitungsanlage, in der es üblicherweise von Rohren nur so wimmelte ... und in die sich höchstens Reparaturroboter verirrten.

Die Luft flimmerte vor ihr. Sie versuchte noch zu stoppen.

Zu spät.

Sie knallte in den Prallschirm und hörte ein schwirrendes, energetisches Surren. Die Welt vor ihr tanzte in grellen Farben und Blitzen.

Es stank verschmort, während sie zurückgeschleudert wurde, gegen die Seitenwand krachte und daran hinabrutschte. Als sie auf dem Boden aufschlug, merkte sie, dass der Geruch von ihren Haaren ausging. Ein wenig Asche rieselte vor ihrem Gesicht in die Tiefe. Etwas davon verfing sich in den Wimpern; sie blinzelte es hinweg.

Hastig schlug sie mit den Händen auf ihren Kopf. Nichts brannte. Der Kontakt mit dem Schirm hatte eine Strähne blitzartig versengt, mehr nicht; als hätte sie sich über einen Tisch gebeugt und die Spitzen für eine Sekunde aus Versehen in eine Kerzenflamme gehalten.

Lian quälte sich auf die Füße.

Es sah übel aus. Es war nur ein harmloser Prallschirm, aber er hatte sie gezielt aufhalten sollen. Die Gegner kannten ihren Standort also genau. Wahrscheinlich war bereits eine ganze Horde Kampfroboter unterwegs, samt einem wütenden Ara namens Khar Baraly, der ihr die Kehle durchschneiden wollte, weil sie es wagte, zu fliehen und sein Schiff zu beschädigen.

Aber würde er das tatsächlich? Nachdem er sich solche Mühe gegeben hatte, Lian in seine Gewalt zu bekommen, um genetische Studien an ihr zu betreiben? Oder war es längst zu spät? Wusste er, was er wissen musste? Hatte sie ausgedient?

Sie rannte zurück und hoffte nur, dass ihr kein zweiter Energieschirm den Weg versperrte. Sie erinnerte sich an den Einstieg in einen Antigravschacht, kurz bevor sie dort ankam. Lian warf sich hinein in den aufwärts gepolten Bereich.

Sie trieb in die Höhe. Wie weit sollte sie sich tragen lassen? Ein Deck? Mehrere? Hier drinnen wurde sie garantiert überwacht. Sie musste so schnell wie möglich …

Ihre Aufwärtsbewegung stockte. Sie schwebte auf der Stelle.

Nein!

Wie dumm hatte sie sein müssen, in den Schacht zu gehen! Baraly hatte das Antigravtransportfeld einfach *angehalten.*

Lian hing schwerelos mitten im Schacht. Es ging weder nach oben noch nach unten. Sie war völlig hilflos.

Und wieder: Nein!

War sie nicht.

Sie ruderte mit den Armen, erreichte mit den Fingerspitzen die Schachtwand, stieß sich ab, schwebte langsam zum Schachtrand zurück, konnte sich dort erneut abstoßen. Endlich trieb sie rasch vorwärts und bekam mit ausgestrecktem Arm eine der Wartungs-Notsprossen zu greifen. Sie zog sich heran. Der nächste Ausstieg lag nur etwa zwei Meter über ihr. Sie kletterte an den Sprossen hoch, warf sich ins Freie, kam auf die Füße, rannte los.

Einfach blindlings irgendwohin. Sie hatte kein Ziel mehr, keinen Plan, sie wollte nur durchhalten. Wenn Perry Rhodan ihre Botschaft empfangen hatte, war er vielleicht schon unterwegs. Das Leben an seiner Seite mochte verrückt, abenteuerlich und gefährlich sein, aber man konnte sich auf ihn verlassen. Immer.

Doch Rhodan war nicht da. Diesmal war es kein Energieschirm, der ihr den Weg versperrte.

Sondern eine Phalanx aus vier Robotern; keine großen Kampfmaschinen, doch mit eindeutig ausgestreckten Waffenarmen.

Ein Schuss, und die Welt versank um Lian.

»Wach auf.«

Wieso?

Sie hatte so gut geschlafen. Ganz ohne Albträume.

»Wach – auf!«

Also öffnete Lian die Augen. Und stürzte brutal in die Realität zurück. Die Erinnerung kam rasch, und ihr wurde übel. Ihr Schlaf war nicht mal ein echter Schlaf gewesen, sondern eine

Ohnmacht durch einen Paralysestrahl, der für ein abruptes Ende ihrer Flucht gesorgt hatte.

Zuerst schaute sie in die seelenlose, stilisierte Fratze eines Roboters. *Bei Weitem nicht so schön wie der Daniel in der Sauna.* Sie schob den bizarren Gedanken beiseite, und als sie den Kopf drehte, glaubte sie, ihren Augen nicht zu trauen.

Neben Neyla Abiola stand ein Mann. Er zielte mit einem Strahler auf ihre Stirn. »Du hast mein Schiff beschädigt und mir eine Menge Ärger gemacht!«

Lian hatte Angst. Aber sie war auch verblüfft. Ihr Gegenüber war nicht Khar Baraly. »Ich … ich muss …«, setzte sie an, nur um irgendetwas zu sagen.

»Halt's Maul!« Diese vor unterdrückter Wut zitternden Worte stammten von Neyla, die damit zum ersten Mal ihr wahres Gesicht zeigte. Nichts mehr erinnerte an das *Wir-sind-eine-Familie*-Gesäusel.

Und da begriff Lian endgültig, dass sie zu hoch gepokert hatte.

»Du hast verloren, Lian«, sagte Neyla.

»Genug geredet!« Der Strahler kam einige Zentimeter näher, als ob das einen Unterschied machen würde, wenn der Mann abdrückte. »Nur das hier sollst du noch hören, Lian. Rhodan hat schnell reagiert. Dort draußen warten nun zwei Schiffe, die mich davor gewarnt haben, zu fliehen. Sie wären jederzeit zum Angriff bereit.« Er lachte. »Sie stören mich in etwa so, wie mich eine Fliege stört, die auf meiner Glatze landet. Ein wenig lästig, aber manchmal kann das Kitzeln der Beinchen sogar angenehm sein. Rhodans Freunde können gerne ein Feuerwerk beobachten, wenn sie wollen.« Ein tiefes Durchatmen. »Du allerdings wirst gar nichts mehr davon mitbekommen, Lian.«

»Du brauchst mich!«, ächzte Lian. Warum sonst hätte er warten sollen, bis sie aus der Paralyse erwachte? »Ich werde …«

»Still!« Der Mann legte den Kopf leicht schief, als lausche er einer unhörbaren Stimme. Wahrscheinlich tat er das tatsächlich – über einen Funkempfänger in seinem Ohr. »Oh«, sagte er schließlich. »Wir haben lieben Besuch. Also gut. Steh auf, Lian! Na los!«

Sie gehorchte, obwohl sich die Welt drehte und ihr Magen rebellierte. Fast hätte sie sich übergeben müssen. Neyla kam näher, griff nach ihrem Arm, vielleicht nur, um sie zu stützen. Lian schüttelte die Hand ab.

»Dann wollen wir mal hören, was er zu sagen hat!« Der Mann tippte sich an die Schläfe. Ein Holo entstand vor ihm. »Perry Rhodan! Ich kann nicht behaupten, dass ich mich freue, dich zu sehen ...«

Kapitel 41:
Bloß ein Geschäftsmann

»Perry Rhodan!«, erklang die Stimme aus den Akustikfeldern der Kom-Anlage. »Ich kann nicht behaupten, dass ich mich freue, dich zu sehen. Was bist du doch für eine hartnäckige Plage. Ich hätte Dano ausreden sollen, dich für unser kleines Vorhaben einzuspannen.«

Rhodan blieb äußerlich ruhig. Das Holo vor dem Pilotensitz der Space-Jet, die Doktor Doktor Herman Lugauer ihm zur Verfügung gestellt hatte, zeigte ein walzenförmiges Ara-Schiff. Irgendwo dort drinnen steckte Lian Taupin. Vielleicht weiterhin auf der Flucht vor dem Schiffseigentümer. Wahrscheinlicher bereits in dessen Gefangenschaft. Möglicherweise tot. Der Gedanke bereitete ihm Übelkeit.

Der Sprecher der höhnischen Botschaft schickte kein Holobild von sich selbst. Es musste der Ara sein, von dem Lian angenommen hatte, es sei Khar Baraly – Dano Zherkoras geheimnisvoller Finanzier im Hintergrund.

»Was willst du?«, fragte Rhodan.

»Ich?« Die Stimme klang amüsiert. »Ausgerechnet *ich*? Du bist zu mir gekommen, vergiss das nicht. Dass Lian dich gerufen hat, indem sie meinen Werbesender missbraucht hat, ist ärgerlich. Wir sollten über Geschäftsschädigung sprechen.«

»Ich glaube, es gibt Wichtigeres.«

Der andere wurde unvermittelt ernst. »Das stimmt wohl. Reden wir doch über die Verstärkung, die du mitgebracht hast.«

Die beiden Raumer, die Cai Cheung geschickt hatte, flankierten das Ara-Schiff in respektvollem Abstand. Gerade weit genug entfernt, um nicht als unmittelbare Bedrohung aufgefasst zu werden, aber ausreichend nah, um im Zweifel einzugreifen und ein Entkommen zu verhindern.

»Wie unhöflich von dir. Und wie nutzlos.«

Rhodan atmete tief durch und sammelte sich kurz. »Schluss mit den Kindereien! Wie geht es Lian? Ist sie in Ordnung?«

»Ich hätte mich beinahe zu einer Unbeherrschtheit hinreißen lassen. Keine Sorge, sie ist wohlauf. Wie lange das so bleibt, hängt allerdings von dir ab.«

»Du drohst mir?«

Ein Lachen erklang. »Aber nicht doch.«

Sofort wurde der Sprecher wieder ernst. »Ich drohe *ihr!*«

Nur mit Mühe unterdrückte Rhodan die Wut in seiner Stimme. »Du scheinst die Situation zu verkennen. Du hast keine Chance zu entkommen. Wenn ich du wäre, würde ich ...«

»Und wenn ich du wäre«, unterbrach ihn sein Kontrahent, »wäre ich lieber ich. Du überschätzt deine Möglichkeiten.«

»Das sehe ich anders. Dein Schiff sitzt fest. Du kannst es nicht verlassen. Und selbst das würde dir nicht helfen. Ich weiß, wer du bist. Früher oder später finde ich dich. Wozu also das Versteckspiel?«

Das Walzenraumschiff im Holo schrumpfte auf Handtellergröße und rückte in eine Ecke des Darstellungsbereichs. Im dadurch frei gewordenen Teil erschien das Gesicht eines glatzköpfigen Mannes.

Rhodan hatte den Mann schon einmal gesehen – in einem Holo, das Herman Lugauer ihm und Lian auf dem Mars gezeigt hatte: eine Aufzeichnung der letzten Sitzung des Sponsorenkonsortiums von TRAFO. Bei der Debatte über die Zukunft des Projekts hatte sich der Ara Khar Baraly vehement gegen die Einstellung ausgesprochen. Kein Wunder also, dass Lian ihn für den Finanzier im Hintergrund gehalten hatte.

Aber dem Konsortium hatte ein zweiter Ara angehört. Er

hatte für die Beendigung von TRAFO gestimmt und dafür Baralys Vorwurf hinnehmen müssen, er sei dem Kollegen in den Rücken gefallen.

Deutlich entsann sich Rhodan der Erwiderung dieses unscheinbar und müde wirkenden Mannes: »Ich stimme dir in jedem Punkt vollständig zu. Doch was bringt es ein, für die Fortführung zu votieren? Das Ergebnis bliebe unverändert, und wir beide würden künftig als nicht teamfähige Querulanten gelten, die niemand mehr als Investoren bei späteren Projekten dabeihaben will.«

Ob er sich bereits in diesem Augenblick dazu entschieden hatte, das Unternehmen im Geheimen mit Jeobald Tenglar fortzuführen?

»Tratsek Vrach«, sagte Rhodan.

»So lernen wir uns also persönlich kennen«, gab der Ara im Plauderton zurück. »Bei dem TRAFO-Empfang damals fehlte uns ja leider die Zeit. Gute Rede übrigens.«

»Ein Missvergnügen, auf das ich lieber verzichtet hätte. Und damit meine ich nicht die Rede. – Zeig mir Lian! Ich will mich überzeugen, dass es ihr gut geht.«

Der Aufnahmeausschnitt im Holo zog auf, und Lian zoomte ins Bild. Ihr Haar war zerzaust, die Haut kalkweiß, mit Spuren von Ruß und Blut. Neben ihr stand ein Roboter, der sie überwachte. In ihrem Gesicht lag eine Mischung aus Zorn und Bedauern. Sie hielt die Hände vor den Oberkörper gezogen, als suche sie in einer hilflosen Geste bei sich selbst Schutz. Die Linke war verbrannt. Ansonsten schien sie in Ordnung zu sein.

»Hallo, Perry«, sagte sie. »Tut mir leid, dass ich mit Neyla gegangen bin. Ich habe sie freiwillig begleitet, übrigens. Oh, und das mit dem Brandsatz in der Klinik tut mir auch leid … ich hoffe, Lugauer ist nicht allzu sauer auf mich. Aber eine bessere Chance, die Hintergründe herauszufinden, gab es nicht. Ich …«

Vrach hob die Hand, und Lians Stimme verklang, obwohl sie noch einige Sekunden lang die Lippen bewegte. Das Bild fuhr wieder heran und zeigte ausschließlich den Ara.

»Genug geplauscht.« Er legte einen Finger gegen den Mund und wiegte den Kopf, als denke er nach. Sein spitz zulaufender Glatzkopf glänzte im Licht einer künstlichen Lampe. »Weißt du was? Bei genauerer Überlegung finde ich es womöglich doch nicht so lästig, dass du hier aufgetaucht bist. Ich möchte dir einen Vorschlag machen.«

»Glaubst du ernsthaft, dass ich mit einem Mörder verhandle?«

Der Ara lächelte, und für den Bruchteil einer Sekunde wirkte er beinahe sympathisch. »Wie können in einem einzigen Satz so viele Unwahrheiten stecken? Erstens bin ich kein Mörder. Alle Toten, die du mir mit deiner Unterstellung anlastest, gehen auf Danos Konto.«

»Weil du ihn dazu angestiftet hast.«

»Haarspalterei! Nein, ich bin bloß ein Geschäftsmann, der seine Interessen gewahrt wissen will. Und damit kommen wir zu deiner zweiten Unwahrheit: Ich verhandle nicht mit dir. Ich stelle die Bedingungen, unter denen ich dir Lian zurückgebe. Sollte dir nicht an einer diplomatischen Lösung gelegen sein?«

Rhodan dachte nach. Wie würde er reagieren, wenn Vrach freien Abzug forderte? Wäre die Drohung ernst zu nehmen, andernfalls Lian umzubringen? Immerhin hatten er und Dano mit enormem Aufwand versucht, sie in die Hände zu bekommen. Andererseits konnte er das Ara-Schiff auch nicht entern lassen, ohne ihr Leben in Gefahr zu bringen. Ein Patt.

»Ich höre«, sagte er.

»Sehr vernünftig. Ich erläutere dir zunächst kurz die Lage, um dir begreiflich zu machen, dass du unter größerem Druck stehst als ich. Ich will Tenglars Klonforschung fortführen, das sollte dir inzwischen klar geworden sein. Es gibt gute Ansätze.

Leider wiesen seine Modelle ein Problem mit der ... nun, Haltbarkeit auf.«

Ein Stich durchzuckte Rhodan, als er an Ischis Zustand dachte.

Haltbarkeit.

Der Zynismus widerte ihn an.

»Nur ein Klon ist ihm fehlerfrei gelungen, weil er ihn mit einem zellulären Kohäsionsverstärker behandelte: deine Freundin Lian. Deshalb unser Interesse an ihr. Anhand von Untersuchungen ihres Gewebes wollte ich Tenglars Gerät rekonstruieren. Ich fürchte jedoch, dass sich das länger hinziehen wird, als mir recht sein kann. Es wird Zeit, dass sich meine Investitionen endlich auszahlen.«

Wieso erzählte ihm Vrach das alles? Einiges davon hatte Rhodan bereits herausgefunden, und womöglich kannte Lian inzwischen die ganze Wahrheit – aber was wollte der Ara nun erreichen?

»Worauf willst du hinaus?«

Wieder lachte der Ara. Es klang wie das Schneiden einer Säge durch einen Eisblock. »Es gibt drei Möglichkeiten, wie das hier enden kann. Entweder versuchst du, das Schiff zu entern, ich töte Lian, setze mich ab und nehme die monatelange Arbeit in Kauf, die mich die Entwicklung eines eigenen Kohäsionsverstärkers kosten würde. Keine gute Idee, wie ich finde. Weder für dich noch für mich. Und am allerwenigsten für Lian. Richtig?«

»Richtig«, sagte Rhodan. Es machte ihm nichts aus, den Ara sein Schauspiel aufführen zu lassen; vielleicht fühlte sich Vrach so gut und überlegen, dass er einen Fehler beging.

»Oder ich folge dem ursprünglichen Plan. Das heißt, ich verschwinde mit Lian, und du siehst niemanden von uns jemals wieder. Gleichgültig, ob du meinen Namen kennst. Denk bloß nicht, das würde dir auch nur irgendetwas helfen. Du wirst mich nie finden, Rhodan. Du nimmst mir eine meiner Identitäten – na und? Erinnerst du dich an das Firmenkonsortium in der Unterwasserstadt? Natürlich tust du das. Du konntest dort schon keine Rückschlüsse ziehen … und was meine Identitäten angeht, bin ich weitaus sorgfältiger. Aber zurück zur Sache. Wenn wir beide verschwinden, wird mich der Nachbau von Tenglars Wundergerät einige Wochen aufhalten. Oder …«

Er legte eine kurze Pause ein, vermutlich um Rhodan auf die Folter zu spannen.

»Nun, du könntest mir auch den zellulären Kohäsionsverstärker besorgen. Damit müsste ich ihn gar nicht rekonstruieren, bräuchte folglich Lian nicht länger und überlasse sie gerne wieder deiner Obhut. Auf diese Weise würden wir beide profitieren. Was sagst du?«

»Was geschieht mit Dano?«

»Ich werde ihn mit dem Kohäsionsverstärker heilen. Es geht ihm übel, weißt du? Mit einem Bein im Grab – ist das nicht eine eurer Redewendungen? Danach bleibt Dano bei mir, außer er entscheidet anders. Ich bezweifle allerdings, dass er sich dir freiwillig ausliefern will.«

Heilen?, dachte Rhodan. Konnte dieser zelluläre Kohäsionsverstärker etwa auch Ischi helfen? »Einverstanden«, sagte er. »Wo finde ich …«

»Auf Oberon«, unterbrach ihn Vrach.

Dem Uranusmond?

Der Name weckte sofort eine Assoziation. Auf Oberon lag eine alte Robotanlage, in der gefährliche technische Entwicklungen aufbewahrt wurden. Eine Geheimkammer, die nur wenige Eingeweihte kannten. Dorthin waren alle Geräte und Technologien aus dem Gewölbe unter Tenglars geheimer Forschungsanlage gebracht worden.

»Hat es dir die Sprache verschlagen, Rhodan?«

»Woher weißt du von Oberon?«

»Bist du wirklich so einfallslos?«

Rhodan begriff. »Du hast die Batterie von Tenglars alten Klontanks vor ihrem Abtransport mit Spionsonden versehen.«

»Und ihren Weg aus der Ferne bis zum Uranusmond verfolgt.« Die Hand des Aras tauchte im Holobild auf; er fuhr sich über die Lippen. »Danach allerdings, das muss ich eingestehen, wurden die Signale abgeschnitten. Ein hochwertiger energetischer Schutzschirm hat dafür gesorgt, vermute ich. Ihr habt alles in einen riesigen Giftschrank für gefährliche Technologien und unberechenbare Artefakte gesteckt, ja? Es ist so typisch! Angst hindert seit jeher effektiven Fortschritt!«

»Der Kohäsionsverstärker gehörte also zu der Ausrüstung aus dem Gewölbe?«

Rhodan rekapitulierte in Gedanken: Der Wissenschaftler Jeobald Tenglar hatte auf dem Merkur ein geheimes Forschungslabor betrieben, dort, wo sie auch Lians Genschwester Ischi in einem Wachstumstank gefunden hatten. Vor vier Jahren war Tenglar erschossen worden und der oberirdische Teil der Anlage explodiert. Womöglich war der Prototyp des Kohäsionsverstärkers gut geschützt im Labor gewesen.

Rhodan ärgerte sich – sie waren Ischis Heilung so nahe gewesen, ohne es zu wissen. Wenn nur mehr Zeit geblieben wäre!

»Möglich. Vielleicht wurde er bereits nach der Explosion von dort abtransportiert. Sollte das zutreffen, vermute ich, dass er ebenfalls nach Oberon gebracht wurde.«

»Und falls nicht?«, fragte Rhodan. »Wenn das Gerät zerstört worden ist? Wenn Tenglar es nie entwickelt hat?«

»Das hat er, sei dir sicher.«

Gut. Die letzte Frage war nur ein Test gewesen.

»Wirst du auf Oberon nicht fündig, solltest du woanders danach suchen. Du kennst zweifellos noch mehr Geheimkammern des Sonnensystems. Doch versuche nicht, mich hinzuhalten. Ich bin nicht für meine überbordende Geduld bekannt.

Denk daran, dass mir zwei weitere Möglichkeiten zur Verfügung stehen. Also? Haben wir eine Vereinbarung?«

Rhodan zögerte nicht länger. Es blieb keine akzeptable Alternative. »Ich bin einverstanden.«

Kapitel 42:
Verzögerung

Oberon.

Der Mond war ein eher unbedeutender Felsbrocken im All, über eine halbe Million Kilometer von seinem Planeten Uranus entfernt. Es gab dort kaum etwas von Bedeutung – abgesehen von einer lokalen Handelskammer, die vor Kurzem für Schlagzeilen gesorgt hatte … und einer Geheimkammer für gefährliche Artefakte.

Einen *Giftschrank*, wie Tratsek Vrach es genannt hatte.

Darin lagerten vor allem zwei Arten von Geheimnissen.

Zum einen meist von Astroarchäologen oder Prospektoren entdeckte Hinterlassenschaften alter Völker, deren Funktionsweisen niemand entschlüsseln konnte – und die deshalb als potenzielle Gefahrenquelle galten.

Zum anderen Ergebnisse von Forschungen, die als gefährlich eingestuft werden mussten.

Allen gemeinsam war ein positives Potenzial, wie es sich nun bei einem Gerät aus Jeobald Tenglars Geheimlabor zu bewahrheiten schien.

»Wenn dieser Grobbel nicht bald zurückkommt«, sagte Rhodan, »werde ich …« Er führte den Satz nicht zu Ende. Was sollte er auch sagen? Momentan waren ihm schlicht die Hände gebunden.

Doktor Doktor Herman Lugauer ging unruhig neben ihm in dem Warteraum auf und ab, der an einen zu groß geratenen Metallsarg erinnerte. Ungeduld stand ihm ins Gesicht geschrieben.

Lugauer hatte Oberon und die Geheimkammer zuerst

erreicht; Rhodan hatte ihn sofort nach der Absprache mit Tratsek Vrach kontaktiert und um Hilfe gebeten. Der Wissenschaftler konnte die Funktionsweise des Kohäsionsverstärkers vielleicht verstehen und Ischi behandeln, ehe Rhodan das Gerät an den Ara übergeben musste. Immerhin war Lugauer Vorsitzender des ursprünglichen Projekts TRAFO gewesen.

Und nun warteten sie tatenlos, während die Zeit unerbittlich verstrich.

»Wenigstens hat Vrach den Kohäsionsverstärker beschrieben«, sagte Rhodan, um überhaupt irgendetwas zu sagen.

»Wäre sonst ja auch sinnlos, uns danach suchen zu lassen.«

Endlich kam der Hausmeister des Giftschranks zurück. Offiziell trug Grobbel die Berufsbezeichnung *Funktionswart der LFT-Einrichtung 2885*. Er gehörte dem eher unbekannten Volk der Wu-Ethriden an und schien ein sympathischer Geselle zu sein. Der Echsenabkömmling zeigte ein breites Grinsen im schuppigen Gesicht und trippelte auf sechs Beinen rasch näher.

»Musste euch wartn lassn, versteht ihr bestimmt.« Grobbel hustete ein paar trockene Laute hinterher, die wie *Joch, joch!* klangen, falls überhaupt ein Sinn in ihnen lag. »Ich mein, ich trag die Verantwortung für das ganze Zeugs – alles soll korrekt laufn, da muss ich auch unangenehme Dinge durchsetzn. Wie euch warten lassn.« Wieder dieses Husten: *Joch, joch!* »Obwohl du Perry Rhodan höchstselbst bist. Nun hab ich die Genehmigung. Es bestehn keine Bedenken mehr, dass ihr ...«

»Können wir Tenglars Sachen sehen und das Gerät mitnehmen?«, fiel Lugauer ihm ins Wort.

»Sag ich doch. Kommt mit.« Grobbel hastete voran, deaktivierte einen Energieschirm und blieb vor einem Sensorfeld mitten in einer Wand stehen. »Istn genetischer Scanner. Nurn bisschen anners als üblich. Habn selbst entwickelt.« Der Echsenmann erhob sich auf die Hinterbeine, ließ die Zunge aus dem Grinsemaul schnellen und gegen das Feld klatschen.

Als er sie zurückzog, ertönte eine künstliche Stimme: »Identifizierung eindeutig. Willkommen, Funktionswart.«

Joch, joch!, hustete Grobbel, und mitten in der Wand bewegten sich Ritzen, die Rhodan vorher nicht aufgefallen waren. Sie verbreiterten sich, und ein Tor öffnete sich in der Art einer Kamerablende.

»Müsst wissn«, meinte der Wu-Ethride, »dass erst mein Husten den Zugang freigibt. Hab ich mir als zweite Sicherung ausgedacht, falls einer meine Zunge abschneidet, um einzubrechn.«

Er ging vor, seine beiden Gäste folgten.

Dem Tor schloss sich ein Labyrinth aus engen Korridoren und zahllosen unbeschrifteten Türen an. Grobbel eilte zielstrebig weiter und öffnete eine davon nach erneuter genetischer Identifizierung im bekannten Muster. »Bitte. Jeobald Tenglars Sachn.«

Rhodan hastete hinein.

Der Raum war riesig und dennoch bis in den hintersten Winkel vollgestopft – vor allem mit Klontanks. Rhodan lief ein Schauer über den Rücken, als er daran dachte, wie er in dem unterirdischen Geheimlabor auf diese Behälter gestoßen war … jeder einzelne gefüllt mit toten Klonen, mit Abbildern von Lian Taupin. Nein, nur fast jeder. In einem hatte Ischi auf ihre Erweckung gewartet, die letzte Überlebende.

Doch den Tanks gönnte er kaum einen Blick. Auch Herman Lugauer hastete bereits an sorgfältig aufgereihten mechanischen Bauteilen vorbei, an Instrumenten, Aggregaten und unidentifizierbaren *Dingen.*

Es gab einige Metallwürfel, eine Kiste voll Speicherkristalle, eine Arbeitsstation, etwas, das aussah wie ein Multifunktionsscanner, einen Laborkittel … und endlich den wuchtigen Metallreif von einem Meter Durchmesser, den Tratsek Vrach beschrieben hatte.

Das also war der zelluläre Kohäsionsverstärker.

Lian war mit ihm behandelt worden und lebte deshalb gesund – während ihr unbehandelt gebliebener Klonbruder zerfiel und kurz vor dem Tod stand. Genau wie Ischi, nur dass es ihr noch schlimmer als Dano Zherkora erging. Das hatte der Ara per Funk erklärt.

»Gut«, sagte Rhodan. »Nehmen wir den Ring mit uns. Du schaust ihn dir an, Herman. Wenn du die Funktionsweise verstehst, behandeln wir Ischi unterwegs damit. Falls nicht …« Er legte eine Pause ein. »… werde ich improvisieren müssen.«

Ischi wartete in der Space-Jet, mit der Doktor Lugauer zum Mond Oberon gekommen war. Genauer gesagt lag sie in dem kleinen Laderaum, der kurzerhand zur Miniatur-Krankenstation umfunktioniert worden war, in einem transportablen Medobett im künstlichen Koma, überwacht von einem Roboter.

Rhodan ließ sein eigenes Beiboot zurück und ging mit seinem Begleiter zu Ischi, während der Autopilot Kurs Richtung Saturn setzte … zum wartenden Schiff des Aras Tratsek Vrach.

Die Route hatte Rhodan selbst programmiert – einschließlich eines Stopps im freien Raum auf halber Strecke. Dort würde er Funkkontakt suchen und seinem Gegner eine Ausrede präsentieren, warum sich die Rückkehr verzögerte.

Doch zunächst galt seine ganze Aufmerksamkeit Ischi.

»Eins ist mir inzwischen klar«, sagte Lugauer. »Der Ring wird um den Patienten herumgeführt. Er schwebt an ihm entlang und bestrahlt ihn.«

»Mit fünfdimensionalen Impulsen«, vermutete Rhodan.

»Oh. Ich vergesse immer, dass du zwar kein Mediziner oder Wissenschaftler bist, aber eine Menge Erfahrung hast.«

»Ein wenig. Trotzdem habe ich dir alles, was ich zu diesem Thema beisteuern könnte, soeben gesagt. Es geht um Zusammenhalt auf fünfdimensionaler Ebene, nicht? Doch mehr …« Er zuckte mit den Achseln. »… kann ich nicht bieten.«

Lugauer seufzte. »Ich auch nicht. Und genau das ist das Problem, Perry. Die Strahlung muss exakt abgestimmt sein. In der Höhe der Dosis ebenso wie in der Dauer der Bestrahlung. Zu wenig wird Ischi nicht helfen. Zu viel wird ihre zelluläre Kohäsion zu sehr verstärken. In diesem Fall würde es krebsartige Spontanwucherungen auslösen.«

»Das heißt?«

»Ich kann es nicht wagen. Nicht ohne ausführliche Untersuchungen und Simulationen.«

»Wie lange brauchst du dafür? Ich werde versuchen, Vrach hinzuhalten.«

»Vergiss es.«

»Was …«

»Es geht nicht um Stunden, Perry. Um Tage, wenn wir Glück haben. Wochen, falls ich auf Nummer sicher gehen soll.«

So viel zum Thema Zwischenstopp, dachte Rhodan. Ischi würde eine kleine Verzögerung nicht helfen. Er konnte die Pause nur nutzen, um die nächsten Schritte genauer zu durchdenken.

Kapitel 43: Scheideweg

Lian saß in einem schmuck- und fensterlosen Raum auf einem Stuhl, den Dano Zherkora ihr wortlos gebracht hatte. Ihre Haltung blieb unbequem, aber sie konnte sie nicht verändern.

Ihr ganzer Körper unterhalb des Kinns war gelähmt – erstaunlich, dass der linke Arm trotzdem schmerzte, der zu weit über der Lehne nach hinten abknickte. Wer wusste, welches Teufelszeug ihr dieser Medoroboter vor wenigen Minuten injiziert hatte. Jedenfalls konnte sie atmen, den Mund und die Augen bewegen. Nicht dass es etwas Erfreuliches zu sehen gab.

Dano stand vor ihr. Er sah noch elender aus, als sie sich fühlte. »Ich wollte dir nicht schaden«, sagte er, nach einer Ewigkeit des Schweigens. »Versteh doch, ich musste es tun.«

»Was? Bomben legen? Menschen umbringen? Deinen Freund beseitigen? Ein Haus in die Luft sprengen?«

Seine Mundwinkel zuckten. Er biss sich auf die Unterlippe, genau, wie sie es immer tat, wenn sie *wirklich* starke Schmerzen quälten. Als sie es bei ihm sah, fragte sie sich, ob das eines der vielen Details war, die ihnen Tenglar einprogrammiert hatte. Ein künstliches Verhalten? Oder ein Erbe ihrer Mutter, nein, ihres *Originals* Neyla Abiola?

Im Unterschied zu jedem einzelnen Mal, als sie es getan hatte, blutete Danos Lippe. Das Blut floss über das Kinn, besudelte die Zähne. Er wischte es beiseite, sog erschrocken die Luft ein, verschluckte sich, hustete und verzog das Gesicht, als hätte er weitaus stärkere Schmerzen als nur am Mund.

»Vielleicht wirst du mich irgendwann verstehen«, sagte Dano. »Ich wollte dir keine Unannehmlichkeiten bereiten.«

»Unannehmlichkeiten?«, wiederholte Lian. »Weißt du, was Unannehmlichkeiten sind? Wenn du mich zum Stolpern bringst. Mir mein Essen versalzt. Oder …« Sie brach ab. »Geh einfach! Dann kann Vrach mich umbringen, oder Neyla soll es tun. Hauptsache, es hat ein Ende.«

»Niemand wird dich töten. Du bist …«

»… zu wertvoll als Untersuchungsobjekt?«, fiel sie ihm ins Wort. »Ich glaube nicht. Wenn Perry diesen Kohäsionsverstärker bringt, braucht ihr mich doch nicht mehr. Der Ara heilt dich, ihr könnt euer … euer Humandesign machen und Kunden willige, passende Sklaven verkaufen. Schöne neue Welt! Menschen, so programmiert, wie es der Konsument will.«

»Darum geht es nicht. Ich wollte nie …«

»Lass es!«, tönte plötzlich eine zweite Stimme – hinter Lian, sodass sie die Sprecherin nicht sehen konnte. Dennoch erkannte sie Neyla Abiola sofort. Sie hatte ihr lange genug zugehört, als sie ihr aus der Vergangenheit berichtete. »Sie kann es nicht verstehen. Noch nicht.«

»Falsch«, sagte Lian. »Ich will es nicht. An dem Tag, an dem ich verstehe, wie ihr beide denkt, an dem ich es *nachvollziehen* kann, obwohl wir Klone und uns deshalb so ähnlich sind … an dem Tag werde ich mich umbringen.«

Sie sah zufrieden, dass ihre Worte Dano trafen wie ein Peitschenhieb. Er wandte sich ab, ging mit hastigen Schritten aus ihrem Blickfeld. Eine Tür schloss sich.

Neyla Abiola trat vor sie. »Denk, was du willst, Lian. Ich bin trotzdem deine …«

»Wag es nicht, noch einmal von Familie zu sprechen! Du bist nicht mal annähernd meine Mutter!«

»Dennoch werde ich dafür sorgen, dass dir nichts passiert. Vrach kann sehr unbeherrscht sein. Als er dich nach deinem Fluchtversuch gefangen hat … ehe Rhodan sich per Funk gemeldet hat … da hätte er dich fast getötet. Ich habe es in seinen Augen gesehen.« Sie beugte sich vor, hob die Hand, strich über Lians Wange.

Die Berührung ekelte sie.

»Aber das eine sollst du wissen«, fuhr Neyla fort. »Du bist wirklich wertvoll. Genau, wie du es vorhin gesagt hast. Doch nicht als Untersuchungsobjekt. Nicht mehr. Mit dem Kohäsionsverstärker werden wir das Problem des zellulären Zerfalls in den Griff bekommen. Keine schwachen, kranken Klone mehr wie Dano. Und keine, die an Wucherungen leiden, wozu es auch bei dir mit einer zu starken Bestrahlungsdosis gekommen wäre. Du hast Glück gehabt.« Ein erneutes Streicheln. »Und *deshalb* bist du wertvoll. Das perfekte Anschauungsmaterial für unsere Kunden.«

Damit verließ auch sie den Raum und ließ Lian allein zurück.

Allein – und zutiefst entsetzt.

Kein Wort mehr darüber, dass der Kohäsionsverstärker Dano heilen würde – stattdessen nur die zynische Bemerkung, dass sie mit dieser Technologie das Problem des zellulären Zerfalls in den Griff bekommen konnten.

Kein Wort mehr von Familie – nur von *Anschauungsmaterial für unsere Kunden.*

Ich komme hier raus, dachte Lian. *Und dann wirst du bezahlen, Neyla!*

Langsam kehrte etwas anderes als nur der Schmerz über die unbequeme Haltung in ihren Körper zurück. Lian schob den linken Arm ein wenig auf der Lehne nach vorne. Sie kam sich vor, als müsse sie ein Zentnergewicht mitschleifen.

Als sie ihre Hand gerade im Augenwinkel sehen konnte, hörte sie ein leises Schleifen – die Tür öffnete sich. Es folgte das Geräusch von Schritten, die sich ihr näherten. Sie verstummten.

Hinter ihr.

Finger legten sich in ihren Nacken, drückten den Kopf nach vorne, bis das Kinn die Brust berührte.

Ihr Herz schlug schneller. Diese wortlose Berührung, diese Vergewaltigung ihres Willens weckte mehr Angst in ihr, als sie während ihrer gesamten Gefangenschaft empfunden hatte.

»Was soll das?« Sie versuchte, spöttisch zu klingen. »Um mir die Kehle durchzuschneiden, musst du mir den Kopf nach hinten drücken.«

Die Hand schob sich über ihren Nacken nach oben und vorne, bis die Fingerspitzen die Stirn kitzelten – die Perversion eines Streichelns.

Dann zog der Unbekannte ihren Kopf zurück. »So etwa?«

Es tat gut, wenigstens die Stimme zu hören. Nun wusste sie, wer dort stand, konnte ihm ein Gesicht verleihen. »Hat Perry den Kohäsionsverstärker gebracht, Vrach?«

Der Ara kam vor sie. »Wir ... verhandeln. Deshalb bin ich gekommen.«

»Nicht, um mich zu quälen?«

»Ach, bitte – wozu? Ich wollte dir nur zeigen, wer hier das Sagen hat. Es liegt ganz an dir, wie dieser Tag für dich endet. Hör gut zu. Noch heute kannst du mit mir in meiner Villa sein. Ein gutes Leben führen. Oder sterben. Deine Entscheidung, Lian Taupin. Und jetzt sprich mit Rhodan.«

»Was soll ich ihm mitteilen?«, fragte sie.

»Nur das, was du für richtig hältst. Lass uns ... plaudern.« Vrach schnippte theatralisch mit den Fingern. »Positronik, aktiviere das Kommunikationsholo!«

Ein Abbild von Perry Rhodan entstand neben dem Ara, so realistisch, als wäre er tatsächlich in diesem Raum.

»Also, hier ist der Beweis«, begann der Ara. »Du siehst, dass es deiner Freundin gut geht. Sie ist paralysiert, auf spezielle Weise, sodass sie reden kann.«

»Lian«, sagte Rhodan.

Sie versuchte ein zaghaftes Lächeln. »Perry.«

»Ich fasse noch einmal das bisherige Gespräch zusammen«, kündigte der Ara an. »Damit Lian auf dem aktuellen Stand ist. Unser Gast hier ...« Er deutete auf Rhodans Holo. »... hat den zellulären Kohäsionsverstärker geholt. Allerdings ist er in einer schwierigen Lage. Mein Angebot steht – er liefert mir den Verstärker, ich übergebe dich ihm.«

Deshalb bist du so wertvoll, glaubte Lian erneut Neylas Worte zu hören. *Das perfekte Anschauungsmaterial für unsere Kunden.* »Glaub ihm nicht, Perry. Er wird mich nicht freilassen!«

»Lass mich ausreden«, forderte Vrach. »Lian hat durchaus recht. Ich hätte sie sehr ungern aus meiner Obhut entlassen. Aber der Kohäsionsverstärker wäre mir mehr wert als sie. Dank einer speziellen Situation sind die Karten allerdings neu gemischt. Sag es ihr!«

Perry Rhodan fuhr sich mit einer beiläufigen Bewegung über die kleine Narbe an seinem Nasenflügel. »Es geht um Ischi. Sie ist hier an Bord meiner Space-Jet. Zusammen mit Herman Lugauer. Wir hatten gehofft, sie mit dem Verstärkerring behandeln zu können. Vergeblich.«

»Ich danke dir«, sagte der Ara, »dass du so ehrlich bist. Darum spiele auch ich mit offenen Karten. Ich kann Ischi heilen. Denn ich habe mich sehr lange mit diesen Klonen beschäftigt. Ich verstehe Danos Zustand bis in die Tiefen seiner Genetik. Ischi werde ich mit wenigen Untersuchungen genauso gut kennen. Es wird mir ein Leichtes sein, den Kohäsionsverstärker passend für sie zu justieren, ebenso wie für Dano.«

»Dann tu es!«, rief Lian.

»Genau hier liegt das Problem. Rhodan ist anderer Meinung.«

Lian schaute Perry fragend an.

»Er verlangt, dass Ischi an Bord seines Schiffs kommt. Ich muss sie ihm übergeben. Und er will auch dich behalten.«

»Ein gutes Angebot«, behauptete Vrach. »Wenn die Behandlung abgeschlossen ist, kannst du Ischi zurückhaben. Ich fordere nur Lian. Und ich verspreche, ihr wird nichts geschehen. Wir ziehen ab und sehen uns nie wieder, Rhodan.«

»Tu es«, verlangte Lian. »Um Ischi zu heilen, gehe ich mit ihm.« *Und werde einen Weg finden, ihn für all das bezahlen zu lassen!*

»Wenn ich dir den Kohäsionsverstärker übergebe, verliere ich jedes Druckmittel«, sagte Rhodan. »Wer verspricht mir, dass …«

»Du hast mein Wort! Ich brauche Ischi nicht.« Vrach lachte. »Sie ist wertlos für mich.«

Anschauungsmaterial, dachte Lian.

»Das glaube ich dir nicht.«

»Das liegt ganz bei dir, was du glaubst und was nicht. Bring Ischi zu mir, Rhodan – und ich heile sie. Oder wir kehren zu unserer alten Übereinkunft zurück. Die für uns beide schlechter ist. Denn machen wir uns nichts vor – ohne meine Hilfe wird Ischi sterben. Übel für dich. Und ich muss Lian abgeben. Sehr enttäuschend für mich. Lassen wir doch Lian entscheiden.«

»Tu es, Perry«, wiederholte sie.

Rhodan atmete geräuschvoll durch. »Dann komme ich mit an Bord.«

»Nein.« Der Ara faltete die Hände vor dem Bauch. »Du nicht. Wenn du einen Aufpasser mitschicken willst, kann dein Doktor Lugauer gern Ischi begleiten. Ein Wiedersehen mit einem alten Freund – wer könnte da widerstehen? Wir können über längst vergangene Zeiten plaudern, als wir noch das TRAFO-Projekt am Laufen hielten, jeder auf seine Art. Aber du nicht. Du schleust deine Space-Jet in meinen Hangar ein. Du übergibst den Kohäsionsverstärker, Ischi und Lugauer. Aber sobald meine Roboter registrieren, dass du selbst nur einen Fuß aus deiner Jet in mein Schiff setzt, werde ich Ischi töten, den Hangar abschotten und sprengen.«

Alle schwiegen.

Bis Vrach fortfuhr: »Nun? Dir bleibt nicht ewig Zeit. Und Ischi ebenso wenig. Ganz zu schweigen davon, dass Dano nicht mehr lange überleben wird.«

Lians Lippen bewegten sich tonlos: *Tu es, Perry!*

»Einverstanden«, sagte Rhodan. »Aber du solltest nicht vergessen, dass zwei Raumer in der Nähe stehen, die dein Schiff zerstören können, falls du Dummheiten machst. Du kannst damit nicht fliehen. Und wenn du auch nur daran denkst, einen Transmitter zu benutzen – ich weiß, wer du bist. Ich werde dich finden.«

»So misstrauisch?«, fragte Vrach und kappte die Kommunikationsverbindung.

Das Holo löste sich funkensprühend auf. Rhodans Augen schienen Lian noch für eine Sekunde starr und reglos anzuschauen. Und voller Zuversicht und Angst gleichermaßen.

»Nun gut«, sagte der Ara, »bringen wir es hinter uns.« Er schnippte.

Ein Medoroboter schwebte heran; dieselbe Maschine, die Lian das Lähmungsmittel verabreicht hatte, ein kugelförmiges Modell mit drei Tentakelarmen. Wieder injizierte er ihr etwas, und die Paralyse wich mit einem Gefühl wie tausend tastende Feuerflammen in ihren Adern.

»Komm mit ins Labor!«, forderte Vrach. »Du kannst bei der Behandlung nützlich sein.«

Lian stemmte sich in die Höhe. Sofort gaben ihre Knie nach. Sie sackte zusammen und stürzte.

Der Roboter fing sie mit einem seiner Tentakel. »Ich führe dich«, sagte er mit blecherner Stimme.

Das Labor, wie Tratsek Vrach es genannt hatte, lag nur wenige Meter entfernt: ein blitzender, steril aussehender, topmoderner Raum. Aus der Decke fiel Licht, das alles bis in den letzten Winkel erhellte.

Statt eines Fensters funkelte die Projektion einer Sonne gerade so hell, dass es nicht unangenehm wirkte. Protuberanzen tanzten auf ihrer glühenden Oberfläche, als könne man danach greifen.

An einer Seite des Raumes stand ein mindestens fünf Meter langer Arbeitstisch, auf dem sich Instrumente reihten, deren Sinn Lian in den meisten Fällen nicht einmal erahnen konnte. Davor saß Neyla Abiola in einem Arbeitssessel, ohne auf die Neuankömmlinge zu reagieren.

Der Roboter stützte Lian noch immer, die zu schwach war, um an einen Angriff auch nur zu denken.

Die andere Seite des Raumes füllten drei Liegen, über denen medizinische Überwachungsholos schwebten – zwei zeigten nur Nullwerte, das dritte visualisierte die Biowerte des einzigen Patienten, der darunter lag: Dano Zherkora starrte unbewegt an die Decke.

»Bald«, sagte Vrach, »ist es so weit, Dano. Rhodan hat den Kohäsionsverstärker besorgt – was dir nie gelungen ist.«

»Wie hätte ich …«, setzte Zherkora an, brach jedoch mitten im Satz ab und schwieg mit verbissen zusammengepresstem Mund.

Er ist tatsächlich eine Art Opfer, dachte Lian. Nicht dass er ihr deshalb auch nur ansatzweise leidtat.

»Dein Leidensweg endet heute, Dano«, sagte Vrach. »Rhodans Space-Jet ist im Hangar meines Schiffs gelandet. Zwei Kampfroboter eskortieren Lugauer zu uns – und Ischi auf ihrer Krankenliege. Ganz zu schweigen von dem wunderbaren Ring, von dem Neyla mir zuerst berichtet hat.« Er wandte sich ihr zu. »Wofür ich dir herzlich danke, Partnerin.«

Lian entging nicht, wie sich die Autoritäten in diesem Raum verteilten.

Der Ara behandelte Dano wie einen Sklaven, akzeptierte aber Neyla als gleichwertig. Das passte exakt ins Bild, das sie gewonnen hatte – Neyla und Vrach arbeiteten zusammen, wollten gemeinsam von den Möglichkeiten des Humandesigns profitieren ... während Dano die Drecksarbeit für sie erledigt hatte.

In diesem Augenblick fragte sich Lian zum ersten Mal, ob der Ara ihren Genbruder tatsächlich heilen würde.

Dein Leidensweg endet heute, Dano.

Weil Heilung wartete?

Oder weil er seine Schuldigkeit getan hatte? Immerhin war er kein so gutes *Anschauungsmaterial* wie Ischi und Lian.

Sie musste wachsam sein, auf jede Regung achten und ...

... ja, und was? Was konnte sie schon ausrichten? Vor allem, solange sie sich dermaßen schwach fühlte?

Zuerst drang das Geräusch von schweren, stampfenden Schritten ins Labor.

Wenige Atemzüge später tauchte der erste Kampfroboter auf: ein grob menschlich aussehendes Modell mit zwei Waffenarmen und sechs Kamera-Augen rund um den eiförmigen Kopf.

Ihm folgten die schwebende Krankenliege mit Ischi und direkt danach Doktor Doktor Lugauer.

Den Abschluss bildete ein zweiter Roboter, der mit einer metallischen Greifklaue einen etwa einen Meter durchmessenden Metallreif hielt.

»Endlich sind wir alle zusammen«, sagte Neyla und ergänzte mit süffisantem Grinsen: »Wie schön.« Sie wandte sich an den Ara. »Tratsek?«

Er hob beide Arme, als wolle er seine eigene Genialität anbeten. »Gehen wir.«

Lian begriff sofort, dass es nun darauf ankam.

Jetzt oder nie!

Sie wollte losrennen, egal wie geschwächt sie sich fühlte. Der Roboter hielt sie fest, und in der nächsten Sekunde hörte sie das Zischen einer Injektion. Feuer rann durch ihren Leib und lähmte sie.

Nicht schon wieder!

Sie sah, wie Lugauer zusammensackte und reglos liegen blieb. Sie versuchte, sich zu bewegen, doch erneut blieb ihr nur die Kontrolle über die Gesichtsmuskulatur.

»Fluchtweg aktivieren!«, sagte Vrach, und die Positronik seines Schiffs reagierte sofort. Der lange Arbeitstisch klappte hoch, und aus dem Boden fuhr eine käfigartige Konstruktion, in deren Innerem ein energetisches Feld flirrte.

Ein funktionsbereiter Transmitter.

Dano setzte sich auf. »Willst du mich nicht zuerst ...«

»Dich?« Vrach lachte.

Zherkora sprang von seiner Liege. Einer der Kampfroboter schoss auf ihn; er schrie und starrte fassungslos auf seine verbrannte Schulter.

»Du bist nutzloses Material, seit ich so viel besseres habe.« Der Ara deutete auf die beiden Klone, die reglos verharren mussten – Ischi im Koma, Lian unter dem Einfluss der Paralyse.

»Das kannst du nicht ...« Dano stürmte ansatzlos auf den Ara zu, doch sein Angriff kam beinahe jämmerlich langsam – sein körperlicher Zustand war bemitleidenswert schwach.

Vrach holte aus und schmetterte ihm die Faust ins Gesicht. Es sah aus, als ob es ihm Spaß machte.

Die Haut platzte über dem Wangenknochen auf. Lians Klonbruder verdrehte die Augen und sackte ohnmächtig zusammen.

»Gehen wir«, sagte der Ara.

Lian musste hilflos beobachten, wie einer der Roboter die

reglose Ischi von der Liege hob und mit ihr in den Transmitter trat. Kaum im Inneren der Käfigkonstruktion, erfasste sie das Entstofflichungsfeld und strahlte sie ab.

Wohin?, fragte sich Lian und begriff, dass sie es bald mit eigenen Augen zu sehen bekommen würde.

»Wir sollten uns beeilen«, fuhr der Ara fort. »Rhodan ist kein Narr. Er wird rasch erkennen, was hier vor sich geht.«

Neyla trat in den Käfig und verschwand.

»Er weiß, wer du bist«, sagte Lian. »Er wird uns finden. Egal wo du dich verkriechst!«

»Da täuschst du dich. Rhodan kennt einen Namen. Eine meiner Identitäten. Tratsek Vrach. Ein Ara, der ein Haus besitzt, das in etwa einer Stunde in Flammen aufgehen wird. Genau wie dieses Schiff wird mein Anwesen völlig zerstört werden. Was dieses Raumschiff angeht ... hier wird es allerdings etwas schneller gehen. Ich trete durch den Transmitter, und die Hölle bricht los. Von *Tratsek Vrach* bleibt keine Spur.«

Er deutete auf die beiden reglosen Männer am Boden. »Wie auch nicht von Dano Zherkora oder Herman Lugauer. Mit viel Glück erwischt es sogar Perry Rhodan. Aber ... na ja ... der ist sehr zäh.«

Der zweite Kampfroboter ging durch das Entstofflichungsfeld – mit ihm der zelluläre Kohäsionsverstärker.

Der Medoroboter schleppte Lian mit sich zum Abstrahlfeld.

»Geh nur!«, sagte der Ara. »Ich folge dir gleich.«

Kaum verklang das letzte Wort, verschwand die Umgebung des Labors, und Lian wurde klar, dass Vrach keine Spuren zurücklassen würde.

Nur ein explodierendes Schiff.

Kapitel 44:
Loyalitäten

Die Welt drehte sich, kippte zur Seite und versank in einem leise ächzenden Laut. Danach übertrug die Mikrokamera nur noch das Bild der kahlen, glänzenden Labordecke, in das von der Seite der Waffenarm eines Kampfroboters hineinragte.

Perry Rhodan fluchte. Er hatte damit gerechnet, dass Tratsek Vrach nicht fair spielte – dass der Ara so schnell zuschlug, überraschte ihn dennoch. *Gehen wir*, hatte Vrach gesagt, und im nächsten Augenblick war Lian betäubt worden, ehe auch Herman Lugauer zusammenbrach.

Immerhin lebte Herman noch – der Vitalsensor übertrug zwar schwache, aber regelmäßige Werte.

Rhodan rannte los und aktivierte die zuvor instruierten Roboter in seiner Space-Jet mit dem vereinbarten Kodewort.

Vrach spielte falsch?

Das konnte Rhodan genauso!

Die Vorbereitung war einfach gewesen, wenn die Spezialkamera auch ein Stück exquisite Hochtechnologie darstellte, auf die nicht jedermann zugreifen durfte. Wie gut, dass Rhodan nicht jedermann war.

Das Gerät war winzig und in Lugauers Haaren versteckt, mit einem eigenen Dämpfungsfeld versehen, sodass es nur bei einer äußerst gründlichen Untersuchung entdeckt worden wäre. Die Kamera war mit einer neurologischen Schnittstelle ausgestattet: Sie folgte den Augenbewegungen ihres Trägers und übertrug stets das, was dieser gerade ansah.

So hatte sich Rhodan an Bord seiner Space-Jet ein Bild des Labors machen können … und von den Menschen darin.

Von Dano Zherkora auf einer Medoliege.

Von Neyla Abiola, die lässig in einem Sessel wartete.

Von Tratsek Vrach, der keine Sekunde daran gedacht hatte, sich an die Vereinbarung zu halten.

Leider konnte Herman Lugauer ohnmächtig die Kamera nicht mehr steuern – aber deren Akustiksensoren funktionierten nach wie vor und übertrugen jeden Laut in perfekter Klangqualität.

Während Perry Rhodan losstürmte, befahl Vrach: *Fluchtweg aktivieren!* Die Geräusche im Hintergrund klangen in Verbindung mit diesen Worten nach einem Transmitter, der ein Entstofflichungsfeld aufbaute.

Als Rhodan die Space-Jet verließ, hörte er einen Energieschuss sirren, den Lärm eines Handgemenges und den Ara, wie er ungerührt *Gehen wir* sagte.

In diesem Augenblick begann der Angriff. Vrach hatte angekündigt, ihn daran zu hindern, sein Schiff zu betreten. Genauer gesagt, den Hangar zu sprengen. Doch das hielt Rhodan angesichts der Transmitterflucht für eine leere Drohung.

Ein Roboter eröffnete das Feuer auf ihn. Die nächsten Worte aus dem Labor, während die ersten Schüsse in den Schutzschirm des SERUNS einschlugen, bestätigten seine schlimmsten Befürchtungen – Vrach würde nicht den Hangar zerstören, sondern das komplette Schiff.

Rhodan und seine Roboter nahmen die feindliche Maschine unter Beschuss.

Der Kampfroboter des Aras explodierte und riss ein Loch in den Boden. Die meisten Trümmer regneten brennend hindurch.

Eine Druckwelle schmetterte gegen Rhodan. Der SERUN wirkte automatisch dagegen. Es schüttelte ihn ein wenig, mehr nicht, ehe er den Ausgang des Hangars erreichte.

Er kannte den Weg, hatte ihn dank der versteckten Mikrokamera durch Herman Lugauers Augen verfolgen können.

Von Tratsek Vrach bleibt keine Spur, sagte der Ara gerade. *Wie auch nicht von Dano Zherkora oder Herman Lugauer. Mit viel Glück erwischt es sogar Perry Rhodan. Aber … na ja … der ist sehr zäh.*

»Das bin ich«, flüsterte Rhodan.

Eine weitere Kampfmaschine stellte sich ihm in den Weg, ein neues Gefecht entbrannte. Diesmal wurde einer seiner Roboter vernichtet, ehe die fremde Maschine detonierte.

Der SERUN filterte den tosenden Lärm der Explosionen aus, sodass er die letzten Worte aus dem Labor hören konnte, ehe es dort still blieb: *Ich folge dir gleich.*

Vor Rhodan lag noch der Weg durch einen Antigravschacht fünf Decks nach oben, als eine erste große Detonation den gesamten Raumer erschütterte.

Die Selbstzerstörung des Schiffs begann.

Alarm heulte.

Rhodan musste weg, wenn er nicht selbst mit in den Untergang gerissen werden wollte.

Aber er durfte nicht.

Nicht, solange er wusste, dass Herman Lugauer ohnmächtig im Labor lag – und dass Dano Zherkora dort wohl ebenfalls noch am Leben war.

Und vor allem, dass es möglicherweise eine Spur zu Lian und Ischi gab … die letzte Chance, die beiden zu finden. Im Transmitter konnte die Gegenstation des aktuellen Transports eingespeichert sein. Nach der Zerstörung des Schiffs gab es keine Möglichkeit mehr, Vrach und die anderen zu verfolgen.

Mit dem Roboter raste er im Schacht nach oben.

Etwa eine halbe Minute bis zum Ziel.

In diesem Augenblick donnerte eine doppelte Explosion – irgendwo in den Weiten des Schiffs, gefolgt von einer dumpfen

Erschütterung und einem hohen, metallischen Kreischen, als würde der Raumer selbst aufschreien ... und ganz in der Nähe.

Im Labor.

Durch das Bild der Kamera, die stupide eine Aufnahme der Decke übertrug, huschten eine Feuerlohe und schwarzer, wallender Qualm.

Rhodan fluchte.

Die Übertragung fiel aus.

Perry Rhodan stoppte den rasenden Flug vor dem Eingang zum Labor.

Von außen sah es unbeschädigt aus, was auf eine schwache Explosion hindeutete. Trotzdem fürchtete er, dass keiner der beiden ohnmächtigen Männer in dem Raum noch lebte.

Er öffnete die Tür und blickte auf ein Chaos aus Trümmern und Qualm. Schwarze Schwaden quollen ihm entgegen, suchten den Weg nach draußen in den Korridor.

Zielstrebig hastete er in den Rauch, vom Schirm des SERUNS geschützt, während sein verbliebener Roboter ihm folgte. Er wusste, wo Herman Lugauer gestürzt war. Neben dem reglosen Mann ging er in Deckung.

Am Boden war die Sicht besser. Ein Stein fiel von Rhodans Herzen. Die Explosion hatte Lugauer nicht geschadet. Überhaupt war alles rundum unversehrt geblieben.

Die Detonation musste sehr eng begrenzt gewesen sein.

Eng begrenzt ...

Der Transmitter!

Zweifellos hatte sich Tratsek Vrach doppelt abgesichert. Ihm genügte nicht die Zerstörung seines Schiffs – er wollte den Transmitter und damit die Möglichkeit, seinen Fluchtweg nachzuvollziehen, völlig vernichtet wissen.

Rhodan überprüfte die Vermutung, schaute auf schwelende Überreste, in deren Mitte noch immer etwas brannte, und hakte es ab.

Es gab Wichtigeres – in diesen Sekunden kam es darauf an, zu überleben und Herman Lugauer in Sicherheit zu bringen.

Und Dano Zherkora?

Er musste nach ihm sehen. Er befahl dem Roboter, den bewusstlosen Freund zu packen und sich bereitzuhalten.

Perry Rhodan ging quer durch den Raum – und sah sich plötzlich Zherkora gegenüber! Seine Schulter war verbrannt, das Gesicht vor Schmerzen verzerrt. Er hob sein Shirt, hielt es vor den Mund, um den Rauch zu filtern.

Ein Wunder, dass dieser Mann aufrecht blieb.

»Raus hier«, sagte Rhodan. »Sofort!« Alles andere konnten sie später klären.

»Nein! Der Transmitter …«

»Ist zerstört.«

»Ich muss … hin … die Daten …«

»Sind unbrauchbar. Das Schiff vernichtet sich selbst. Wir …«

Eine weitere Explosion riss ihm die Worte von den Lippen. Alles bebte, legte sich schief … ein hohes Kreischen … und die künstliche Gravitation fiel aus.

Der SERUN bewahrte Rhodan vor Schlimmerem, aber Zherkora hob ab und schwebte zur Seite. Ein Metalltrümmerstück schmetterte gegen seine Beine. Er kippte und drehte sich in der Luft.

Die Schwerkraft kehrte zurück. Dano krachte zu Boden. Rundum prasselten Trümmer herab. Ein Stuhl schlitterte gegen eine umgestürzte Liege.

»Komm mit oder stirb!«, sagte Rhodan. »Ich helfe dir, aber ich bleibe nicht länger hier, um mit dir zu diskutieren!«

Erst in diesem Augenblick dachte er an andere mögliche Besatzungsmitglieder und konnte nur hoffen, dass sie sich selbst in Sicherheit brachten. Vrach hatte seine Mannschaft eiskalt dem Tod ausgeliefert.

»Nein!« Dano wollte Rhodan packen. Seine Hand schlug in den SERUN-Schutzschirm und wurde flirrend abgestoßen. Ein Überschlagblitz zuckte.

»Das ist nicht die Zeit zu kämpfen.« Rhodan wandte sich dem Ausgang zu.

»Du verstehst nicht! Ich kann herausfinden, wohin Vrach geflohen ist! Ich habe … Überwachungsgerät …« Die Worte erstickten in einem Husten.

Rhodan war wie elektrisiert. Konnte das sein? Oder wollte sein Gegner ihn sogar in dieser Situation, in Todesgefahr, in eine Falle locken?

Dano wankte zu den Überresten des Transmitters.

Ohne eine Sekunde zu verlieren, folgte Rhodan ihm.

Zherkora wühlte im Schutt, mit vom Rauch tränenden Augen. Er schwankte, hielt sich sichtbar mit letzter Kraft aufrecht. »Such … Kästchen … handgroß, blaue Oberfläche! Hat einen Extraschutz. Kann das alles überstanden …!« Wieder erstickten die Worte. Blut lief über seine Lippen.

Im Schutz des SERUNS konnte Rhodan viel leichter agieren. Er ortete nach intakter Technologie – und wurde fündig. Er griff aus einem Schutthaufen das von Zherkora erwähnte Kästchen. »Ich hab es. Raus hier!«

»Hilf mir.«

Rhodan desaktivierte seinen Schutzschirm. »Keine Dummheiten!« Er befahl Dano, sich an ihm festzuklammern, weitete den Schirm auf sich und seinen *Passagier* aus und raste mit der Flugfunktion des SERUNS los. Der Roboter, der Lugauer trug, folgte ihm.

Im Korridor blickte Rhodan auf ein viele Meter durchmessendes Not-Energiefeld, das einen riesigen Hüllenbruch abschirmte. Fünf, sechs Decks nach oben gab es hinter dem roten

Wabern des Energievorhangs nur noch zerfetzte Böden und gezackte Überreste von Wänden. Dahinter gähnte die Schwärze des Weltraums.

Rhodan wägte seine Chancen ab.

Sollte er zurück, quer durch das Schiff und zum Hangar? Es wäre so gut wie Selbstmord. Jeden Augenblick konnte eine weitere Explosion alles vernichten.

»Nerven behalten«, sagte er zu Dano, befahl dem letzten Roboter, einen Schutzschirm um sich und Lugauer zu projizieren ... und feuerte auf den Schirm, der das Schiff vom Vakuum des Weltraums trennte.

Es dauerte nur Sekunden, bis der Schirm kollabierte. Die künstliche Atmosphäre wurde nach draußen gerissen, und mit ihr Rhodan samt seinem Begleiter und der Roboter mit Lugauer.

Im Schutz des SERUNS überschlugen sie sich, wirbelten ... und trieben bald im All.

Der Raumer des Aras lag unter ihnen – eine Wüste aus Metall und Zerstörung, ein Wrack, das von Sekunde zu Sekunde mehr zusammenbrach. Explosionen erschütterten es, Feuerlohen pufften hinaus und erloschen im Vakuum des Weltraums.

Der Roboter mit Lugauer trieb in ihrer Nähe.

»Wie sollen wir ...«, setzte Zherkora an.

»Ruhig!«, sagte Rhodan. »Wir müssen einfach abwarten. Es stehen zwei Schiffe bereit. Die werden uns aufsammeln.«

»Du trägst einen SERUN mit Sauerstoffversorgung! Ich bin nur unter dem Schutzschirm und habe ein wenig mit uns eingeschlossene Atmosphäre um ...«

»Es wird nicht lange dauern«, unterbrach Rhodan. »Und je mehr du redest, umso mehr Sauerstoff verbrauchst du.« Dass er seinen Sauerstoffvorrat jederzeit teilen konnte, verschwieg er.

Hauptsache, Zherkora verhielt sich ruhig und kam gar nicht erst auf die Idee, irgendwelche Dummheiten zu versuchen.

Kapitel 45:
Schöne Aussichten

Unfassbar schön.

Lian hasste es, aber es war unfassbar schön.

Der Saturn glänzte in Ocker und tausend Schattierungen von Braun; wo das Sonnenlicht ihn traf, strahlte und blitzte er. Davor, ganz in Lians Nähe, zog sich ein unendliches Band aus Millionen winziger Steine, größerer Felsbrocken, aus Eisbrocken, ätherischen Staubwolken und …

… und schierer Schönheit.

Der Ring des Saturns. Unmittelbar darin, mehr noch, *Teil davon* zu sein, war überwältigend. Licht brach sich in Eiswolken, ließ sie glänzen, und manchmal schien es, als husche etwas Lebendiges hindurch. Wenn sie versuchte, es zu fixieren, entpuppte es sich als Strom kleiner Felsen, als steinerner Tanz.

Tratsek Vrach, oder unter welcher Identität auch immer er ab sofort leben würde, hatte sie ins Paradies geführt. Ein Paradies, das er sich selbst erbaut hatte, am unwahrscheinlichsten Ort des Sonnensystems: eine Villa auf einem der unzähligen Gesteinsbrocken des Saturnrings.

Nur eine Glaskuppel spannte sich über dem Anwesen, zweifellos tausendfach gehärtet und wohl auch durch unsichtbare Energieschirme zusätzlich geschützt. Es gab Wände; Räume, aber ohne Decken. Sie ragten aus perfekt gepflegten Wiesen, aus Böden aus poliertem Holz und glänzendem Marmor. Blüten leuchteten in tausend Farben und verbreiteten einen betörenden Duft.

Lian hielt sich in einem der zahllosen Innenhöfe auf, wenn man es überhaupt so nennen konnte – *Innen und Außen* verloren in dieser Architektur jede Bedeutung. Sie wandte den Blick, weg vom Planeten, hin zu den Außenbereichen des Rings, der ihn umgab.

Dort glitzerte es wie Eis, wie ein Wolkenband mitten im All. Sonnenlicht strahlte hindurch, in scharf gebündelten Strahlen; an der Glaskuppel über Lian bildete sich ein Kaleidoskop aus Regenbögen.

Fast zu schön, um es zu hassen.

Wenn Lian einen Weg fand, würde sie dieses künstliche Paradies dennoch zertrümmern. Der Ara sollte an seinem Hochmut und seiner Gier ersticken, und Neyla gleich mit ihm.

Sie gab sich keinerlei Illusionen hin. Es mochte aussehen, als könne sie sich in weiten Teilen des Anwesens frei bewegen – aber man bewachte sie noch weitaus schärfer als im Schiff. Dort hatte sie sich durch einen Trick befreien, eine Botschaft senden und Sabotage üben können. Nun würde sie beim ersten falschen Schritt außer Gefecht gesetzt werden.

Eine Überwachungssonde und zwei Kampfroboter blieben stets in unmittelbarer Nähe – und das waren nur die Wächter, von denen sie wusste. Sie hatte versucht, unbeobachtet die Toilette zu benutzen. Doch diesen Luxus gönnte man ihr nicht.

Tatsächlich rangierte die Benutzung der Toilette auf ihrer Prioritätenliste, die sie im Geiste führte, sehr weit unten. Lichtjahreweit etwa unterhalb der Frage, ob Perry Rhodan die Explosion des Schiffs überstanden hatte. Oder Herman Lugauer. Ja, sogar der Punkt, ob Dano Zherkora noch lebte, erschien ihr momentan wichtiger.

Nach der Ankunft im Empfangstransmitter hatte Neyla sie *nach draußen* geführt; Vrach, Ischi, der Kohäsionsverstärker und die Kampfroboter waren zurückgeblieben. Auf ein gutes Dutzend Fragen war ihr Klonoriginal die Antworten schuldig geblieben, ehe sie Lian in die Obhut der Maschinen entließ.

Die Glaskuppel lag etwa zehn Meter hoch. Unerreichbar –

davon abgesehen, dass es nichts genutzt hätte, sie zu erreichen. Wahrscheinlich würde sie nicht einmal durch Strahlerbeschuss brechen.

Lian lehnte sich mit dem Rücken gegen den breiten Stamm des Baumes in der Mitte des Anwesens. Seine blaumetallisch blitzende Krone überragte die umgebenden Wände, die wie zu hoch geratene Mauern aufragten.

Sie würde sich gefügig zeigen, in ihr Schicksal ergeben – um irgendwann Widerstand zu leisten; vielleicht in Tagen, vielleicht in Wochen, vielleicht ... in Jahren. Der Gedanke erschreckte sie.

Möglicherweise konnte es sogar von Vorteil sein, nach einiger Zeit scheinbar Interesse am widerwärtigen Geschäftsmodell des Humandesigns an den Tag zu legen. *Hört zu, Neyla und Tratsek, ich habe eine Idee, alles zu perfektionieren.*

Aber irgendwann, das schwor sie sich, würde sie eine Möglichkeit finden, es den beiden heimzuzahlen. Sie würde entkommen oder eine Nachricht nach draußen schmuggeln oder ...

»Lian.«

Die Stimme riss sie aus ihren Gedanken.

»Gefällt es dir?«, fragte Neyla. Sie kam mit weiten Schritten auf sie zu. Das Gras streichelte um ihre Unterschenkel. Es raschelte leicht, wie ein Feld im Wind. Nur dass es an einem Ort wie diesem keinen Wind gab, solange er nicht künstlich erzeugt wurde, wie die ganze Umgebung, die Pflanzen, sogar die Luft.

Bei dem Gedanken glaubte Lian, nicht mehr atmen zu können.

»Ob mir was gefällt? Euer Paradies?«

»Wenn, dann ist es Vrachs Paradies, nicht *unseres*«, sagte Neyla.

»Aber du hast dich eingeschmeichelt. Dich diesem Arschloch angebiedert.« So viel dazu, dass sie sich ruhig und verständig zeigen wollte. Sie musste sich beherrschen.

»Sieh dich doch um.« Neyla legte den Kopf in den Nacken.

Lian verdrängte mit Mühe die sinnlose Idee, sie anzugreifen. Was hätte es gebracht?

»Wundervoller Luxus. Ein Ausblick, wie man ihn sich schöner nicht ausmalen könnte. Wusstest du, dass der Saturn mehrere Teilringe hat? Stell dir das vor – Fels- und Eisbrocken, rund um den Planeten, mit einem Durchmesser der Ringe von einer Million Kilometer, aber teils nur wenige Meter dick – unendlich flach, wenn du das Ganze siehst. Das Eis …«

Lian schaltete ab. Was sollte das? Warum schwärmte sie davon? *Sie will mich einlullen. Mich von den eigentlichen Problemen ablenken.*

»Manchmal«, sagte Neyla nach einiger Zeit, »ziehen zwei der vielen Saturnmonde eng vorbei, wie Hirten des Rings. Wie *unsere* Hirten.«

»Neyla?«

»Ja?«

»Wie geht es Ischi?« Aus einer spontanen Empfindung heraus ergänzte Lian: »Versuchst du mich davon abzulenken, dass es bei ihr schlechte Nachrichten gibt? Spricht sie nicht auf die Heilung an?«

»Wie kommst du darauf?«

»Du wirst kaum gekommen sein, um mit mir über Saturn und seine Ringe zu plaudern.« Lian lauerte auf Neylas Reaktion. Welches Spiel wollte sie spielen?

»Natürlich nicht.« Neyla bückte sich, zupfte einen Grashalm aus. Sie drehte ihn zwischen den Fingern. »Willst du sie sehen?«

»Ischi?«

»Wen sonst?«

»Selbstverständlich.«

»Komm mit.« Neyla ging los, ohne sich umzusehen. »Ich nehme an, Tratsek behandelt sie gerade.«

Lian eilte hinterher und erreichte sie beim Zwischenraum zwischen zwei Wänden. »Wir müssen uns wohl an einen anderen Namen gewöhnen. Wie hat er es so schön gesagt? Tratsek Vrach ist nicht mehr.«

»Das soll er entscheiden.«

Nach dem Durchgang erwartete sie Zwielicht. Lian schaute hoch. Über ihnen erstreckte sich eine Decke – die erste, die sie in dem Anwesen sah. Neyla öffnete am Ende des Flurs eine Tür, die in eine Medostation führte; zumindest assoziierte sie das sofort mit diesem Anblick.

Ischi schwebte in etwa einem Meter Höhe, als wäre sie auf einer unsichtbaren Liege ausgestreckt. Zweifellos trug ein Antigravfeld sie, vielleicht von dem zellulären Kohäsionsverstärker projiziert – denn der Metallring umgab sie, fuhr langsam den reglosen Körper entlang.

Der Ara stand daneben, die Arme vor die Brust gehoben, dass die Fingerspitzen sich berührten. »Danke, dass du gekommen bist.«

»Ich bin nicht freiwillig hier«, erinnerte Lian.

Vrach winkte ab. »Siehst du? Ich pflege mein Wort zu halten. Die Behandlung läuft.«

»Sieht ... unspektakulär aus.«

»Was erwartest du? Funkensprühen? Einen Regenbogen? Das Abbild einer Spiralgalaxis, das in Ischis Körper eindringt?« Er lachte rau. »Der Verstärker emittiert eine spezielle fünfdimensionale Strahlung in ihren Zellen. Rein optisch ist natürlich nichts zu erkennen.«

»Und danach wird sie gesund sein?«, fragte Neyla.

Vrach ging einige Schritte, bis er direkt vor dem Metallring stand, der sich seit Lians Eintreten etwa zehn Zentimeter weiterbewegt hatte. »Es geht hier nicht um Zauberei, sondern um Medizin. Sie wird noch ein paar Behandlungen brauchen. Ich will sie stündlich wiederholen. Morgen früh kann ich sie aus dem Koma wecken. Wenn alles gut läuft, wird sie wie neu sein.« Er suchte Lians Blick. »Wie frisch geklont, sozusagen.«

Die Bösartigkeit der letzten Bemerkung traf sie wie ein Stich mitten ins Herz. »Du sagst, du pflegst dein Wort zu halten, Tratsek ... was ist mit dem, was du Dano versprochen hast? Ihn zu heilen?«

»Er hat sich sein Schicksal selbst zuzuschreiben.«

»Warum? Weil er dir nicht mehr nützlich war und seine Schuldigkeit getan hat?«

»Du solltest«, sagte Vrach leise, »nicht dem Vorhaltungen machen, von dessen Gunst du abhängig bist.«

Rasch ging Lian weiter in den Raum und breitete die Arme zu beiden Seiten aus. »Du kannst mich töten, falls du das willst. Bringen wir es hinter uns. Aber nein, du brauchst mich ja. Als Anschauungsmaterial. Wenn demnächst deine Kunden eintreffen, wirst du ...«

»Womit wir beim Thema wären«, unterbrach der Ara eiskalt. »Ja, ich brauche dich. Notfalls genügt mir allerdings auch sie« – er tippte Ischi an die Schulter – »als lebendiger Prospekt. Also zügle dich ein wenig, meine liebe Lian. Und zweitens – du täuschst dich. Es werden nicht *demnächst* erste Kunden eintreffen. Es ist schon jemand hier. Ich schlage dir einen Handel vor.«

»Ich höre.«

»Wir treffen diesen Kunden. Du brauchst nur still zu sein. Auf Fragen vernünftig zu antworten. Nicht so ... kratzbürstig zu sein. Du musst weder übertrieben begeistert sein noch mein Hündchen spielen.«

»Und was habe ich davon?«

»Du kannst dich weiterhin frei bewegen, natürlich streng bewacht. Denselben Fehler wie in meinem Schiff begehe ich nicht erneut, verlass dich drauf. Außerdem werde ich Ischi weiterbehandeln.«

»Das ist ...«

»Still!«, zischte Vrach. »Wenn du nicht kooperierst, wirst du danach in einer äußerst unbequemen Zelle landen. Und ehe du mich darauf hinweist – ja, ich brauche Ischi. Also werde ich sie sowieso heilen. Aber du machst dir keine Vorstellung davon, *was* sich meine Kunden alles wünschen. Humandesign, meine Liebe, ist ein weites Feld. Wer willige Sexsklavinnen sucht, benötigt vielleicht kein Material, das sehen kann. Es gibt so hässliche Wesen, die sich sonst schämen würden, du verstehst? Ischi als blindes Vorführmodell, das könnte durchaus nützlich sein.«

Jedes Wort ekelte Lian an. »Modell«, wiederholte sie und schämte sich, die Bezeichnung in diesem Zusammenhang auch nur in den Mund zu nehmen.

»Nun?«

»Ich habe verstanden«, sagte sie laut. Ihr Blick wanderte von dem Ara zu Neyla und zurück. »Ihr könnt euch auf mich verlassen.«

»Na bestens!«, rief Vrach gut gelaunt. »Neyla, meine Liebe, bereite Lian vor. Ich habe dem Kunden ein Zimmer zugewiesen. Das Treffen findet in einer Stunde statt.«

Kapitel 46:
Abgrund

Dano Zherkora war leichenblass, und er blutete nicht nur an der Lippe, sondern auch auf dem Handrücken. An der linken Kopfseite waren ihm die Haare büschelweise ausgefallen.

Herman Lugauer stand neben ihm und verfolgte die Untersuchungen des Medoroboters, der einen Strahlenschauer auf den Hinterkopf des Patienten fallen ließ. Lugauer musterte Messdaten, die in mehreren Kolonnen auf einigen Diagnoseholos abliefen. »Ich will nichts beschönigen. Ich kenne vergleichbare Werte von Ischi. Es geht dir ... schlecht.«

»Erzähl mir etwas Neues.« Dano saß mit hängenden Schultern und herabgesunkenem Kinn in einem Sessel. Seine Augen glichen denen eines gehetzten und in die Enge getriebenen Tieres. »Der Kohäsionsverstärker war meine letzte Chance. Wenn ich mit dem Raumer untergegangen wäre, hätte ich es wenigstens hinter mir.«

Die DAVID NASH, eine der von Cai Cheung in der Nähe des Ara-Schiffs stationierten Einheiten, hatte Rhodan und seine beiden *Passagiere* aufgenommen. Der erste Weg hatte in die Krankenstation geführt, wo Lugauer rasch hatte geweckt werden können. Er war nur paralysiert gewesen. Den Rat der behandelnden Ärztin – einer Insektoidin von unbestreitbarer Eleganz – hatte er mit den Worten »Ich ruhe mich aus, wenn das hier alles vorbei ist« ignoriert.

»Du hast das Richtige getan«, sagte Rhodan.

Er wartete ungeduldig auf das Ergebnis der Analyse des blauen Kästchens, das er dank Zherkoras Hilfe hatte retten können. Trotz des integrierten Schutzschirms hatte die Technologie bei der Explosion des Transmitters Schaden genommen. Die Bordpositronik versuchte, Zugriff auf die darin gespeicherten Daten zu bekommen.

»Das Richtige?«, fragte Dano.

»Einmal hast du eine gute Entscheidung getroffen, ja.« Rhodan schaute den Mann an, der sie quer durch das gesamte Sonnensystem gehetzt hatte. Der erpresst und getötet hatte, um seine Ziele zu erreichen – und der am Ende grandios gescheitert war. Zherkora war nur noch ein alter, grauer, zitternder … Mensch. »Spät, aber immerhin.«

»Weißt du, warum ich es getan habe?«

»Was? Mich auf das Kästchen hinzuweisen? Es überhaupt dort zu verstecken?«

»Nein. Alles. Von Anfang an.«

»Ich höre.«

»Um zu überleben. Um weiterleben zu können. Um nicht zu zerfallen und einen elenden Tod zu sterben. Was ist daran falsch? Sag mir das! Ich wollte den Kohäsionsverstärker – ja! Was würdest du tun, wenn du deinen Zellaktivator verlörest und ihn wiederbeschaffen müsstest? Was?«

»Jedenfalls nicht töten«, sagte Rhodan ruhig.

Dano wand sich im Sessel, versuchte aufzustehen und fiel zurück. »Ich musste es tun!«

Erstmals verlor Doktor Lugauer die Beherrschung. »Ach ja? Du musstest also Lian diesem Irren ausliefern und Ischi gleich mit? Sie sind vielleicht längst tot oder werden zu was weiß ich welchen Experimenten missbraucht! Dabei solltest gerade du wissen, was das bedeutet! Du *musstest* deinen Arbeitskollegen in der SenTri-Arena ermorden und die Firma auf Mimas in die Luft …«

»Er war mein Freund!«, schrie Dano, und nun stand er doch auf.

»Bitte setz dich, damit ich die Analyse beenden kann«,

schnarrte der Medoroboter. »Du darfst dich bewegen, aber ...«

Niemand achtete auf die Worte der Maschine.

»Ich wollte ihn nicht töten«, fuhr Zherkora fort. »Er war mein einziger Freund!«

»Warum hast du es getan?«, fragte Rhodan.

»Vrach hat mich getäuscht. Er ... er hat ...« Dano ballte die Rechte zur Faust und schlug sie gegen den Arm des Roboters, der ihn zurück in den Sessel drücken wollte. »Und wisst ihr was? Ich habe Angst! Und nicht mehr nur, weil ich zerfalle.«

»Du musst dich wieder setzen, damit ...«

»Schafft mir diese Maschine vom Hals!«

Rhodan befahl dem Medoroboter, sich zurückzuziehen. »Sprich weiter, Dano.«

»Als ich meinen Freund ermordete, ohne zu wissen, was ich tue ... in diesem Moment wurde mir zum ersten Mal klar, mit wem ich zusammenarbeite. Ich war auf Vrach angewiesen, aber er machte mir Angst. Ja, ich hatte Skrupel – doch vielleicht bin ich nicht so edel wie du, Rhodan ... denn ich habe mich entschieden, um jeden Preis weiterzuleben. Und auch dafür zu morden.«

»Ich bin nicht edel«, sagte Rhodan.

Zherkora ignorierte es. »Bei Castoral Positronics, als ich den Datenteufel erschossen und den Sprengsatz gezündet habe – da merkte ich, wie leicht mir das gefallen ist. In welche Art Mensch ich mich gerade verwandelte. Aber mir blieb keine Wahl! Ich wollte doch nur leben. Und das will ich immer noch. Sieh mich an. Sieh – mich – doch – an!«

Die letzten Worte schrie er, hob den Arm und boxte sich gegen die Brust. Er schnappte nach Luft, krümmte sich und fiel in den Sessel zurück.

»Schau es dir an«, murmelte er, während er das Shirt hob.

Wo ihn der Faustschlag getroffen hatte, war die Haut geplatzt, und mehr als das. Ein Stück des Rippenknochens lugte blutig aus einer tiefen Wunde. »Ich zerfalle. Und der Schmerz ist nur allzu vertraut.«

Rhodan rief den Medoroboter zurück. »Versorg die Verletzung. Und nur das. Keine weiteren Untersuchungen.«

Dano nickte. »Ich bin nicht besser als Vrach. Vielleicht verstehe ich ihn deshalb so gut. Ich wusste, dass er mich hintergehen wird. Also habe ich das Kästchen an seinem Fluchttransmitter versteckt. Wenn er verschwindet, sagte ich mir, will ich wissen, wohin er geht. Ich habe es selbst programmiert. Der letzte Durchgang muss aufgezeichnet sein, mit exakten Koordinaten. Und noch ein wenig mehr. Ich bin ... talentiert, weißt du. Rhodan?«

»Ja?«

»Mir fehlt die Kraft, dorthin zu gehen. Tu es für mich.«

»Ich werde Lian und Ischi befreien.«

»Töte ihn. Und töte Neyla. Sie ist wie er.«

»Ich führe sie einer gerechten Strafe ...«

»Sie haben den Tod verdient. Sie sind Bestien.«

Zherkora schloss die Augen. »Genau wie ich.«

»Willkommen, mein Freund«, sagte Tratsek Vrach.

Lian stand neben ihm und schwieg. Sie würde mitspielen; wenn es sein musste, ein Dutzend Mal und öfter, aber irgendwann würde sich eine Möglichkeit ergeben zurückzuschlagen.

Der Kunde, den der Ara angekündigt hatte, erwies sich als Terraner, unter dessen Vorfahren es offenbar Angehörige eines anderen Sternenvolkes gegeben hatte. Oder er hatte eine genetische Modifizierung vornehmen lassen, weil es gerade so Mode war. Winzige, echsenartige Schuppen in der Farbe gut gebräunter Haut bedeckten seine Ohren.

Als er die ersten Worte sprach, zeigte sich eine doppelt gespaltene Zunge. »Die Freude ist ganz auf meiner Seite. Ich erhoffe gute Geschäfte.« Sein Blick wanderte zu Lian. »Ist das eine?«

»Bin ich«, sagte Lian.

Eine.

Als wäre sie ein Stück Handelsware. Ihr Magen zog sich zusammen.

Es lag noch nicht lange zurück, als sie erfahren hatte, dass sie ein Klon war – ihre Welt, ihr ganzes Selbstverständnis war zusammengebrochen. Perry Rhodan hatte ihr klarzumachen versucht, dass sie deswegen nicht weniger wertvoll war … dass sie ein Mensch war. In diesem Augenblick begriff sie besser als jemals vorher, was das bedeutete. Sie war nicht das, was Vrach oder dieser widerliche Kerl vor ihr aus ihr machen wollte.

»Interessant«, sagte der Terraner. »Wie darf ich dich nennen?«

»Ich bin …«

»Lassen wir es bei unserer Abmachung«, forderte der Ara. »Keine Namen während dieses Gesprächs. Bei niemandem.«

»Selbstverständlich«, sagte der Kunde.

»Dieses Modell«, fuhr der Ara fort, »ist das erste einer sehr gelungenen Reihe. Sie kennt ihre Kindheit, ihre Jugend – das heißt, sie glaubt sie zu kennen. Nichts davon ist real. Während des Klonvorgangs wurden ihr sämtliche Erinnerungen einprogrammiert. Welcher Lebenslauf ist passend? Welche Eigenschaft? Unterwürfigkeit? Wahre Liebe? Oder wird aus einem Haar die Zweitversion eines verlorenen Sohnes gewünscht? Der sich an alles erinnert, was den echten Menschen ausgemacht hat?«

Er preist mich an, dachte Lian. *Und seine Ware, die Frucht der verdorbenen Forschung von Jeobald Tenglar.*

Wie richtig war es doch gewesen, das TRAFO-Projekt einzustellen! Es gab Grenzen, die nicht überschritten werden durften. Und wie immer gab es trotzdem denjenigen, der bereit war, diese Grenze zu überschreiten. Und denjenigen, der Profit daraus zog.

Lian lauschte wie betäubt, und als sie endlich den Raum verließ, wusste sie schon gar nicht mehr, welche Fragen sie wie beantwortet hatte.

Stattdessen fühlte sie sich schmutzig.

Nur dass diesen Dreck niemand von ihr abwaschen konnte.

Er lag direkt auf ihrer Seele.

»Perry Rhodan?«, fragte die Positronik.

Er bestätigte.

»Ich habe Zugang zu den Daten. Sie sind beschädigt.«

Rhodan fluchte. Das durfte nicht wahr sein! Er hastete zum Arbeitspult der Medostation, bekam nur noch am Rand mit, dass sich Zherkora und Lugauer unterhielten.

Auf dem Holodisplay wurde ihm ein Datenverzeichnis angezeigt – und tatsächlich gab es Lücken in den lesbaren Bereichen. Etwa bei den Bildaufnahmen, die wohl die Passagiere des vorletzten Transmitterdurchgangs gezeigt hätten.

Völlig irrelevant.

Er tastete sich durch das Verzeichnis und fand, was er suchte. Die letzten Transmitterverbindungen waren alle zu derselben Gegenstation gegangen – etliche Durchgänge mit wenigen Sekunden zeitlichem Abstand.

»Die Koordinaten des Ziels sind komplett lesbar!«, rief Rhodan den beiden zu. Und mehr als das.

Er glaubte, seinen Augen nicht trauen zu dürfen. Davon musste Dano gesprochen haben, als er erwähnte, dass noch *ein wenig mehr* aufgezeichnet wurde.

»Wohin hat er sich geflüchtet?«, fragte Zherkora.

Rhodan musterte die Informationen. Er forderte ein Klarbild an, obwohl er keine Umrechnung benötigte, um das Ziel benennen zu können.

»Der Transport führte nicht weit. Auf den Saturn.« Er zögerte. Etwas stimmte mit den Daten nicht. »Nein, nicht der Planet. Einer der Monde?«

Das Bild baute sich auf – mit einem roten Punkt, der den genauen Zielort markierte. Kein Saturnmond. Der Ort lag auf einem der ungezählten Felsen der Ringe um den Planeten.

Ein Versteck vor aller Augen und doch mitten im Nichts, im Abgrund von Millionen kleiner und winziger Steine und Eisbrocken, umschwirrt von unzähligen anderen unbewohnten, toten Objekten.

Was lag dort? Eine Festung? Eine Zwischenstation, von der aus der weitere Weg gefunden werden musste?

»Ich erledige das«, sagte Rhodan.

»Ich begleite dich«, schlug Herman Lugauer vor.

»Du bleibst hier.«

»Ich kann für Lian und Ischi ...«

»Du wirst für sie sorgen und sie behandeln, wenn ich sie herausgeholt habe. Dort bist du am falschen Ort. Vrach rechnet nicht damit, dass wir ihn finden können. Trotzdem wird es ein Kampfeinsatz. Ich bin froh, dass du beim letzten Mal überlebt hast.«

Lugauer lächelte. »Ich auch.«

Dano Zherkora hob den Blick. »Danke, Rhodan. Und ...«

»Ja?«

»Tu es. Töte sie. Das ist das eine, das ich noch hören möchte, ehe ich sterbe.«

»Du stirbst nicht. Ich bringe den Kohäsionsverstärker zurück, und er wird euch heilen. Ischi ebenso wie dich. Und danach wirst du vor Gericht gestellt.«

Dano schloss die Augen. »Unterschätze Vrach nicht.«

»Das tue ich nicht. Nie mehr.« Er dachte an die weiteren Daten, die Zherkoras Überwachungskästchen aufgezeichnet hatte, und verließ den Raum.

Kapitel 47: Wege der Gerechtigkeit

Lian lag auf ihrem Bett in dem Raum, den ihr Vrach und Neyla zur Verfügung stellten. Ein verwinkeltes Zimmer mit einer Vertiefung im Boden, in der ein winziger Bach mit orangefarbenem, warmem Wasser floss; mit pastellfarbenen Wänden, die im Nichts endeten; mit einem Blick nach oben durch die Kuppel des Anwesens über eine glitzernde Eiswolke bis zum Saturn.

Sie fühlte sich wie im nobelsten Hotelzimmer ihres Lebens – abgesehen von dem Kampfroboter, der ihr gefolgt war und nun in der Ecke des Raumes stand. Ein Anblick, an den sie sich wohl gewöhnen musste. Ebenso wie an das Wissen, dass eine zweite Maschine direkt hinter der Tür auf sie wartete.

Sie versuchte abzuschalten. Aber wenn sie die Augen schloss, glaubte sie, schuppige Ohren vor sich zu sehen.

Sie wollte die Bilder beiseiteschieben, sich auf etwas anderes konzentrieren. Doch das war leichter gesagt als getan. Ihre Hände zitterten.

Ihr ursprünglicher Plan geriet ins Wanken. Sie würde es nicht durchhalten, sich lange zu unterwerfen und mitzuspielen. Nicht, ohne innerlich zu zerbrechen oder den Verstand zu verlieren.

Während sie dalag und am Saturn vorbei in die Weite des Alls schaute, traf sie eine Entscheidung. Besser Widerstand leisten und sterben als *das hier.*

Zunächst musste sie abwarten, bis Ischi völlig geheilt war. Danach würde sie sich wehren.

Die beste Trivid-Show ihres Lebens wartete auf sie. Ein grandioser Auftritt, und zugleich ihr letzter.

Sie glaubte nicht, dass ihr die Flucht gelang. Aber sie würde nahe an Neyla oder den Ara herankommen – im Idealfall an beide. Ja, so lange hatte sie Zeit. Bis sie arglos vor ihr standen. Sie würde mindestens Vrach mit ins Grab nehmen, ehe die Wachroboter sie erwischten und töteten.

Konnte es gerecht sein zu töten?

Lian wusste es nicht.

Aber sie wusste, dass sie es konnte. Weil auch Dano es gekonnt hatte. Und nun zwangen die Umstände sie dazu.

Sie schloss die Augen und versuchte zu schlafen.

Ihr Körper war müde, und ihre Seele ohnehin. Sie träumte von schuppigen Ohren.

Die Zeit des Alleingangs war vorbei.

Perry Rhodan hatte ein klares Ziel. Er benötigte Unterstützung, auch wenn er Herman Lugauer abgewiesen hatte. Er brauchte keine Wissenschaftler oder Ärzte – sondern Einsatzspezialisten. Ein Spezialteam, das es gewohnt war, einen Ort zu stürmen.

Und er wartete, bis die Person das Funkgespräch annahm, die ihm genau diese Leute zur Seite stellen konnte. Kaum jemand hätte Cai Cheung, die Solare Premier, einfach so erreicht – in diesem Fall war es durchaus von Vorteil, Perry Rhodan zu sein.

Er hatte Cai bereits als junge Politikerin gefördert, weil es ihm gefiel, dass sie unkonventionell dachte und konsequent handelte. Wie schnell sie ihn nach Lians Hilferuf in der Werbesendung des Ara-Schiffs kontaktiert und außerdem die beiden Raumer losgeschickt hatte, bewies, dass sie die richtige Person am richtigen Ort war.

»Perry?« Cai Cheungs Stimme klang gehetzt, als wäre sie gerannt. Sie antwortete auf einer rein akustischen Frequenz, ohne Bildübertragung.

Rhodan nutzte nicht das eher schwache Funkmodul seines SERUNS, sondern saß am Platz des Kommunikationsoffiziers in der Zentrale der DAVID NASH. »Danke, dass du dich meldest.«

»Nicht der Rede wert, ich …«

»Ich brauche ein Spezialistenteam«, unterbrach er. »Sechs Personen. Sie dienen dazu, meinen Einsatz zu sichern. Der Ara verschanzt sich auf einem Felsen in den Saturnringen.«

»Wo?«

»Du hast richtig gehört. Ich kenne die Bedingungen vor Ort noch nicht. Aber er hat zwei Geiseln – Lian Taupin und Ischi. Oberste Priorität ist, die beiden zu retten. Er rechnet nicht damit, dass wir wissen, wohin er geflohen ist.«

»Wie hast du es herausgefunden?«

»Lange Geschichte.«

»Du bist eben Perry Rhodan«, murmelte Cai.

»Wie gesagt, ich brauche ein Team aus sechs Einsatzspezialisten. Ich übernehme das Kommando. Wann kann ich damit rechnen, dass …«

»Sieh es als erledigt an.« Sie schaltete schnell. »Ich schicke sie zur DAVID NASH. Benötigst du eine Space-Jet mit Tarnmodus, sodass ihr euch unbemerkt annähern könnt?«

»Wir werden via Transmitter eindringen.«

»Wie kannst du …«

»Ich habe die Zugriffsdaten auf das Gerät, das Vrach bei seiner Flucht angewählt hat.« *Danke, Dano.*

»Dann bleibt mir nur noch eins zu sagen.«

»Ja?«

»Viel Glück.«

Lian erwachte mit dem Gefühl, ihre Gelenke bestünden aus Blei. Sie stand auf, ging die wenigen Schritte zu dem Bachlauf, tauchte die Hände hinein.

»Ist es so angenehm oder wünschst du eine andere Temperatur?«, fragte eine künstliche Stimme ohne jede Emotion.

Wie aufmerksam die Positronik doch war. Welchen unnötigen, dekadenten Luxus dieses Anwesen barg. »Kälter«, sagte sie.

Es dauerte nur Sekunden, bis das nachströmende Wasser kühl auf ihrer Haut prickelte. Sie genoss es, spritzte es sich ins Gesicht. Die Tropfen belebten sie. »Kann ich es trinken?«, fragte sie in den Raum.

»Es ist völlig unbedenklich«, versicherte die Positronik.

Sie tat es – und nahm zur Kenntnis, dass die Steuerung des Anwesens ihr in Alltagsdetails gehorchte. Wahrscheinlich war ihre Weisungsbefugnis minimal – aber besser als nichts. Sie musste mit dem arbeiten, was ihr zur Verfügung stand.

Sie forderte noch kälteres Wasser und ließ es über ihre Handgelenke plätschern.

Langsam erhob sie sich, ging zur Tür, öffnete. Der Kampfroboter in der Ecke des Raumes folgte ihr.

Draußen wartete die zweite Kampfmaschine. Lian beachtete sie nicht und passierte sie.

Die Wiese und die zahllosen Blüten samt ihrem frischen Aroma, das sie in die künstliche Luft verströmten, erweckten fast den Eindruck, sich im Freien in einem natürlichen Park zu befinden. Das Wissen, auf einem eigentlich toten Felsbrocken außerhalb jeder Atmosphäre zu sein, lastete trotzdem schwer auf Lian; sie hasste den Weltraum.

Den Weg zur Medostation, in der Ischi behandelt worden war, hatte sie sich genau eingeprägt.

Sie trat in den Korridor davor. Ehe sie den Eingang erreichte, flirrte unvermittelt ein Energievorhang vor ihr auf und versperrte den Durchgang.

»Dir ist der Zugang untersagt«, teilte die Positronik des Anwesens mit derselben Emotionslosigkeit mit, mit der sie vorhin nach den Wünschen für die Wassertemperatur gefragt hatte.

»Wieso? Ich will Ischi sehen, um mich über den Fortschritt der Behandlung ...«

»Dir ist der Zutritt untersagt«, wiederholte die künstliche Stimme. »Bitte kehr um.«

»Ich möchte mit Tratsek Vrach sprechen.«

»Deine Anfrage wird weitergeleitet. Bis dahin ...«

»Ich weiß schon«, sagte Lian. »Ich warte.«

Es dauerte nicht lange. »Was willst du?«, fragte der Ara, weitaus höflicher als erwartet.

»Ich möchte Ischi besuchen«, meinte sie unschuldig. »Das kann ja kaum schaden.«

»Momentan ist ... Augenblick.« Die Verbindung brach für wenige Sekunden ab, ehe sich Vrach erneut meldete. »Tritt ein.«

Der Energievorhang löste sich funkensprühend auf, die Tür öffnete sich automatisch vor ihr.

Im Raum wartete nicht nur Ischi, diesmal auf einer Liege, sondern auch der Ara und an seiner Seite der Kunde. Wie unauffällig seine schuppigen Ohren doch waren; in ihren Träumen hatten sie geradezu geleuchtet und um Aufmerksamkeit gebettelt.

Deshalb also hatte sich Vrach recht höflich bei ihr gemeldet; sein wertvoller Gast hatte zugehört. Wahrscheinlich hatte er darum gebeten, Lian einzulassen.

»Ganz erstaunlich!«, sagte Schuppenohr. »Wie sie sich gleichen!« Sein Blick wanderte zwischen den beiden Klonen, und er schien gar nicht begeistert genug sein zu können. »Und du hast gesagt, während dieses Modell hier ...« – ein beiläufiges Wedeln Richtung Lian – »... eine ausgefeilte Vergangenheit besitzt, ist die Schläferin völlig unbeschrieben?«

»Jungfräulich, könnte man fast sagen. Sie weiß nichts über sich und die Welt, außer gewissen Grundfähigkeiten, um sie lebensfähig zu halten.«

Der Kunde lachte, wie nach einem gelungenen Scherz. Mit

dünnen Fingern streichelte er Ischis regloses Gesicht. Lian fand es ekelhaft.

»Erzählt mir mehr von der Krankheit«, sagte er wie ein neugieriges Kind, das einer hinreißenden Gruselgeschichte lauschte.

»Ein Zerfallseffekt, den ich dir nicht verheimliche«, erklärte Vrach. »Ich habe ihn völlig im Griff.«

»Ohne die Behandlung durch diesen ... wie hast du es genannt ... diesen Ring würde der Körper also zerbrechen?«

»Es ist ein Vorgang auf zellulärer Ebene«, sagte der Ara.

»Faszinierend! Noch einmal – der Körper zerfällt bei einer erkrankten Ware? Man übt Druck aus und ... *knack!*« Lian hätte ihm das Grinsen zu gerne aus dem Gesicht geschlagen. »Darf ich es mir so vorstellen?«

»In etwa«, stimmte Vrach zu.

»Wun-der-bar! Dieses Modell ist also fast geheilt?«

»So gut wie. Noch eine Behandlung, schätze ich, und ...«

»Kannst du auch einen kranken Klon erschaffen?«

Der Ara zögerte kaum merklich. »Sicher.«

»Interessant.« Der Kunde wandte sich Lian zu. »Erzähl mir von deiner Vergangenheit.«

Sie stutzte. »Wieso? Sie ist nicht echt.«

»Für dich ist sie das, nicht wahr?«

Cai Cheung hielt Wort, und das schnell.

Vier Männer und zwei Frauen bildeten das Einsatzteam, das sie zur DAVID NASH schickte – verdiente und einsatzerprobte Soldaten unter der Führung von Ralora Tren, einer Terranerin mit militärisch kurz geschnittenen Haaren, die als feuerroter Flaum um Kopf und Schläfen lagen. Für diesen Einsatz unterstellte sie sich Rhodan.

Rhodan umriss die Situation, während sie bereits in SERUN-Schutzanzügen zum Haupttransmitter des Schiffs eilten. Er sprach von Tratsek Vrach, Neyla Abiola und der hohen Wahrscheinlichkeit, auf Kampfroboter und sonstige Sicherungen zu treffen.

Inzwischen wusste er, dass am Ziel ein Privatgebäude lag – eine Art Villa samt Gartenanlage unter einer Sichtkuppel, auf einem der mittelgroßen Felsbrocken der Saturnringe; einem Objekt, das den nüchternen Namen 54-TZ-Ring2 trug. Das Gebäude gehörte einem gewissen Voran L'rango, einem Halb-Tefroder mit terranischer Mutter. Keine noch so winzige Spur wies von dort zu einem Ara, der als Tratsek Vrach medizinische Karriere gemacht hatte.

»Die Priorität«, sagte Rhodan, »liegt darauf, die beiden Geiseln zu befreien.« Sein Einsatzteam kannte längst Bilder von Lian und Ischi; angeblich Zwillinge. Den Klonhintergrund verschwieg er der Einfachheit halber. »Wir vermeiden tödliche Gewalt, wann immer möglich. Außerdem gilt es, dieses Stück Technologie in Sicherheit zu bringen.«

Er projizierte, schon vor dem Transmitter angekommen, ein Abbild des zellulären Kohäsionsverstärkers. »Der Ring durchmisst etwa einen Meter. Eine Zerstörung muss verhindert werden.«

Alle bestätigten.

»Bereit?«, fragte Rhodan.

»Bereit, wenn du es bist«, sagte Ralora Tren.

»Die eroberten Daten ermöglichen es mir, aus der Ferne den Empfangstransmitter anzuwählen und mit einem Kode freizuschalten. Sobald die Verbindung steht, gehen wir durch – ich als Erster. Falls es gelingt, unbeobachtet zu bleiben, falls wir also keinen Alarm auslösen, verhalten wir uns unauffällig. Ansonsten muss alles schnell ablaufen. Wir orten die Geiseln und schlagen zu.«

Er sah die Soldaten an.

Sie nickten. Rhodan schaltete den Transmitterdurchgang.

Das Empfangsgerät sprach an. Er ging durch das Entstofflichungsfeld.

Alarm gellte.

Vrach erstarrte für eine Sekunde, ehe er herumwirbelte. »Bericht!«, forderte er.

Die Positronik reagierte: »Ankunft von sieben unbekannten Personen durch den Transmitter. Fernanwahl mithilfe des korrekten Kodes.«

»Wie kann …«, setzte der Ara an, ehe er sich selbst unterbrach. »Rhodan«, sagte er.

Da stürmte Lian bereits los.

»Halt sie!«, schrie der Ara seinen Kunden an.

Schuppenohr wollte nach ihr greifen, aber Lian war schneller. Sie unterlief einen unbeholfenen Angriff, packte seinen Arm, drehte ihn auf den Rücken, trat ihm in die Kniekehlen und schleuderte ihn auf den Kampfroboter.

»Schützt mich!«, hörte sie Vrach schreien. »Und fangt Lian – ich brauche sie lebend!«

Dann war sie aus dem Raum. Doch die spontane Flucht war von vorneherein zum Scheitern verurteilt. Die zweite Kampfmaschine stellte sich ihr in den Weg, und die erste war alles andere als ausgeschaltet, höchstens zögerte sie für wenige Sekunden, um auf Lian feuern zu können, ohne den Kunden zu erwischen. Immerhin unterband Vrachs Befehl den Einsatz von tödlicher Gewalt.

»Perry!«, schrie Lian. »Hierher!« Wie immer er den Weg gefunden hatte – der Ara musste recht haben. Es musste Rhodan sein.

Ein Energievorhang blockierte den Weg. Das kannte sie. Der Weg durch den Korridor blieb versperrt, wenn es ihr nicht gelang, das Hindernis zu überwinden.

Nur wie? Konnte sie den Kampfroboter dazu bringen, auf die energetische Barriere zu feuern?

Nein – ein verrückter Gedanke.

Die Maschine stampfte auf sie zu. Ein Waffenarm hob sich, bereit, sie mit einem Paralyseschuss außer Gefecht zu setzen.

Dann ein Sirren, ein Blitzen.

Das war's, dachte Lian.

Doch sie fiel nicht. Natürlich nicht! Wäre sie paralysiert worden, hätte sie nicht mehr darüber nachdenken können.

Das Flirren lag hinter ihr.

Der Energievorhang flackerte unter dem Beschuss einiger Angreifer. Soldaten in SERUNS, und an vorderster Stelle – Perry!

Der Roboter ließ von ihr ab, wandte sich den Neuankömmlingen zu, bereit, in dem Augenblick zu schießen, wenn der Vorhang kollabierte.

Lian wusste, dass sie aus der Schusslinie musste. In diesem engen Korridor alles andere als einfach. Also warf sie sich herum, hastete ins Labor zurück. Schuppenohr hatte sich längst wieder aufgerappelt und stand unschlüssig im Raum, starrte panisch vor sich hin, wankte langsam auf die Tür zu.

Der zweite Kampfroboter schützte Vrach. Und der Ara – beugte sich über Ischi.

Lian hätte sich am liebsten auf ihn gestürzt, doch sie musste vernünftig sein. Sie konnte nichts ausrichten, und in wenigen Augenblicken würden Perry und die Soldaten vor Ort sein.

Von draußen drang das Sirren von Strahlerschüssen, der Lärm einer Explosion. Die Hitze einer Druckwelle peitschte herein. Der Kunde, der als Einziger noch in Nähe der Tür stand, wurde erwischt und weggeschleudert. Er krachte gegen die Wand.

Und plötzlich begriff Lian, dass eine andere Aufgabe vor ihr lag.

Während Rhodan und sein Team in den Raum stürmten, rannte sie los. »Perry! Sag ihnen, dass sie mich gehen lassen!«, schrie sie. »Ich muss etwas erledigen!«

Sie hörte nichts, aber offenbar gab er seinen Soldaten einen entsprechenden Funkbefehl. Lian verließ die Medostation. Im Flur sprang sie über die brennenden Trümmer des Kampfroboters.

Rhodan würde sich um Vrach kümmern …

… und sie musste die andere Drahtzieherin suchen, die sich irgendwo im Anwesen verkroch, falls sie nicht längst überlegte, wie sie fliehen konnte.

Nicht mit mir, dachte Lian. *Nicht mit mir, Mutter!*

Perry Rhodan sprang im SERUN durch die kurz auflodernden Flammen über den Trümmern des detonierten Roboters. Er erreichte den Raum dahinter und erfasste die Situation sofort.

Sämtliche in diesem Augenblick unwichtigen Details blendete er aus, wie den Mann, der mit verrenkten Gliedern vor einer Wand am Boden lag. Es zählte nur Tratsek Vrach, der im Schutz eines Kampfroboters stand und einen Strahler an Ischis Kopf hielt.

»Perry!«, schrie im selben Moment Lian. »Sag ihnen, dass sie mich gehen lassen! Ich muss etwas erledigen.«

Es blieb keine Zeit zu diskutieren. »Lasst sie!«, wies er das Team via Helmfunk an. Im Augenwinkel sah er Lian aus dem Raum rennen.

»Vrach! Du kannst nicht entkommen! Stell dich, und …«

»Bleiben wir vernünftig«, sagte der Ara. »Deine Leute sollen abziehen. Sofort. Ich zähle bis fünf, dann erschieße ich Ischi.«

»Du hast keine …«

»Eins«, sagte Vrach in aller Ruhe. »Zwei. Du solltest kooperieren. Drei.«

»Gut.« Rhodan hob die Hand. »Ihr verlasst den Raum und verhaltet euch neutral.«

»Wenn sie auch nur daran denken, anderweitig einzugreifen, werde ich es merken«, drohte der Ara.

Die Soldaten zogen ab. Sie würden sich bereithalten. Auf eine Situation wie diese waren sie vorbereitet.

»Also, was stellst du dir vor?«, fragte Rhodan.

»Mein Roboter wird Ischi an sich nehmen. Du weißt, wie schnell solche Maschinen eine Geisel töten können. Wir spazieren los. Nur wir beide, damit ich dich im Auge halten kann. Nur mein Roboter samt der Geisel begleitet uns. Ich verschwinde durch den Transmitter. Das ist alles. Ischi bleibt in der Gewalt des Roboters zurück. Folgt ihr mir, wird er sie umbringen. Verhaltet ihr euch still, wird er zunächst den Transmitter zerstören. So, dass diesmal keine Spuren bleiben. Nach zwanzig Minuten wird er die Geisel freilassen. Das war's.«

Rhodan versuchte, einen Ausweg zu finden. Momentan musste er auf Vrachs Forderung eingehen. »Gut.«

Der Ara lachte. »*Gut?* Als hättest du eine Wahl.«

»Die habe ich. Ich könnte angreifen. Du wärst in wenigen Sekunden tot.«

»Und Ischi ebenfalls.«

Das stimmte. »Gehen wir.«

Lian rannte durch die Gartenanlage des Anwesens. Sie musste Neyla finden. Wo konnte sie sein? Sie war eine Überlebenskünstlerin, die nur an sich selbst dachte.

Sie würde versuchen zu fliehen.

Der Transmitter!

Lian hastete los, vorbei an dem großen Baum mit der blaumetallenen Krone. Quer durch ein Blumenfeld. Sie warf einen Blick zurück, hin zu dem Medoraum. Die Mauern standen unbewegt, ließen nicht erahnen, was dahinter vor sich ging. Nein – die Soldaten kamen eben heraus, stellten sich vor den Ausgang.

Sie achtete nicht länger auf sie.

Sie hetzte weiter. Neyla durfte nicht entkommen.

Der Transmitter lag fast im Zentrum des Anwesens ... noch an ihrem Quartier vorbei, dann auf die große Wiesenfläche. In der Mitte führte der Treppenabgang in die Tiefe.

Sie rannte darauf zu.

Und sie war nicht die Einzige. Neyla flankte soeben über die Mauer am anderen Ende der Wiese. Sie landete ungeschickt, stolperte, fiel hin, rappelte sich sofort wieder auf, eilte los.

»Neyla!«

Sie schaute auf, bemerkte Lian erst in diesem Augenblick. Ihr Gesicht verzerrte sich. »Wir müssen hier weg! Das alles wird ...«

Lian beschleunigte, ging über ihre Grenzen.

»Sei vernünftig!« Neyla verlangsamte, wollte die Stufen nehmen.

Lian sprang, prallte gegen sie, riss sie mit sich. Beide schlugen sie auf der Wiese auf, Lian mit der linken Schulter zuerst. Greller Schmerz zuckte durch ihren ganzen Körper.

Plötzlich war Neyla auf ihr. Ihre Hand umklammerte Lians Hals, drückte zu.

Lian schnappte nach Luft. Die Klammer um ihren Kehlkopf war mörderisch.

Sie sah, dass sich Neylas Lippen bewegten, aber sie hörte nichts. Das Blut rauschte in ihren Ohren. Schwarze Wolken tanzten ihr vor den Augen. Sie riss das Knie hoch, rammte es in den Unterleib ihrer Gegnerin.

Der Griff um ihren Hals lockerte sich. Lian sprengte die Umklammerung, sog Atem ein, der wie Feuer durch ihre Kehle rann.

Neylas Faust raste heran. Lian rollte sich weg. Der Angriff ging fehl. Lian kam auf die Knie, boxte Neyla in die Seite.

Schreiend stürzte Neyla.

Lian versuchte aufzustehen, doch die Welt lag immer noch wie hinter einem Schleier.

»Wir sind … Familie«, sagte Neyla dumpf und vor Schmerzen undeutlich. »Nicht – kämpfen.«

»Keine Familie! Wag es nicht …«

Neyla wirbelte herum, die Rechte erhoben. Darin hielt sie einen scharfkantigen Stein, mit dem sie auf Lians Kopf zielte.

Lian wich aus. Der Stein schrammte in Neylas Faust über ihre Schulter und den Oberarm entlang, bevor er abglitt.

Lian sah Blut aus ihrem Arm schießen. Neyla taumelte vorwärts, sie hielt noch immer den Stein in der Hand. Lian trat ihr die Beine weg, und als Neyla stürzte, hämmerte Lian ihr die Handkante in den Nacken.

Neyla gab einen Laut von sich, der wie eine Mischung aus Überraschung und Pein klang. Sie hob noch die Faust, dann schlug sie auf. Mit dem Gesicht voran. Und mit der Stirn auf den Stein in ihrer Hand.

Es knackte.

Lian brach neben ihr zusammen, schaute auf die Blutlache, die unter Neylas Kopf hervorquoll.

Der Kampfroboter hob die reglose Ischi von ihrer Liege. Rhodan wusste in der Tat, wie schnell eine solche Maschine eine Geisel töten konnte – rascher als jeder Mensch.

Ehe sich Vrach dem Ausgang zuwandte, griff er nach dem Ring des Kohäsionsverstärkers. »Den nehme ich natürlich mit. Diese Kleinigkeit ändert ja nichts an unserer Abmachung. Wenn du an Ischi denkst … sie ist so gut wie geheilt. Eine oder zwei weitere Behandlungen wären nicht schlecht, aber sie wird damit leben können. Mach dir keine Sorgen.«

Der Ara ging in den Korridor, über die Trümmer. Der

Kampfroboter mit der Geisel in den Waffenarmen blieb stets an seiner Seite.

Rhodan hielt sich dicht bei ihnen. Er konnte nicht angreifen, ohne Ischi zum Tode zu verurteilen.

Draußen warteten die vier Soldaten seines Teams, und als er sie sah, entdeckte er den einzig möglichen Ausweg.

»Ihr bleibt zurück«, befahl er, sodass auch Vrach es hörte. »Ischis Rettung hat absolute Priorität. *Wir gehen zum Transmitter.*«

»Verstanden«, sagte Ralora Tren, und Rhodan wusste, dass sie sich daran halten würde. Sie – und die drei Soldaten an ihrer Seite.

Für die beiden, die er beim Transmitter positioniert hatte, damit niemand ihn zur Flucht benutzen konnte, galt das nicht.

Er hoffte nur, dass sie *tatsächlich* verstand und die beiden alarmierte.

Vrach ging voraus, der Roboter und Rhodan folgten.

Sie kamen zur Wiese, in der der Treppenabgang zum Transmitterraum lag. Lian war dort. Sie kniete neben Neyla Abiola, die reglos am Boden lag, um den Kopf eine Blutlache.

»Bleib zurück«, rief er. »Es geht um Ischi!«

Lian starrte ihn an – ihn und den Kampfroboter, der ihre Klonschwester hielt.

Vrach erreichte den Abgang. Der Roboter ging vor, der Ara folgte, zuletzt Rhodan.

Unten herrschte Zwielicht im großen Raum, in dessen Mitte der Transmitterkäfig stand. Der Ara blieb an der Kontrolle stehen, gab ein Ziel ein.

Das Entstofflichungsfeld baute sich auf.

»Erinnere dich an dein Versprechen«, forderte Rhodan. »Gib dem Roboter den Befehl, Ischi freizulassen, wenn wir dich nicht verfolgen.«

»Du hast es gehört«, sagte der Ara. »Töte Ischi nur, falls sie versuchen, mir durch den Transmitter zu folgen.«

Da war er: Tratsek Vrachs letzter Fehler, zu dem Rhodan ihn verführt hatte.

»Nach meinem Durchgang«, fuhr der Ara fort, »wirst du das Gerät zerstören und ...« Weiter kam er nicht.

Ein Schuss, scheinbar aus dem Nichts, tötete ihn. Mit einem kleinen, verschmorten Loch im Schädel sackte er in sich zusammen. Der Ring des Kohäsionsverstärkers fiel aus seiner kraftlosen Hand und prallte auf den Boden.

»Ich hole sie!«, schrie Rhodan, stürmte los, packte Ischi, entriss sie dem Roboter und warf sich mit ihr zur Seite. »Vernichtet ihn!«

Aus dem Schutz ihrer Deflektorfelder, aus der Unsichtbarkeit heraus, feuerten die beiden Soldaten.

Rhodan aktivierte seinen Schutzschirm und weitete ihn auf Ischi aus.

Der Roboter explodierte.

Die Trümmer schmetterten gegen die Wand und in Rhodans Schutzschirm, ohne ihm etwas anhaben zu können.

Als Ruhe einkehrte, sah er, wie die Soldaten ihre Deflektorfelder abschalteten und von einem Moment zum anderen sichtbar wurden.

Gleichzeitig kam Lian die Treppe herunter. »Wie – wie hast du es geschafft?«

»Ich hatte unsichtbare Helfer«, sagte Rhodan. »Und der Roboter durfte Lian nur töten, wenn wir Vrach durch den Transmitter folgen. Was wir nicht getan haben ...«

Kapitel 48:
Familie

Als Ischi die Augen aufschlug, saßen zwei Menschen neben ihr: Lian Taupin und Herman Lugauer. Lian hielt ihre Hand, und Herman lächelte.

»Wo ...«, sagte Ischi, und der Rest ihres Satzes ging in einem verwaschenen Murmeln unter.

Lian beugte sich zu ihr. »Du bist in Sicherheit. Alles ist gut.«

Und das war es.

So gut es nur sein konnte.

»Ich habe dich untersucht«, sagte Lugauer. »Und ich kann den Kohäsionsverstärker bedienen. Ich werde dich damit weiterbehandeln. Du wirst gesund.«

Sie setzte sich auf, blass, aber mit überraschender Energie. »Ich fühle mich gut.«

»Die bisherige Behandlung hat dir sehr geholfen.«

Ischi hob die Beine aus dem Bett. »Danke. Ich will ... sehen.«

»Was?«, fragte Lian.

Ischi strahlte. »Alles.« Sie ging ans Fenster. »Wo sind wir?«

»In meiner Klinik«, erklärte Herman Lugauer. »Der Ort ist wieder sicher. Es gibt niemanden mehr, der euch jagt.«

Bei den Worten dachte Lian an Dano Zherkora. Im Unterschied zu Tratsek Vrach und Neyla Abiola lebte er noch. Aber der Tod wartete auf ihn. Für ihn kam eine Behandlung mit dem Kohäsionsverstärker zu spät. Sein Körper hatte längst zu viel Schaden genommen, seine Zellstruktur war zu geschädigt, um wiederhergestellt werden zu können.

Dano lag nur einige Zimmer entfernt, und ihm blieb nur wenig Zeit. Stunden, höchstens. Ihn vor Gericht zu ziehen wäre angesichts seines Zustands lächerlich.

Ischi schaute aus dem Fenster. »Ein Vogel. Seht nur. Er tanzt für mich.« Sie stockte. »T-tanzt. F-f-fliegt, meine ich. Er fliegt für mich.«

»Ja, das tut er«, sagte Lian und legte ihr einen Arm um die Schulter. »Er fliegt für uns beide.«

Sie führte ihre Klonschwester in den Park der Klinik und freute sich daran, wie Ischi über tausend Dinge lachte und staunte. Herman blieb stets in ihrer Nähe. Nicht weil er musste oder sie medizinische Aufsicht benötigten. Nur, weil er wollte.

Nach einer Stunde beugte sich Lian zu Ischi. »Es gibt etwas, das ich dir sagen muss.«

»Ja?«

»Wir sollten jemanden besuchen.«

Als Dano Zherkora zum letzten Mal die Augen aufschlug, saßen zwei Menschen neben ihm: Lian Taupin und Ischi. Sie waren nicht seine Familie, aber das, was Schwestern am nächsten kam.

»Ihr …«, sagte Dano, und der Rest des Satzes ging in einem Husten unter.

Lian beugte sich zu ihm. »Es ist gut. Ich vergebe dir.«

Ischi legte ihre Hand auf seine Schulter.

Er lächelte matt, als er die Augen wieder schloss.

Die beiden Frauen saßen noch eine Weile an seinem Totenbett, bis Ischi aufstand. »Ich brauche Hermans Hilfe«, sagte sie.

»Wieso?«, fragte Lian.

»Ich möchte ein Bild von Dano malen, um ihn nicht zu vergessen.«

Perry Rhodan
Das größte Science-Fiction-Abenteuer aller Zeiten
© Pabel-Moewig Verlag KG, Illustration: Arndt Drechsler
Perry Rhodan
Michael Marcus Thurner
Die Gewitterschmiede
Als Romanheft am Kiosk,
als Hörbuch und als E-Book auf
allen digitalen Endgeräten.
Weitere Informationen unter:
www.perry-rhodan.net
www.perry-rhodan.net/facebook
Kostenloses Infopaket inklusive Probeheft anfordern bei:
PERRY RHODAN-Kommunikation | Stichwort »Trivid«
Postfach 2352 | D-76413 Rastatt
Perry Rhodan
Kurs 3000

Lesejury